北日本文学賞作品集

宮本輝 選

北日本新聞社

宮本 輝選

北日本文学賞作品集

創設半世紀を祝して

宮本 輝

それまで長く選考にたずさわられた井上靖さんのあとを継ぐ形で、私が北日本文学賞の選者となったのは第二十六回からだから、第五十回を迎えたことし（平成二十八年）で二十五年間も受賞作、選奨の各賞を決めてきたことになる。お引き受けしたとき四十三歳だった私も六十八歳になった。

その二十五回もの選考においてつねに私がこころしてきたのは、北日本文学賞における井上靖さんの次の言葉であった。

——続けて書いている人もあるであろうし、一作で筆を折っている人もあるかも知れない。しかし、そのいずれでもいいと思う。それぞれの入選作によって、作者は生きる問題を小説という形に於《お》いて考えたのであり、そしてそれがいかに大切なことであったかは、作者各自の心の中に納得されて仕舞われてあるに違いないからである。——

私は、これこそ北日本文学賞の背骨であると考えて、選考のための心構えとした。

しかし、初心を貫徹することは難しい。つい基本の心構えを忘れて、応募者たちに高望みをして、選評ではかなり辛辣《しんらつ》なことも書いてきた。

簡単に言えば、いつのまにかコンクール化して優劣を競う他のあまたの文学賞と同じ枠に入れてしまったことになる。これはひとえに私の、この文学賞への至らぬ浅慮が働いたことになる。

これを機に、私は改めなければならない。北日本文学賞の創設に尽力された丹羽文雄さんや、そのあと選考に関わった吉村昭さんや津村節子さん、そしてそのあとを長く継承された井上靖さんという錚々《そうそう》たる読み巧者の慈眼に戻らなくてはならないと思うのだ。

北日本文学賞は、文壇への登竜門として覇を競うものではなく、応募者それぞれの記念碑としての作品を顕彰するものであるという基本から外れてはならないのだ。

そしてそのことは、なによりも三十枚の短篇《たんぺん》に己が人生を彫刻し、己が歓びや哀しみを刻みつけてくる応募者への尊崇となるのである。その応募者たちへの敬意なくしては、北日本文学賞が五十年間もつづいてくるはずがない。

北日本文学賞は厳格な地元選考委員によって最終候補作が絞られる。最後の五篇、あるいは六篇を決める地元選考会では、ときに侃侃諤諤《かんかんがくがく》の意見が飛び交って十時間に及ぶことも珍しくないという。さして報われることもない大変な労作業であり、長年にわたって日の当たらない縁の下の力持ちに甘んじて下さっている地元選考委員各氏に深く頭を垂れて、甚深の謝意を捧げさせていただく。

五十年、半世紀と軽く口にしてしまうが、ひとつの文学賞が半世紀もつづけられてくることは稀である。

十年や二十年は継続できても五十年の歴史を絶やすことなくつづけるということがどれほど至難であるかは、この世の中を真摯《しんし》に生きてきた人にはわかるはずだ。

たくさんの人が作品を書いて応募してくれなければ辞めるしかない。どんなに応募数が多くても、いい作品に賞が与えられなければその権威を失う。とりわけ文学の賞における盛衰は烈しくて厳しい。そんな文学賞の世界で半世紀の歴史を刻んだという事実それ自体が歴史を作ったことになる。まことに偉大な業績だと思う。

そこには北日本文学賞にたずさわってきた歴代の関係者の尽きせぬ熱意と忍耐力と、文学を愛してやまない精神がつねに波打っていたからである。

世の中の変化とともに北日本文学賞はこれからどう変わっていけばいいかと訊《き》かれて、私は即座に答えた。

「変えてはいけない。北日本文学賞は頑固にこれまでの北日本文学賞でありつづけなければならない。世の中がどう変わろうとも北日本文学賞は北日本文学賞の道を行く」

三十枚の短篇小説がいかに難しくても、その枚数規定を変えてはならないと思う。

私は芥川賞を貰ったころ、三十枚で短篇が書けたら一人前だと言われた。その意味がわかったのは、実際に自分で書いてみたときだった。作家としてのすべての力量が試される枚数だと知って慄然《りつぜん》としたのだ。

三十枚の優れた短篇が書ける人は千枚、二千枚の長篇が書ける人でもある。逆に、長篇に定評のある作家でも、三十枚の短編を書かせたら駄作ばかりという場合が多い。

短い枚数のなかで小説のすべてが求められる。素材の選択、構成力、文章力、書き手の人間としての厚み、人生への視力等々。小手先のフラグメントの集積だけでは手に負えるものではないのだ。

ともあれ、記念の五十周年を、文学愛好者たちの目標と憧れの賞となりつづけてきたこの稀有《けう》な文学賞の半世紀を衷心よりお祝い申し上げる。

二〇一六年　初春

目次

装画　上村奈央
装丁　緒方修一

第26回　北日本文学賞　1991年度　応募総数471編

入　賞　「夏の花」中沢ゆかり（31歳・神奈川県）

選　奨　「ブラックディスク」吉田典子（55歳・北海道）

「鰐《わに》を見た川」中浜照子（65歳・広島県）

候補作品　「青田の添景」風際　透（58歳・富山県）

「人魚伝」牛山初美（37歳・山梨県）

「父の背中」岸田　純（71歳・愛知県）

「山谷唱」佐々木増博（48歳・東京都）

第26回選評

無手勝流の不思議な魅力

宮本 輝

26

おそらく、小説の技巧という点に関しては、中沢ゆかり氏よりも高度なものを持つ人たちが、七編の候補作品のなかに何人もいたと思う。

けれども、「夏の花」は、短篇《たんぺん》小説として、まず何よりも〈いき〉がいい。地の文なのか、それとも、ひとりごとなのか判断のつきかねる文体は、企んだものではないのだが、逆にその無手勝流の部分が、この作品に不思議な魅力をもたらした。

私は、読み始めてすぐに、石坂洋次郎の「乳母車」を思いだした。夫が別の場所に秘密の家庭を持っていることを知っていながら、知らないふりをしている母親の内的な部分に触れていないのだが、触れないことによって、この小説は奇妙な現実味をつかみ取った。

しかし、あまりにも行変えのない文章なので、私は、作品掲載にあたっては、何個所かで行変えすることを条件とした。決して暗さを感じさせる小説ではないのに、読後、何かしら人生の幽明さを浮きあがらせてくる佳品だと思う。

受賞は逸したが、私は選奨となった吉田典子氏の「ブラックディスク」も中浜照子氏の「鰐《わに》を見た川」も、受賞作と比して差はなかったと思っている。「ブラックディスク」は、非常に手慣れた文章で、貸しレコード店に勤める一人の女性の心理を過不足なく描写している。饒舌《じょうぜつ》でないところも、吉田氏の資質をあらわしている。ただ、レコード店の客である年老いた婦人の処理が、この作品の最後を緩めてしまった。

中浜照子氏の「鰐を見た川」は、書き出しの数十行は、非のうちどころがない。広島の街を流れる川で鰐を見たという少年の話は、素材としては、候補作品中随一である。しかし、登校拒否の少年が、つぶれかかった動物園で老人と会話するあたりから、小説を創るための手つきとか、こじつけが見え始め、作品から深みを奪ってしまったと思う。そこのところが、どうにも惜しまれてならない。

岸田純氏の「父の背中」は、てらいも気負いもない淡々とした筆さばきで、今日の寝たきり老人の問題に一石を投じている。作者の穏やかで優しい人柄によるものであろう。けれども、短篇小説としては、何かが足りない。ベッドに臥《ふ》す父が涙を流す場面において、岸田氏は作家としてもうひとつ苦労すべきであったと感じた。

風際透氏の「青田の添景」を私は三度読み返したが、そのたびに、「あれ？　どうしてここで終わるの？」と思った。おそらく、小説とは、風際氏が筆をおいたところから始まるのではないだろうか。「ひらひら」とか、「がさがさ」などの反復語を不用意に使ってはならないと思う。いい部分もあるだけに、苦言を呈したい。

牛山初美氏の「人魚伝」も、佐々木増博氏の「山谷唱」も、ちゃんとした日本語で書かれてある。きっと、小説を書くことの経験は多いのであろう。しかし、今回の作品においては、その経験が仇と出たような気がする。このような人間と舞台をしつらえて、このように動かせば、小説は一丁あがりと慣れてしまってはいけないのではないか。私は、この二作品から感じる「慣れ」を「だれ」だと思った。

夏の花　中沢ゆかり

中沢ゆかり（なかざわ・ゆかり）１９６０年兵庫県生まれ。本名・畠ゆかり。武庫川女子短期大学卒業。会社員。東京都。ＮＨＫ銀の雫文芸賞２０１５優秀賞、第17回伊豆文学賞佳作。

母は愛のない結婚をして二十年も笑わなかった。父もそう。ただ私の為だけに二人は同じ家で暮らした。

父も母も私を愛してくれたから、私は寂しくなかったけれど、悲しかった。でも悲しいからと涙を流すことは出来ず私は私の為に笑ってた。

でも私が笑うことを止めていれば、父も母ももっと幸せな生き方が出来たのかもしれない。私は私の為に二人を犠牲にしたのかもしれない。子供の持つ当然の権利として。

父には別の家庭があることを私も母も知っていた。でも母は父を愛していなかったから嫉妬もせずに黙ってた。裏切られて悔しくないの？　私が尋ねると母は何も思わないと言った。好きでも無い人が誰を好きになろうが誰と暮らそうが関係ないということらしい。

私も出来るだけ母を見習って父が何をしようが、誰を愛そうが、関係ないと言いたかったけれど、父のことは気になってしょうがなかった。私は父を愛していた。こんなの変よ。いつもそう思ってたけど、口に出して言うことはなかった。

誰かにそれを口に出すと何もかもが音をたてて壊れて行きそうだった。私は壊れてもいいと思っていたけど、父と母はそう思っていなくて、波風立てずに、取り乱さずに暮らすことを望んでいた。波風立てずに、気を使いながら暮らすことが、幸せだなんて私には考えられないけど、それが父や母にとっての幸せなら私がどうこう言うことではない。

私の家は駅からも商店街からも離れた傘屋だった。昔は傘だけしか取り扱ってなかったのだけど、最近は、レインコートやショール、レインシューズなど雨に関係の深い物は手広く扱うようにしていた。

私も以前はよく店の仕事を手伝ったけど、近くに大きなスーパーが出来てから、わざわざ家に傘を買いに来てくれる人は限られてきて、ただ開けてるだけの日も多かった。母は特別商売熱心な訳でもなくただ与えられた環境をそのまま受け入れてるだけだった。

店は母と私のもので、父は毎朝決まった時間に決まった電車に乗って出かけて行った。帰って来ない日も週に何日かあった。そういう日私は母と二人父の嫌いな羊羹を作った。

母の作る栗羊羹は私の大好物だったのだけど父がいると気を使いながら食べないといけないから、父のいない日を選んで私は母にねだって作ってもらってた。

日当たりのいい部分はみんなお店に取られて、私達が暮らしている所はとても暗く、特に台所は何処からも光も、風も入ってはこなかった。そんな所で母は黙って暮らしていた。父は勝手な人だ。

私が結婚してこの家をでると決まった時、父はとても寂しそうな顔を私に見せた。泣いていたかもしれない。母は泣かなかった。私がいなくなっても寂しくないのかしら？　私はとても不思議だった。絶対に母の方が寂しがると思ってたのに母はとても落ち着いていた。

そういえば子供の頃から取り乱した母親を私は一度も見たことがない。母には感情というものがないのかしら。父と結婚したときにすべて無くしてしまったのかしら。笑うことも、泣くことも、怒ることも。

私がこの家からいなくなって、この人たちはどうやって暮らすのかしら？　お互い一言も口を聞かないのよ。

私は結婚を随分迷ったけれど、結局自分勝手に生きることを選んだ。誰も私の結婚を反対する人はいなかった。特別祝福してくれる人もいなかったけど。

もう父と母をつなぎ止めるものはないのだから、私は二人が離婚するんだと勝手に思ってた。私の為だけに別れなかった二人だもの、早く自由に暮らして欲しいと。

私は自分だけが幸せになることに後ろめたさがあったから、そう考えることで楽になれた。父は今まで大事にしてきた別の家族の所に行けばいいわ。母一人なら私が一緒に暮らすことだって出来る。私なりの計画があった。

でも二人は私の計画通りには動かなかった。別れようとしなかった。どうして？　そうだわ、きっと離婚の手続きがめんどうなんだ。何をするにもめんどうがる年だもの。私が手伝ってあげよう。二人を縛り続けて来たのは私だもの。私の手で自由にしてあげよう。

私は母に離婚を勧めに出かけた。母はとても意外そうな顔で私を見た。私の方が意外だった。母は離婚を考えてなかったんだもの。母は何を考えてるんだろう。もうとっくに生きることをあきらめてるとしか思えなかった。何があったんだろう。母をこんな風にしてしまったのは一体何だろう。

考えてみれば昔から母はいつもあきらめてた。私の算数の成績がすごく悪くて、先生に母と一緒に叱られた時も、私は「これから頑張ります」って言ったけど、母は帰り道「無理しなくていいのよ」って言った。

私がかわいがってた猫がいなくなった時も、父は私と一緒に日が暮れるまで捜してくれたけど、母は「どこかで幸せに暮らしてるわよ」って私を慰めた。捜す前に慰められてきょとんとしている私の手を、父がしっかり握ってくれたことを私は未だに忘れない。

何も語ろうとしない母。私はどうすれば二人が幸せになってくれるか考えた。二人の笑顔が見てみたかった。

そんな時突然父が原因不明の病気にかかって歩くことが出来なくなった。脳の神経に何か異変が起きたらしいことしかわからない。

父は検査の為大学病院に入った。一カ月いろいろ検査をしたけれど、結局何もわからなかった。父はもともと弱い人だったから、あっという間に生きる意欲を無くしていった。それなのに医者は、「内臓はどこも悪くないので、命にかかわるようなことはありません」と父にとって一番つらいことを無神経に言った。

父は歩けないまま長生きするという事実に泣いた。母は泣かなかった。これから先、父は母なしでは生きていけない。愛もなくて、会話もなくて、娘もいなくなった両親に、私は何をすればいいのかわからなくなってた。

父と母はすべての明かりを店にとられたあの家で、どこからも、風の入ってこないあの家で、これからずっと二人きりよ。

母は相変わらず動揺しない。お父さんが歩けなくなったのよ。それでも母は冷静だった。愛してもいない人のすべての面倒をこれから先何年もみることになるのよ。どうして冷静でいられるのかわからない。不安はないの？　悲しくないの？　女の生涯なんて所詮こんなものよ。母はそういう顔をしてた。

私は出来る限りのことを父にしてあげたいと思ったから、日本の病院がだめなら海外の、西洋医学でだめなら、東洋医学でと、とにかく良いと言われる所にはなんとかして父を連れて行った。母も黙ってついてきた。母はいやな顔もしなければ、優しい顔もしなかった。

父は行く先々で歩くことはあきらめるように言われ、歩かないで生きて行くことを考えるように言われた。私が父に電動式の車椅子を買ってあげようかって言うと、「そんな無駄遣いしなくていい」と本気で叱った。父は死ぬつもりだったかも知れない。生きる意欲があれば動こうとするもの。何とかしないと。父に生きる気力みたいなものを、持ってもらわないと。

私は自分のことを考えてみた。急に、これから歩くことが出来なくなりましたなんてことになったら、私ならどうするだろうって。きっと泣く。泣いて泣きつかれて、それでも泣き足りなくて、また泣くわ。そして自分が歩けないことよりも、夫に迷惑をかけることがとても心苦しくなる。一人では生きて行けないのよ。何をするにもまず「ごめんね」って言わなきゃいけないのよ。歩ける人にすればなんでもないことを、「ごめんね」って。

今までそれなりに威張ってきた父だもの、母に何か頼むなんてこと出来ないのかもしれない。今までは当たり前のように、命令してたんだものね。愛のある夫婦ならなんとか二人で乗り切るんだろうけど、でもかえって愛なんて無いほうが事務的に暮らせていいのかな。とりあえず私は、私に出来ることを父にしよう。特別なことではなく、当たり前のことを。

そんなことを考えて、次の日、車椅子の父を近くの公園まで連れ出した。秋の初め。

父の病気は夏が一番辛そうだった。あの暑さと、湿度が微妙に体に悪い影響を与えていると医者もいっていた。だから夏が終わって父は少し元気になっていた。

私は薄着の父と風の中を散歩した。車椅子を押して初めて気づいたけれど、道って言うのは平らではなく、両端が低く真ん中が高くて、ちょうどお皿をひっくり返したような形になってて、水はけがいいように出来ているのかもしれないけれど、車椅子は道端へ道端へと転がっていった。

私は力一杯車椅子が道端の溝に落ちないように頑張った。近所の人が私を褒めた。いかにも親孝行をしていますといわんばかりで、私は恥ずかしかったけれど、父はとても嬉しそうだった。

お父さんそれでいいのよ。春が来たら桜がきれいだってね、夏が来たら蝉がうるさいねって、秋が来たら涼しくなったねって、何も力一杯生きようとしなくていいのよ。自然に、肩の力を抜いて生きていけばいいのよ。花が咲いたら喜んで、散ったら寂しがって、そういうことって歩けなくなってもできるでしょ。それでいいじゃない。

出来ないことはおかあさんに手伝ってもらって、お父さんに出来ることをすればいいのよ。たとえばお母さんに本を読んであげるとか、私に手紙を書いてみるとか、そうだ、今度来るときにワープロを持ってくるね。小説を書いたり、詩を書いたり出来るよ。お父さんなら俳句を詠むのもいいね。気に入ったのが出来たら出版社に送ろうよ。

昨年の今頃、私、心臓の検査で入院したことがあったでしょ、ほんの三日だけだったけどね、あの時、今までは嬉しくも何ともなかった食事の時間が、やけに嬉しかった。食事が嬉しいって言うんじゃなくて、実際食事はまずくて、どれも食欲を誘うようなもんじゃ無かったんだけど、食事をとるっていう動作が出来ることが嬉しかった。何もしてはいけない、何もすることができない生活の中で、何かが出来るということがとても嬉しかった。お父さんも何か自分に出来ることを見つければもっと楽になれるよ。

今日の散歩楽しかったね。風、気持ちよかったでしょ。どうして風が気持ちいいかわかる？　それは誰にでも同じように優しいから。それにね、風の記憶ってけっこう残るんだよ。

あのね、私がやっと幼稚園に入ったばかりの頃、お母さんの自転車の後ろに乗せてもらって買い物から帰って来るときに風が吹いてきて、私のスカートを思い切り捲ったの。

私は風ってエッチだねってお母さんに言ったことを未だに覚えてる。お母さんは不思議そうな顔をしたわ。あの時の風の感触はっきり覚えてる。夏の終わりの夕方だった。

そうだ、三人でわらび採りに行った時のこと覚えてる？　小高い丘みたいなところにお弁当を広げて食べたじゃない。あれは五月の初めよね。

私は運転免許をとったばかりで、隣でおとうさんとてもうるさかった。もっとスピードを落とせとか、止まれだとか、もっと間を開けろとか、一度本気で私の頭ぶったでしょ。けっこう痛かったんだから。でもあの時も気持ち良かったね。とてもさわやかって感じの風が吹いてた。

あと夢前川で水遊びをした時だったかな、私の毛糸のパンツに私達がよく、くっつき虫って言ってた種がいっぱいついちゃって、お父さんたら一つずつそれを取ってくれた。私ちょっと恥ずかしかったのよ。もう小学校の高学年だったんだもの。

父は泣いていた。子供のように両手で涙を拭いながら。娘に元気づけられるのは、父親には酷なのかもしれない。歩けなくても父親なんだから、優しさを与えるだけの立場をとりたいと考えてるようだった。私は父から父親の立場を奪ってしまったのかもしれない。

ふと、私は父が大切にしてきたもう一つの家族のことを考えた。

もしかしたら、私の妹か、弟がいるかもしれない。母と同じような妻がいるかもしれない。父はどんな家庭を持ってたんだろう。どんな父親だったんだろう。その人達には父の優しさを、与え続けさせてあげたい。どこに住んでいるのかしら。私はもっと前に父のことを詮索しとけばよかったと後悔した。今そんなこと父に聞けない。後をつけることも出来ない。

向こうも心配してるだろうな。もし、私が向こうの家の人間なら、どうするだろう。急に連絡が取れなくなって、心配で、きっと父を、夫を捜すに違いない。でもどうやって。

そうね、私ならまず最初に会社に電話をする。私は他人を装って父の会社に電話をした。そして、どうしても連絡を取りたいとお願いした。会社は自宅の電話番号を教えてくれた。家にかけると母が出た。家の電話は店と共通だから、必ず母が出る。父はベッドから動けないんだから、電話をすることも取ることも不可能。

次に考えたのは、思い切って店に来ること。だって会社で教えられた電話番号にかけると、「前田洋傘店です」って母がでる。お店なら電話帳で調べれば分かるし、誰が来てもいいんだから私なら思い切って出向いてみる。私は母に聞いてみた。店の傘って売れてるの？って。母は三日前に一本売れただけだと言った。

「どんな人が買ったの？」

「あなたと同じくらいの年の女の人よ。そういえば顔もどこかあなたに似てたわ。確か松本さんて言ったかしら」

母は名前も憶えてた。家の店で買っていただいた傘は、母が柄のところに名前を彫るサービスをしてた。これがなかなか好評で、家で買った傘は無くしてもすぐ見つかると、お得意様はみんな言ってた。母は名前を彫ることでお客様の名前を憶えた。別にそれを商売に利用しようなんて考えた訳ではなくて、もともと記憶力のいい人だったから、無意識に名前は憶えてたんだと思う。

松本と名乗ったその人に違いない。名前は偽名かもしれないけど、その人に違いない。私と同じくらいなら、きっとお父さんの娘ね。母親に頼まれたか、母親を思ってかはわからないけど、父の様子を見に来たんだわ。

母は勘のいい人だから、私が何を考えているのか気づいたかもしれない。でも何も言わなかった。私は母のそういう冷静な所が最近怖く思えて来た。心の病気かもしれない。それもけっこう重いの。

私は彼女が現れるのを、毎日のように実家で待った。きっとまた来るに違いない。私が彼女ならきっと来る。

父の病気は良くも悪くもならないで秋が終わった。冬になって父はまた少し元気になった。

父の部屋は日当たりも悪く、（父の部屋に限らず店以外はどの部屋も日当たりは悪いのだけど）、それに暖房も入ってなかったから、まるで月の世界のように寒々としていた。

父は「寒いほうが体にいいみたいだ」と私がストーブを入れようとするとそれを断った。

「嫁ぎ先が、近いと言うのも考えものだな。こんなにしょっちゅう帰ってきてていいのかね」

父は嬉しそうに言った。私の夫は私をとても大切にしてくれる。彼と結婚して良かったとつくづく思う。

私は父の碁の相手をしながら、父は誰を一番愛してたんだろうと考えた。そして私ならいいなと思った。

「いらっしゃいませ」

店で母の声がした。私はきっと彼女だと思いそっと店を覗いてみる。私ぐらいの女の人が立ってた。母の言った通り私に似てた。

私は裏口から外に出て待ちぶせた。でもなんて聞けばいいのかしら？　いきなり私の妹ですかとは聞けないもの。

迷ってるうちに彼女は店を出て帰り始める。私は黙って後をつけることしか思いつかなかった。こんなこと生まれて初めて。何でも初めてのときは変に緊張するものよね。久しぶりにどきどきした。

彼女は駅に向かった。そして百二十円の切符を買って電車に乗る。私も彼女と同じようにした。彼女は下りの電車に乗り二つ目の駅で降りた。

改札を抜けて、商店街を抜けて、本屋の角を左に曲がって、川沿いの細い道を、ゆっくり歩いた。近所のおばさんが彼女に話しかける。

「お帰り。今日は寒かったね。お母さん具合はどう？　こう寒いといくら丈夫な人でも風邪くらいはひくもんよね」

「ええ、でも昨日よりは随分よくなったんですよ。明日あたりはピンピンしてるかもね」

「そう、でも治りかけが大事だから、あんまり無理しないようにね」

「どうもありがとう」

彼女はとてもいい笑顔を持っていた。父によく似てた。

「直子ちゃん。これ持って行ってよ。山口の親戚がたくさん送ってきたのよ」

「ありがとう。母も私もみかん大好きなの」

「なくなったらまた言って。山ほどあるから」

直子って言うんだ。父が付けたのかしら。紙袋一杯のみかんを持って彼女はまたゆっくり歩き出す。

彼女の家は川沿いの道を八百屋のところで右に曲がって直ぐだった小さい平屋だけど、無造作な庭があった。行き当たりばったりで育てた植木が、女だけの家庭を想像させた。

門を入って直ぐ、突然彼女が振り向いた。そして私は不覚にも彼女と目を合わせてしまった。探偵でなくて良かったとは思ったけど、それどころではない。私は彼女と目を合わせたまましばらく、動けなくなった。聞きたいことがたくさんある。聞こうかしら、それとも、逃げようかしら。

彼女はさっきと同じようにとてもいい笑顔を私にくれた。私はあっというまに幸せになった。彼女は私に「良かったらお茶でもどうぞ」と言った。私は彼女に誘われるまま、彼女の家に入った。父が聞いたらなんていうかしら？　母はどう思うかしら？　私はまたどきどきし始める。

玄関を入って直ぐに私は父の傘を見つけた。手にとってみると柄のところに〝前田〟と母の字で彫ってある。彼女はちらっと私の方を見てから、縁側に案内した。縁側は日当たりもよく、そこからは庭が見渡せた。

「今はこんなに殺風景ですけど、夏はちょっとしたもんなんですよ。私と母で好きな花を一杯植えたんです。でも私達の好きな花はみんな夏の花で、夏しかこの庭花が咲かないんです」

「でも父は夏の花を嫌ったでしょ」

「ええ、文句ばかりつけられました。ひまわりは種が気持ち悪い。ゆりは匂いが気に入らない。葵は暑苦しい。ここにこうやって座って片っ端からケチつけられました。でも私も母もそれをけっこう楽しんでたの。父がブツブツ言ってるのを見て面白がってた。あなたのこともここに座って聞いたわ。おまえと同じ年の妹がいるって父が」

「妹？　私が？」

「ええ。私は一九六〇年七月十日生まれ。あなたは一九六〇年十月十日でしょ」

「父があなたにそう言ったんですか？」

「私はあなたのこと十年前から知ってる。何度もお店の前まで行ったわ。とても酷いと思った。母がかわいそうだと思った。父を私と母だけのものにしたかった。でも、母はそれを望まないって、最初からわかってたことだから、このままでいいって。時々私達のものになった方が楽しいし、失わなくていいでしょって、私にとても幸せそうな顔で話したわ。最近やっと母の気持ちがわかる気がするの。でも、父が病気だと聞いて心配で、とうとうあなたのお母さんに会いに行ってそして聞いたの。具合はいかがですかって」

「母はなんて？」

「心配ないですよ。私がちゃんと見てますからっておっしゃった」

「あなたのこと知ってたのかしら」

「ええ、たぶん」

「父は私の母と出会う前に、あなたの、直子さんの、お母さんと出会ったのかしら。母よりも直子さんのお母さんを思ってたのかしら」

「私の名前どうして？　父が話したの？」

「父は私には何も言わない。名前はさっきそこで近所の人がそう呼んでいたから」

「そう。お父さんあなたには心配かけたくないのよ。きっと」

本当に姉なんだって思った。姉は続けた。

「父はあなたのお母さんを好きになったから結婚したのよ。私の母とは縁がなかったのね。結婚は縁だから。お互い母親の強さに助けられて生きてきたのよ。感謝しないと」

父は三十年、二人の妻と、二人の娘に甘えて生きてきたんだ。こんな幸せな人、他にいないよね。

私は直子さんと父のこと、母のこと、花のこと、結婚のこと、たくさん話した。私達は姉妹なんだもの。父は私達二人の父なんだもの。誰も悪くなんかない。人を好きになることは罪じゃない。父は二人の女性を好きになった。ただそれだけのことだもの。

直子さんと話してると、なんだか心が洗われていくみたい。思い切ってここにきてよかった。でももし私が十年前にここに来ていたら、自分も含めてたくさんの人を傷つけたと思う。

直子さんもそんなことを言った。私達は父に対して優しくなれる年になってから出会ってよかったんだと。

帰り際、直子さんのお母さんが玄関まで送ってくださった。父のもう一人の妻。風邪を引いて具合が悪いのにわざわざおきてこられて、私にさっきのみかんを、もらいものですけれどと渡されて、また来て下さいなっておっしゃった。魚屋のおかみさん風で、威勢がよくて、声が大きくて、私はちょっと笑ってしまった。だって、イメージとしては、痩せ型で、おしとやかで、どちらかといえば、体の弱そうな人を想像してたから。

私はこのことを母に話そうかどうか迷ったけど、何も言えないまま春になった。

私はあれからも何度か、父の容体を知らせるということで直子さんを訪ねた。母から教わった栗羊羹を作ってお土産にした。直子さんはまだ独身で、好きな人はいるんだけど、うまくいかなくって、とその話の時だけ、ちょっと寂しそうな顔をしたけど、それ以外はとても明るく、私は直子さんの話に笑ってばかりいた。

「家にね、昨年まで《くま》って言う名前の犬がいたの。黒くて、足のこの前足の所だけが白い足袋をはいてた。父がね、拾って来たのよ。何処かで。最初は父がとてもかわいがってたんだけど、ちょっと大きくなりすぎたのね。くま。父ったらあんまりかわいがらなくなったの。そうしたら、くまは父をばかにするようになったわ。毎日ここにいるわけでもないし、来てもゆっくりくまの相手をするわけでもないからね」

「犬は家の中で誰が一番力を持っているかちゃんと、みてるっていうからね」

「そうなのよ。家では私が一番くまをかわいがったわ。それなのに、くまったら私のいうことなんて、何も聞かないの。母の言うことしか聞かないの。母なんてくまのことぜんぜんかわいがらないのよ。散歩だって私が毎日連れてってたのに。でもね、母は、くまに毎日ご飯をあげてたんだよね。あれずるいよね」

「どのくらい生きたの？」

「私が高校三年生の時だから十年ちょっとかな」

「病気？」

「よくわからないのよ。私が会社から帰って来たら、母がないてるの。私の前で涙なんか今まで一度も見せたことないのに。どうしたの？って聞くと、くまが死んだって。最後に大きく何かを吠えて死んだって。くまは犬小屋に横たわって冷たくなってた」

「突然？」

「ええ。朝散歩させた時は元気だったんだもの。信じられなかった」

「悲しいことは、急に来るからいやね。父が病気になった時もそうだった。最初父は芝生につまずいてこけたそうよ。なんか変だなって思ってるうちにだんだん歩けなくなってしまって。お医者さんからも、歩くことはあきらめるように言われたわ」

「父に会いたいわ。何も言わないけど、母も会いたがってる。なんとかならないかしら」

私だってできればそうしてあげたかった。

「父をここに連れてこられるといいのにね。ここは日当たりもいいし、風もよく通る。でもそれを母には言えないわ」

「そんな夢みたいなことでなくていいの。ちょっと会って話がしたいそれだけ」

なんとか直子さんの希望をかなえてあげたいとは思ったけれど、母の気持ちを考えるととてもいい出せそうになかった。きっと父も直子さん達のこと気がかりだろうな。

私は直子さんに手紙を書いてくれるように頼んだ。そしてそれを持って父の所に行き、また返事を持って直子さんの所へ行った。

最初直子さんからの手紙を父に見せたとき、ちょっと父は驚いたようだったけれど、私の気持ちを理解してくれた。それからしばらく、父と直子さんは文通した。

直子さんは父に結婚のことや、母親のこと、仕事のこと、何でも話してるみたいで、ちょっとうらやましかった。

父はあまり長い手紙はかけなかったけれど、ちょっと生きていく張り合いみたいなものをつかみかけてきた。私はそれがいつ母にばれるかちょっと心配ではあったんだけど、ばれたら何もかも話して、許してもらうつもりだったから、あまり深く考えてなかった。母はきっと顔色一つ変えないで「そう」っていうだけに違いない。私は母の心の中だけは、いくつになっても読み取れない気がする。

母は今までに恋をしたことがあるのかしら。人を好きになるっていうことを知らずにずっと生きてきたんだったら、ちょっと寂しいね。母達の世代の人にはよく有ることなのかもしれないけど。父は直子さんのお母さんと恋をしたのかしら。今となっては、ちょっと想像できないけれど。

直子さんのお母さんは父のことがすごく好きで、この人と結婚したいって思ってたらしいのよ。でもね、そういうことを、女の方から言える時代じゃなかったんだって。でも父はどう思ってたのかしら？　父は頭のいい人でしょ。だからいつも冷めてたんじゃないかしら。どこかで、客観的に自分を見てて、なにもかもばかばかしいって感じてしまう。それできっと親に逆らってまで、親が決めた結婚を断ってまで、直子さんのお母さんと結婚するなんて考えなかったんじゃないかしら。頭のいい人は、夢も見ないし、恋もしない。そう、頭がいいと幸せにはなれない。

私はこれからもずっと幸せで暮らせそうよ。

私は直子さんの家の庭がとても気に入っていた。

「私の好きな花も植えていいかしら？」

「ええどうぞ」

直子さんは好きな場所に、好きな花を植えていいよって言ってくれた。私は庭を持つのが夢だったから、結婚は、絶対庭のある人としようと思ってたんだけど、好きになった人は庭を持ってなかった。仕方ないね。庭より好きな人と一緒にいる方が幸せだもの。

私は柿の木の直ぐ隣に、万両を植えた。これは父が好きな木でもあった。小さい花を夏につけて、実は一年中落ちない。

「以前、この鉢を置いてたことがあったの。秋頃だったかな。店に新しい傘が入ってきて、一つづつ広げていたのね。珍しく母がいなくて、調子にのって次から次へ傘を広げてたら、父が大事にしてた万両の鉢が、棚の上から落ちて粉々に割れたわ。慌てて、ばれないように似たような鉢を買ってきて、元どおりにしたつもりだったの。それなのに、みるみる万両は枯れたわ。私のしたことは、直ぐにばれてしまった。万両が山の土じゃないと育たないなんて、知らなかったの。父はとても残念そうだった」

「私も同じようなことをしたわ。私の場合は植木鉢が窮屈そうだったから、大きな鉢に植え変えたの。その時に、土も変えたのね。そしたらみるみる枯れて」

「やっぱり私達って姉妹よね」

なんだかおかしくて、二人して笑った。

直子さんのお母さんがりんごをむいてくださって、「いつも頂き物ばかりでごめんなさいね」って。

私達はそれさえも可笑しかった。

直子さんは今辛い恋をしているという。

「好きな人には奥さんも子供もあるのよ。でも母と同じような生き方をするのはいやだから、なんとか忘れようとしてるの。でもね、人って、悲しいからでも、悔しいからでもなく、楽しかったことを思い出して泣くのよね。最近泣いてばかりよ」
直子さんはそう言って笑った。きっとその人とは楽しい思い出が一杯あるのね。頭のいい人は妻子ある人を好きになったりしないわ。直子さんも、きっと幸せになれる。私の言葉に直子さんは黙って頷いた。

春の終わり頃、父の病気は急に悪くなった。そして夏の花が嫌いだった父は、夏の花が咲く前に突然死んだ。何も言い残さずに。

母が声を上げて泣いているのを見て、愛していない人が死んだってどうってことないんじゃないって、私は心の中で言ったけど、母は泣き続けた。私は一体今まで何を見てきたんだろう。父のことも、母のことも、直子さん達のことも、何もわかっていない。母は父を本当は愛していたのかしら。

父がいなくなってからしばらく店は閉めた。私は母をもっと日当たりのいい所で住まわせてあげたかった。日当たりのいい部屋でうたたねなんかをさせてあげたかった。それなのに、母は、店をやめるつもりはない、なんて言う。客が一人も来ない店なんて、店じゃないよ。私の言うことなんて、母は何も聞かない。いつまでも、店の隅においた丸イスにちょこんと座って編み物なんかしながら、母は何を待ってるのかしら。

（第26回入賞作品）

入　賞　「満月」三村雅子（59歳・東京都）

選　奨　「星あかり」須永圭子（60歳・神奈川県）

「檜扇《ひおうぎ》」柏木抄蘭《しょうらん》（60歳・兵庫県）

「ほくろ」葉山由季（37歳・兵庫県）

候補作品　「臥待月の夜」風野　亮（41歳・富山県）

「白い約束」三上紀子（49歳・富山県）

「専有面積」志村順子（49歳・東京都）

「秋涼」園田　紅（44歳・神奈川県）

第27回　北日本文学賞　1992年度

応募総数705編

第27回選評

明晰さと余韻持つ

宮本輝

今回、私のもとに届けられた候補作は八篇《へん》である。候補作を五、六篇に絞られないときは、いわゆる〈ドングリの背比べ〉で、抜きん出た作品がない場合が多いのだが、読んでみると、確かにそのとおりであった。

私は、最初「満月」、「星あかり」、「檜扇」、「ほくろ」、「専有面積」の五篇を選び、その五篇を再読して、三村雅子さんの「満月」を受賞と決めた。文体に乱れがなく、いい短篇小説の持つ明晰《めいせき》さと余韻をもたらしている。

生涯を独身のまま、四十八歳で急逝した姉を、弟の視点で回顧するのだが、その姉の遺《のこ》した――台風一過　満月冴えわたる――の一句が、三十枚という難しい枚数のなかで、よく生かされている。終わりに、いかにも都合のいい偶然が待ちかまえているのが欠点だが、そのような瑕瑾《かきん》を承知のうえで、私は、面白く読んだ。三人の家族の輪郭も、しっかりと描写されている。

選奨三篇と、外さざるを得なかった志村順子さんの「専有面積」との差は、まったくないと言ってもいい。もし、あるとすれば、上手な文章のわりには、内容がいささか単調だったという点であろう。「檜扇」は、ひとりの老婆の来し方と個性が巧みに書かれているが、文体に乱れがあり、「星あかり」は、結末が弱かった。「ほくろ」も、いい素材で、読む者の心を刺激するのに、これもまた結末が曖《あい》昧《まい》だった。そこのところを残念に思う。

27

満月

三村雅子

三村雅子（みむら・まさこ）1933年東京都生まれ。本名・染田雅子。早稲田大学第一文学部卒業。第10回銀華文学賞入選。東京都調布市。

「それでは先に出ますよ、いいわね」と、妻の秋子が念を押した。

圭介は頷いた。圭介も一人の方が落ち着けてよかった。秋子に買い物の予定があることが好都合だった。

二人は姉の静江の遺品の整理に来ていた。静江は多摩川べりのこの団地の一DKに、二十年来一人暮らしの生活を送ってきた。姉一人弟一人の関係であってみれば、死後の始末も圭介の役目だった。

一人になって圭介は、一息いれる気になった。目を通していた預金通帳類を伏せてベランダに立つと、七階という高さのせいか、一望のもとに多摩川がのぞめた。今年の梅雨が空梅雨だったせいで川幅は狭く、流れも穏やかだった。河川敷はグラウンドになっていて少年野球の試合が行われていた。子供達を応援する母親達の明るい笑い声が響いた。

こんな光景を幾度となく静江は見たのだと、圭介は思った。自分ではついに一度も家庭を持たなかった静江だが、ひどく子供好きなのを圭介は知っている。もしかすると、サンダルばきでトコトコと河川敷へ下りていって応援の輪に加わったのではないか。子供がからむと周囲がおやと思う程積極的になる静江だったから、応援団長を気取ってフレーフレーと腕を振り回したのではないか。圭介の頭の中に湧いた想像図が、ふと現実の光景と重なって、圭介は静江の弾んだ笑い声を耳にした気がした。

勤め先で倒れた静江が、運びこまれた病院でくも膜下出血と診断されてから、その死に至るまでの時間は一週間という短さであった。

その間静江は一度も意識を回復していない。静江としても会いたい人、言い残したいことはあったであろうし、圭介も聞いておきたかったが、現実は非情だった。

うわことらしい言葉は一度だけ耳にした。圭介が静江の額の汗を拭っている時である。熱はむしろ平熱より低い状態なのに、静江はしきりに額に汗をうかべていた。拭っても拭ってもすぐに冷たい汗はふきだし、圭介は医師の宣告がその時始めて実感として暗く胸に拡がった。

静江の口がかすかに動いたのはそんな時である。「え?、何?」と耳を近づけると、二呼吸程おいてから意外にはっきりと、「お母さん……」との声だった。

その少し前に病室に入って来ていた秋子が、ああ、と痛ましげに頷いて圭介を見た。

「お義姉さん、子供にかえってお母さんを呼んでいる……」

圭介も頷いたはものの、もう一つ納得しにくいところがあった。圭介は物心ついて以来静江が母親に甘えているのを見たことがない。五年前に死んだ母親は昔風の女で、何かことが起こった場合はしっかり者の静江を頼りにし、静江もそれに応えていたからである。

だが今の静江はそんな自分の役割以前の、母親の乳房をまさぐっていた頃に戻って母親を呼んでいるのだろうか。死に近づいた人間は、大人の仮面をかなぐり捨てて幼子にかえって行くのか。その時感じた戸惑いは、今も圭介の胸の中にしこりとして残っている。

静江の手文庫の中は、静江の性格を映し出すかのように、すっきりした内容だった。

銀行の通帳一冊と、生命保険の証書が二通である。一通は二十年前の加入だが、もう一通はつい最近の加入で、こちらは寝たきりになった際の介護付きであった……。

万一遺書でもと探したが、これはなかった。四十八才という年齢ではまだ当人も思い及ばなかったのか。

手文庫と対照的に未整理だったのは、アルバムと俳句の雑誌やノート類だった。静江が勤め先でカメラのサークルに入っていたのは、圭介も知っていた。社内の写真コンテストに入賞したと、嬉しい時の癖で小鼻を動かしながら聞かせたのを覚えている。

しかし俳句に関しては、圭介は全く知らない。静江は小学校時代から、作文に類することはむしろ苦手だった筈だ。意外なことに家中で一番文字や手紙がうまかったのは母親でそれだけは一生母親の受持ちとなった。お前は私に似なかった、という母親に、静江が唇をとがらせて何か言い返していた記憶がある。

静江はいつごろから俳句に興味を持ち出したのか。ノートをめくってみると、二年程前かららしい。毎月俳句雑誌への投稿も欠かさなかったようで、何月投稿分と、ノートにメモがある。ためしにその何月号の雑誌をめくったが、入選者のなかに静江の名前はない。

圭介は静江の気持ちが読めて苦笑した。写真の時と同様、句が入選するまでは圭介にも言わない気だったのだ。静江にはそんなことが他にもあった。肉親にも友人にも洩らさぬ小さな秘密をつくっては、あっと言わせるのを楽しみにする癖である。

圭介はとりあえず写真と俳句関係のものを分けて段ボールに入れた。この二個はもう一度じっくり見直す気で、再整理と赤マジックで印した。

その紙片が出てきたのは、圭介がこれで終わりと立ち上がった、その膝の下からである。俳句のノートの一ページで、とじめがほつれて落ちたものらしい。そこには

台風一過　満月冴えわたる

とあった。その一句のみで以下は余白であった。

読んだ瞬間に圭介は、それがあの時のことを詠んだものでは、と思い当たった。ギクリと胸にこたえるものがあった。

圭介は息を整え、もう一度紙に目を当てた。確かにこの句があの時のことを詠んだものかどうかは、静江が亡くなった今、確かめようはない。しかし、じっとその句に見入るうち、圭介はそれ以外にない、と確信した。紙背の声というのがあるなら、それが、そうだと教えた。

振り返ると、あれは東京オリンピック前の、世間が岩戸景気とやらにわいていた年だったから、もう三十年の歳月が経っている。だが、今でも圭介は昨日のことのようにその光景を再現することが出来る。それほど幼い圭介の頭に強烈な印象を刻みつけた出来事であった。そして圭介以上に静江や母親の心に大きなひずみを残しただろうと、今にして理解出来る。静江の胸の中に、あの出来事がずっと住みついていたとしても不思議ない。

あの時の台風はそれほど大きなものではなかった。

が、武蔵野丘陵の一端にあたるその台地沿いに風が走ったらしい。台地下の圭介達の家のトタン葺きの屋根と天井が、そっくりもっていかれた。終戦後間もなく手に入れた安手な建売の家とはいえ、信じられないような呆気なさであった。

その時、家族は三人だった。母親と静江と十才の圭介である。台風が去ったとラジオが教えても、

三人はただ黙って屋根のない茶の間に座り込んでいた。

突然、母親がヒエーッと悲鳴のような声をあげ、畳に突っ伏した。どうしたの、と覗きこむ静江と圭介の手は振り払われてしまった。

「こんなことって……もういや……いやだ！」

身を震わせての、文字通りの号泣であった。

生まれて始めて見るそんな母親の姿に、圭介はむしろ不気味さを感じた。圭介は自然に静江の方へ近寄って行ったと思う。

静江としてもショックをうけていたに違いないのだが、それでもやさしく圭介の肩を抱いてくれた。どれ位時間がたったか、圭介は静江が母親に向き直り、こうしていても始まらない、何とかしなければ、と話しかけるのを聞いた。しかし母親はその言葉に全く無反応で、嗚咽の声は高まるばかりだった。

静江は何か決意した時の癖で唇の端をキユッと曲げて立ち上がった。

「私、瓦屋へ頼みに行って来る」

圭介は自分も一緒に行くと主張した。静江は一度は首を横にふったが、圭介が重ねて言うと承知してくれた。圭介はこの家に母親と二人残されたくなかったのである。

普段から早足の静江がこの時は一層早足になった。圭介は小走りに静江の後を追った。

圭介も知っている、商店街のはずれの瓦屋に静江はとびこんだ。

この辺りの台風の被害は屋根に多かったらしく、店は職人の出入りやひっきりなしの電話でざわついていた。

長く待たされて、ようやく五十年配の無骨な主人が静江の前に来た。屋根だけでなく天井ももっていかれて空が見えるのだ、何とかしてほしいと、静江は懸命に訴えた。静江の懸命さが圭介にも伝わって、圭介も固くこぶしを握りしめた。

しかし、主人はいちげんの小娘の訴えに冷淡だった。とにかく手が足りないのだ、よそを当たってくれと、それだけでもうその場を立ち去った。

静江と圭介はそれでもまだしばらくそこに立っていた。

職人達は二人の横を通りがかりに何かきわどい冗談を言い、静江が反応しないといってそれを又みんなで笑いの種にした。

静江は圭介の手を引いてその店を走り出た。

「ひとをバカにして……女だと思って……」

静江は切れそうなほどきつく唇を噛みしめていた。

どこをどう歩いたか分からないうちに、二人は街角の小さな公園に来ていた。静江は砂場前のベンチに腰を下ろした。ベンチには台風で吹き千切れた青い葉がこびりついていたが、静江は気にしなかった。圭介もそれに習った。

「女だと思って……ナメてるんだ……」

「父さんがいればよかったんだ」

言い終わらないうちに、圭介は静江にきつい目で睨まれた。

「父さんのこと、言うんじゃないの」

父親は三ケ月前、バアの女と共に家出したのである。酒好きで頼りにならない父親ということは子供心にも充分わかっていたが、こんな場合にはやはり居てほしい気がした。自分がまだ父親の代わりがつとまらないことが、圭介にはひどく口惜しかった。

区役所の車が来たのは夕刻近くだった。見兼ねた近所の人が電話してくれたのである。

区役所の職員は持ってきたテント地で屋根を覆ってくれて、それでやっと空が見えなくなった。しかしこれは応急処置だから、雨が降れば漏りますよ、と職員は言いおいて帰った。その夜、雨は降らなかったが台風の余波か風が強かった。テント地の屋根はあおられ端がめくれた。

夜中、ふと目覚めた圭介は頭の上に月があるのに驚いた。

夢の続きでないと納得して、しばらく目を当てていた月は大きな満月だった。耿耿として恐ろしい程冴えわたっていた。圭介は隣に寝ている母親と静江に声をかけた。圭介は月が見えるという異常な事態に興奮気味だったから、声はむしろ弾んでいたかもしれない。

母親も静江も返事をしなかった。

もう一度声をかけようとして、圭介は母親が掛け布団の中に顔を埋めたのに気付いた。

低い嗚咽が洩れてきた。いいから黙って寝なさいと、静江の声が続いた。圭介は始めて母親も静江もとっくに満月を見ていたのだと知った。


「やめなさいよ、母さん、阿佐ケ谷に電話するのは……」

「でも頼りになるのはあそこしか……」

「母さんには意地ってものがないの。あんな面白くもおかしくもない女房じゃ、兄貴が女をつくるのも当たり前だ、って言われたんじゃないの」

「そんなことを言っても、雨が降ったらどうするの。お前がかけあっても瓦屋はきてくれないんだろう」

「……私、何とか考えるから……とにかく阿佐ケ谷はやめ」

翌朝、台所での静江と母親との会話を圭介は寝床の中で聞いていた。起きるタイミングを失ってじっとしていた。いやでも目に入る空は文字通り台風一過の青空だった。

「何時まで寝てるの、さぁ、学校へ行くのよ」

静江が入って来て、母親とのやりとりの続きのようにピシッとした声で圭介を起こした。

学校へ行くの、と圭介は聞いた。家がこんな大変な時に、という意味をこめたつもりなのだが、静江には通じなかったのか、当たり前、今日は日曜じゃないんだから、ときめつけられた。

その時の静江はまるで、鉢巻きをしめてスタート・ラインに立った選手のように見えた。

圭介は静江のそうした姿を運動会の応援で何度か見ている。足の早い静江は五十メートル競走ではいつも一位だった。リレーではアンカーをつとめ、一挙に何人かを追い抜いて優勝したことがある。

運動会の静江の姿を思い浮かべたことで、圭介の胸は急に軽くなった。（姉さんが何とかしてくれる……）

圭介は、静江がびっくりする程の勢いで布団をはねのけた。

その日、圭介が学校から戻ったのはかなり遅かった。

学校では授業前に、生徒達の家の台風の被害状況を報告させたのだが、圭介の家の状況が最もひどいものと判った。昼休みも放課後も圭介は友達に囲まれ、屋根のない家がどのようなものか、繰り返し話をせがまれた。話に熱中して時を忘れ、気がつくと陽が沈みかけていて、圭介は帰り道を急いだ。

家の見える道角に母親が立っていた。遅かったね、どうしたかと思ったと、母親は昨日からの感情の乱れがまだ尾をひいて、オロオロ声であった。さっき担任の先生が見舞いに来て下さった、と言われ、圭介はますますバツが悪かった。

バツの悪さをかくすために圭介は、屋根は?、姉さんは?、とたたみかけて聞いた。

屋根だけは今日、張ってもらえた、静江の会社の人から頼んでもらえたそうだ、と母親は言った。天井はまだだけど、それも明日、来てもらえると聞いて、圭介は、やっぱり、と嬉しかった。鉢巻き姿の静江は、ちゃんと圭介の信頼に応えてくれたのだ。

家に入って仰向いたが、もう全く空は見えなかった。電灯のない家の中は暗く、普段なら恐ろしく思うところなのに、今日は逆に安心感をよんだ。母親も同じ気持ちなのが、様子から見てとれた。

静江は遅くなりそうだから先に御飯をおあがり、私は静江を待っているから、と、ろうそくを灯しながら母親が言った。

姉さんはどこへ行ったの、と圭介は聞いた。

会社の帰りに、瓦屋へ仲立ちして下さった方のところへお礼に寄って来るって。

それじゃ、僕も待っている、と圭介は言ったが、無理だね、待ちきれないだろう、と母親は笑った。何日かぶりで見る母親の笑顔だった。

食事はたしかに待ちきれなかったが、床につくのは静江の顔を見てからにしようと、圭介は思った。しかしそれも実行出来なかった。屋根のある安心感のせいか、食後すぐに瞼がくっついた。母親に起こされ、寝ぼけまなこで寝床へ入ってそのまま夢一つ見ずに朝まで眠った。静江の帰ったのも無論知らなかった。

その年の台風はそれで打ち止めだったらしく、穏やかな秋晴れの日が続いた。

圭介は翌週に迫った運動会に備えて、バスケットの練習に余念なかった。家のことはもうすっかり頭の中から取り払われた。屋根も天井もはられ、電灯もついたのである。母親のようにいつまでもこだわっている暇はない。

圭介が美容院から出て来た静江と出会ったのは、練習を終えての帰り道であった。もう街灯がつき始め、人の顔がはっきりしなくなっていたが、見覚えのある着物の柄で静江とわかった。

姉さん、どうしたの、と圭介は頭のてっぺんから爪先まで静江を眺めわたした。静江は正月にしか着たことのない一張羅の着物を着込み、髪をアップに結い上げていた。眉も唇も濃かった。これまでに圭介が見たことのない静江だった。

姉さん、どこへ行くの、と聞く圭介の質問に答えず、静江は、もう暗くなるから早くお帰り、と言った。そして、圭介の質問を封じるように素早く踵をかえした。

家に戻った圭介は、今度は母親に質問をあびせかけた。姉さんはどこへ行ったの、どうしてあんなお化粧をしているの、お正月でもないのにどうして着物を着ているの……

母親は無言だった。それが一層、圭介をイライラさせた。何かある。いつもは圭介と組んでくれる静江が、今日は母親と組んでいる……

面白くなくて、圭介は鞄を放り出すともう一度表へとびだした。圭介、どこへ行くの、と驚いた母親の声が追いかけてきたが、気にとめなかった。どこへ行くという当てもないまま歩くうち、いつか駅前の商店街へ来ていた。

圭介は結局商店街を三往復した。

三往復目に父親連れのクラスメートに出会い、どうしたのかと聞かれ、とっさに姉を迎えに来たのだと答えた。気をつけて、と声を残して去って行く父子の後姿は、テレビ・コマーシャルのように幸せそうだった。

自分の言葉に自分で暗示にかかった形で、圭介はしばらく駅の改札口横で時を過ごした。

電車の着く度に降りた客に目を走らせもしたが、静江の姿がある筈はなかった。

「こんなところに……随分探したんだから……」

背中越しの声を聞いて振り返ると、半べソの表情の母親が立っていた。

「父さんばかりか……お前まで、家を出て行ったかと思って……」

ズシンと胸にひびく言葉だった。その言葉には逆らえなかった。圭介は母親と共に家へ戻る気になった。

二人は、商店街の裏手の近道を選んだ。その道には飲み屋やバアが数軒固まる一郭があり、そこだけは周囲とは逆に夜の世界の賑わいがあった。圭介は両側の店を眺めながら歩いたが、ふとある店の客に静江らしい着物姿を見かけ、立ち止まった。ガラス戸越しではっきりせず、確かめるため店に近づこうとする圭介を母親はいぶかしんだ。

「だって母さん、姉さんだよ」

母親も足を止めてチラッと店内に目をやった。が、すぐに圭介の手を強く引いて歩き出した。静江ではないというのだ。「でもあの着物は……」と言いかける圭介に母親は、静江は阿佐ケ谷へ行ったのだからここにいる筈はない、と言いきった。母親にしてははっきりした物言いだった。そう言われると圭介も自信がなくなった。

家に近づいてその話題はそれきりになったが、圭介の目の奥にはまだあの着物の花柄がチラついていた。

翌朝目を覚ました圭介は、両隣の静江の床も母親の床もつかわれた跡がないのに驚いた。

急いで襖をあけると、ちゃぶ台の前に母親が一人ポツンと座っていた。眠っていない証拠に目が赤

かった。「姉さんは?」と圭介が聞くのとタイミングを合わせたかのように、玄関の戸があいた。と
び立っていった母親は、足元のふらつく静江を抱えるようにして茶の間へ来た。

「お水、ちょうだい」

静江の息は酒臭く、圭介は思わず顔をそむけた。静江は朝帰りの父親そっくりだった。

母親の持って来たコップの水を一息に飲み干して、静江は大儀そうに柱に寄りかかった。

そんな静江を母親は茫然とみつめていた。圭介も口がきけなかった。

「いやだ、二人して、そんな顔してひとのこと見ないでよ」

「……お前、いつからそんなにお酒を飲むようになったの」

静江に問いかけるというより、呟くような母親の口調だった。

「正真正銘、今日が始めて。でも父さんの血筋かな。ちゃんと飲めたわ。父さんに似て役にたつこと
もあったんだわ」

酔いの残っている勢いか、静江は普段は絶対に口にしない父親の名も出した。

ビクッと母親が顔をそむけた。その目から涙があふれでるのを圭介は見た。

「……母さん……泣かないでくれない……もっと景気のいい顔してくれない……御苦労様って迎え酒
の一本もつけてほしいとこよ……」

母親は静江の軽口にはのらなかった。

「……娘が一晩家をあけて……そんなに酒を飲んで……いくら瓦屋に仲立ちしてもらったからって
……そこまで付き合うことはないだろうに……」

「母さん」

静江が向き直った。

「判ってるでしょうけど、この屋根も天井も只って訳じゃないのよ。お金を払わなきゃならないのよ。家にそのお金がある？　え？　あれば私だってこんな真似しないわよ」

「…………」

「とにかくあの人の機嫌をとって、月賦で払うことに話をつけてもらったのよ。母さんはそうやって、家にいて私の批判をしていれば済むけれど……」

そこで突然静江の口調が変わった。幼子が親に訴えるような調子になった。

「私は……私だって……必死だったのよ……」

母親が嗚咽まじりに呟いた。

「……お前……体は……大丈夫だったんだろうね……」

「……そんなことは……心配してくれなくていいの……私だって子供じゃない……」

そういう台詞とはうらはらに、静江の目には始めて涙がうかんできた。

「じゃあ、お前……」

母親の嗚咽が高まった。

静江はきつく唇を噛みしめていた。涙をこぼすまいとしているのがよく判った。

圭介はとにかく静江の前のコップをとって、台所からもう一杯、水を持って来た。

「ありがとう……ああ、おいしい」

静江は水を飲み干して、圭介へ目を向けた。

「圭介はやさしいね」

あの時の、圭介の目の奥を覗き込むような静江の眼差しを圭介は今も忘れていない……

気がつくと、部屋に入る西日が弱くなっていた。腕時計を見ると四時をまわっている。

圭介はまだ俳句のノートから目が離せなかった。あの時のことを詠んだ別の句があるかと探したが、それらしい句はもう見当たらなかった。

静江はこの句にあの時を凝縮したのだろうか。

あれ以後、あの時のことを静江とも母親とも話し合った記憶が圭介にはない。子供だった圭介はともかく、静江や母親は二度と触れたくない話題だったのだろう。

それだけにこの句は、あの時の静江のもろもろの心情を強烈に圭介に語りかけてくる。

母親のいない今、そのメッセージを受け取れるのは圭介一人である。

（確かに受け取ったよ、姉さん）と、圭介はその句に向かって答え、もう一度ノート類を段ボールに詰め直した。

終わって部屋を出る前にもう一度多摩川に目をやると、河川敷の少年野球の試合も終わったらしく、子供と母親達の姿もかき消えていた。

圭介はタクシーの揺れに身を任せていた。

この団地から家まではバスの便もあるのだが、今日はその気になれずにタクシーを拾った。圭介は屋根のとんだあの時の家を改築して現在も住んでいる。

タクシーは家に近づき、駅前通りのあの時の瓦屋の前で信号待ちで止まった。瓦屋の店の前では、年配の男と圭介も顔を知っている瓦屋の若主人が何か談笑していた。運転手はそれを見ると、ウインドゥを下げて「やあ……」と挨拶した。二人の方も運転手を認め、笑顔で挨拶を返した。すぐ信号が変わって車は走り出したが、運転手は問わず語りに、あの二人とは釣り仲間なんですよ、と圭介に話しかけた。いや、私は釣りだけのお付き合いだが、あの二人は趣味がひろくてね、つまりは遊び人てとこかな、と運転手は続けた。

「特にあの年配の方……あの人は女にかけてもたいしたもんでね……今もいい男だが若い頃は役者まがいの二枚目だったそうで……◯◯に勤めていた普通のサラリーマンだったんですがね……」

◯◯とは、静江の勤めていた会社である。圭介は思わず身を固くした。

「とにかく、女の方がほっておかないんだとか……それを又、断わっちゃ失礼だなんて、好き嫌い言わず全部お相手したそうだから、偉いと言えば偉いですよ」

圭介は黙って表を見ていた。自分から話題を変える気もせず、成り行きにまかせた。

そうだ、それで面白い話がありましてね、と運転手は一層興にのっていた。

「一度だけ、失礼したことがあったそうですよ。それが二十歳前の素人娘に口説かれた時だっていうから、わたしは嘘だって言ったんですがね」

「素人娘といってもこの頃はプロそこのけのもいるが……しかしその娘は本当に男を知らないなと、やっこさん、わかったそうです。そんな娘が目を据えて捨て身で迫ってきたんだって」

「なんでもさっきの瓦屋も絡むらしいんですが、そのことでやっこさんを利用したいんだという気が丸見えで……やっこさんも白けたそうです。帰ろうとしたそうです」

「ところが帰りかけて、勿体ないとまた思い返したというのがやっこさんらしい。しかし結局だめだったそうです。体がね。あんなことは始めてだった、女と違って男の体は正直なもんだ、なんて真顔で言うんで大笑いでしたが」

タクシーは家の前に着いたのだが、圭介はすぐに立てなかった。運転手に、どうかしましたかと聞かれて、やっとノロノロと腰をあげた。この話はやはりショックだった。あの時の見えていない部分が、こんな形で補足されようとは思わなかった。

家に入った圭介は、出迎えた秋子に酒がほしい、と言った。珍しい、と秋子は圭介の顔を見た。圭介はいける口ではない。家で酒を飲むのは年に何回と数える程だ。しかし秋子はすぐ納得したように、今日はいろいろ疲れたでしょうと、カンの用意を始めた。そう言われたことで、圭介は一層疲労が増した。

アルコールの作用で感情の抑制がはずれると、圭介はたまらなく静江がいとおしくなった。母親や、大人になってからの圭介が思っていたように、あの時静江は「娘」を失った訳ではないらしかったが、逆に、必死の思いをまともに男に受け止めてもらえなかった静江が、むしろあわれであった……。

もう一本つけますか、と聞く秋子に頷きながら、圭介は秋子ともわかちあえない孤独の世界に身を沈めた。

静江の骨をどこに葬るかで、圭介は多少迷った。圭介の家の墓は近郊の寺にある。普通ならそこに静江を葬るのが順当だ。

しかし、家の墓とは別に母親の墓があった。生前、母親はこの家の墓には入りたくないと、コツコツ貯めた金で自分の墓を用意した。自らの意思を持たぬかに見えた母親が、最後にみせた意地だった。

順当ではなくとも、静江の骨は母親の傍らに埋めてやろう、と圭介は決めた。うわことで母親を呼んでいた静江である。母親の傍らでゆっくりさせてやりたい。一生を、唇をキュッと結んで生きて来た静江に、もういいんだよ、と言ってやりたい。母親や静江の住むことになった世界には、静江が捨て身で迫らねばならぬような状況はもうないであろう。無信心な圭介だが、穏やかな時が永遠に流れる世界を、この場合信じたかった。

母親の墓は、富士の裾野の広大な公園墓地の中にある。この墓地は墓石もスペースもすべて同一で、区画毎に整理された墓が何百と並ぶのは壮観とも言えた。

静江を埋葬するその日、よく晴れてはいたが、風が強かった。墓へ向かう桜並木の道では季節より早い落ち葉が風に舞っていた。圭介が胸に抱える静江の骨壺にも落ち葉がふりかかった。

母親の墓の前ではすでに係が待っていて、待つ程もなく僧侶も来た。

「皆さん、お揃いですか」

係が圭介にきいた。圭介は秋子と顔を見合せ、頷いた。息子の洋介は試験のため不参加だ。父親の消息は依然不明、父親方とは親戚付き合いがない。埋葬に立ち会う親族は圭介と秋子だけである。

それでは、と係の手で骨壺は母親と並んで収められ、僧侶の読経が始まった。僧侶の声はすぐさま風にのって、周囲の自然に吸い込まれていくようだった。

すべての儀式が終わった後も、圭介と秋子はまだしばらく墓の前に佇んでいた。

「あの……お義姉さん……」

秋子が墓を見つめながら口をきった。

「男のお友達……恋人みたいな人……いなかったのかしら……」

「さあ……わからない」

圭介は本当にわからなかった。圭介としてもいてくれた方が気持ちが救われる。しかし遺品にも俳句にもそれらしい人物を暗示するメッセージは無かった。メッセージとしては只一つ、「台風一過満月冴えわたる」である。そしてそれは確かに圭介が受け取った。恋人がいればよし、いなければその分まで静江のことを想ってやると、圭介は胸の中で呟いた。
風が冷たさを増してきた。
圭介は秋子をうながして墓を後にした。

（第27回入賞作品）

入　賞　「遠きうす闇」長岡千代子（37歳・島根県）

選　奨　「木の椅子」山本隆行（20歳・東京都）

「天窓」芹沢葉子（48歳・神奈川県）

候補作品　「光さす場所」志村順子（50歳・東京都）

「磯笛」松本克平（63歳・東京都）

第28回　北日本文学賞　1993年度

応募総数861編

第28回選評

〈省略〉か〈放棄〉か

宮本輝

28

今回の北日本文学賞には、九百篇《ぺん》近い応募作があった。私のもとに届けられた候補作は五篇で、そこまで絞り込むために、厖大《ぼうだい》な作品群を読みつづけて下さった選考委員の方々の労をねぎらうとともに、そのご努力に敬意を表したいと思う。

最終的に三篇を残して、私はそのなかでどれを受賞作にすべきか、随分迷った。こんなに迷ったのも初めてである。

それぞれ捨てがたい作品であるが、同時に、受賞作となるべき力が不足している。結果的に、私は、安定した文章力という点で、長岡千代子さんの「遠きうす闇」を受賞作と決めた。

地方都市で夫に死なれ、酒屋で働き始めた母を、少女の視点で見つめている。母もまた生身の女であることを少女は知っていくのだが、流れ者の男とのわけありな情況も、その男が美しい貝がらをくれる場面も、いささか類型的である。短篇としての芯《しん》が弱いといってしまえばそれまでなのだが、あまり登場しない酒屋の主人のいやらしさが、この小説のなかで光っている。

安定した文章力があってこそ、酒屋の主人の描写に〈省略〉の技が使えたのである。

山本隆行氏の「木の椅子」は、現代の大学生の、物事の処し方が鮮やかにすくい取ってある。作者の二十歳という年齢を考慮に入れれば、受賞作となって不思議ではない。

けれども、短い小説のなかで、トキオとサユリの視点があまりにも煩雑に入り組んで、読む者を混乱させる。とりわけ、最後の終わり方は、短篇として不親切で、なんだか、ぽんと投げだしてしまったという印象を受けた。これは〈放棄〉であって、〈省略〉ではない。

けれども、登場人物との距離の取り方は、この作者に力があることを示している。

芹沢葉子さんの「天窓」も、奇妙な雰囲気を持つ作品だが、主人公が、どうして天窓のある部屋で起こったことを明確に記憶していないのか、そこのところが曖昧だった。終わり方も、やはり放り出すみたいで、その点も惜しまれる。

他の二篇については、紙数が尽きてしまったので、別の場で私の感想を述べることにしたい。

遠きうす闇　　長岡千代子

長岡千代子（ながおか・ちよこ）１９５６年島根県生まれ。本名・同じ。東洋大学文学部卒業。

短い駅裏通りを抜けて西へ向かうと、軒の低い屋根の集まる一角がある。後ろはすぐに丘陵が迫り、その中腹に神社の鳥居が見えた。

坂の宮と呼ばれる、高台のその神社に立つと、北側にはパルプ工場が拡がっているのが見える。そしてその煙突から、灰色の煙がもくもくと吹き上げられている。見渡せば、町は日本海に注ぎ込む川とその工場をとりまいている家並だけの姿に見えた。

ユリは時折この場所から、父を奪った煙の渦を眺めた。

あの工場で工員として働いていた父は、薬品タンク内で発生する硫化水素をあやまって吸ってしまい、死んだ。二年前、まだユリが小学校三年の時だった。

その日ユリは弁当のたくあんが匂うからと半泣きで登校をしぶっていた。父は着替えを済ませると、ユリの頭をなでながら新しいアルマイトの弁当箱を買ってきてやるとささやいて出掛けた。だがそれは、祖母から繰り返し聞かされた情景で、ユリにその記憶はない。

ユリが覚えているのは、父の葬儀での並べられた花輪の中の白い花。それから黒い服を着た男達だった。

彼らは一様に押し黙ってうつむいていた。そして時折、無遠慮に哀れむような一べつをユリに向けた。いや、それすらもユリの記憶かどうか彼女自身わからなかった。耳に残っている祖母の言葉、「あんたたち、こんな涙金でトシオが浮かばれると思っているのかい――」

そのしぼりだすようなかすれた声に、黒っぽい一団が一瞬奇妙に静まり返った。その情景だけはユリの脳裏に焼きついている。

そして、その葬儀で人目を引いているのは自分や祖母でないことを、ユリは感じていた。

母のいつもと違う黒い着物は、それだけで別人のようだった。

小雨が降っていた。彼女は弔問客のひとりひとりに静かに頭を下げ、低いなぐさめに無言で答えていた。その結い上げた細いうなじに、雨に濡れたおくれ毛がひとすじ、吸いついていた。

ユリは花輪からこぼれた白い花を拾い上げ母を見た。だが、視線を肩以上に上げようとしない母はそれに気づかず、花はユリの掌の中で小さくつぶれていた。

パルプ工場と北西に流れる川をはさむ恰好で、ひっそりと佇むような一画があった。その旧い町は、川筋に沿った細い道路に小商いの店が並び、その奥に入り込むように低い家々が連なっていた。

ユリ達は社宅を追われると、工場の煙が遠くに見える、小売酒屋の離れに引っ越した。

ユリは、この暗い離れの二間がそれほど嫌いではなかった。廊下から見ると、狭い内庭にとうぐみの木が植わっている。初夏になると、紅く熟した小粒の実がつくことを、ユリは知っていた。

ユリは毎年のように、母と一緒に摘んだことを思い出す。熟れたぐみは、見た目のかわいらしさよりもずっと芳醇で、柔らかく、甘ずっぱい味がした。

ぐみの木が見える北向きの薄暗い部屋で、母は和裁の内職をしていた。だが、月に数枚の留袖を仕上げても、足元をみられるのか、いくばくにもならなかった。

「役に立たないものだねえ」

祖母は腰痛でほとんど寝たきりの状態になっていて、時折思い出したように、母に短い言葉を投げた。そんな時、ユリはいつも母の背中にしがみついた。自分のわずかな温みを母に与えようとするように、頬をぺたんと母の腰の辺りにくっつける。母はゆっくりと振り向いて、ユリの目を包み込むのだ。

だが母は時折、針を進める手を休めては、庭のぐみの木を、そうして屋根の向こうに垣間見える空をぼんやり眺めている。そんな母の姿を見るたびに、ユリの幼い胸にも、茶色いシミがゆるゆると揺れ動くのだった。


ユリが小学校六年に上がった春も、ぐみは薄緑色の粒をつけた。そして日に日に熟れていき、瑞々しい濃紅色の実が鈴なりになった。

だが、ユリは一度もこの実を味わうことはなかった。

酒屋の常連にふるまうための、焼酎につけ込んだぐみ酒にするらしく、酒屋の亭主が竹ざるを抱えてやってきて、紅い実を無造作に摘んではざるに投げた。そして、時折その実を口に放り込んでは、種をプップッと吐き出したが、ユリには一べつもくれなかった。

その頃、母は内職のかたわら、酒屋の手伝いをするようになっていた。

「女房が腹を手術してからはどうもいけなくてね。当分退院できそうもないんだ」

背の低い亭主は、両切りの短い煙草に火をつけて、祖母を見ながら言った。

「代わりに店を手伝ってもらえんかな」

「こんなので、つとまりますかね」

祖母は体を半分起こしながら、母を見た。うつむいたまま、母は縫いかけの着物をにぎりしめていた。

亭主が、明日から店に来てくれと言い残して出て行ったあと、祖母は言った。

「女房の代わりに、と言ってるよ」

電灯のかさの影に半分隠れた祖母の頬が、かすかに揺れた。

それからは、母は昼間離れから店に通うようになったが、酒屋の手伝いだけではなく、母屋の世話までやらされているようだった。

社宅の裏庭で母は庭草を育てていた。パンジー、ベコニア、百日草。小さな花の周りで、幼いユリはよく母と一緒に洗濯物を干した。母は手拭い一枚でも端と端がぴっちり揃わないと気がすまないようで、笑いながらユリが竿にかけたものを干し直す。

「こうしてね」

母はいつもそんな言い方でユリを見た。そして、竿に乗せた父の浴衣の袖をぴーんと張らせるのだ。

母が酒屋の亭主の下着を干す姿は、ユリの小さな胸に雨だれが降るような感覚を覚えさせた。

夕方ユリが学校から帰っても、離れには祖母がひとり横になっていて、ラジオの小さな音量が、暗い部屋にとぎれがちに聞こえているだけだった。

ユリはランドセルを置くと、店をそっとのぞきにいく。母の後姿は見えるが、酒屋の亭主と目が合うと、亭主は露骨に嫌な顔をした。そして母のそばへ行って、決まって何かささやくのだった。

母は、最初ビールの瓶を拭いたり、簡単な帳簿付けなどを続けていたが、言われるまま、次第に店の客の前にでるようになっていった。

店には、清酒やウイスキーなどが並べられているその奥に、三尺ほどの簡素なカウンターがあり、夕方になると勤務明けの工員や、近くの飯場の人夫達がやって来て、立ったまま焼酎をコップであおっていくのだ。

母が店に出る姿は、ユリはやはり好きにはなれなかった。

「ねえさんは色が白いなぁ」

「ダンナがおらんのやけ、わしに相手をさせてくれ言うに」

店には、河川改修の工夫達が、むきだしの肩と、汗臭い身体のまま毎日のようにやって来る。そして母を相手のそんな会話のあとの笑い声が、時々ユリの耳にも聞こえてくる。

男達の下卑た話に、母はほとんど反応しないようにも見えたが、店が終わって、離れの小さな流しで水を一杯飲む時に、ユリの知らない表情をすることもあった。

その頃から母の小さな鏡台の前には、以前よりも紅いべにが置かれるようになり、きちんと片づいていた引き出しの中も、見ると粉おしろいが乱雑に押し込まれている。そして白い割烹着を脱いで、見慣れない薄手の服や、袖なしのブラウスを着ることもあった。

だがユリには、母のそうした姿を見ることよりも不安なことがあった。

ユリが学校の帰りに店の前を通り過ぎる時、陽の高いその時間から、よく焼酎を飲んでいるひとりの男がいた。男も河川改修の工夫であるらしく、他の男達と同じ色の作業ズボンをはいていた。彼は陽に焼けた厚い胸の男達の中でも、特に固そうな肉体を持っていて、右眉が古傷のせいで、ふたつに分かれていた。

「なまりは九州だが、あの傷は半端なものじゃないぞ」

ユリは客達がそうささやき合うのを聞いた。そして彼らは男がここの改修工事が終わったら、またどこかへ流れて行くのだろうと言った。

ユリには、母の気持ちが何故かこの男に向いているのだという思いがあった。

いつだったかユリは同じ作業ズボンの男達が殴り合っているのを見たことがある。川にかかる大橋の河川敷で、二、三人の男がひとりの男を取り囲んでいた。そして囲まれていた男が、目の前の男に頭から突進していき、そのまま乱闘になった。

足場がぬかるんでいたのか、男達は下半身を泥まみれにし、その飛び散った汚泥はみるみる男達の首や顔を汚した。そしてそのうちの男のひとりが額を切って、眉間から血を流しているのが見えた。その男の泥と血にまみれた必死の形相に、他の男達がひるんでいるようだった。

ユリは怖くなって、土手からすべり下りるように走り逃げた。血を流していたのがあの眉の男だということはわかった。

その日も何事も無かったような顔で男達は酒を飲みにやって来た。

顔に傷をおった男も来て、いつものように焼酎を頼んだ。カウンターの中から男のコップに焼酎をつぐ母は、その手を止めて、男の顔を見ていた。

その母の顔は、昔自分や父に向けていたものに似ている。ユリにはそんな気がしたのだ。

そして、父とは全く違った風貌の、この胸板の厚い男が、もしかしたら母を奪うために血を流し、自分の知らない間に母をどこかへ連れて行ってしまうのではないか、とユリは思うのだった。

ユリはその頃、同じ夢を何度か見た。

いくつ位のことだったろう。父がまだ生きていて、母と三人で海に出掛けたことがある。

盆を少し過ぎた頃で、白い波が立ちはじめていた。夕方の砂浜はそれでもまだ十分に熱く、ユリの足の裏を焼いた。母は水着を用意していなかったのだろう。白い木綿のワンピースのまま砂浜に座り、日傘をさして、父がユリを抱いて海に入っていくのを眺めていた。ユリは父の肩に無言でしがみついて、母の姿が少しずつ遠ざかっていくのを見ていた。

時折小さな波がユリの腰や腕を濡らしたが、それはユリにとって、へその辺りからわきあがって全身をめぐる恐怖であった。深緑色のその波は、父の肩と、その向こうに見える母の顔を揺らした。

母は笑っていた。うれしそうに日傘を手元でくるくるとまわして、顔を傾かせて笑っていた。父はなおも沖へ向かい、母の白いワンピースは次第にぼやけていく。

その時の思い出がそのまま夢になって何度か現れた。

目がさめた時、小さな嗚咽がユリの喉にからみついている。だが、隣りにいるはずの母の布団に母の姿がないことが何度かあった。


風の中に初秋の気配を感じる頃になっていた。

この町の秋は急ぎ足だ。日本海へ降り注ぐ陽の力は急激に衰え、川を渡る風は見た目よりも冷えている。夏の名残りの滞った空気が去り、下降気流に乗って澄んだ大気が遠くの低い山々の輪郭を、くっきりと浮かび上がらせていた。

ユリはいつものように川からなびく風に頬を当てながら、土手沿いの小道を帰っていた。

大橋のたもとから、本屋の角を曲がって溝ばたの路地を抜けようとしていた。酒屋の木箱が高く積まれた壁がすぐそばに見える。こちら側から入れば、酒屋の裏玄関が近かった。

ユリは途中手折った薄桃色のコスモスを手に、路地を行こうとした。

その時だった。うす汚れた木箱の陰に、母の白いブラウスが見えた。

ユリが駈け寄ろうとした瞬間、ユリの目に酒屋の亭主の後ろ姿が映った。なでた肩、うすくなりかけている髪。そして、その右手が母の二の腕辺りを、ゆっくりとなでているのが見えた。

ユリはとっさに後ろ向きに駆け出した。ランドセルの筆箱がカチカチと鳴り続けた。

ユリの足は、そのまま坂の宮へ向かった。

石段を昇り切った頃には息がきれ、小さな背中を前屈みにして、苦しさをこらえなければならなかった。下腹もはったように痛んだ。

息がおさまるにつれて、ユリの頭にはぼんやりと母の姿が浮かんできた。

母のその白い胸は、ユリにとって秘密の匂いのするものだった。

きめの細かいあわ雪のような肌が、やさしくゆるやかな曲線を持っている。それは、幼いユリが首の辺りにどんなに天花粉を塗りこんでもかなわない、甘やかな質感であった。

夏の日の夜、ユリは青蚊帳の中で母のその柔らかな乳房に触れながら、眠りに落ちる時の温みを思い返す。白玉のだんごのような、とその時ユリは思ったはずだ。乳房に掌を添えると、同時に何故か、秘密めいた後ろめたさもが、ゆるやかに全身をめぐるのである。

そのかすかな感覚を思い出しながら、

「おかあちゃんは、いなくなる」

と胸の中でつぶやいていた。


次の日も、ユリの足は学校からまっすぐ坂の宮へ向かった。

国道から二辻と呼ばれる小道を入りしばらく行くと、左手に石段がある。見上げれば、神社全体が巨大な袖をひろげたように、おおいかぶさってくる。

ユリはランドセルを背負ったまま、その石段を一段、一段昇って行く。

両側に立つ高い杉並木からは、時折陽がこぼれるだけで、苔むした石段はひんやりと冷たく、ユリの薄いゴム靴を通して伝わってくる。

午後のこの時間になると、後ろをおおうまっすぐに伸びた針葉樹が、神社全体に徐々に陰を与えはじめる。

人気のない神社は、それでもユリにとってどの場所よりも落ち着けるところだった。

石段を昇りきると、小さな広場になっていて、すすけた社がふたつ並んでいる。月日が黒くしみ込んだその社をやり過ごすと、向かいには、みすぼらしい舞殿がひっそりと建っている。低い屋根と六本の柱だけで、四方から風にさらされる高床の舞殿も、長い間の風雪に灰色にささくれだっていて、秋祭りの折に神楽舞いが奉納されるにぎやかな場所になるのが信じられない程だった。

ユリは舞殿をぐるりとまわった。そこから町のようすが見える。

父を奪った工場の煙は、今日もゆっくりと立ちのぼり、風に揺られている。

見下ろせば、小学校の裏庭に通じる、くねって舗装のされない通学路や、駅から出ているいくつもの引き込み線、赤いかわら屋根の山寄りの家々などが、すぐ間近に窺えた。

もっと近くを見ると、電気屋の角を曲がるバスや、二階の窓が開いた洋品店などがはっきりと目に映った。

だが、どこからもこの場所にいる自分は見えない。

今朝も母は、ユリに弁当を持たせると、念入りに化粧をすませ、ユリよりも先に家を出た。駅前の美容院に行ったのかも知れない。以前は長い髪をひとつに束ねて、地味な色のリボンを時々ユリに結ばせるだけだった。だが最近は、色みのある髪止めを使い、いつも首すじを出すように結い上げている。

ふと、祖母の声がよみがえってくる。

祖母の低いその声には、ユリの薄い胸に硬い鉛をおしつけるような冷たさがある。

「お前も母親に似てくるんだろうよ」

ユリはその場に立ちつくす。そして酒屋の亭主の黒目の少ない細い目が、母の姿を追っているのを思い出す。

母が店先の棚にあるウイスキーに手を伸ばす。つま先だったかかとに、骨が浮き上がる。素足のままの、その細い足首を、亭主はじっと見つめているのだ。

「うちはおかあちゃんに似てなんかいるもんか」

もらい湯に入る母の姿。

髪を洗う時にうつむいてくしけずる細いうなじや、肩の白い丸み。柔らかな胸や腰の厚み。少し前まで、それらは全てユリのものだった。ユリにとって、唯一のやさしい温みだった。

だが、今は違う。

「おかあちゃんは、いやらしい」

ユリは真夜中の廊下の白さを知っている。

その晩もユリは夢を見ていた。

秋祭りの夜。薄暗い神社の境内。原色の玩具が並ぶ夜店のテント。そして、裸電球のだいだい色の闇の中に動く、まばらな人影。

そのなかにユリはいた。

ゆりはやはり父の腕に抱かれている。

だがよく見ると、ユリを抱いているのは父ではない。顔は見えないが、父でないことだけはわかる。ざわざわとした小さな不安がユリを襲う。

だが同時に、包み込んでくる男のなまなましい温みが、ユリの腰の辺りから背中にかけてじんわりと伝わってくる。男の腕は太く、柔らかく、微妙に動いていた。

ユリはその得体の知れないむずがゆさに、全身の力が抜けていくような感覚に漂っていた。

目をさました時、やはり母は隣にいなかった。暗い闇の中に、母の布団が白く浮き上がっている。

ユリは夢の余韻にしばらく身をまかせながら母を待った。だがいくらしても母は戻らない。

ユリは起き上がった。そして、そろそろと障子を開け、廊下に出た。

縁側には月明かりが薄く洩れ、その白い色は廊下を一層冷たく見せた。

目の前には、母屋に続く狭い通路がある。

ユリが二、三歩進むと、廊下は小さくきしんだ。

その時、まっ暗い通路の向こうで、息を殺したような、かすかな呼吸が聞こえた。

聞こえたような気がしただけだったかも知れない。しかしユリはそれ以上歩を進めることができなかった。

この暗闇の向こうに母がいることがわかったのだ。

ユリの目に冷たい風がしみた。

ユリは舞殿に上がり、床の上でひざをかかえた。急いで昇ってきたせいか、今日もまた下腹が痛んだ。ランドセルを下ろして腹を腕で押さえ、自分の体温で痛みを和らげようとした。

その時だった。

陽に沈みかけている木々の合間に、黒い影が見えた。それはかげろうのように揺れながら、ゆっくりと近づいてくる。

人が来る、とユリは思った。

人影は秋小口の、それでもまだ粘り気のある木々の呼吸の中に現れた。

あの男だ。眉の半分割れた男。

ユリはひざをかかえたまま、身体を固くした。

男はランニングシャツを灰色の作業ズボンに入れただけの恰好をしていた。その盛り上がった固そうな肩の肉は、衰えかけた陽と木々の影とのまだら模様に光っている。

男は木洩れ陽を浴びながら石段を昇りきると、まっすぐユリのいる舞殿に近づいてきた。そしてユリを見つけると、驚いたように一瞬歩を止めたが、そのまま舞殿に上がり込み、ごろりと横になった。

ユリはひざをかかえたまま、じっと男を見据えていた。それは、少しでも自分がスキを見せれば男が飛びかかってくる。そうしたら男の腕に思い切り噛みついてやる、と考えているかのような姿だった。

だが男はユリの方を振り返りもせず、腕を枕にあおむけになったまま、身体を涼やかな風にまかせている。それからゆっくりと身体の向きを変え、そのうち軽い寝息をたてはじめた。

ユリの肩の力はゆっくりと抜けていった。

この男が、あの時血を流しながら数人の男と殴り合っていた同じ人だろうか。ユリの目の前で眠り込んでいる男は、まるで無防備に見える。

男の背中には樫の葉が一枚はりついていて風が少し出てきたのだろう、その端がかすかに揺れている。

寒くないのだろうか、とユリは思う。

男の腕から背中にかけての厚みには、その下に細かい神経や血管が入り組んでいるようには見えない。

「この人は寒くないのだ」

ユリはすぐそばで背中を向けている男の肩の筋肉を見ながら思った。そして、何かの本で読んだ巨大な怪物が今現れても、彼が素早く立ち向かい、きっと自分を守ってくれるのではないかと、考えた。考えながら自分の想像がおかしくて、ユリは声をたてずに笑った。

「またさぼってしまったなぁ」

見ると男は、目をしばたたかせている。

男は起き上がって座り直すと、ポケットからしわくちゃの煙草を取り出し、火をつけた。吐き出した煙は思ったより早い動きで、男の頬をかすめて散った。

「まだいたのか」

男ははじめてユリを見て言った。男は一本の煙草を根元まで時間をかけゆっくりと吸った。それから少し遠くを見るような目をして言った。

「ここはいい所だなあ。なんていうか、海があって、山があって、酒がある」

男はひとつのびをすると、

「まあ、日本中どこへ行っても同じだがな」と言って笑った。

陽に焼けたつやのある顔が、意外な程白い歯を見せた。

ユリはその笑い顔を見て、この人は自分が思っているよりもずっと若いのかも知れないと思った。

それから男は尻のポケットを何やらごそごそとさぐっていたが、やがてユリのすぐそばに来た。そして笑顔を見せながら、ごつい手を握ったままユリの目の前に差し出した。

男はその大きな手をユリの鼻先でゆっくりと開いてみせた。厚そうな皮のその上に、桃色の貝が一片乗っていた。それは透き通るようなつやを帯びた、質感のある小さな花びらに似ていた。

「やるよ」

男はそう言うとユリの掌にそれを置いた。

貝殻は、威力を失いかけている陽の光を一身に浴びたように輝いていて、ユリはとてもきれいだと思った。そして光を反射した貝の中に自分のうれしそうな顔が映っているのを見た。

その時、男が言った。

「お前、かあちゃんに似てるな」

ユリが顔を上げると、男の顔がユリの目の前にあった。額にはあの時の傷がうっすらと残っている。一瞬、汗が風に乾いたような匂いがし、ユリの身体にまとわりついた。

男はなおもユリを見つめている。

「そうやってびっくりした顔なんかも、そっくりだ。……色も抜けるように白い」

しばらくの間、男は無言のままユリから目を離そうとはしなかった。

ユリに恐怖はなかった。むしろ夢の中で感じたあのむずがゆい感覚が身体の中をゆっくり走っていくのを感じていた。

やがて男はユリのそばを離れ、舞殿を下りて、もう一本煙草に火をつけた。それからユリを見た。そして、かあちゃんの所で一杯ひっかけてくるかな、と言った。

男はユリを振り返ることなく石段を下りて行き、すぐに見えなくなった。

ユリは男がくれた小さな貝を見た。そしてもしかしたら、これは男が母にやるつもりで持っていたのではないかと思った。だがこんな子供じみたものを母が喜ぶだろうか。

いや、母はうれしそうにするだろう。左の掌に置いて、右の指でその貝をなでるのだろう。そして、貝のつやに自分の顔を映して、無言できれいね、と何度も言ってみせるだろう。

母のことはよくわかる。

たぶん、自分達は似ているのだ。


風は時間につれ、小さな冷気を含みはじめ北東からゆるやかに吹き抜けている。

ひとり残されたユリの身体は、威力を失った陽の陰に沈んでいく。

「さむい」

その時、ユリはかがみ込んだ自分の足に、薄紅色のシミが一筋、流れているのを見た。

それは最初、ぐみ酒のような透明な淡い色合いに見えた。だがよく見ると、ぐみをつぶした果汁のようでもあった。

風が突然、ユリのまわりをとりまいた。かと思うとざわざわと木々の葉が一斉に鳴りはじめ、粘りのある風がユリの身体にからみついた。それから、風の勢いは一気につのり、大木の何千という葉を震わせ、ざあざあという音に変わった。葉は風をまともに受け、こすれ合い、ぶつかり合い、数えきれない程の数の葉っぱが散り、舞った。椎の実のまだむけきらない青い粒さえ、スローモーションのように飛んでいった。

夕方の淡い陽が、雨のように降り注ぐ葉と葉の影から、木洩れ陽を一瞬つくり出したが、鋭くなってくる急激な風の音と流れにすぐに消え、変わって上空に渦を起こすかのような暗い雲が、速いスピードでおおいつくしてくる。

黒っぽい雲はそれでも雨を降らすことはなく途切れがちになり、薄い色の空を見せはじめたが、風は木々と大気を震わせながら、しばらく鳴り続けた。

ユリは耳と頬とひざ小僧に風をまともに受けながら、辺り一面の色が変わっていくのを見た。

その一陣の風が吹き過ぎる中で、ユリはなおも紅いシミがゆるゆると下腹から下りてくるのを感じていた。

気がつくと、木々のざわめきは止んでいた。

夕なぎのような静寂が辺り一面をおおい、茶色い闇が地面にゆっくりと降りてくる。降りた場所から闇は深く、濃くなっていく。徐々に目に映る範囲が小さくなり、ユリの赤いランドセルの色も茶色に見えた。

下着の汚れはユリが思ったよりもわずかだった。ユリは足についた、すでに乾いて筋になっている薄いシミに、自分のつばをつけて掌でぬぐった。鉄を含んだような汗の匂いがユリの鼻をかすめた。

下腹部は重く、はった感じはまだ残っていたが、不思議と寒さは感じなくなっていた。

ユリは立ち上がった。

立ったまま町を見下ろした。夕闇の中にぼんやりとパルプ工場の煙が見える。煙は北寄りの風に乗ってゆるやかに流れ、そのまま消えていく。

北西に流れる川と、点在するわずかな家並と、その白い煙だけが町の輪郭としてぼんやりと浮かび上がっている。

ユリは指を折った。

あと三年と半年。中学を卒業したら、この町を出て行こう。そして、この暗くさびれた町で過ごした日々を忘れ去るのだ。

いやそうではない。やはり自分は一生この町にいるのかも知れない、とユリは思った。哀しい程みすぼらしいこの町のどこかで、母のように生き続けるのかも知れない。

男はもうすぐこの町を出て行くだろう。そして、この町で眉間から血を流していたことも、母の店で酒を飲んだことも、小さな貝殻をユリに渡したことも、すぐに忘れてしまうだろう。

ユリは風に舞って髪や肩にはりついた数枚の葉を、ひとつひとつ払い落とした。それからランドセルを手に持つと、もう一度工場の煙を眺めた。風は止んで、上空にほぼまっすぐ白い煙は立ち昇っていく。そして、その上に煙と同じ色の月が、ぼんやりと浮かんでいるのが見えた。

ユリは男がくれた桜色の貝を、その月をめがけて高く放り投げた。一瞬、白い輝きが空に流れたように見えたが、すぐ薄闇に消え、後にはやはり月が浮かんでいる。

ユリはしばらく貝が消えていった暮色の空を眺めていた。それから夕闇が取り囲みはじめた石段を、白い月を見ながら、一段、一段ゆっくりと下りて行った。


（第28回入賞作品）

入　賞「この世の眺め」我如古修二（42歳・沖縄県）

選　奨「ヤマンスと川霧」風際　透（61歳・富山県）

「胎児」樋口まゆ子（24歳・東京都）

候補作品「赤い傘」水野　晶（36歳・長野県）

「見返り狐」佐々木信子（41歳・佐賀県）

「北国の猫」西川雅子（47歳・奈良県）

第29回　北日本文学賞　1994年度

応募総数662編

第29回選評

人生の息吹き

宮本 輝

今回は、それぞれが力量と個性を持った作品ばかりで、楽しく読ませていただき、迷ったあげく、我如古修二氏の「この世の眺め」を入賞作に決定することとなった。

八十歳をとうに過ぎた沖縄の老人をともなって孫たちが三重県に旅をする。老人にとっては、この世で最後の旅となるであろう。

苦難の時代を礼節を守って寡黙に生きてきた老人の姿が鮮明に描かれ、確固とした人生の息吹きを感じさせる。

新味がないと思う人もいるだろうが、人生はいつもそれほど新味に満ちているわけではない。

最初、私は、風際透氏の「ヤマンスと川霧」を入賞にしようかと思った。抑えた文章の良さで読ませる小説であるが、三十枚という分量のなかで、語り手が二人にわかれてしまうことに無理があったような気がする。

最初から〈谷沢氏〉に語らせていたら、徴兵を拒否して山奥で逃亡生活をおくった青年の心を、もっと深く描写できたのではなかろうか。

29

風際氏の作品を読むのは二回目だが、文章の腰のすわり方は、前回とは比較にならないくらい見事で、選奨にふさわしい。

もう一作、選奨に選ばせていただいたのは、樋口まゆ子さんの「胎児」である。登校を拒否し、妊娠したまま自殺する友人を、女子高生の目から見ている。〈なんとなく〉人生に背を向けたがる青春の病理を、けれん味のない文章で描いて、ある種の恐さを感じさせる佳篇である。

選に入らなかったが、水野晶さんの「赤い傘」も、一見、技巧的ではないが、しっかりした文章力で、家庭を捨てざるを得なかった父を、いまは嫁いだ娘の目で描いて、味わい深い。ここにも、不如意な人生に流される人間の脆《もろ》さや弱さが漂よっているが、素材としていささか類型的な気がした。

佐々木信子さんの「見返り狐」も、三十枚をよくまとめているのだが、「見返り狐」のメタファが生きていない。生命力に溢《あふ》れた登場人物の内部の「見返り狐」が立ちあがってこないところが惜しまれる。

文学のメタファという点では、西川雅子さんの「北国の猫」も、猫を主人公にすえた擬人法のメタファが空振りに終わったのではなかろうか。

いずれにしても、〈たったの三十枚〉は、なんと〈厖大《ぼうだい》な三十枚〉に化けるものかと、あらためて感心させられる。

昨今の職業作家の多くは、三十枚で充分に書ける素材を、いたずらに三百枚に増やしてしまって、芯をなくした。北日本文学賞の持つ意味は、今後、さらに大きくなるであろう。

この世の眺め

我如古修二

我如古修二（がねこ・しゅうじ）１９５２年沖縄県生まれ。本名・比嘉秀喜。琉球大学法文学部卒業。第８回琉球新報短篇小説賞受賞。第17回新沖縄文学賞佳作。沖縄県宜野湾市。

1

「重次よ。くまや（ここは）煙草も自儘《じまま》なむんやさやん（自儘なもんよのう）」

祖父の栄将は、機内の座席でひとしきりあたりを見渡してから驚いた風に言った。栄将の言葉で、私ははじめて座席のあちこちで煙草の煙が上がっていることに気づいた。

「けぶいなあ？」九十歳になる祖父をおもんばかって私は聞いた。

栄将は往時、煙草を片時も離さないヘビースモーカーだった。ところがどうしたことか、八十歳を過ぎた頃から、自然の摂理に聴き従うとでもいうように、ふっつりと煙草を止めていた。自分も煙草を吸わないのだから禁煙席にすべきだったと、私は自分のうかつさを反省した。

「あらんさ（いやさ）。珍《ひるま》さごとるやる（珍しいもんでのう）」栄将はなおも不思議そうな、どこか心を残したような感じで周囲を見渡していた。

飛行機が飛び立つと、那覇市の街がぐんぐん遠ざかり、群青の海に隆起珊瑚の島々があらわれた。

栄将は窓ガラスに顔を押しつけて「ちぇぬむんやさやん（凄いものだなあ）」と呟いては見はるかす海の景観に見入っていた。

栄将は敗戦でサイパンから無一文で沖縄に引き揚げると、豚博労に手を染め、裏屋敷に二十頭ばかりの豚を飼った。祖母のなべが餌を拵《こしら》えた。栄将の長男、つまり私の親父はサイパンで写真一枚で妻を迎え、八名の子供を儲けた。子供達が長じて暮らしが楽になったことと、昔は空地だった四囲に人家が密集しだしたことで、栄将はことあるごとに孫達に廃業を勧められたが、もとから聞く耳を持たなかった。豚を売り払うたびに、家族の者に隠居を約束させられるのだが、その二、三日後には、栄将の口癖を借りれば「飛び切りの子豚《あかりうぁ》」を買いつけてきて家族の者を落胆させるのだった。四つ年下の祖母のなべが七十六歳で逝った後も、栄将は豚を手放さなかった。

栄将が老人性白内障で入院したのに乗じて自分も含めた孫達が豚を売り払い、あっという間に豚舎を潰したのだった。

退院した栄将は、豚舎の後にクロトンやらパパイヤの苗木やらが植わった裏庭を眺めてさすがに悄然とした。気を紛らわせるために栄将は畑仕事に精を出したが、豚《いちむし》を失った寂しさは癒えなかったようだ。

或る日、栄将が耳打ちするように、我《わん》やこの年になるまで飛行機というものに乗ったことがなくてよと言ったのである。

三重県の津市に住んでいる末の妹の麗子に電話を入れて、夏の盛りの三重行きが慌ただしく決まったのだった。

飛行機は名古屋空港に着いた。栄将は真新しいかんかん帽を丁寧に被り、眼鏡を正してからしっかりとした足取りで機内の通路を歩いた。

栄将は飛行機のタラップを降りると、初めて踏む土地の感触を味わうようにしてしばらく立ち止まり、光で輝く空港の建物を眺め渡した。

「掛け値もないむんやさやあ」

栄将は何に驚いてか、そう言って眼鏡のふちに手をやった。白内障で立て続けに両目を手術した栄将のコーラ瓶の底のような分厚い眼鏡が光の塊を溜めていた。

電車を乗り継いで津の駅に着いた。着いてから麗子の働いているスーパーへ電話を入れた。麗子は嬉しさをぶつけるような声で、すぐ飛んで行くからと言った。

栄将は、駅前に立って商店街の往来を眺めていた。通りの看板を声に出して読んでは、どういうわけかしきりに天を仰いだりした。「麗子がクルマで迎えに来るって」

「やんり（そうか）」

栄将はうなずいてから、ほっとした表情でハイネックの上着のポケットから、驚いたことに煙草の箱を取り出したのである。栄将が昔から愛飲していた島煙草だった。栄将はゆっくりとした仕草で煙草の封を切り、一本抜き出して口に銜《くわ》えた。ズボンのポケットからこれも買ったばかりらしい水色の百円ライターを取り出して、火を点けた。

真新しいかんかん帽を被った一刀彫りのような栄将の顔が白い煙で曇った。栄将はなぜ飛行機の中で煙草を吸わなかったのだろう。つつましい遠慮。穏やかな礼節。この年まで生かされた者の自然な礼節が栄将の慎ましいふるまいに顕《あらわ》れているのだと思った。ふと、チトゥと言う沖縄の方言が頭を横切った。後生《ぐそう》へ旅立つ者の土産のことである。栄将にとって、これから眺める空や景色のひとつひとつがこの世の見納めであり、後生へのチトゥなのかも知れないなと私は思った。

麗子が現れた。クルマを降りて、手を振って走って来る。二十四歳の笑顔だった。あい！　あい！　よく来たあ。おじいよ。元気していたねえ？　妹は高校の卒業と同時に東京へ飛び出して、住込みで美容院の見習いをやったが続かず、同僚の伝で五年前に津に移り住んだのだった。

麗子は栄将に躰をぶつけるようにしてはしゃいだ。栄将は、麗子が送った麻のハイネックのシャツを着ていた。それはかんかん帽によく映えた。

「色白になとうせ」栄将は分厚い眼鏡を外して眩しそうに麗子を見た。

麗子は、六畳と四畳半の二間のアパートに住んでいた。

「暑いでしょう。湿気がえらくてねえ。夏は沖縄より蒸れるんよう」

麗子の言葉に土地の訛りが混じっていた。津へ住み着いた五年の歳月が思われた。

麗子は西日の入った部屋のあるだけの窓を開け放ち、扇風機を廻した。

「仕事休めるのか」

「店長が苦労人でしょう。人の気持ちを分かってくれる人でね」

麗子は折り畳みテーブルを出して、布巾で拭いた。

風呂場と台所を行ったり来たりして麗子は甲斐甲斐しく立ち働いた。

「おじぃよ。汗を流したら少しは涼しくなるよ」

「あんやみ（そうかね）」

栄将はそう言ってステテコ一枚になって風呂場のドアを開けた。

「透義兄《にい》さんね。やっぱり来るそうよ」

麗子が熱い茶を注ぎながら言った。

「そうか。我《わん》のところへも電話があってな。おじぃの顔をみたいと言うんだ。無理させたのかも知れんな」

「よっぽど淋しいんよ。東京からクルマで飛ばして来るそうよ。明日の昼前には着くから言うとった」麗子が茶をすすってしんみりと言う。津へ向かって黙々とクルマを走らせる透の気持ちがひとしきり思われた。

「信江はやはり見つからんか」

「だめみたいね。打つ手は全部打ったのに」

三女の信江が帝王切開で産んだ赤ん坊を抱えて沖縄に帰ってきたのは、四年前だった。信江は、久し振りの帰郷に興奮してか、ほとんど一睡もせずに喋り続けた。朝方にはさすがに寝入ったようだが、目覚めると一人で家の大掃除を始めた。居間の古いジュウタンを剥ぎ取って庭に放り投げ「貧乏はならんどう（嫌じゃ）」と叫んだ。それからクルマを出して緋と黒の派手なジュウタンを買ってきて「うり、うり、これがアンゴラ織やさ！」と芝居がかって喚き、凄まじい勢いでそれを敷き詰めた。

信江の言動は日増しに常軌を逸し、透を東京から呼び寄せたときには、ほとんど心神喪失の状態だった。

「人でなし。人に何度も堕ろさせて、よくも呑々と生きておれるなあ」信江は透の姿を認めるといきなりそう叫んで掴みかかった。

喚き、暴れる信江をクルマに押し込んで、病院に連れて行くと、信江は奇声をあげて医者に飛びかかった。控えの看護士と透と私の三名がかりで押さえ込むと、看護婦がGパンを下ろして、尻に注射を打った。信江はほどなく寝入り、そのまま入院になった。

「一過性の育児ノイローゼだと思います。そう心配することもないでしょう。神経が高ぶっているようですので、しばらく安定剤を処方します」

事の経過を細かく聴いた後に、医師は穏やかな声でそう言った。

育児ノイローゼと言う診断にほっと胸を撫でおろしたが、信江は結局、一年近くも入退院を繰り返し、家に戻ってくるたびに脱殻のようになった。今から思うと、精神のよっぽど深いところで何かが壊れていたのだ。

「一人で居て危《うかあ》されねえらに（危なくはないかね）」

風呂からあがった栄将が扇風機にあたりながら言った。

「五年も住んでいるのよ。近所付合いも長いし、もう慣れたよ、おじい」

麗子はきっぱりと言う。巣立ったものの清冽さがあった。

2

深夜、出し抜けに電話が鳴った。時計を見た。午前一時を廻っていた。隣で寝ていた麗子が、起き上がって受話器を取った。

「透義兄さんからよ」麗子が叫んだ。

透は津の駅から電話をかけてきたのだった。麗子が車を出して二人で迎えに行くと、透は路肩にしゃがみ込んで煙草を吸っていた。駅前は人通りが絶えて、森閑としていた。

「大変だったたな」私が声をかけた。

「ご無沙汰しています。元気でしたか」透は座り込んだまま笑った。

「こっちは相変わらずだ。どうだまた少し痩せたたな」

「こんなもんですよ。明日の昼頃に着くつもりで出たんですが、走り出したら宿を取るのがめんど臭くなっちまって。遅くから悪かったです」

透は動かなかった。しゃがんだまま笑っていた。東京からの距離を思った。動かない躰の中をクルマがまだ疾駆しているのだと思った。

「疲れたでしょう」麗子が痛ましげな目を向けた。

「仕事で慣れてるから。荷物乗っけて、夜っぴて青森まで行っちゃうし」

透は行方不明の信江がみつかったときにいつでも飛び出せるように本職の板前を辞めて、運送屋でバイトをしていた。身を入れて包丁を握る気になれない。トラックに乗っていた方が気が紛れる。いつか電話で話したとき、透はそのようにも言った。

「それより、おじいさんは大丈夫でしたか」

「ああ、やめた煙草まで吸い出して。とても真似できんよ」

「やっぱりな。うれしいですよ」

透はそう言って煙草を根元まで吸って指で弾いてから、弾みをつけて立ち上がった。細身だが発条のある躰だった。

透のクルマに乗り込んだ。麗子が先導する。カーステレオの灯が透の顔を闇に浮き上がらせる。信江が沖縄の北部の病院へ入っているときも、二人で深夜の高速を走らせた。闇の中で話すことは、信江の取り乱した言動のことであり、一つ正気なことを言ったという喜びであった。上半身裸になった信江が窓から身を乗り出して星になった祖母のなべに一心に祈っていたり、分裂病の少女にお前は躁か鬱か、なに？途中!?と言ってげらげら笑い転げたり。クリスマスの夜、赤鼻のトナカイさんと信江が呼んでいる男が銀の帽子を被って、飾り灯の点いた中庭のサルスベリの木の回りをぐるぐる廻っていて「透、ごめんなさいね」と力強い瞳で見詰め、正気の涙を流したり。そんなことを話しながら、なぜ信江があああなったのかというところで溜め息をつき、生地獄を見たと思う。信江は家族のなかで誰よりも我が強く、ふてぶてしかった。暑さで狂いそうになる夏休みの間、どこも出ないで一日中テレビを観ていて平気だった。そんな話をすれば透は透で信江は姉御肌の、竹を割ったような性分だったと言う。子供を産むのは命懸けというが、あのむらっけの多い気丈夫な信江が、育児書を買い込んできて、マニアルどおりに温度計まで持ち出して部屋の温度を案じ、赤子にかまい、かまい切れずに一人で上り詰めて、壊れた。壊れてはじめて信江のことが分からなくなり、人間の脆さを思った。

一言も口をきかないままアパートに着くと、二時近くなっていた。麗子に先に休んでもらってから、酒になった。

「前から麗子とも話しているんだ。もう一回人生をやり直したって罰があたるとは思えんよ」

「親父にもそんな風に言われるんですよ。でも、だめです。信江は必ずどこかで生きている。そう思うとどうにもならなくて」

信江が失踪してから一週間ばかり後に無言電話があったという。息苦しく長い沈黙。透は日が経つにつれて、それを信江に違いないと思い込みたがった。すすり泣きが聞こえた気がするとも言い出した。警察に捜索願いを出してから二か月に一遍、多ければ一月に一遍ぐらい呼び出しがあった。すべて、身元不明の変死体の確認であった。その度に信江の死を覚悟した。しかしどの死体も信江でないことを確かめると、信江はきっと生きているのだと信じ込み始めた。占い師の所へ通ったり、やらせが発覚して姿を消したテレビの公開捜査番組にさえ応募したのだ。二年間、生きているとも死んでいるとも分からない今、その無言電話が命綱のようにして透と信江を繋いでいた。

「それにしても、二年間も音沙汰なしだ。誰に義理立てすることもないんだ」私は本気で諭すように言う。

「正確には、二年と三か月です。誕生日の日に免許証を切り替えに行ってそれっきりですから…。もうちょっとやり方があったんだと思うと悔しくて」

調子がよくなって三度目の退院をすると、信江は無性に透に会いたがり、赤ん坊の奈美を抱いて東京に帰ったのだった。ところが、東京で暮らすと不安がつのるのか信江は自信をなくし奈美を抱いて沖縄に戻った。そしてまたほどなく透に会いたがり、東京と沖縄を何度も往復した。そうして信江がようやく東京で落ち着いて自分から電話で近況を話せるようになった矢先に、悲運な事故で奈美を喪くしてしまったのだ。暑いからと、信江が近くの酒屋にビールを買いに行ったその間に、畳の上で這って遊んでいた奈美が、スーパーのビニール袋を頭から被って息絶えていたのだった。

信江は惚けたまま、奈美の死顔を眺めていたと言う話だ。やがて布団を出して、いつものように奈美を寝かせたのだと言う。深夜、透が板前の仕事から帰ってくると、信江は卓袱台の前で一点を凝視して座っていた。

「どうした」透が缶ビールを開けて信江に勧めた。奈美ちゃんが死んだ……。

その夜、私服の刑事や鑑識官が朝方まで部屋中を引っ掻き廻して取り調べた。電話一本かけられなかったのか。信江は刑事に咎められ、調べ立てられた。透は信江をかばい通した。信江はむろん刑事罰に問われることはなかったが、自分を責めて、半狂乱のようになって死ぬことばかりを考えた。

福島の透の実家の墓に奈美を葬った晩、信江は台所で首を吊ろうとして透の父親に取り押さえられた。

「あのとき、沖縄へ帰せば良かったんです」何度も聞かされた透の台詞をまた聞かされる。何度も、何度もそう思ってきたのか。私の胸は疼く。

沖縄へは帰れない。透の側に居たい。そんな信江の希望を容れて、東京の病院に入院させたのだった。何の事情でか、ほんとに良くなったのかほどなく退院になり、一人で家にいるよりはと、信江に店の出前を手伝ってもらった。その頃、店の大将が腎臓を悪くして、店をまかされるようになった透は信江を庇いながら見習いの従業員と新しく雇った板前を使って夢中で働いた。中学を卒業してすぐ東京に出て板前の修行を積んで来た透は、磨き抜いた腕で自前の献立を仕出し、新しい客をつかまえ始めていた。透にしてみればここで信江に頑張ってもらって子供を失った悲しみを乗り越えて欲しかったのだろう。口にして励ませば励ますほど信江は無口になっていったという。居れば透の迷惑になるだけ……。そう言って信江が沖縄に戻りたいとすがったとき、私は透の身にもなってみろと度を失って喚き、信江の帰郷を拒んだのだった。「……わかった」消え入りそうな声で信江はうなずき、電話を切った。それが最後の電話だった。信江の命綱を絶ったのは、私なのだ。

誕生日が近付いて免許証の切り替えに気付いた。透が早目に切り替えるよう催促しても、信江は一日延ばしに延ばし、とうとうどんづまりの誕生日の日に運転免許課へ出向き、そのまま消息を絶ったのである。

「金だっていくらももってなかったんですよ」

透は煙草を根元まで吸って、灰皿に捻じ伏せた。

3

目が醒めると、日はすでに高かった。傍らで、透が死んだように寝入っていた。

襖を開けると、上半身裸になった栄将が卓袱台に鏡を立てて、髭をあたっていた。栄将がいまでも一セント剃刀と呼んでいる一直線の剃刀である。胸郭の発達した逞しい裸だった。T字型の剃刀では剃った気がしないと、栄将はずっとその剃刀を使っていた。わざわざ自分で買い込んで旅先まで持って来たのだ。だが、近頃ではさすがに手元が狂って顔を傷付ける。皮膚が縮んで皺が寄っている。肉が薄くなっている。一セント剃刀には緩衝がないから、じかに皮膚が切れる。無惨にも老いた顔に血が奔《はし》る。

「透が来ているから、魂《たまし》抜がちゃんど（たまげたよ）」栄将が鏡面にヌッと顎を突き出したまま言った。顎の下に血の筋が滲んでいる。

「おじいの顔をみたいそうだ」

「あれも気の毒ばかりしてやあ」

栄将はそう言って手探りで石鹸を掴み、泡を立てた。

麗子の作った遅い朝食を済ませて、伊勢神宮へ向かった。

「今の時分や白蟻の湧いてふしがらん（たまらん）はずどう」道すがら、助手席の栄将がクルマの窓ガラスに顔を押しつけるようにして街の建物を眺めながら言った。

くすんだ木造家屋の眺めは、栄将にサイパン時代を思い起こさせるようだ。古い材木を集めて建てた家に白蟻が湧いて、盥に水を張ってその上にランプを吊るして白蟻を陽動し、暗闇で夕飯を掻き込んだ。水に落ちて悶える無数の白蟻を眺めながら飯を食ったというくだりは、栄将の数あるサイパン噺の聞かせどころの一つだった。

神宮の駐車場にクルマを停めて、ドアを開けると一瞬にして眼鏡が曇った。眼鏡を外して栄将をみると、栄将の眼鏡も息を吹きつけたように真っ白だった。暑かった。観光バスを降りた参拝客が、日盛りの中を言葉もなく通り過ぎて行った。

宇治橋の鳥居を潜《くぐ》って橋を渡っていると、いせのくにわたらいぐんいすずがわのほとり……と栄将が読経でもあげるように呟いた。

どうして五鈴川がわかるの？　麗子が叫んで栄将を振り返った。

「尋常小学校で習たせえ」栄将は橋の欄干へゆっくりと歩を運びながら言った。

清流が河床の敷石にひかりの皺を作り、筋を作って流れていた。散光がキラキラ舞った。

栄将は昭和六年に当時十七歳になったばかりの息子の栄吉―私の親父にあたるわけだが―を連れてサイパンへ渡った。そこで黍畑の作男として働き、四町歩半反の土地を手に入れたが、サイパン玉砕で米軍の捕虜にとられ、無一文で帰郷したのだった。あれから茫々と時間は流れていた。その時間の流れを反芻するように、栄将は茫乎として川に眺め入っていた。

「行きましょう」麗子が言った。

宇治橋を渡ってもう一度鳥居を潜ると、玉砂利を敷いた参道へ出た。蝉時雨が聞こえていた。蝉の声と玉砂利を踏む音が静かに響き合っていた。

神社の境内は樹齢七百年の杉木立に覆われていた。

麗子は陽射しから逃げるようにして木陰に皆を導いた。樹陰の量は豊かでしんとして奥行きがあった。影には段々の層があって、空気の色も匂いも神韻を帯びている気がした。栄将は、不思議そうな表情で樹木の膚に触れ、触れている樹木の天辺まで視線を這わせた。

火除橋を渡ってロータリーを右へ折れていくと、五鈴川の御手洗場《みたらし》へ出た。川のほとりの清めの場所である。古びた石畳の上を子供達が走り廻っている。水際に、朱や白や黒やはだれの鯉の群れが押し寄せては、子供達の投げる餌を呑み込んで悠然と身を翻したりしている。白い鯉の鱗が濡れた金色に光った。栄将は遙かなものを眺めるような目で鯉の群れに見惚けていた。

御手洗場《みたらし》を出ると、先に麗子と栄将を歩かせて、透と私は歩を緩めて後を追った。

「おじいさんを見ていると、生きていていいんだなと思うんです」透が言った。

私は黙って透の顔を見た。木洩れ日が顔に揺れていた。

「死ねば楽だって思うときがありますよ」

透はそう言ってぐちゃぐちゃになって一か月ばかり惚けて仕事もせずにアパートに籠っていたときの話をした。二十六歳の若さでこれでもかこれでもかと一刀、一刀胸に差し込まれるような不幸が続けば、自分ならもっと正体もなく荒れている。私の胸は疼き、あふれた。

「透よ」

私は胸につかえたまま話せなかったことを一気に喋った。わかった、という信江の最後の声を耳に聞きながら。

「義兄さん、それは考え過ぎですよ。俺のほうこそ店を任せられて夢中になっちまって。やつのことなんかこれっぽっちも考えてなかった」

透は屈託のない明るい声で言った。

「義兄さんにそんな思いをさせるのも俺がいつまでもこんな体《てい》たらくだからですよ。栄将じいさんを見ていると、そんな自分が恥ずかしくなる。いい加減に今の生活を切り上げて、腹を決めて包丁を握ってみようかなと、そう思ったりするんです」

透はそう言って若い歯を見せて笑った。

骨の色をした砂利道の向こうに、樹齢七百年の杉木立が鬱蒼と繁っていた。その巨大な樹木の影でひっそりと休んでいる栄将と麗子の姿が見えた。真新しい栄将のかんかん帽と麗子の白いブラウスが奥行きのある樹陰に鮮やかだった。

＊

「童小《わらびぐあ》は気の毒した」栄将が呟いた。

暮れかかった海が光っていた。海上の夫婦岩は幾本かの注連縄《しめなわ》で繋がれていた。

「信江が病院に入っていた時分は、我《わん》がいつも抱いていた。飛び切りいな童小《わらびぐぁ》だった」

夫婦岩の大きい方の岩の上に朱の鳥居が建っていた。栄将は茫と鳥居の方を眺めながら呟いた。

信江は病院から出てきても奈美を抱こうとしなかった。奈美は栄将の節くれ立った腕に抱かれて泣き、笑い、ぐずり、眠り込んだ。

「おじいさんにあんなに世話になったのに」

透の声が潮風にそそける。

「あらんさ。仕方ならんことは思切《うみち》りわるやる」栄将は独り言のように言う。

栄将はどんな心持ちで海上の鳥居を眺めているのだろうと私は思う。透に言ったこととは裏腹に、南洋出兵で死んだ末の息子のことを栄将は思い切ろうとして思い切れなかった。海上の鳥居の向こうに戦死した息子の俤《おもかげ》でも立つのか。そして死んだ妻のなべや奈美の俤がその上に重ね絵のように浮かぶのか。栄将はそれっきり黙ったまま海を眺めていた。

大衆食堂で定食をとってから、奉納花火大会へ向かった。

「全国から花火師が集まるんよ」

麗子がハンドルを切りながら華やかな声で言った。

「河川敷でやるから雨のたんびに延び延びになって。これで三回目。三度目の正直よ」

「相変わらず花火だな」私はあきれて言う。

麗子は幼い頃から花火が好きだった。花火と言えばどこへも付いてきた。

「花火をみると今年もまた終りだなあと、そう思うの」

クルマが混み出してきた。栄将の鼾が車内に響いていた。

「強行軍だったから」麗子が言った。

そう言われれば、歩きどおしだったなと思い、栄将の年齢を考えずに夜まで引っ張り廻している自分に気がさした。

民家の空き地にクルマを停めて、歩いた。夥しい数の人間が闇の中をひとつ方向へ流れていた。路地という路地から人間が次々に湧いては流れに加わった。

「離れないでよ」

麗子が振り返りながら言った。嫌がる栄将の手を麗子がしっかり握っていた。闇の中でひとを呼ぶ声や子供を叱る声がしきりに聞こえた。人間の巨大な塊がもののけのように闇の中に犇《ひしめ》いて流れていく。うっかりすると麗子の姿を見失った。

暗い川の土手に登った栄将がふしがらんさあ（たまげたものよのう）と驚嘆の声を上げた。土手の斜面ががっきと見物客で埋まり、通り道もなかったのである。

人垣を掻き分けながら河川敷へ降りた。見物客は敷物を敷いて思い思いにくつろいでいた。浴衣を着た子供達が歓声を上げて走り廻っていた。麗子が石ころだらけの地べたに新聞紙を敷いて、栄将を座らせた。

遠くに出店の裸電球が輝いていた。

「ちょっと見てくる」

私が歩き出すと、透も従った。どこで配られたのか、青一色の団扇《うちわ》でぱたぱたと自堕落に扇《あお》ぎ立てている一団。その青い団扇の波を割って、出店の灯へ向かって歩いた。プロ野球のラジオ放送が方々から聞こえた。

「凄い数だな」私が言った。

「凄い数ですね」透が相づちを打つ。

烏賊を焼く匂いが鼻孔をうった。裸電球の下に客が群れていた。売り買いの賑やかな声。発電機の音が祭囃《ばやし》のように響いていた。

「信江も花火が好きでした」透が言った。

「いや、信江はむしろ花火を嫌っていたよ」

どういうわけか、信江はどんなに花火に誘っても付いてこなかった。

「そんなことはないですよ。毎年わざわざ長野までクルマを出して花火を見に行ったもんですよ」透が語気を強めていった。

「反動だったのかも知れんな」私は得心できないような思いで言った。

大家族の中の信江は上から六番目。下に弟が居て麗子が居た。養豚の残飯をもらいにいくのはすぐ上の姉と信江の仕事だった。上の姉は人目を気にして日が暮れてからリヤカーを曳いていたが、信江は昼間から誰憚らず堂々と残飯を集めた。そんな仕事に愚痴一つこぼさなかった信江がひねくれてでもいるように花火のような華やかなものを嫌った。私はかたきでも討つように東京で羽を伸ばしていた信江の気持ちを思った。どんなにはしゃいで見せても、信江は麗子のように花火を好きになることはなかったのではないか。家族の中の顔と、人へ見せる顔。誰にでもあるその隔たりが、信江の精神のよっぽど深いところへ影響していたのかも知れないなと思った。

出店でビールやらつまみやらを買って戻った。

「悪い、悪い」麗子が出店のビニール袋を受けとりながら言った。

栄将は、缶ビールを飲みながら周囲を見渡して飽きない風だった。

私は、地べたに座ってビールを空けた。

やがて、一番花火が揚がり、川中にどよめきが起こった。

どん。

ど、どどどんと凄まじい音をたてて花火が揚がり、夜空に次々と大輪の花を咲かせた。すると、今まで暗くて気づかなかった遠くの川の水が花火の光に照らし出されて、白い光の帯のように浮き上がった。

「ほれ、ほれこれが吊し星よ」

麗子が、栄将の背中を片手で抱いてことさらに声を弾ませて夜空を指差している。

栄将がなにか呟いた。麗子が躰を傾けて栄将の口に耳を押しあてるが、聞き取れないようだ。もっと大きな声で、と麗子が叫ぶ。

「生ちちょるうちに（生きているうちに）信江に会《い》ちゃい欲《ぶ》さぬ」

栄将の声がかすれて千切れた。

その声を掻き消すような大音響が夜空に響いて、それぞれに時間をたがえた満開の花が宙空でゆっくりと、壮麗に崩落する。川の光の帯が彩色されて揺れている。

栄将の分厚い眼鏡もこの世の眺めの名残のように花火の彩りを映している。

「信江はどこかで生きていますよ」

透はそう呟いて、音を立ててビールの栓を抜いた。


（第29回入賞作品）

入　賞　「ブリーチ」花輪真衣（34歳・東京都）

選　奨　「父の月」志村順子（52歳・東京都）

「巣がけ」斉藤 勝（42歳・愛知県）

候補作品　「急な坂」高橋一夫（58歳・岩手県）

「雪隠れ」加藤 蓮（39歳・愛知県）

「ゆらり、ゆらり」荒木和子（57歳・埼玉県）

第30回　北日本文学賞　1995年度

応募総数842編

第30回選評

イメージ広げる切れ味

宮本 輝

今回の候補作は六篇で、すべてを読み終えて、ごく自然に三篇が残った。

まず受賞作と選奨にならなかった三篇について、若干の感想を書いておきたい。

高橋一夫氏の「急な坂」は、全体の丹念な筆を最後の三行でぶちこわしてしまった。

ヒューマニズムは、人間には善と悪しかないという思想では成熟しないことを、作者はお考えになったほうがいい。

荒木和子氏の「ゆらり、ゆらり」は、妹夫婦の生き方の極端な変貌《へんぼう》を描いているが、小説はその変貌のはざまに生じたものを描写するものであって、これでは小説になりそこねたという印象を受けた。

加藤蓮氏の「雪隠れ」にはリアリティーがない。父の失踪《しっそう》、祖父の失踪、最後には母までが失踪。読後、小説とはこんなにも暗いものだったのかと気持ちが落ち込んでしまった。

選奨となった斉藤勝氏の「巣がけ」は、書き出しの数枚とそれ以後の文体が異なっている。核心に入って行くまでに余計なものが多すぎる。

けれども、なさぬ仲の父親が、主人公と壁を媒介にしてキャッチ・ボールをしていたという情景は心をうつ。だからこそ、なおさら、前半の冗長が惜しまれる。

おなじく選奨ではあるが、受賞作と差のない志村順子氏の「父の月」は、とかく暗くなりがちな題材から距離を置いて書かれていて、作者の人生において、どうしても書いておかなければならなかったある種の痛切さが伝わってくる。

しかし、死の床に横たわる人も、それを見守る人も、もうそれだけで充分に〈劇的〉もしくは〈慣例的〉なのである。つまり、小説としては得な題材であると同時に、作品の底に作者独自の深い視線をも要求される損なテーマでもある。「父の月」は、その損な部分のほうが強く浮き出てしまったが、なかなかに力量のある書き手だと思う。

花輪真衣氏の「ブリーチ」は、他の五篇の候補作が持つ〈暗さ〉のおかげで、とかく深刻になりがちな沖縄の混血児の視線が、妙に逞《たくま》しく楽観的な生命力を放ったともいえる。

読み終えて、南の海にジャンプする鯨の姿が浮かんだ。そのような描写はないにもかかわらず、読み手に、たとえ一瞬にせよ、鯨のジャンプを思い描かせるというのが短篇の切れ味なのである。そこが受賞作として推した所以《ゆえん》ということになる。

ブリーチ　　花輪真衣

花輪真衣（はなわ・まい）１９６１年沖縄県生まれ。本名・同じ。県立那覇商業高校卒業。会社員、モデルなどを経て現在主婦。『小説新潮』読者による性の小説」入選、第26回沖縄文学賞佳作、世田谷文学賞小説部門二席受賞。（略歴は２００２年現在）

１９７１　夏

母はわたしに、マリーという名前をつけた。

病室のベッドで、陣痛が五分間隔になったとき、その名前がお告げのように、天から舞い降りてきたのだという。

マリー。その字の成り立ちを、わたしはじっと見つめる。

「生まれてくる赤ちゃんが女の子だと知っていたの？」

「予感よ」

「男の子が生まれていたらどうするつもりだったの？」

「そう言われてみれば、そうね」

母らしい。

予感だとか、インスピレーションだとか、占いだとか、母の物事の基準は、いつもこういう目に見えないものたちでつくられていた。いっそ母がマリーだったらよかったのかもしれない。

人間は名前らしく生きてしまうものよ、と母はいろんなひとにアドバイスしていた。マリーという人間の人生を、母なら、悩むことなく生きていけただろう。

割り切れない割り算のように、名前のことを考え始めるときりがない。名前はマリーでも、自分がマリーではないという感じが、わたしの体には、うすいセロファンのようにまとわりついている。「マリー」と呼ばれて、落ちつかない気分になるのは、わたしの感じるマリーが、自分と違い過ぎるからなのかもしれない。

自分の思い描くマリーは、ピクニックテーブルと赤い蓋《ふた》つきのバーベキューコンロと芝生のある家で暮らしている、とわたしが母にうちあけたのは、十歳のときだった。

母はいつもと同じ、床をひきずるオレンジ色のスカートに、絞り染め模様の紫色のTシャツを着て、家の中を歩きまわっていた。

「その考えはどこからきているの?」

「わたしの中から」

わたしがそう答えると、母は、両方の手を胸の前で組んだまま、わたしをにらみつけた。

「マリー、考え過ぎると、おばあさんのようになるのよ。あなたもボルネオのジャングルで、ひとりぽっちで暮らしたい?」

わたしの答えは、イエスだった。できることならわたしも、ボルネオのジャングルで暮らしたかった。

祖母は、わたしたちの住む島から四十キロ離れた小さな島に、ひとりで暮らしていた。母はその島のことを、ボルネオのジャングル、と、そう呼んでいた。

同じ問題を抱えていても、母とわたしが同じ場所にたどり着くことは、どんなときも、決してないように思えた。

母は、しし座の典型。おおげさで楽観的。母とわたしの意見が一致することは、永遠にないだろう。わたしは祖母に似ているのかも知れなかった。もしかすると、顔を見たこともない父さんと、同じやぎ座なのかもしれなかった。

父さんの話になると、母は口をつぐむ。

海兵隊よ。この世にあなたが存在していることも知らないあなたの父親よ。それ以上、何を知りたいの？　基地のカーニバルの日に、戦闘機を見ていたら、近づいてきたのよ。わたしはね、英語を話せなくても、にっこり笑うことはできたの。肌の色はあなたといっしょ。昔は愛してた。でも今は愛してない。

母の口から聞くことのできる父さんの話は、それがすべてだった。

わたしは、自分のココア色の肌を、そっとなでてみる。

「今どき、混血だってことで悩んだりするのは、流行らないんじゃないの？　マリー」

首から下げている石のペンダントを片方の手でぶらぶらさせながら、わたしが成長していく何年もの間、母はそう言い続けていた。

ときどき、キッチンのテーブルの上に広げられたままになっている世界地図を、わたしは折り畳み、食器棚の引き出しにしまう。地図にはところどころ、赤いマジックペンの囲みがあった。オハイオやノースダコタやネバダや、そのほかのアメリカのいろいろな場所に。わたしはその丸印のひとつひとつが、父さんを忘れたことは一度だってないのよ、とささやいているように見える。

母は、世界地図を眺めるのが好きだった。

「わたしはこの年になるまで旅に出たことがないのよ、マリー」

いつもそう言っていた。

「わたしが旅に出ようとするとね、決まって家族の誰《だれ》かがわたしより先に家を離れてしまうのよ。おばあさんは、ヘビがいそうな森の奥へ行っちゃったし、あなたの父親は、アメリカのどこかできっと誰かにほほえんでいるだろうし、譲治の父親はどうしてると思う？　自動販売機相手にビールでも飲んでいるわね、たぶん」

母の瞳は、濃いアイラインでふちどられていた。

自分は旅に出ないだろう。

これが母の予感だった。


母は、他人を助けることに忙しすぎて、自分に子供が、譲治とわたしがいることを忘れていた。基地の真上を行き交う小型飛行機のように、譲治とわたしの姿も、母の前にあらわれ、そして消えていく、ひとつの景色でしかなかったのかもしれない。

わたしたちが住むアパートの部屋には、四六時中、知らないひとが出入りし、南側の小さな窓には、「占い　マリーの家」と書かれたうすっぺらな木の看板が、ぶら下がっていた。

風の強い夜、その看板がカタカタ揺れる音を、わたしは一晩中、ベッドの中で聞いていたものだ。

母にインスピレーションがあったのかどうか、わたしにはわからない。ただ、母は一生懸命だった。家の中を歩きまわり、予感がすると言っていた。

海岸や道端で拾ってきた石をテーブルの上に並べ、たずねてきたひとの悩みに耳を傾け、母は毎日、泣いたり、笑ったり、怒ったり、無口になったりしていた。

だから、わたしが友達の間で魔女の子と呼ばれ、呪《のろ》いで肌の色が黒くなったと言われていたことも、母は知らなかった。

母の占いがあたる、と噂《うわさ》を聞いてやってきたひとと母はいつも、キッチンのテーブルに向かい合って座っていた。譲治やわたしが学校から帰ってきたことにも、気付くことはなかった。

手をなでたり、並べた石をじっと見つめたり、強く感じる、と言ってみたり……、家の外、アパートの前のコンクリートの地面に腰をおろし、譲治とわたしはそれらのこと、母の仕事が終わるのを、待ち続けた。

母が譲治を身ごもったのは、わたしが五歳のときだった。

ある日、知らない男のひとがやってきて、いっしょに暮らすようになり、それからすぐに、弟は生まれた。

譲治という名前は天から舞い降りてはこなかった。母は、弟の父親と、名前のことをあれこれ話し合っていた。病室のベッドの上で、「耳から入ってくる感じを大切にするべきね」と言って、笑っていた。

譲治の父親は、基地内の芝刈りとシーツを洗濯する仕事で、わたしを養ってくれた。十年もの間。けれど、わたしにとって彼は、他人だった。だから、一年前のある日、彼が仕事に出かけたきり戻らず、電話一本よこさない今も、初めからあのひとはいなかったのだと、そんなふうに考えることができる。

でも、弟は傷ついているだろう。

実の父親に捨てられたのだから。

ふたりで地面に座り込んで話をするとき、わたしはそっと、弟の横顔を見つめる。

「マリー、父さんはよくそこの自動販売機に話しかけていたね。お酒を飲むと自動販売機が友達みたいに、ぶつぶつ何か言っていたよね」

わたしはうなずいて、弟の肩に手を置く。

予感がしていた。母はそのひとことですべてを片付けた。

「マリー、物事は忘れたころにいつも、最悪の形でおとずれるのよ。まるで、エレベーターね。同じところを昇ったり降りたり、今、一階にもどってきたってところかしら」

弟はたったの十歳で、傷ついているはずだった。わたしには母が、どうしてそんなふうに生きられるのか、わからなかった。わたしが母だったら、エレベーターのことなんて考えたりしない。

アパートの窓や通りの向こうの基地のフェンスに反射して落ちていく太陽の中に、並んで座っている譲治とわたしは、誰の目にも姉弟には見えなかっただろう。

あたりが暗くなると、わたしは弟にたずねる。

「アパートに入ろうか？　おなかがすいたでしょう」と。

弟は右手のひとさし指で基地のほうを指差し、「光っているね」とつぶやく。

どこまでも続く水銀灯のあかりが、まぶたを閉じたり、開いたりを繰り返していくうちに、金の長い鎖のように見えてくる。

わたしたちは、父親が違い、肌の色も違った。けれど、同じ母から生まれ、そして、同じものに、心ひかれた。

弟は、アルファベットの形をしたマカロニ入りのミックスベジタブルスープが好きだった。わたしは、その缶詰を鍋にあけ、缶詰一杯分の水を加えたあと、ぐつぐつと火にかけ、かきまぜる。六枚切りの食パンの耳を落とし、マーガリンを多めに、ハムは二枚。ハムサンドと缶詰の野菜スープが、わたしたちの夕食だった。

それを、淋しいとは思わないようにしていた。少なくても母は、インスピレーションでひとを助け、助けることで得た金で、弟とわたしにひもじい思いをさせない努力を、一日も休むことなく続けているのだと、そう考えるようにしていた。

母は女のひとなら誰でも、家の中へ招き入れた。それでもときどき、男のひとがドアの前にあらわれ……、そんなときの母の台詞は決まっていた。

「ごめんなさいね。わたしは女の中にあるインスピレーションしか感じ取ることができないの。でも、あなたのイニシャルを聞かせて。ああ、そのイニシャルなら大丈夫。うまくやっていけるわ。幸運を祈っているわね」

相手がどんなイニシャルだろうと、母は同じことを言い、ドアをバタンとしめていた。どうしてなのかはわからないけれど、そうしていた。男なんて、と思っているのかもしれなかった。遠い昔、母が誰かの力を必要としていたとき、助けてくれたのが、女のひとだったのかもしれなかった。

安物のブレスレットをじゃらじゃらはめた腕を、テーブルの向かいに座っているひとのほうへ伸ばし、「名前を教えてくれるかしら」と、母は言う。

「人間は名前らしく生きてしまうものなのよ。だから、名前はとても大切なの」と。

名前はマリーでも、わたしはマリーではない別の人生を生きていた。

「いい名前だと思うわ」と母。

ピクニックテーブルのない人生。バーベキューコンロのない人生。

「考え深いことはいいことだけど、考え過ぎるのって、いい結果に結びつかないのよ。わかる?」

外側の自分と内側の自分にはさまれた本当の自分が、人生に何を望んでいるのか、わたしにはわからなかった。

「人生はたったひとつのもので、つくられているわけではないでしょう?」

母の声はいつも、わたしの耳の中を、タイプをうつ音のように、通り過ぎていった。

仕事を終えたあとの母は、キッチンテーブルの前に座ったまま、身動きひとつしなかった。自分の血や肉を、少しずつ捨てているのだと言いたげな表情をして見せても、母のいう予感がすべて本当だとは、わたしには思えなかった。

母が夜中に出かけていく車のエンジン音で目を覚まし、サイドテーブルの電気をつけると、弟も起きていることが多かった。

「全部、うそっぱちなのかもね」

わたしがそう言うと、弟は天井に視線を向けたまま、「ひとは、自分の話を聞いてくれる誰かを求めていて、インチキだとか、本当だとか、そんなことは問題じゃないのかもしれないね、マリー」と返事を返し、わたしを驚かせた。


母は、祖母からの手紙が届くたびに、やっかいなものがきたわよ、と言った。母は、手紙のことを、やっかいなものと表現する。

「手紙を書こうなんて、心のどこかに感傷的な何かがあるからなのよ。そんな弱虫の証明みたいなもの、出したくもないし、受け取りたくもないわ」

母の心の足跡は、世界中のどこを探しても見つからないだろう。

弟とわたしは交代で祖母に手紙を書き、祖母からの返事は、いつもある日突然やってきた。

ふたりとも、げんきでやっていますか。
きょうはひさしぶりに、くじらがみえました。
おきのほうで、じゃんぷしているのが、ちいさくみえました。
なにかあったら、まちにいって、みなとからふねにのりなさい。
いちどるをにまい、おくります。
たにんに、いらいしんをもたないで、
ゆうきをわすれず、せいじつでありなさい。

白い便箋《びんせん》の上半分に、震えるように、ひらがなの文章が並んでいる。

心の中では、言葉が次から次へと生まれてくるのに、それを標準語にして話すには、たくさんの時間がかかると、祖母は教えてくれた。学校へ行けなかったから、ひらがなは少しずつ自分で覚えたと。

遠く離れていても、祖母からの手紙は、いつもそこにあった。送ってくれる一ドルのことや祖母のいる島へいつか行くことを、わたしたちは母に秘密にしていた。

母は反対するだろう。ボルネオのジャングルはわたしたちにとって不吉な方角だと言うだろう。くじらのジャンプなんか見ている間に現実を直視するのよと言うだろう。


目の上にかかる弟の髪を、わたしはかきあげる。細くて小さい体は、くまのプーさんのクリストファー・ロビンそっくりだ。笑っているときも、悲しい目をしている。物語の中のクリストファー・ロビンは弟とは何もかも違うかもしれない。けれど、挿絵の淋《さび》しげな感じは、弟に似ている。

「何を考えているの？」

返事をするかわりに弟がしたことは、バンドエイドの空き缶をふることだった。

めずらしく誰もたずねてこない一日。朝から押し入れの整理をしていた母は、グレープフルーツと書かれた黄色いダンボール箱の中から、バンドエイドの小さな缶を取り出した。

「こんなものがあったなんて、すっかり忘れてた。さあ、中を見て。あなたたちの人生の出発点よ」

缶の中身は、「マリー、二千五百グラム」、「譲治、二千九百五十グラム」と書かれたビニール製のネームバンドと乳歯、そして、へその緒だった。

缶を上下にふるたびに、弟とわたしの分身は、かさかさとかすかな音を立てた。

母はときどき、狂ったようにレコードをかける。繰り返し流れる、ママス&パパスの「夢のカリフォルニア」。母は現実を離れ、弟とわたしの知らない音楽の中で、漂い続ける。

わたしは泣きたくなってくる。弟は、父親のことを思い出していたに違いない。

両方の手首を強く握られて、時計の針みたいにぶんぶんまわしてもらったことや、自転車に初めて乗れた日のことを。

「うしろを見るな、譲治。ペダルを踏み続けるんだぞ」

そう言って、手をたたき続けていた父親のことを。

途中で消えてしまうくらいなら、初めから何もいらない。記憶というものに苦しめられていくうちに、心はどんどんおんぼろになっていく。

「譲治、いいことを教えてあげる。わたしはつらいとき、くじらが深い海の底へ潜水していく姿を心の中に浮かべるのよ。光の届かないずっと奥深く沈んでいく、くじらをね」

弟はうなずく。

「そして元気になったら、空高く、思いっきりジャンプするんだよね、マリー」

「うん、そうだよ。ねえ、自転車で海岸まで走ろうか？　それとも、A&Wへ行って、ハンバーガーでも食べる?」

聞き分けが悪くて、わがままで、甘えん坊の泣き虫で、ぐうぐうよく眠る弟を持つ姉というのは、どんな気持ちがするものなのだろう。

「マリー、海岸で石を拾って、母さんにプレゼントしようよ。ハンバーガーを買うのに一ドルを使っても、おばあさんは怒ったりしないよね」

弟は心配ばかりしている。自分が何かを望めば、世界が壊れてしまうみたいに。もしも、譲治ではないほかの誰かが弟だったら、わたしはこうしていられただろうか。自分の体を支えて立っていられただろうか。ときどき、弟が、ずっと年上の人間に思えてくる。

わたしたちは、A&Wでハンバーガーとコーラを買い、海岸へ向かった。

コンクリートの歩道に落ちたフェンスの影が、まっすぐどこまでも続いている。

島の中に基地があるんじゃなくて、基地の中に島がある、と、祖母の手紙には書いてあった。

きっとそうなのかもしれない。

走っても、走っても、同じ景色。わたしの肌と同じ色をした軍用トラックが、まるでハーシーの板チョコみたいに並んでいる。何台も、どこまでも。

海岸に着くころには、ハンバーガーもすっかり冷めて、赤い紙コップの中の氷も溶けていた。

人影の少ない午後の海。

わたしたちは、ハンバーガーを食べ、ゆっくりとコーラを飲み干した。

白い波頭が遠くに見える。

「子供を連れたくじらのお母さんは、『デビルフィッシュ』というんだよ。子供が危ないめに遭いそうになると、どんなものにも激しく攻撃してくるんだって。この前、図書館で読んだんだ」

「不思議ね。くじらは優しい動物なのに」

「マリーやぼくが危ないめに遭ったとき、母さんも、ぼくたちを守ってくれるよね」

わたしはうなずく。

「石を拾って、帰ろう」

弟のふせたまぶたから目を離せないまま、そう言う。

ガラスの破片を、弟はいくつか拾った。波に洗われた破片は、キャンディみたいに角が取れ、丸くなって、赤い紙コップの中におさまっていた。

母の気に入りそうな石はなく、アパートへ向かって自転車を走らせている間、わたしの頭の中では、「夢のカリフォルニア」のメロディが鳴り続けていた。


「きれいね」

弟の拾ってきたガラスの破片を、母は電灯にかざし、しばらくの間じっと見つめていた。

テーブルの上に並べられたおかずを、弟はおいしそうに食べている。ポークの缶詰を油で炒《いた》めたものと、卵焼きにつつまれたケチャップごはん。

「わが家のドアを、悲しみがノックしない日もあるわけね」

占いの客がひとりもたずねてこなかったのだろう。ひとりごとのように話をしている。インスピレーションを高めようとしているときの母は、他人の声に反応しない。聞いているのか、いないのか、弟の話に返事を返している。

「あさっての授業参観ね、わかった、わかってる。約束ね」

黒いマニキュアが塗られた五本の指に、ガラスの破片は、握られていた。

母は忘れた。

弟と授業参観の話をしたことさえ覚えていなかった。こんなことにはなれっこのはずだった。今まで何も変わらない。

「自分を飾る必要はないのよ」

母はそう言って、若い女をドアの外へ送り出している。

弟もわたしのように、母に何も期待しなくなるのだろうか。何も言わなくなるのだろうか。

わたしは腹がたっていた。念をおさなかった自分に。

「母さん、もう少し譲治を可愛がってあげてもいいんじゃない？　あの子はまだ十歳なのよ。母さんの両手は何のためにあるの？　その腕で譲治を抱きしめてあげることは、そんなにむつかしいことなの？」

「マリー、わたしにどうしろっていうの？　わたしはあなたのことも、譲治のことも愛してる。でもね、現実は映画のようにはいかない。ハッピーエンドになるとは限らないの。理想通りの家なんて存在しないのよ。与えられた運命の中で努力するしかないじゃない」

母は自分は一生懸命やっていると、言いたかったのだろう。母親に言われ続けてきた言葉、他人に依頼心を持たないで、勇気を忘れず、誠実でありなさい、という言葉を守り続けてきただけだと、言いたかったのだろう。

「知っているでしょう、マリー。電話会社の面接に行ったこと。わたしはね、答案用紙に何も書けなかった。『八時に南行きのバスと北行きのバスが同時に出発しました。南行きは七分おき、北行きは十三分おきにそれぞれ発車します。二台のバスが次に同時に出発するのは何時でしょう』この問題がわからなかった。だからマリー、わたしはインスピレーションでやっていくしかないのよ」

一度だけ母は、占いなんかやめて、普通の仕事につく決心をしたことがあった。

電話会社は、母のような番号案内係を求めてはいなかった。電話線の向こうの知らない誰かと、母がいつまでも話し続けるとでも思ったのだろう。

次は、ホテルの客室清掃係だった。

面接を終えて帰ってくるなり、母は「もう、笑っちゃうのよ」と言って、わたしをキッチンテーブルの椅子に座らせた。

「ねえ、信じられる？　漢字のテストだとか言って、その場で質問されて。担当者が紙に書くのよ。『各と至に同じ部首をつけると、ある二文字の熟語ができます。それは何でしょう』って。わかるわけないでしょう？　いきなりそんなことを聞かれても。答は、客室だって。考えてみれば、わたしは客室の清掃係をやりたくてここにいるんだわ、と気付いたときは、ドアの外よ。もう、なんだか笑わずにはいられない」

そのあとに出かけていったスーパーマーケットのレジ係の仕事を、母は手に入れることができた。ところが、見習い期間中、母は毎日過不足を出し、店長の「申しわけないんだが」という言葉とともに、たった一週間で不採用になった。

弟とわたしは、母を首にしたスーパーマーケットの前を通り過ぎ、少し離れた別の店で買物をするようになった。けれど母は、今まで通りそのスーパーマーケットに、キッチンペーパーやピーナッツバターを買いに行った。母はそういう人間だった。

わたしは母のマニキュアをきれいに落とし、その腕から、安物のブレスレットをはずしたかった。茶色に染めた髪を、もとの黒髪に戻し、白い木綿のブラウスを着せたかった。けれどわたしは、そのことを言葉にして、母に伝えようとはしなかった。

オレンジ色の母のスカートは、昼の太陽のように、わたしの前に立ちはだかっていた。

夕暮れの雲は、山の連なりに見える。太陽が巨大な入道雲のうしろへ沈んでいくと、しばらくの間、雲の山が燃えているように輝く。

わたしは窓の外に目をやる。

母は魚を買いに行った。鯛《たい》のステーキをつくるつもりなのだ。思いがけない収入があると、母は、小さなしあわせは食卓からよね、と言って、鯛の切り身を買いに行く。

キッチンのテーブルには、大きな白い皿が三枚、並べられるだろう。丸いふちどりのあるレースペーパーの上に、バターで焼いた鯛。レモンを半分。ソルトクラッカーのそばには、どこかの家の庭から連れてこられたハイビスカスが置かれる。

弟とわたしは、パイナップルジュースでわったアイスティ、母はビールでグラスを合わせる。

「乾杯。さあ、食べましょう」

そのころになると、家の外は暗い闇につつまれている。

「マリー、くじらのジャンプを、ブリーチ、というんだよ」

弟はこのごろ、くじらの本ばかり読んでいる。くじらは歌をうたうらしい。鳴き声は歌のように繰り返される、と、声に出して本を読む。

「くじらのお嫁さんになりたいな」

わたしがそう言うと、弟は笑う。

「夏休みに泳ぎを教えてあげる。広い海をくじらのように、どこまでも泳いでいこう」

そう言うと、目を輝かす。

教室の一番うしろの席で、太陽の照りつける校庭に目をやりながら、わたしは毎日、同じことを考えていた。

もしも一日というものが、朝と昼と夜の組み合わせでなくてもいいと神様が言ってくれるなら、朝だけの一日を、一週間を、一年を送りたいと、そんなことを考えていた。

昼は騒々しいだけだった。太陽の熱で、アスファルトの道も家もひともみんな、死んでいるように見える。昼を好きになることは、むつかしい。

夜は淋しさのあまり、死んでしまいたくなる。暗い闇にまぎれたわたしを見つけられるひとは、どこにもいないだろう。

朝はすべての始まり。新聞配達がやってくるキーキーという自転車の音。鳥の鳴き声や新しく生まれたばかりの空気の匂い。

自分がどこからやってきて、どこへ行こうとしているのか、そんなことも、何もかも、朝だけは考えないでいることができた。

先生に、「マリー」と呼ばれ、席を立ち、通路を黒板のほうへ歩いていく間も、わたしは、朝と昼と夜のことを考えていた。

弟はくじらのことを考えていたのだと思う。こげ茶色の軍用トラックがウインカーを出して曲がったことにも、信号の色が変わったことにも、だから気付かなかったのだ。弟の前髪は、目の上に垂れ下がっていただろう。

母から電話があったと、すぐにこの病院に行くようにと、先生は、白い紙切れをわたしの手に握らせた。

基地の中に広がる白い外人住宅を、わたしは、走るタクシーの窓から見つめ続けた。

わたしは弟と約束していた。

ふたりで旅に出るのだと。祖母の住む島へ、くじらを見に行くのだと。ふたりで深い海の底へ潜って、くじらのように空高くジャンプするのだと。

ピクニックテーブルやバーベキューコンロや芝生に水をまくスプリンクラーが、視界からどんどん遠ざかっていく。

わたしは言いたかった。

何も心配いらない、と。わたしはあなたの中で泳ぐ。あなたの目の中でこれからもずっと泳いでいくから、と。

わたしは、弟に言いたかった。


（第30回入賞作品）

第31回　北日本文学賞　１９９６年度　応募総数８７２編

入　賞　「眼」早瀬　馨《かおる》（65歳・岡山県）

選　奨　「春の夜に棲む」大黒恵子（60歳・富山県）

候補作品　「すっぱい葡萄《ぶどう》」松村比呂美（40歳・岐阜県）
「あのころのわたしたち」伊藤恵美（22歳・兵庫県）
「流し雛《びな》」小柳義則（37歳・佐賀県）

第31回選評

鎮魂の思い立ちのぼる

宮本 輝

31

今回はこれまでで最も多くの応募作が寄せられたという。

日本各地で文学賞が林立し、それらの多くが撤退を余儀なくされている状況下にあって、北日本文学賞の独自性が光彩を放っている証《あか》しであって関係者、とりわけ地元選考にたずさわる諸先生方のご努力に深く感謝申し述べたい。

しかし、応募数と比して、私のもとに届けられた五編の質は低かった。基本的な文章力、小説の構成力が、全体的に落ちている。年配の人の作品は類型的だし、若い人のものは、単なる思いつきを文章に変えただけである。

これは北日本文学賞にかぎったことではない。他の著名な文学賞においても同様の手詰まり状態がつづいている。日本文学全体が、読み手の側も書き手の側も、人間の営みに対して〈木を見て森を見ず〉の視力に気づいていないのである。

受賞作となった早瀬馨氏の「眼」は、意地の悪い言い方をすれば、自然主義文学の悪《あ》しき踏襲といった作品であるが、これだけは小説として書いておきたかったという作者の鎮魂の思いが、読後静かに立ちのぼってくる。

真っ正面から真っ正直に小説を書いたことによるある種の力を感じて、私は受賞作とさせていただいた。

選奨となった大黒恵子氏の「春の夜に棲む」は、細切れの文章がつづいて、文体があちこちで歪《ゆが》むのだが、ある年月を経た夫婦の微妙な心理や駆け引きに似た感情をつかまえている。夫婦という関係は、思いのほか枝葉末節にこだわるものだというところがうまく浮き出てくるのだが、文体の乱れという部分で、受賞作とはほんの少し差があった。

松村比呂美氏の「すっぱい葡萄《ぶどう》」をも、私は選奨とすべきかどうか随分迷ったが、昨今流行《はや》りの心理分析をマニュアルに沿って利用したという臭みが鼻について、結局、選奨から外させていただいた。心と肉体の複雑な関係は、充分《じゅうぶん》に文学のテーマとなりうるが、この作品は目線がいささか低すぎるわりには、作者の知ったかぶりが表に出すぎたと思う。

伊藤恵美氏の「あのころのわたしたち」は、若い四人の男女の恋愛らしきものを淡彩に描いているが、これもよくあるテレビ・ドラマにすぎない。作者の二十二歳という年齢を思い合わせても、やはり稚拙すぎるのである。

小柳義則氏の「流し雛《びな》」は、あまりにも古めかしいテレビ・ドラマを見せられているようで、その暗い内容に読む者は救われない。不幸を寄せ集めてお小説に仕立てたといった感想しか残らなかった。

若い書き手のために披露するが、いまの若い人は文学なんか味わったことがない。コミックかテレビ・ドラマを見て、あれを参考にして小説を書いているのよと、瀬戸内寂聴さんが私に言ったことがある。文学を味わうという歓《よろこ》びを若者に与えない日本の国語教育こそその元凶であって、私は暗澹《あんたん》たる思いである。

眼　早瀬　馨

事務所で支払いを済ませ、玄関の方に歩いていると、母がナースの久留島さんとこちらに来ていた。私はちょっと立ち止まって二人が来るのを待ってから、久留島さんに、よろしくお願いします、と先ほど言ったのと同じことを繰り返した。久米島さんはにっこり笑いながら、少し腰の曲がった母の背中に手を当てて、「手の掛からない人ですから」と少し甲高い声で言うと、今度は母の方に屈《かが》み込んで、「心配ご無用、ですよね」と母の気持ちを引き出すように、きっぱりとした強い調子でいった。

私は母が、すでにそうした言葉を生活感情に支えられたものとして受けとめることができなくなっていると分かっていたが、私も母の顔を見ながら、と云うより、表情を探りながら言った。

「あまり出歩いて久留島さんに迷惑を掛けてはいけませんよ」

すると母はにっこり笑いながら、

「帰ったら良子さんによろしく言って頂戴《ちょうだい》」と言った。

「良子さん？……あ、はい、そう言っておきますよ」

私は母の言葉がとっさには理解できず、曖昧《あいまい》な気持ちのまま返事をした。

早瀬　馨（はやせ・かおる）１９３１年岡山県生まれ。本名・船津祥一郎。岡山大学法文学部卒業。同人誌「群雀」「未踏」「楕円」を経て75年より「青銅時代」同人。第8回岡山・吉備の国 内田百閒文学賞（長篇小説部門）受賞。著書に『まだ、いま回復期なのに』(作品社)『人形』(作品社)。２０１４年12月没。

バス停に向かう坂道を下りていた時、私は母の言ったことが急に思い浮かんできた。母の言う良子さんは、ひょっとして私の知らない母の友達のことかも知れないが、私が思い出した良子というのは、私の伯母つまり父の姉のことかも知れないと思った。もしそうなら、久し振りに聞く名前だった。私自身、父の親戚《しんせき》とはあまり付き合いがなかったから、もう長い間思い出したことはない。

いわゆるやくざな生活を続けていた父だったから、伯父も伯母も私の母に対してかなり同情を寄せていたのだろう。ことに二人姉弟だった伯母からすると、私の父はたった一人の弟にあたるわけだから、それだけいっそう気になったのだろう。母が困ったときには金銭の援助などもあったのかも知れない。私は幼いながら、そのことを薄々感じていた。そのような負い目のせいか、世の中のことが少し分かりかける頃《ころ》になると、私は伯父や伯母に会うのが何となく億劫《おっくう》になっていた。卑屈な気持ちが嫌だったのだろう。

或《あ》るときその伯母が私の家に来て、私に新品のズックの運動靴を持ってきてくれた。それまで私の履いていた靴は裏がすり減って今にも破れそうだった。それでも私は我慢してはいていた。新しい靴がほしかったが、どんなことでも我慢していたように、それも我慢していた。ほしくて堪《たま》らない靴だったが、伯母のくれたその靴はどうしても履く気がしなかった。惨めな気がしたからだろう。それでも母に窘《たしな》められ嫌々ながら履いた記憶がある。そんなことを考えているうちに、背の低いあごの張った伯母の顔が思い浮かんできた。

当然、感謝しなければならないはずだったが、私の歪《いびつ》な気持ちのために、そういう気持も起こらなかったし好きにもなれなかった。

その二人とも、もう十年以上も前に亡くなっている。彼らのことは母が言い出さなければ、終生、私の思い出すことのない類《たぐい》の人たちであった。

私の場合とは違って、母の脳裡《のうり》では今、時の境が溶けていて、過去に起こったことでも、まるで今そこで起こっているように思い浮かぶのかも知れない。久留島さんをお母さんと呼んだり、私が母の弟になったりする。近所の八百屋さんにもなる。

しかし、このような人たちの中に自分の夫、つまり私の父の名前が覗《のぞ》くことはない。


母の様子が変だと思い始めたのは一昨年の頃からだった。お金をなくした、としきりに言うようになった。家の中だけなら何ほどのこともないが、近所に行って、ここでなくした、などと言うようになった。妻や私が何度も謝りに行った。年寄りだからと気さくにこちらの話に納得してくれる人ばかりではない。それだけでもやっかいなことなのに、最近では家を出て行方の分からなくなることが度重なってきた。

四六時中、目の離せない状態になった。去年より今年の方が状態は悪い。妻は付きっ切りで世話をしなければならなくなっていた。

今年の梅雨の頃、今度は妻の母親が脳溢血《のういっけつ》で入院した。長男が離れて住んでいたから、そちらのほうの面倒も妻が見なければならなくなった。いろいろ方策を考えたが、なかなか埒《らち》が明かない。私が勤めを辞めれば何とか解決はつくのだろうが、退職までにはまだ少し間があった。それに今辞めてしまうと家計の遣《や》り繰りも不如意になる。早速には名案も浮かばない。なんとか目鼻がつくまで、いや当座凌《しの》ぎになりそうだったが、夏の始めの頃から母を施設に預かってもらうことになった。

一月ばかり前、私は階段を踏み外して、右足を痛めた。捻挫《ねんざ》ぐらいだろうと高を括《くく》っていたが、二三日経《た》っても足の腫《は》れが引かなかった。痛みも取れなかった。医者に行き、レントゲンを撮ってもらった。踝《くるぶし》の下の骨に少し罅《ひび》が入っていた。ギプスを塡《は》め、松葉杖《づえ》を使わなければならなかった。やっと数日前にギプスが外せた。そんなことで母のところには三週間ばかり行くことができなかった。仕方のないことだったが、久し振りにと云う引け目があって、私はいつもより長い時間、歩き魔の母の後を付けて、施設の中を歩き回っていた。

久し振りに長く歩いたからだろう、駅で電車を待っていると、気のせいか怪我《けが》をしたところが少し痛むような気がして来た。私はベンチに座って靴を脱いだ。邪魔にならない程度に足を伸ばし、靴のかがとを向こうに押し出し、靴先に右足のかがとを乗せ、指先を前後左右に動かしたり、ぐるぐる回したりしながら、見るともなく目の前の風景を目にしていた。四車線のどの線路にも電車は入っていなかった。

陽脚《ひあし》の少し長くなった秋の陽が向かいのプラットホームを明るく浮き出させていた。その上を何人もの人が往《い》き来していた。どこでも見られる駅の風景が展開していた。

電車の到着する時間が来ていた。プラットホームに人が増えてきた。私は靴を履くために指先で靴の向きを変えてこちらに引き寄せようとした。ちょうどその時、ホームを向こうから走ってきた高校生が私の靴を足に引っかけた。靴は三四メートル先に飛んでいった。その高校生は、その先を走っていて、少し速度を緩めたもう一人の高校生にわざと大仰な動作で抱きつくようにして止まった。靴を蹴《け》ったのに気づいたのだろう、わたしの方を振り向いた。その靴が私の靴だとわかった様子だった。突然彼は眉《まゆ》を顰《ひそ》め、ふてくされたような表情をした。目付きが鋭く、ある種の鳥を思わせるように冷淡に光っていた。髪を少し茶色に染めていた。片方の耳にはリングのピアスをしていた。彼はわざとゆっくりした動作で跳んでいった靴のところへ行って、靴を私のほうに向け軽く足で蹴った。二三度同じ動作を繰り返して、私の前まで蹴ってきた。私は左足の靴の上に右足を押しつけ、冷ややかにその動作を見ていた。彼は私の前に来ると、蹴ってきた靴を私の足に押しつけながら言った。

「邪魔になる所へ靴を脱ぐなよ」

私は腸《はらわた》の煮えくり返るような気持ちだったが相手は高校生だったから、こんなときに言う適当な言葉も動作も思い浮かばなかった。

私は冷ややかな視線で見上げていた。

「この野郎。気に入らねえのかよう」

彼は私のほうに向けて靴を更に蹴りつけてきた。激しい語気と一緒に吐き出された言葉がベンチの下に靴のあたる衝撃音と重なって響いた。

「おい、何も蹴ることはないだろう」

私は落ち着いて言ったつもりだったが声が上擦って聞こえた。

「むかつくなあ」

「おい止《や》めとけ」

もう一人の高校生が私と彼の間に立ちはだかって、彼を押し戻した。体の動きから彼は私を殴ろうとしていたのが私には分かっていた。

「むかつくで、この爺《じじい》は」

彼は間に入った高校生をはねのけるようにして私のほうに詰め寄ろうとした。

「止めとけえて」

再度彼は強く押し戻されて、もう一人の高校生に抱きかかえられるようにして向こうへ行った。

私も冷静ではなかった。昂ぶった気持ちが出口のないまま妙にねじまがっていた。

憎しみだけが方々に衝突していた。

無数の毒を含んだ言葉が声になる手前のところでぶつかり合っていた。

人々とつきあうために用意してきた穏やかな感情は逃げ場を失って右往左往していた。

それにもかかわらず私の体は金縛りにあったように動けなかった。

このような咄嗟《とっさ》な状況では「目には目」と云う行為に走るほど私の心は敏捷《びんしょう》ではなかったし、それほど荒《すさ》んではいなかった。それなら右の頬《ほお》を打たば左、と云う許しに身を預けることもできなかった。

私はひたすら自分が我慢していることに気づいた。

私は靴を履いた。

無意識の長い時間が過ぎたような気がして私はあわてた。

少し離れたところで女子高校生がこちらを見て笑っていた。

別の憤りが生み出されていた。私はそれを目から外に追い出し、自分の立場を繕おうとした。

私はなぜか自分がずいぶんみすぼらしく惨めにも思えてきた。


電車が来て乗り込んだ。

体の動きがぎこちなかった。興奮した感情が思い出したように体の中で弾けていた。あの高校生の挑戦的な眼差《まなざ》しが、暴力的な行為が、まだすぐ近くで動いた。私はそれを軽蔑しながら、やはり、なす術《すべ》もなく我慢していた。もし私がそれを受けて立つような頑健な体とそれに見合う表情をしていたら、彼はたぶん私の靴を蹴りつけたりはしなかっただろう。私が年老いていて何事にも抵抗のできない小市民であると分かったからあのような行為にでたのだろう。私は暴力に向かって行く状況の単純さと恐《こわ》さと無慈悲さを感じ、嫌な気持ちだった。

窓の外には秋の陽射しに温められた町の風景が走っていた。コスモスの茂った空地も見えていた。

青色の法被を着た子供たちが神輿《みこし》を担ぎながら狭い路地を通っているのも見えた。

私の妙に凝り固まった心とは違って、それらはのどかな風景だった。だが、いつものようにその中に溶け込むほど穏やかな気持ちにはなれなかった。

私はもう長い間暴力的な行為の対象になったこともないし、そのために起こる心の変化もほとんど思い出せなくなっていた。腹の立つことはいくらでもあるが、これほどの低劣な激情に動かされたことは近い過去を探っても思い当たらない。思い出すことさえ腹立たしく嫌なのに、なぜそうなのかは分からなかったが私の気持ちは何度も高校生と向き合った場面に引き戻されていた。

ものの三十分も前に私はその高校生のことは何も知らなかった。だから私にとっては突然降って湧いたような憎しみを浴びせかけられたようなものだった。この先、彼に会うことがなければその憎しみは、次第に形骸化《けいがいか》し抽象化されたものとして心の隅に残るかも知れないが、これ以上心を深く傷つけることはないような気がした。

私は気分が少し楽になった。

人間の様々な感情と同じように、憎しみもさまざまな変容を見せるに違いない。憎しみの中に愛情が絡まっていたり、愛情のさなかに、突然憎み合うようになったり。憎しみを経験したものがそれを乗り越えて愛の中にはいることもあるのだろう。

憎しみを経験せずに人が育つとしたら、その人はいったいどのような人になるのだろうか。その人は愛の深さが分かるのだろうか。しかし、愛の深さが分からなくても多分人は人を憎むことはできるような気がする。

そんなことをいろいろ考えているうちに、私は今まで私の遭遇したいくつかの嫌な思い出が、憎しみの絡まった思い出が心の隅を過《よぎ》って行った。今まで私の心に残っているそうした情景はそんなに沢《たく》山《さん》はない。私の幼い友人であった海老のことは別にして、父に対して抱いた憎しみは幸せな解決に向かうことはなかった。相手が他人でなく父であったから、そこに母が絡んでいたから、余計に私は妥協できなかったのだろう。

海老のことにしても父のことにしても、それは幼い私を取り巻いていた貧しさの生み出したものだと言ってしまえばそれまでだが、そこを避けては今の私はないような気がする。そのことのために心の経験してきた諸々《もろもろ》のことが私と言う人格にかなりの影響を与えてきたことは否めない。

私の幼い頃、私の家はかなり貧しかった。もっとも近所には同じような家が沢山あったから自分の家だけが特に貧しいとは思っていなかった。どの家でも、大人たちは皆がいわゆる汗水たらして働いていた。しかし私のうちは違っていた。父が家計の助けになるようなことをいっさいしなかった。父は自分で稼いだ金はほとんど自分で使っていた。金が無くなると、どんなことでもした。映画館の木戸番をしたり、夜店で飴《あめ》を売ったり、屋台《やたい》を牽《ひ》いてみたりした。一度は私をさくらに使っておもちゃを売ったりもした。私は嫌だったが、その時はまだ幼すぎて父に反抗すると云うようなことはできなかった。幼い心がどんなことで傷つくかと云うようなことを父はいっさい考えたりはしなかった。

何かの楽しみのために、父が私をどこかに連れていってくれたと云う記憶も私にはない。父が家にいること自体が珍しいことだった。時たまいることがあっても、その時は、焼酎《しょうちゅう》に赤玉ワインを混ぜて飲んでいた。酔うと戦争の話をしたり、今の生活が一変する夢のような話をした。実現したことは一度もなかった。

父は傷痍《しょうい》軍人だった。第二次大戦で中国大陸を転戦していた時、爆弾の破片で左足の膝《ひざ》の辺りを負傷した。命に別状はなかったが、再び戦争には行かなかった。膝の関節の裏側に、赤黒い肉が盛り上がって、骨のように固くなっていた。膝は少ししか曲がらなかった。歩くのはかなり不自由だったが、自転車でどこまでも出掛けた。左足ではペダルが踏めなかったから、右足のペダルに少し太めの針金で足がつっ込めるように輪さをして、自転車を漕《こ》いでいた。左足はペダルの回転を避けて棒のように前後に動いていた。

父には誉《ほ》められるようなところは丸きりなかったが、もし誉めるとすれば、母の稼いだ金に父は決して手をつけなかったという点だろう。

そのような父だったが、母は父のことで愚痴は云わなかった。満足していて言わないのではなかった。諦《あきら》めていたからだ。母は昔風のごく平凡な人で、悲しみも不満も自分の中に取り込んで決して外に出さない人だった。多分、その頃から長い間掛かって、母の脳裡からは父の姿が消え続けて行ったのだろう。だから今、日常の会話がまともにできなくなっていても、自分の兄や伯母の名前は声にすることが出来るのだが、夫である私の父のことは思い出せないのだろう。

私が小学生の終わりから中学生になる頃、母は菓子屋の下請けの仕事をしていた。それは、フライ・ビーンズを作る前段の仕事だった。水でふやかした空豆を油で揚げた時、豆の外皮が実から弾《はじ》けて両側に均等に広がるようにする作業で、豆が鞘《さや》にくっついていた黒くなったところに沿って、全体の半分ほどに切り込みを入れる作業だった。板の表面に刃を上にして取り付けた剃刀《かみそり》の刃に、豆を一つずつ押しつけるという、実に単純な作業だった。慣れないと豆を摘《つま》んでいる親指や人差指の先を、剃刀の刃に押しつけてしまう。

根をつめて一日中働いても稼ぎ高は知れている。それだけではまともな生活はできなかったが、ほかに良い仕事はなかった。私はまだ小学五年生だったが、そのお菓子屋は近くだったので、リヤカーを牽いて夕方、仕事のための豆を取りに行ったり、前の晩にできた分を届けに行ったりした。その日によって豆の量は違っていた。夜通しの作業でもできないほどの量を持って帰ることもあった。そんな時は私も母の手伝いをした。

母の手は水気のものを扱い続けたものだから白く浮腫《むく》んでふやけたように腫れ上がっていた。関節もうまく曲がらなくなっていた。

部屋にはいつも豆の生臭い匂《にお》いが充満していた。私はその生臭い豆の匂いが嫌いだった。二部屋しかない狭い家だったから、どれほど嫌でも、そこから逃れるわけには行かなかった。服にも鞄《かばん》にもその匂いが染みついていたのだろう。友達からおまえは変な匂いがするとよく云われた。特に海老は私を見ると「臭い」と言って鼻を摘んだ。あまりしつこく言われたものだから、とうとう喧嘩《けんか》になり、先生から事情を聞かれた。そのことがあってから私は学校に着て行く服は家の外に脱いで決して家の中には持って入らなかった。

ある日、体育の時間に教室に脱いでいた私の服が水浸しになっていた。私は海老の仕業だと思い込んでいた。そのことで言い争っているうちにまた喧嘩になった。大した殴り合いではなかったが、彼が鼻血を出した。海老は自分がしたのではないと言い張った。見ていないのに海老がやったと言うのは確かに間違っていたが、その時は心に余裕が無く、海老以外には考えられなかった。

想像で相手を傷つけるようなことを言ってはいけないと先生からも母親からもたしなめられたのだが、私はどうしても彼に違いないと言い張っていた。

そんなことがあって私と彼との間はいっそう険悪になっていった。私の海老に対する憎しみは次第に募っていった。多分海老もそうだったのだろう。先生の仲裁で表向きは一応何事もないようになったが、心の中には以前となんら変わらないものが潜んでいた。いや、抑えられていただけにいっそう激しい嫌悪感が渦巻いていた。しかし、間もなく彼が転校したことで新しい衝突は起こらなかった。

ところが高校に入ってみると、彼も同じ学校を選んでいた。私は安心した。少し嫌な気がした。しかし、最初に顔を合わせた時、彼の表情にはゆとりが見えていた。背丈も私よりもはるかに高くなっていた。彼は一回り大きくなっていた。がっしりとした体には若さが漲《みなぎ》っていた。

多分、海老もそうだったのだろうが、私としてもすぐには話し掛けれなかった。少し時間が必要であった。お互いを意識しながらしばらくは距離を置いていた。

六月にさしかかろうとしていた。放課後だった。サッカーの練習で一汗かいた後だった。日陰の芝生の上に足を投げだし休んでいた。海老も柔道の練習で運動場を走っていた。私の前を通ったとき彼は私に向かって手を上げた。私が手を上げたのとほとんど同時だった。次に回ってきたとき彼は私のところに走ってきた。息を弾ませて私の横にどっかり腰を下ろし、裸足の足をなげだした。額に汗を滲《にじ》ませていた。

「一度、話をしようと思っていたんだが、良い機会がなくて……」

海老は大きく息を吐いた。

「僕もそう思っていたんだ。僕のほうから声をかけなくちゃあいけなかったんだ」

私たちはしばらくお互いの過去とは何の関係もないことを喋《しゃべ》った。言葉の繋《つな》ぎを見計らって、私はあの濡《ぬ》れた服のことで海老に迷惑を掛けたことを詫《わ》びた。彼は彼の方でお互いの仲を裂くようなことを最初に言い出したことに責任を感じているのだと言った。

「ただ、あれは、あの服は俺《おれ》がやったんじゃない。天地神明に誓って……」

「分かってるよ。さっきも云ったように、あのときの君の言い方、残念がりようで、君がやったのではないと分かっていたんだ。子供の頑固さ、って云うやつなんだ」

「ああ、やっと」

「やっと、やっとだ。良かった」

私も海老も芝生の上に寝転がって、しばらく言葉を失っていた。

六月の陽差しはまだ夏の暑さを呼び込んではいなかった。心地よい温《ぬく》もりの中で海老も私も解けた心を温めていた。校庭の東側に高く並んだニセアカシヤの高い梢《こずえ》の白く咲き乱れている花から甘い匂いが微《かす》かに降っていた。

「お袋さんは元気なの」

「ああ、おかげさまで元気ですよ」

と、答えたものの私は戸惑っていた。海老が私の母を知っているはずがないと思っていたからだった。

「僕のお袋のこと、どうして……」

「あの時ね、全く参ったよ」

海老は私が彼への憎しみを募らせ、怪我《けが》をさせたとき、私の母は菓子折を持って海老の家に行き、私の非を詫び海老の前で土下座をして謝ったのだと言う。そのことを母は私には喋っていなかったので私は何も知らなかった。私は母のおどおどした姿を思い描いて胸の詰まる思いがした。

こうして海老との再会がなかったなら、青春と云うあのもやもやとした時期のそもそもの初めに、どちらも嫌な気持ちを持ったまま、誰《だれ》からも触れられたくない部分を心に残してしまったことになっただろう。心の底に深く潜んでいた海老との確執は跡形もなく溶けていったが、それだけに私の心の中には父とのことが暗い陰を広げていた。決して日に晒《さら》されることのない陰を広げていた。

その年の春先に私は父を亡くしていた。

いつの頃からとはっきりは言えないが私は父に白い目を向け始めていた。軽蔑《けいべつ》もしていた。私は自分が成長するにつれて、自分なりの父親のイメージを作っていた。自分の境遇から全く離れた夢のような父の姿を描いていたのではなかった。当たり前の平凡な大きな背中を見ていたかった。頼りになる力で傍《そば》に居てほしかった。そのどちらにも私は満たされることはなかった。父に向かう私の心は年を追うごとに次第に歪《ゆが》んでいった。目も殺伐になっていった。もちろん貧しさがその大きな原因だったことは否めないが、それだけではなかった。

最初の爆発は中学二年生の時だった。

冬が始まっていた。母が風邪を引いて二日ばかり寝込んだ時だった。一日の休みならなんとか言い訳もたつが二日も休むとなると、ほかに仕事が行って、しばらく仕事が貰《もら》えないかも知れなかった。私は学校を休んで朝から母の仕事をしていた。夕方になってようやく半分と少しだけできていた。そこへ父が帰ってきた。帰ってきたと云うよりやってきた。いつものように少し酒が入っていた。その時どのような会話を交わしたかはっきりは覚えていない。学校を休んだりすると高校には入れない、とそんなことを父は言ったと思う。私は黙って立ち上がり、豆の入ったざるを思い切り蹴りつけて、外に飛び出していった。もしそうしなければ、私は父に対してとんでもないことをしそうだった。外は寒かった。じっとしておれなかった。なぜか友達のところへは行く気がしなかった。長い間、町の中を歩いて寒さをしのいだ。

そのことがあってから父はしばらく帰ってはこなかった。一度、学校からの帰りに父に出会ったことがあった。今から考えると父は私に会うためにわざとそこを通ったのかも知れない。後ろから声を掛けてきた。私はまともな対応はしなかったと思う。何かひどく毒づいたように思う。父は自転車のハンドルを持ってしょんぼりと立っていた。その姿が記憶に残っている。その後、父は何度か帰ってきたが、そのたびに私は父を外に押し出すか、そうでなければ自分で出て行った。非力だった父は体力的に私には勝てなくなっていた。その頃、母は豆切りの仕事を止め、菓子工場に勤めるようになっていた。生活も幾分安定していた。

母は私の父に対する態度を時折非難した。母の気持ちも言い分も私は分かっていた。それでも父を見ると私の心は邪《よこしま》に歪んでしまうのだった。

私が最後に父に会ったのは、私が高校を受験する前の年の秋だった。少し雨が降っていた。私は夕方近く家に帰った。父が家の前の路地を自転車を押して表通りに出ようとしていた。私は父を無視してその横を擦り抜けて行った。父は自転車を止め私の名を呼んでから言った。

「木戸高校を受けるそうだな、頑張れよ」

今までにない情感の籠《こ》もった声だった。私は見向きもしなかった。そのすぐ後、自転車の倒れる音がした。私は思わず振り返った。父は倒れた自転車を小さな拍子をとるような声を出して引き起こしていた。怪我をしたほうの足を突っ張ってサドルにまたがると、傘を差して自転車を漕ぎ出した。どこかの景品に出されたようなその傘は、空色と白色で三角の部分が交互に縫い合わされていた。夕闇《ゆうやみ》の迫ろうとしている中で、その傘は黄昏《たそがれ》を弾いて明るく見えた。

それは私が父にあった最後の風景だった。

もう四十年以上も前のことになるが、不意に昨日のことのように、そのことを思い出すことがある。私は最後まで父には辛《つら》く当たった。他人だったら許していたかも知れない。血のつながった父だったから、矛盾した言い方のように思えるがなぜか許せなかった。

海老との付き合いは今も続いている。こちらは姫路、向こうは東京と離れてはいるが何かことがあればお互いに出向いて行く。出張の折には必ずどこかで出会って酒を酌み交わすことにしている。姻戚《いんせき》経営と云う大手の印刷会社で、その一族とは何の関係もない彼だったが、数年前、常務にまで昇進した。祝いの会を親しいものが集まって開いた。楽しいことばかりではなかった。その直後彼は妻を亡くした。一本しかない背骨を抜かれたようだと彼は言った。私も含めてあまり喜べないことの起こる密度の濃い年になって来ている。

電車を降りて、私は妻に頼まれた買い物をするために駅前のスーパーに入った。買い物を済ませて、私は喫茶コーナーに座ってコーヒーを注文した。優しいＢＧＭが流れていたが、気持ちが荒んでいた。心に重いものが伸《の》し掛かっていた。

五六人の高校生が階段を上がって行くのが見えた。その中に私の靴を蹴った高校生がいるかも知れないと思った。私は自分のしつこさが嫌だったが、まだ生なましい感情が動いていたから、そのことに関《かか》わらずにはおれなかった。私は彼らの一人一人を目敏《めざと》く探ったが、あの高校生はいなかった。なぜかほっとしたような気持ちで眼を戻した。

食器を並べてある向こうのガラスの板に私の顔がぼんやり映っていた。その向こうに父の顔が浮かんでいた。私は目を逸《そ》らした。海老と和解したように父とは和解できなかった。父が拒んだのではない。私のほうで拒み続けたのだ。

長い年月が経ってしまうと、その時の細々としたことは風雨に晒された布切れのように、平生は色も艶《つや》もないただの繊維だけになって、心の隅に引っかかっていて、気づかないで過ごしている。それが何かの拍子に、その繊維が生き返って、まるで織たての布のように色柄をはっきり顕《あらわ》すことがある。

私は私の靴を蹴った高校生のあの冷血な目付きを思い出していた。その眼《まなこ》には光が無く、陰湿で憎悪だけがむきだしになっていた。

私が父に対してかたくなに心を閉ざしていたのはちょうどその高校生と同じ年頃であった。純粋な年頃かも知れないが、融通の利く年頃ではない。私は彼を自分に重ねていた。すると父と関わっていた頃のままの自分が不意に浮き出してきた。

あの高校生が私を見据えていたのと同じ目付きで私は父を見ていたのかも知れない。

私はぞっと背筋の寒くなる思いがした。


（第31回入賞作品）

入　賞「ティティカカの向こう側」長山志信（28歳・愛知県）

選　奨「はなぐるま」長嶋公栄（63歳・神奈川県）
「鳳仙花《ほうせんか》」安藤由紀子（41歳・宮城県）

候補作品「母の見舞い」向井直樹（29歳・愛媛県）
「虫追い」山田たかし（26歳・埼玉県）
「指」大巻裕子（52歳・富山県）

第32回　北日本文学賞　１９９７年度

応募総数６２２編

第32回選評

想起させられる内的歴史

宮本　輝

32

今回ほど、当選作と選奨を選ぶのに悩んだことはない。

候補作六編、どれもいい作品で優劣をつけかねて、不遜《ふそん》な言い方だが、サイコロを振るか、あみだくじで決めるしかないと思ったほどである。

それで、担当記者から地元選考委員のそれぞれの意見を訊《き》き、結局、欠点の多い作品を消去法的に外していって、三作が残った。

この三作とて、もし最終選考にたずさわる者が私以外の作家であったら、順位は別になっていたかもしれないので、選に漏れた方は、どうか私を恨んでいただきたい。

受賞作とした長山志信氏の「ティティカカの向こう側」は、舞台となったアンデスと、猥雑《わいざつ》な東京との生活様式や価値観の対比が、いささかわざとらしいが、ペルー生まれの父親が青年のころに見つめた遠望に「詩」があって、日本で不器用に生きるしかなかった父親の内的歴史を読む者に想起させる。

選奨となった長嶋公栄氏の「はなぐるま」は、こなれた文章でそつがなく、短篇小説というものをよくこころえたうえで書かれている。ディテールもしっかりしているが、逆にそのぶん、作品の世界が東芝日曜劇場的になり、夫の前妻がアルツハイマーであることをセリフで説明するという失敗をおかした。

もう一つの選奨である安藤由紀子氏の「鳳仙花《ほうせんか》」にも私は感心した。十七歳の少女の目で、同じ入院患者の女を見る視点にはリアリティーがあり、短編のリアリズムとは、かくあるべきだと思わせる部分が光っている。

しかし、何かが足りない。その何かが、私にもわからない。小説の「芯《しん》」というものが希薄だからだと思う。無駄をはぶくという手腕をお持ちなのだから、いかなるものを「芯」にすえるかに主眼をおいて、また新しい作品に挑戦されてはいかがかと思う。

選には漏れたが、山田たかし氏の「虫追い」も捨てがたい魅力があった。

レイプされた女性の恋人の思いやりと葛藤《かっとう》はよく描かれてあるが、虫追いという松明《たいまつ》の火による儀式によって、女性に癒しと再生が訪れるところは描写不足だと思う。

すでに虫追いの儀式へと向かうことで、読者に結末を予感させてしまう書き方をしているだけに、最後でもうひとつ苦労すべきだったと思う。

向井直樹氏の「母の見舞い」は、いささか淡白すぎるし、めでたしめでたしと主人公だけが涙にむせぶのは技巧が足りない。

前半の文章の密度が濃いだけに、後半のゆるみが傷となった。

大巻裕子氏の「指」も細部が丁寧に書き込まれている。だが、逆に、全体がぼやけて、読み手に、「木を見て森を見ず」ではなく、木ばかり見せて森を見せないという不満を与えた。

重ねて言うが、これら六作は、ほとんど差はなかったのである。

ティティカカの向こう側

長山志信

長山志信（ながやま・しのぶ）１９６９年愛知県生まれ。本名・横山信弘。国立豊田高専建築学科卒業。94年から3年間青年海外協力隊員としてグアテマラへ赴任。現在は会社経営。第4回浦和スポーツ文学賞、鳥羽市マリン文学賞、第5回伊豆文学賞優秀賞受賞。

日本へ到着したのは昼過ぎの三時のことだった。タラップをおりてシャトルバスに乗り込もうとするとき、体の表面を撫でるような熱風が通り過ぎていく。たまらなくなった私は、機内の冷房対策に着ていたセーターを脱ぎ、腰の辺りに巻き付けた。荒涼としたアンデスの地を想い出させるそのアルパカのセーター。ひとりアンティプラーノ（アンデスの高原地帯）に立つ若き時代の親父を感じられるように、私はこのセーターと共に日本へ帰ってきた。

入国手続きをし終え到着ロビーに出ると、思いがけず昔の同僚を見付けた。

「上村ァ！　元気だったかァ？」そう叫んだのは、同期入社した高田だった。

「先輩、おつとめ御苦労様でした」二年後輩の石垣は、戯《おど》けて深々と腰を曲げている。

「まさか出迎えに来てるとはな……」私は苦笑した。

「おい、どうしてセーターなんか腰に巻いているんだ。日本は八月だぞ。向こうは十二月だったのか？」高田が言った。

私は相手にせず「それにしても暑いな。日本の夏ってこんな風だったのか」と言った。

「よく言うよ。年がら年中クソ暑いところにいたくせに……」

石垣は私のスーツケース四つを、キャスターからおろして車輪を下に立てている。「二年、二年ですよね、本当にお疲れさまでした」石垣がスーツケースに着いた埃《ほこり》を手ではたきながら呟《つぶや》いている。妙に興奮しているような仕草だった。

「今日はうちの昔のプロジェクトメンバーが集まるよ。玉置製薬に出向していたあの連中がさ」高田が私の肩を叩いた。「さすがに日焼けしてるな。信じられないほど黒いぞ」

「お前ら日本人が白すぎるんだ」

そう私が言うと、高田は大笑いした。

「石垣、悪いけど小銭を貸してくれ。十円を数枚でいいんだ」

「いくらだっていいですけど、ひょっとして電話ですか？」

「そう。帰国したことをＪＩＣＡ（国際協力事業団）に報告しないと」

「ああ、それだったら僕のケータイ貸しますよ。使ってください」

石垣はテレビのリモコンのようなものを私の手の上に置いた。私はしばらくのあいだ、それを右手に持っては眺め、左手に持っては指で押してみた。

「おい壊すなよ。お前にとっては珍しいもんだろうけど」スーツケースの上に腰を押し付けている高田が言った。

「こんなのが普及してるって聞いてたよ」

「上村さんがまだ日本にいたときって、ありませんでしたっけ？」

私は答えず、石垣にそれを返した。そして「やっぱり十円を貸してくれ」と言った。

ＪＩＣＡに帰国報告すると、宅配手荷物カウンターへ行ってスーツケースを送る手続きをした。高田は気を利かせたのか、成田エクスプレスのチケットを購入してあると言う。

「こういうきれいな電車に乗ってみたいだろ」

私は大きなお世話だと言った。

「京成線だったら千円くらいで上野まで行けたのに。時間だってそう変わらないさ」

「そうみみっちいこと言うなよ。ここは日本なんだぜ」高田はまた笑った。

どうも私は日本人の感覚に懐疑的になっているようだ。電車の中で缶コーヒーを飲もうとしたときもそうだった。値段を聞いて「買わない」と断ると、石垣は驚いて「僕が代わりに買います」と言い、一本買った。

「上村さん、変わりましたね。当然かもしれませんが」石垣が缶コーヒーを少し啜《すす》り、私に持たせた。「もう僕は要りません」とだけ言って。

「お前ほどじゃないよ。どうして髪を染めてるんだ。よくうちの課長が怒らなかったな」

なぜかふたりとも顔を見合わせて笑っている。私は気にせず二年振りの缶コーヒーを飲んだ。

会社を辞め、南米のボリビアに渡ったのはちょうど二年前のことだ。青年海外協力隊として首都ラ・パスの職業訓練校に配属し、コンピューターの基礎知識に関する講義を受け持っていた。十五歳から四十歳までの、システムエンジニアを目指す学生を対象にしていた。

任地のラ・パスは恐ろしく寒いところだった。標高約四千メートルの、世界最高所に位置する首都だからだ。空気が薄く、飛行機で訪れた人のほとんどが高山病の症状を訴える。私もラ・パスに赴任して三日目にそんな兆候が現れると、たちまち入院するまでに至った。三日ほどで退院できたが、烈《はげ》しい頭痛と嘔吐《おうと》は一ヵ月ほど続いた。数カ月も経てば、起伏あるラ・パスの街をある程度走れるほどにまでなったが、それでも毎朝目を覚ますときの、目の奥の方を刺激する頭痛からは最後まで逃れることができなかった。

私はくしゃみをした。上半身を大袈裟に振り、二度くしゃみをした。

「どうした、風邪かァ？」高田が言う。「寒いところに体が慣れていないんだろう？」

「クーラーが効きすぎなんだ、この電車」私は鼻を啜り、腰に巻いてあったセーターを腹の上にのせた。た。するとお袋に電話しなかったことが、なぜか自然と想い出された。

新宿について南口を出、高田と石垣との背中から少し間を置いて歩いた。というより、彼らの足の速さについていけないのだ。慌てて歩を進めないと、見失う恐れさえある。また昔から新宿の街並みには慣れていたはずなのに、周りのあらゆる出来事や情報が、頭の許容量を超えて飛び込んできてしまう。体にフィットした服を着て歩く若い女性や、携帯電話片手に信号待ちをしているビジネスマン風の男たちが、妙に滑稽に映るのだ。そして潮の流れのような彼らの足運びを不思議な気分で眺めながら、それぞれの無表情さを観察して歩いた。

新宿の雑踏に紛れ込んでいるせいもあるが、私にはこの街がそれほど美しいと感じることはなかった。ボリビアにいた頃、何か辛いことがあるたびに整然とした日本の街並みに想いをよせたりしたが、儚《はかな》くも私の抱いてきたイメージは帰国したその日に崩されてしまったようだ。

高田らが案内してくれた居酒屋には、十人くらいの元同僚が集まっていた。皆同じ製薬会社に出向していた開発チームのメンバーで、私が帰国することを聞きつけて仕事のあとに足を運んでくれたらしい。

「久し振りじゃないか、上村ァ！」

二年前よりも随分肉付きのよくなったチーフが駈け寄ってくる。

「お帰り。元気そうじゃない、その顔色からすれば」

ボリビアへ行くまで付き合っていた芳美もそこにいた。私は「よォ」とだけ言って右手を挙げた。

周りを見回すと、会社帰りの男女が薄暗い居酒屋の中で身を寄せあっている。そして大きな声でウエイターを呼びつけ、次から次へとオーダーし、はやくグラスを空けろよと急かしていた。

「南米のジャングルから生還した上村君にかんぱァーい！」

芳美が音頭をとり、皆グラスを高くあげた。私は苦笑いしながら、それぞれのグラスを迎えた。ボリビアではどんな仕事をしていたのか、あっちの国はどんなだったのかと、元同僚たちは忙しく訊《き》く。私が質問に答え、ひと通り説明しても、ラ・パスが極寒の都市だということは最後まで信じてもらえなかった。

十時間以上のフライトに疲れていたのか、酔いもはやい。しばらくしてからビールをやめ、煙草ばかり吸っては元同僚たちを見つめた。隣人の耳とも触れ合いそうなこんな狭い空間の中で、彼らはめいめい別の話題に首を傾げている。暗澹《あんたん》とした室内のせいで、すぐ脇で騒ぐ若者グループの気配さえ気付いてはいないようだ。そんな様を見ていると、私はどうしようもなくひとりぼっちのような気がして、ふと二年前のことを想い返しはじめた。

そもそも私が協力隊などになりたいと思ったのは、ひとえに大学時代の先輩の影響によるものだ。彼がアフリカのガーナに自動車整備の講師として派遣されたことを聞き、単純にもそんな生き方に心酔してしまったのだ。

システムエンジニアとしての技術しかなかった私は、その職種で試験を受け、運良く一発で合格した。はじめは興味本位だったにも拘《かか》わらず、ある程度の倍率の中で選ばれたという自覚もあり、次第に途上国で活動する自分の姿を頭の中で描くようになっていった。

協力隊になることを決め、会社に退職の申し出をしようとしていたその頃、それになりふり構わず反対していたのがお袋だった。試験に合格してから報告したこともそうだが、なにより行き先が南米だということが気に入らなかったらしい。実のところ私の親父は日系ペルー人で、お袋は南米と聞いただけで、特別な感情が沸き上がってきてしまう。

「それにしても、なんでボリビアへなんか行かなかんのォ？　別にボリビアじゃなくてもええがね」

ある夕食時、突然お袋は堪《こら》えられなくなったような口振りでそう言った。それまでは「とにかく駄目だて。私は認めェせん」と繰り返すだけだったのだが。

「仕方がないだろ、俺に言ったって。ＪＩＣＡが決めたことなんだから」私は言い返した。

「まァお母さん、夜も眠れんと考えたけど、やっぱりいかんわ。ボリビアみちゃあなところ、行くもんじゃないわ。アフリカとかわけのわからんとこならええけどが、ボリビアはいかん。南米はいかんて」

そのとき父親は、黙ってプロ野球のナイター中継を見ていた。無理して私たちと目を合わせないようにしている。そんな風だった。

「私も言いたかないけど、お父さん見てみィ」

お袋は俯《うつむ》いて言った。親父は眉毛ひとつ動かさなかった。

「日本人なのに、南米で産まれたからってろくな仕事も就かせてもらええせんかったがね。見た目も話す言葉もみィんな日本人でしょうが。それでも同じ工場の人ともらうお金がこんなん違うだで。そんな話、どこにあるっちゅうの……」

そのとき、お袋の額に刻まれた何本もの朱色の皺《しわ》を見た。興奮するとすぐに顔を火照《ほて》らせてしまう。特にその夜は深い皺の辺りが染まっていた。人生に疲れた老女の皺だった。

「それとこれとは話は別だろ。お袋の言っとることは、ようくわかってる。でも俺は国際協力としてボリビアに行くんだ。向こうの人たちに少しでも役に立てばと思って……」

「日本人が南米に渡ったとき、向こうの人が何してくれたって言うの？　みィんな苦労して自力でがんばったんだがね。私はよう知らんけどが、お父さんの話聞いとったら、そんな国を助けてやろうなんて気にはならんが」

お袋はそう吐き捨てるように言うと、「まァええ。どっちにしても私は認めェせんで。お前ももう三十前だで、自分で自分の将来を決めればええけど、お母さんにはどうやっても理解できんて」と言って立ち上がり、膳を片づけはじめた。

親父は最後までテレビから目を離さなかった。

お袋が親父とどのようにして知り合ったのか、実のところあまり詳しくは聞いたことがない。ただ二十五を過ぎてから日本に来た親父が、小さな町工場を転々としているうちに、寮の食堂で働いていた名古屋から出てきて間もないお袋と知り合った。知っていることは、ただそれだけだった。

親父は無口な男だが、それでも会話が不自由だったわけでもない。ただ読み書きがほとんどできなかったのである。そのために、何年同じ工場で働いても班長格には昇進できなかった。自分の名前や『安全確認』『立入禁止』『危険』などの漢字しか読めなかったためである。親父の給料が少ないのを南米出身のせいだと、お袋はいつも決めつけては悲観的になったが、実は充分な書類作成もできないせいではないかと私は思っていた。

結局その後、親との満足な話し合いもすることなく訓練所に入った。約三ヶ月間の訓練中、電話や手紙などは一切送られて来なかった。話すことがあるわけでもなく、敢えて私も連絡しなかった。

訓練生活を終えて東京の実家に戻り、ボリビアへ行く準備をしているときだった。ふとお袋が私の部屋へ入ってき、無言でスーツケース内の隙間にポケットティッシュを詰めはじめた。私はアレルギー体質で鼻が悪く、ティッシュなくしては外に出られないほどである。向こうには、ろくなちり紙もないだろうとお袋は思っているようだった。

「お前が訓練中、渋谷とか新宿とかに用事で行ったとき、道端で配っとったティッシュをもらっては貯めとったがね」

お袋はそう言って鼻で笑った。相変わらず私とは目を合わせようとしない。

お袋が集めたというティッシュは大変な量だった。ゆうに百個は超えていただろう。何度も駅の周りを回って集めたか、知人に分けてもらったかのどちらかに違いない。私は何も言わず頭を下げた。

そうしていると、突然お袋がにじり寄ってき、私の手を握った。思わず手を引っ込めようとしたが、彼女の手には充分な力と熱とが入っていた。

「帰ってくるんだで、ちゃあんと。わかっとる？」お袋の紅潮した頬がひきつっていた。

「何言ってるんだ、二年で帰ってくるよ。帰ってこなくちゃいけないんだ」私は上半身を仰け反らした。「親父とは違うよ。移住に行くんじゃないんだから」

「わかっとる、わかっとるんだけども……」

お袋は手を離した。目尻の皺の谷間が涙で埋まっている。そして大きく息を吐き出すと、肩が拳ひとつ分、下がったように見えた。

「あんたになァ、前から訊いてみたいことがあったんだけども……」お袋は言いにくそうであった。

「なに？　当分会えないんだから、何でも訊いてよ」

お袋は口を突き出して言い出した。

「正直言って、あんたはお父さんがペルー人だったこと、どう思っとったの？　小学生の頃とか、たまに苛《いじ》められとったがね」

「どうって……」私は何と答えていいものやらわからなかった。

「恨んだこともあったでしょうが」

私は何も言えなかった。否定できないからである。

「お母さんもなァ、お父さんのこと、ちょっと恨んどるんだわ」

思い掛けない言葉だった。

「いつもなァんか後ろめたい気持ちで生活せなかんかった。近所の人にも黙っとったしな」

ティッシュを詰め終わると、またもう一度大きく息を吐いた。そして「何の因果か、お前が南米に『援助』で行くなんてなァ」と言い残し、そそくさと部屋を出ていった。

日本を発つ当日、朝早く家を出、最寄りの高畑不動の駅へ歩いていくとき、偶然工場の夜勤明けで帰ってくる親父とばったり会った。夏の日差しを感じさせる陽光が、すでにアスファルトを照らしている朝だった。親父は家々の壁が作る影の下を、ペダルがきしむ音と共に近付いてきた。目の前で止まり、通勤用の自転車から降りると、「もう行くのか?」と表情も変えずに言う。

「ああ。出発は午後だけど、箱崎で手続きがあるから」

親父は何も言わず、私の胸の辺りを見ていた。自分が大きくなったのではなく、親父が小さくなったとそのとき感じた。しばらくして親父は自転車の向きを変え、駅まで一緒に行こうと言いだした。断る理由もなく私は頷《うなず》いた。

「ラ・パスは寒いぞ」自転車を押しながら不意に親父が言った。「酒はあまり飲むなよ。熱いシャワーも、たらふく飯を食うのも我慢しろ。夜はなるべく熱湯を桶や何かに入れてベッドの近くに置いておけ。乾燥して息が詰まり、何度も目を覚ますことになるぞ」

私は親父を見た。

「ラ・パス、いや……ボリビアに行ったことがあるの?」私は訊いた。

「いや、行ったことはない。だけどペルー側のティティカカ湖から、ボリビアの方を見たことがある。その一回だけだ」

いつも背を丸くして歩く癖の親父が、顎《あご》を上げて目を細めている。

「そこら辺も四千メートルくらいの土地だからな。ラ・パスも一緒だと思ったんだ」

駅の中まで親父は入って来て、私は少々戸惑った。ふたりしてフォームの椅子に腰をおろし、煙草を吸った。

「二年後だけど、向こうの酒を土産に持ってくるよ。他に何か欲しいものがある？」私は煙草の煙が舞い上がっていく様を見ながら訊いた。

「そうだなァ……」親父は考えてる風だったが、「それよりもお前、少しスペイン語わかるか？」と訊いた。

私は煙草を靴底で消し、「訓練中で基礎的なことは覚えたよ」と言った。

するど親父は突然人が変わったように、身振り手振りを交えてスペイン語を話しはじめた。ところどころ聞いたことのある単語が見え隠れしたが、ほとんど理解することができない。どうやらペルーやボリビアなど、南米アンデスの地域に関する話のようだった。

「すげェ……。さすがにスペイン語うめェんだな。はじめて聞いたよ」

「馬鹿、当たり前だ。それよりもわかったか？」

「わかるわけねェよ。『アルパカ』がどうのこうのとしか聞き取れなかった」

電車が入って来た。親父が立ち上がり、私のボストンバッグを代わりに担いだ。

「二年も向こうに行ってたらわかる。帰ってきたら内緒話をスペイン語で話そう。お母さんには気の毒だけどな」

そう言うと親父は笑ってバッグを私に渡した。あんな笑い顔を目にしたのははじめてだった。上唇が捲《まく》れあがり、透き間の空いた歯を見せて笑う親父の表情は、一種気味の悪いものがあった。羨《うらや》んでいるようでも、それでいて媚《こ》びているようでもあった。

私は親父の歪んだあのときの笑みを、いつまでも忘れることができない。


店を出て時計を見たときは既に十時をまわっていた。ところが「まだ帰さないぞォ」と高田が私の腕を摑《つか》んでくる。酒癖の悪い石垣は大手カメラ店の前で座り込み、「ボリビアがなんだってんだ！」と叫んでいる。彼を囲んだ他の連中は、膝に手をあてがい起きあがろうとする彼を、何度も小突いては転ばせて喜んでいる。

時差のこともあり、私の頭はぼんやりとしてき、視界も徐々に霞《かす》んでくる。限界を感じて「ではそろそろ……」と躊躇《ためら》いながらもチーフに言った。

「皆お前が帰ってくるのを楽しみにしていたんだ。もう少し付き合っていけよ」

恐妻家のチーフが言った。私は今夜中に家に辿《たど》り着けないことを覚悟した。それからもう一軒居酒屋を回ったが、私はどうしても気乗りすることができなかった。居酒屋で出る品が、まるで味気ないものばかりだったのもまたひとつの要因だった。インスタント食品独特の匂いが鼻をつくのである。

カウンターで飲んでいると、芳美が後ろから抱きついてきた。

「どうしたのォ？　現地に残してきた彼女を想い出しては、センチメンタルになってるって感じだよォ」

私は相手にしたくなかった。

「来年結婚するんだろ？　こんなことしてていいのかよ」

「なになに、やきもちィ？」

「やきもちなわけねェだろ……」

それを見た周りの元同僚たちが騒いでいる。

「あ、お前ら復活かァ?」などと高田が言い、口をピーと鳴らす。

芳美は私の頭を摑み、左右に振りながら大きな声で笑っている。気でも触れたのかと思い、抵抗できなかった。

さらに三次会でカラオケボックスに行ったときは、さすがの私も堪らなくなり、一時間ほどトイレに閉じこもった。隣の便座から漂ってくる汚物の匂いを嗅ぎながら、心配した高田らがドアを叩くまで戻らなかった。等身大の雌鳥《めんどり》が詰まったような空間で、毎日自己主張もできずに生きている連中のストレス発散に付き合うために帰国したわけではない。

朝の四時までカラオケボックスの中で過ごしたが、時間切れとともに朝靄《あさもや》の漂う新宿の街へと追い出された。地下鉄の入り口の辺に座り込み、夜明けを待つ。昔の同僚たちは互いに体を支え合ったり、重なり合ったりして眠りはじめている。

石垣が吐きたいと訴えはじめた。動けそうなのは私だけのようで、彼の脇を抱え道の端まで連れていって吐かせた。もういいだろうと思い、抱き起こそうとするとまた吐きはじめる。Tシャツが胃液まみれになり、私も程なく気分が悪くなった。道端でTシャツを脱ぎ、ボストンバッグからセーターを出してそのまま身に着けた。そうして壁に寄り掛かり、バッグを抱えて眠ろうとした。

そうしていると、あのときの親父の笑い顔が自然と想い出された。

親父の死を知ったのは、ボリビアに赴任して一年が過ぎた頃だった。隊員仲間で豆腐造りをしようということになり、私が苦汁《にがり》を日本にいる誰かから送ってもらう役目をさせられた。それまで実家にはまったく連絡を取っていなかった私だったが、ひとつのいい機会だと思いお袋に電話した。

用件を済まし、他に言うことがないかと探していると、ふと親父と話がしたくなった。一年が過ぎ、ある程度のレベルのスペイン語も理解できるようになってきた頃だった。

「親父に替わってよ。ちょっとでいいからさ」

「ああ、お父さんか……」今思い返しても、その口調がそれほど沈んでいたとは思えない。「お父さんはいないがね」お袋は言った。

「どこ行ったの？　そっち今は夜だろ」私は呑気に訊いた。

「先月、クレーンから落ちてきた鉄骨の下敷きになったんだわ」

「は……？」

時間が止まったような気がした。頭の中で繰り返される、ピーンという張り詰めた高い音を聴いた。

「お前に知らせなかったのは悪かったけども」お袋はちょっと間を置いた。「お父さんがそう言っとったで……。知らせるなって」

何も言葉が出てこなかった。お互いが次の言葉を待っている風だった。

「それって……親父が死んだってこと？」それを口にするにはかなりの勇気が必要だった。

「ん……」お袋は喉の奥の方で返事をした。「こっちに帰ってきてまったらもう戻れェせんだろ？お父さんはお前に、二年の任期を全うして欲しかったんだて」

「冗談だろ？」他に言葉が出てこなかった。「いくらなんでも、親父が死んだのを知らせずにいたなんて、どういうこったァ」

「私も迷ったんだて」お袋が小さな声で呟く。

「協力隊の制度で、親が死んだら任期の途中でも一時帰国することができるんだぞ！」私は怒鳴った。

「そんなこと知らんかったがね……」お袋が濁声《だみごえ》で言う。

「知らんかったで済む問題かァ？　なに考えてたんだ、この馬鹿野郎！」

お袋は何も言い返さなかった。ただ電話口の向こうで啜り泣く声が、微妙な時間差で伝わってきていた。

親父の死を知ったその日、私は仕事をさぼり、ラ・パスからバスで四時間ほどのティティカカ湖に向かった。一年では最も寒い、真冬の八月のことである。湖畔の街に宿をとったが、あまりの寒さになかなか寝付けず苦労したのを覚えている。朝は朝で乾燥した空気に鼻が詰まり、五時前には目を覚ましていた。お袋が持たせてくれたティッシュで鼻をかみ、そのまま外に出て湖に向かった。インカ帝国の発祥の地と呼ばれるこの湖は、ペルーと国境をまたいで横たわっている。私は地元の漁師に訊き、ペルー側を向いて足を止めた。空気が薄いせいもあるが、濃い青の湖面は息を呑むほどの透明度で朝の光を反射している。

私はダウンジャケットの下に着込んだ、アルパカのセーターの毛の感触を感じ取ろうとした。親父と別れたあの駅で言われたスペイン語の内容は、きっとアルパカのセーターのことだったと想像し、いくつか上等なものを手に入れていた。親父の故郷でもあるアンデスの想い出をこのセーターに託し、持って帰ろうと考えていたのだった。

協力隊はパスポートを大使館に預けているため、隣国でも国境を越えることができない。私は湖畔に立ち、以前親父がボリビア側を眺望したというペルーの地を見つめた。薄い空気は遙《はる》か先の対岸までくっきりと浮かび上がらせ、実際よりも接近して見える。

それまでは素手を袖の中に埋めていたが、思い切って冷気の中へと放り出し、堅く握って堪えようとした。拳は震え、やがて手を広げることさえ困難になっていく。しかし神秘のティティカカ湖の向こう側に、三、四十年前親父がこちらを見ていたんだという思いを巡らせると、痛みさえ感じる寒さも次第に忘れ去られていった。

空が白くなりはじめると、地下鉄やＪＲも動き出す。私はそこら辺で寝転がっている昔の同僚たちを起こし、「もう俺は帰るよ」と言った。生返事の彼らを置き去りにし、私は京王線の始発に乗った。

車両の中には、私と同様、不用意に新宿で夜を明かしたと思われるサラリーマンたちがちらほらと見える。彼らは腰をずらし、開いた口を天井に向けて眠りこけていた。

今から数十年前に日本へやってきた親父。その親父の目にこの東京の風景はどのように映ったのだろうか。私の胸にふとそんな疑問が湧いてくる。しかし何だか今になって、それが手に取るようにわかる気がするのだった。

私は目を閉じ心を静めようとした。少しずつではあるが、頭の中が空虚になっていく。すると眠気と共に、お袋に会いたいという確かな感情がみぞおちの奥の方からせりあがってきた。それは瞬く間に手や足の指先まで拡がって、程なく私の体を暖めていった。

高畑不動駅に着いた。駅のプラットフォームに足を踏み出すと、何だか首筋の辺りが妙にこそばゆい。二年振りに帰ってきたというのに、売店のおばちゃんが見慣れた人だったからだ。懐かしくなり、昔毎朝のように飲んでいたコーヒー牛乳を一本買った。

改札を出たあと、家に電話してみようと思った。お袋にはあれ以来一度も連絡をしていない。手に取る受話器が重く感じられた。

ほとんどコールしないうちからお袋が出、明るい声で応対する。私は少々面食らった。お袋は朝が弱いのである。

「あ、もしもし……。俺、帰ったけど」

お袋は「おお、そうかそうか」と言ってハハ……と笑った。「ＪＩＣＡの事務局からは、昨日帰ってくると言われとったがね」

私を責めるような口振りではなかった。

「ごめん。空港に元同僚が迎えに来ててさ、飲みに連れてかれちまった」

お袋はふーんとだけ言った。

「まァ、ええけど。それで、今から帰って来るんだな」

「おお、今駅だから歩いて帰る」

そう言って私は受話器を置いたが、しばらくのあいだその電話機から目が離せなかった。

駅の周りの街並みには若干変化がある。シャッターはまだおりているが、以前は煙草屋だったところがコンビニに、その横の空き地がビデオ屋になっている。道路の舗装も少し変わったような気がした。

家の近くまで行くとわざと歩を遅くした。そして周りの家々の壁をゆっくり見回しながら、お袋に会い、はじめになんと言えばいいのだろうなどと考えた。

お隣さんの角を曲がり、家の前まで出ると、お袋が隣の家の壁脇に生えている雑草を刈っていた。わざとなのか、後ろ向きに背中を向けてしゃがんでいる。

私はしばらくのあいだ、声をかけずその背中を見つめていた。親父の死を自分ひとりで受け止め、地球の裏側にいる息子にさえ伝えず堪えていたお袋。その頃の彼女の胸中はどんなだったのだろう。小さくなったお袋の背中をそっと撫でてやりたいような、そんな気分になった。

私の気配を感じたのだろう、お袋がにわかに振り向き「お、帰ったか」と言った。

私はどんな言葉をかけていいのかわからず、「おゥ」とだけ言った。

お袋は腰をさすりながら立ち上がり、「風呂が沸いとるで、入ってきゃあ」と言った。

私はもう一度「おゥ」と言った。そしてその場でセーターを脱ぎ、お袋にそれを手渡した。


（第32回入賞作品）

入　賞「お弔い」岩波三樹緒（37歳・東京都）

選　奨「見知らぬ家族たちへ」河原未来（33歳・京都府）

候補作品「雪」内橋はるみ（47歳・富山県）

「早春賦」安藤由紀子（42歳・宮城県）

「坂の上」羽場幸子（32歳・東京都）

「蟋蟀」吉岡　紋（65歳・福岡県）

第33回　北日本文学賞　1998年度

応募総数914編

第33回選評

優れた終焉の運び

宮本 輝

私のもとに届けられた六篇、ことしはどの作品もレベルが高く、テーマや素材も多岐にわたって、北日本文学賞という催しが、もはや動かし難い存在として全国の文学愛好者のなかに定着したことを思い知らされる結果となった。選者として誇らしくもあり、そのことに幸福すら感じるほどである。

岩波三樹緒氏の「お弔い」か、河原未来氏の「見知らぬ家族たちへ」のどちらかが受賞作となるだろうと、六篇を読み終えて思ったが、さて、そのどちらかとなると、甲乙つけ難く、主催者に自分の考えを伝えるのに一日悩みつづけた。

どちらも、最後のところが問題となってくる。小篇のおちと取るか、カタルシスと取るかは、作者の技量の問題ではなく、読み手の好み、あるいは「いんねん」のつけ方の問題でしかない。

「お弔い」の、息子を事故で亡くした父と、息子と好き同士であったらしい若い女性が、最後に微妙な状況におかれたとき、幻想の光景のなかに融《と》け込んでいく。

この幻想を、うまく逃げたなと感じるか、優れた短編の終焉《しゅうえん》へと運ばれたと受け取るかが、私を悩ませたところである。

同じ次元のことが「見知らぬ家族たちへ」にも言える。細かな文章上の技量では、河原氏のほうに軍配があがるかもしれない。

にもかかわらず、私が「お弔い」のほうに高い点をつけたのは、架空の親戚《しんせき》や友人たちを結婚式の披露宴に出席させるという高度な技術と人脈を持つ大田という男が、最後に、相手の側にも「にせもの」が混じっていたのだと明かす、そのたった一行が、この男の持つリアリティーを消し去った点にある。

それはリアリティーだけでなく、この小説の持つ凄《すご》みすら、いわば単なる「お小説」に落としてしまった。

だが、この一行もまた、おちと取るか、カタルシスと取るかは、読み手の好き嫌いの問題であろう。

私は、「お弔い」の幻想の終焉を取った。

もう一篇、選奨をと思って、また悩んだ。

残りの四篇、どれも甲乙つけ難かったからだ。

文章の練れているのは、内橋はるみ氏の「雪」だが、「東芝日曜劇場」的で、安藤由紀子氏の「早春賦」も味わい深いが、つぼに届かないもどかしさがある。

羽場幸子氏の「坂の上」も子どもの視点におとなの説明が入ってしまうし、吉岡紋氏の「蟋蟀《こおろぎ》」も、「リリリリリ、リリリリリ」とコオロギの鳴き声を書き、「ミュウミュウ」と胎児が泣くらしいと書く。いったい何箇所、リリリリリ、とかリリリンリンとか鳴かせば気が済むのか。「蟋蟀が鳴き始めた」でいいではないかと、うんざりしてくる。

これは、なにも吉岡氏だけではない。「雨がしとしと降る」、「べろんべろんに酔う」、「ぱっくりと口をあける」など、つまり、表現のための常套句《じょうとうく》を、あまりにも無神経に使い過ぎるのである。それは人間が作った表現言語への盲信であって、そのような語句を使わずに、コオロギの鳴き声を、酔っぱらいのさまを、読む人の心に喚起するのが文学なのだ。

そんなわけで、今回は受賞作一篇、選奨一篇ということにさせていただいた。

お弔い　岩波三樹緒

岩波三樹緒（いわなみ・みきお）１９６１年東京都生まれ。本名・同じ。立教女学院短大卒業。主婦。東京都杉並区。


そんなビデオ屋はきっと見つけ出せないのだろうと桐畑《きりはた》は、高田馬場のいりくんだ路地へ入りこんだが、電話で照会したとおりＴＫビルという煤《すす》けたビルの二階にそのビデオ屋は見つかった。

ＭＡＰ　アダルトビデオ専門
という看板が、都会の暑さにげんなりしている桐畑をいっそう滅入らせる。

夏郎《なつお》はこんなところに出入りしていたのか、しかもこんな所でバイトをしている娘とつきあっていたのかと思うと桐畑はうそ寒い心地もしてきて、もうこのドアは押さずに帰ろうかという思いもよぎった。

それでも、どのみちどんづまりのビデオ屋の袋小路なのだから、そこへ物好きに足を運んできたつけは払わねばと悲愴《ひそう》に決意してドアを押す。

窓らしい窓のない低い天井の一室をぎっしりいかがわしいビデオが埋めつくしており、その奥のカウンターに女がいた。おそらくその娘が橘《たちばな》まりあなのだろう。が、こんな店では客に声をかけないのが鉄則らしく、ちらともこちらを見ない。

桐畑は、縛られた裸の女やあざとく足を開いた女の写真のあいだを抜けて直接カウンターへ歩いて行った。あちこちに防犯ビデオ設置のシールが張られている。女はやっと桐畑を見上げた。

その娘は黄色い髪の毛をしていて睫毛《まつげ》まで黄色くしていたので、ああ、劇団の女優だからね、と桐畑は自分を納得させた。

「あなたがまりあさんなんですね」

ときりだすと、まりあはその大きな目を黄色い睫毛のシャッターで大きく開閉させた。

『それで、用件は？』ということらしい。

「私、桐畑夏郎の父親です、突然に。夏郎とつきあいがあったようですね」

すると、いきなり、

「え？　なっちゃん？　なっちゃんのこと？」

と、声をあげた。それはちょっとかすれたハスキーな声で、桐畑は、ああ劇団の女優だからねとまた一段と納得した。

まりあはいきなり親近感増したという感じで笑いかけ、

「なっちゃん今、田舎に帰ってんでしょ。全然連絡ないけど、なっちゃん元気イ？」

と聞いてくる。ということは、やはり夏郎のことは聞いていないのだと、桐畑は黄色い人形のようなまりあから目を逸《そ》らした。するといたずらっぽい目で桐畑の視線を追ってくるのでこれから言おうとする言葉ごとずんずん逃げてしまいたくなった。しかし逃げた視線の先には目隠しされた女の股間があるだけで、桐畑は咳《せき》をひとつして声を整えた。

「あのね、夏郎は死んだの。一ヵ月前、車の事故でね」

まりあはえっと叫んで、両手で唇をおさえた。唇がわなないているのか、子供のような細い手指がふるえだし、

「どうして、どうして」

を繰り返し、ぽろぽろ涙を落とし始めた。

それを見ると桐畑も涙を誘われて、こんなに泣いてもらえたら夏郎も本望だろうと思ったが、こどものようにしゃくりあげるので、中から店長らしい男が出てきてしまった。

宥《なだ》めればいっそうすすり上げるのを何とか収めようと、桐畑は持参した大学ノートをばらばらカウンターに乗せた。

「部屋を整理してたらこんなものが出てきてね、まりあ、まりあでいっぱいなのでね、読んでやってほしいんです」

まりあは大学ノートを取りあげると、いっそう声をかすれさせて泣き出し、黄色いつけ睫毛も化粧も流れ落ちてしまった。すると、その白い顔は幼稚な泣き方のわりには若くもなさそうで夏郎より年上だったのかと思ったりした。

「なっちゃん、なんで死んじゃったのォ？」

とまりあが涙にむせんだ。夏郎は、

「七月二十五日、帰省途中の関越自動車道で単独事故を起こしましてね……」

と、もう幾度も他人に繰り返したとおり感情を込めずに話し出す。中央分離帯に激突して殆《ほとん》ど即死だったんだが、でも不思議なくらい外傷が無くて、眠っているようだったですよ。

まりあは、帰らなきゃよかったのにィと、濡《ぬ》れた顔に大学ノートを押しつけたが、急に、

「お墓参りに行かなくっちゃ。お墓参りしたい。お墓どこ？」

とつぶやいて、今にもここを出ようとするので、桐畑は少し慌《あわ》てた。いや、まだ納骨していないんだがと、とりあえず名刺を引っぱり出してわたした。

「そのうちゆっくり来てください。夏郎がよろこぶでしょうから」

終始、無遠慮なまなざしを注いでくる店長とおぼしき男に目で挨拶《あいさつ》しながら、桐畑はそこを辞した。まりあは、受け取った名刺も見ずに、半分腰をあげ、何か言いたげな口の形のまま、だがさよならでもなかった。

煤けたビルを出てみると、真夏の炎天下、都会の白昼は桐畑をクラクラさせた。店の中はよどんだ空気を冷やしすぎていたらしい。ポロシャツの襟首《えりくび》がまた気持ちわるくじとついてきた。まりあに会ったのが、良かったのか、悪かったのか、桐畑は漫然ともと来た道をたどった。

どこかでビールでもひっかけてと、店を物色したが入っていいのか悪いのか、真昼の繁華街はそっけない。田舎者には、どの店の敷居も越えられず、また神田川沿いの道へ出てしまった。このまま川べりの夏郎のアパートへ帰るしかないのか。

夕方、古本屋が本を引き取りに来ることになっていた。夏郎が持っていた法律書などは、捨てるには忍びなく、かといって桐畑が持ち帰ったところでしようもない。

ここらの古本屋で、学生に利用されるのが望ましいなどと電話帳をめくって約束したことを桐畑は後悔した。もうここから早く離れたい。早く信越線に乗りこんで、亀田に帰ってしまいたい心境だった。

桐畑の足の運びは鈍くなって立ち止まってしまった。神田川のへりに立ち、水に目を落とした。コンクリートで高く護岸してあるから低いところを流れているし、晴れ続きのせいか水が少ない。飴《あめ》色の水をのぞきこむと、黄色い髪したまりあのマネキンじみた顔を思いだした。昔から洋画ばかりみていた夏郎には、あんな金髪ふうの女がよかったのだろうか。夏郎の都会の生活がふつふつと水底から浮かび上がろうとして泡と消えた。汗が桐畑の額を滑り落ちた。

昨日は、初めて夏郎の通った大学に行った。人影まばらの夏休みの構内で、木立が作る影ばかり選んで歩いた。退学の手続きをすると、届けは多少気の毒そうに、だが事務的に受理されて、その代わりのように見舞金が渡された。

校舎や木々の間を夏郎の影が見え隠れするようだった。

むこうから、男女の賑《にぎ》やかなグループが歩いてきて、中年男には気付かずとおりすぎて行った。人ひとり死んでもなに変わることなく時が流れていた。桐畑は若者の背中を追っかけていき夏郎が死んだことを知っているのか、二度とここで学ばない学生のことを。とつめよりたいような衝動にかられた。無論そんなことが出来ない自分だった。

それから、夏郎のアパートを探しに行った。

神田川の土堤《どて》道をうろついた挙句《あげく》見つけたアパートは、ぼろいうえに入り口が土堤の高さより下にある。日当たり悪そうな一階の住人の軒下に洗濯物が揺れている。夏郎の部屋は二階なのがせめてもの救いだった。下が覗《のぞ》ける外階段を上っていくと、やっと人並みに、つまり土堤を歩く人と同じ高さになった。

鍵《かぎ》に手こずりながら部屋の扉《とびら》を開けると、いきなり土堤の向こうの景色が飛び込んできた。蒸れた空気の中に夏郎の気配が揺らいだ。ささやかな家具が主を待ちながら時間が止まっていた。何をするにも泣けてくるから、桐畑は機械のようになって部屋の整理にかかった。

葬式も初七日も済ませているのに、ともすると、あいつは東京のアパートで元気に暮しているんじゃないかと思いたがった。朝起きても現実との狭間《はざま》にしがみついていた。

隣で鼾《いびき》をかく女房の克子《かつこ》は、明け方まで眠れないをくりかえす。とにかくあの子の部屋の片付けはあんたの仕事だとせっつかれて重い腰をあげてきたのだ。けれどこれで夏郎のことはしまいだ。

畳の上に長い日差しが伸びはじめたころ、荷物はいくつかの段ボールにおさまった。一息つこうとして桐畑は、大学ノートの束につまずいた。中から、ばらけ出たのは学業のためではない私的なノート。桐畑は畳に腰をおろしてそのノートを取り上げた。

真夏の日差しが目の前の土堤を照り返してくる。焼けてささくれた畳の上をかつて踏んでいたように夏郎の足が蒸気のように揺らめくのを感じた。

大学ノートは十二冊あった。たいがいは戯曲が書き付けてあったが、日付のはっきりしない日記だった。

高校で国語の教師をしている桐畑の系統で、文学好きだったからこんなものがあろうとは思っていた。それにしても、夏郎が演劇にかまけて、大学へ行っていないとは驚きだった。桐畑とて、東京の大学に行ったものの勉学に励んだくちではないのだが。

中には芝居のちらしや入場券の半券がばらばら挟み込まれてあった。その出演者に橘まりあと印刷されており、演出に桐畑夏郎の名があるものもあった。まりあへ当てた恋文めいたものは芝居の長《なが》台詞《せりふ》のように書き散らしてある。挙句、まりあといい仲になっているらしく、まりあの身体の形容までがなまなましい。

なまなましいけれど、夏郎の言葉の海からまりあという夜光虫のような青白い光が見えかくれして、これが恋なのだと桐畑はすこしく感動もしてしまった。

大学ノートから浮かび上がってきた夏郎を肴《さかな》に、居酒屋で酒を飲んだ。ちびちびと冷酒を、正体をなくするまで飲んだが、いつのまにか夏郎の暑い部屋に戻って眠っていた。小型扇風機の寝苦しい風に当たりながら浅い眠りを貪《むさぼ》った。夏郎とまりあが抱きあうシーンが繰り返される芝居を見ている自分を、さらに自分が見ている夢を見ていた。

その夢はまだつづいている。昨日と今日の境もつかない心地で、桐畑は川の流れに目を奪われていた。その流れようが今見たことなのか、ずっと前のことなのか、連続して脳裏に像を結んでいく。流れる汗だけが現実だった。足元に縮こまる影からひきはがすように重い足を踏み出した。

夏郎の部屋に戻ると、そこにはもう何もない。自分で荷物を出しておいて、がらんとした空間に胸をつかれる。束ねた本だけが古本屋を待っている。窓のむこうの土堤を通行人がゆっくり横ぎっていった。

桐畑は水道の蛇口をいっぱいにひねって、頭から水を浴びた。水気を切っただけでそのまま熱い畳に寝転んだ。なにを反射しているのか、薄汚れた天井に光の粒が走った。汗ばんだ四肢を投げ出したまま目だけがそれを追いかけた。まりあの声が甦《よみがえ》った。

「なっちゃん、帰らなければよかったのにイ」

今年の夏に限って夏郎が何故家へ帰ってきたのか、あのノートからもわからなかった。そしてまりあもその理由を知らなかった。死んだ夏郎のくちもとは少し笑みを湛《たた》えていたが、むろんなにも答えなかった。

大学ノートが出てこなければ、まりあはあのまま、夏郎を待ち続けたのだ。蒸れた髪の毛の横で畳はゆるくたわんだ。夏郎が見えない形で畳を踏んで徘徊《はいかい》しているのだろうと桐畑は思う。固く目を閉じたまま熱い畳に涙を吸わせた。

いつのまにか眠ったようだった。黄昏《たそがれ》時の薄やみがあたりをおおいはじめており、天井のしみが輪郭を失っていた。昨日の延長のような同じ暮れ方だった。腕時計を見ると、五時になろうとしていた。夕方来るといった古本屋はこない。ドアをたたいたのに聞こえなかったということは無いはずで、このますっぽかされれば今日中に家に帰りそこねるだろう。いらいらと起き上がると、節々が痛んだ。古本屋の電話番号など捨ててしまった。もう家へ送るしかないと腰をあげたとき、ドアの外に人が立つ気配がした。

やっと来たかとドアを開けて、桐畑はそこに黄色い髪の毛の細い女を見た。廊下の薄暗やみのなかで、まりあはびくっとして目を見張った。桐畑もなかば驚いて、

「まりあさん。どうしたの?」

と聞くと、

「なっちゃんいるんじゃないかと思って……」

と囁《ささや》いた。まりあは桐畑の身体の横から部屋の中を盗み見て、あ、という口の形をしたまま止まってしまった。がらんとして何もない部屋をみて夏郎の不在をつきつけられたようだった。

「なっちゃん」

とかすれた声で叫ぶと、まりあはサンダルを脱ぐのももどかしく桐畑を押して部屋に走りこんだ。

「荷物を、午前中出しちゃってね」

と、桐畑はなにか言い訳でもするようにつぶやいた。まりあは何もなくなった部屋を見回して、それからぺたんと座り込むと夏郎の本を取り上げた。そのやけに白いかかとを見せてすわっているのが美しくて、桐畑は何度目をそらせてもそのかかとに引き寄せられた。

それからその白いかかとのうえに乗っかっている細い腰がそれに繋《つな》がる細い背骨の曲がり具合や本を持ち上げている両肘《ひじ》の曲げ加減が、と桐畑は喘《あえ》ぐように見つめた。

そうしながら、ここに夏郎がいるらしいと桐畑は思い始めた。そうでなければこの部屋に入ったとたんにこの女のいっさいがっさいがよく見えてしまう理由が見つからない。

だいたい夏の日盛りに、こんな不慣れな町中を知らない女を探しに出かけたところからして変だっ

た。ノートに連ねたまりあの文字にたぐりよせられるように夏郎がしくんだか、そうでなければ夏郎が乗り移ったかだ。

「どうしてここへきたの？」

桐畑が訊《たず》ねると、

「嘘《うそ》だったらいいなと思って」

とまりあはつぶやいた。

「昼間のおじさんは嘘つきで、なっちゃんが出てきたらなと思ったのよ」

まりあの声はやはりかすれていて特異な響きを持っていた。

「嘘？　そんな馬鹿らしい嘘をつくかい」

と、桐畑はなかば怒って言った。するとまりあは、

「あたしと別れさせようとして、とかさ」

とすこし笑った。そして、

「違うのか、残念」

と言い、また涙ぐんだ。その細い肩がたよりなくふるえるのを見ていて桐畑は、

「なっちゃんどんなやつだった？」

と聞いていた。膝《ひざ》に目を落としていたまりあは向き直り、

「お父さん、全然なっちゃんに似てないね」

と言った。桐畑は何かに落胆《らくたん》したけれどそれでも年の功で抑制きかし、

「どんなところが？」

とさらに聞く。どんなところも、とまりあはうるさそうにつぶやいて、

「背が低い、やせっぽち、田舎っぽい、ちょっと変」

「それが俺《おれ》？」

まりあはうなずいて、

「でも、そういうの好みよ」

と、つけたした。桐畑はちょっとこたえたね、という表情でごまかして、

「まあいいさ。夏郎がそんなによかったんなら夏郎も報われるよ」

とお茶を濁し、するときゅうに窓から夕風が立って、川の匂《にお》いをはこんできた。きらきら太陽を反射している川面《かわも》が桐畑の目に浮かんだ。だがそれは故郷の川の風景だ。

長い日差しのなかで逆光になっているまりあを見ながら、夏郎はこの女と寝てたんだと思った。桐畑はまだ三和土《たたき》に突っ立ったままだった。その桐畑に、まりあはいきなり提案した。

「ねえお父さん、お弔いしよう、お弔い」

え？　と聞き返す桐畑に、今から近くの酒屋とコンビニに買い出しに行き、ここで夜明かしで飲むの、と言う。

「夜明かしで？　君とふたりだけで？」

「だめ？」

桐畑は、古本屋の来ない、その代わりにやってきた息子の女と飲み明かす夕べを考えた。そして、そうかお弔いかと納得していた。夏郎のことをもっと聞いてみたくもあり、それが夏郎へのはなむけかもしれなかった。

桐畑は今日ここを去り家路につこうという考えから遠ざかっていった。

川べりの道をまりあの後についていった。

もう川の水の色もさだかでない黄昏時に、知らない女と連れだっていくのが不思議だった。シミーズのようなワンピースのまりあは、その若い容姿を見せつけるように軽やかに先導して遅れがちな桐畑に、早くお父さんとせかした。子どもたちとも克子とも違う響きをもったお父さんだった。それは、お義父さんという感じだからだろうかと、その響きを耳のなかでいつまでもころがしていた。

まりあに促されるまま桐畑は、コンビニに入り、指示されるまま、つまみやおかずをカゴにほうりこんだ。まりあは「足りなくなってたの」と化粧水やら口紅まで入れた。勘定いっさいを桐畑に押し付け、「あ、これも」といって、レジの横の花火をとりあげた。

それから隣へ行って酒も買った。それは桐畑が選んだ。

黄色い髪の女は花火の袋だけぶらぶら下げて時折桐畑を振り返るが、ところどころの街灯であってみればもうその表情まではさだかでない。

「夏郎と知りあったのはどこなの?」

桐畑が後ろから訊ねると、

「暮れの公演の後よ。千秋楽《らく》がはねた後、劇場整理なんかで入り込んで来て、ちっちゃい劇団だとそういうの大歓迎だから、なんとなく受け入れられてさ。そしてあたしのとこに来て俺の芝居に出て欲しいんだって囁くの」

「それで?」

「それで、えたいの知れない奴だったんだけど、なんだかあたしもいいかなって思うようになったのよ」

まりあは川を見下ろす感じでたちどまった。そして、ここがいいと言って、欄干によじ登り腰かけた。それは、多少危険だったが、まりあはうまくバランスをとって細い腰を安定させ、花火の袋を破って一本とり出し、火をつけてという。

桐畑は荷物の袋を下に置き、ズボンのポケットから百円ライターを出した。先のひらひらに火をつけると、花火はめらめらと燃え出してやがてシューっと緑色の火を吹いた。それはロケットのお尻から吹いているジェットのような形でオレンジ色に変わるとやがて呆気《あっけ》なく消えてしまった。あとには川がどす黒く流れているだけだ。

「けっこうしょぼいね」

まりあはそれをぽんと水に向かって投げると、次はお父さんねと言って違う種類を選んで抜き出した。こんなものを持ったのは何年ぶりだろうとつぶやいて、欄干に身を乗り出すようにして、火をつけた。

今度のは線香花火の親分のようなので、パチパチと光の星座を浮かび上がらせる。そのときだけ一瞬時が止まったような、呼吸の間を乱されるような気がする。やがて、燃え尽きたケシ粒が暗いながれに吸い込まれていった。その吸い込まれたあたりがどのへんか目で追っていると、まりあが燃えさしを桐畑の指からそっと引き抜いた。そして、

「今お父さん、なっちゃんとおんなじ目をしてた」

と言って桐畑の顔を覗き込んだ。そおお？　と言いかえすその桐畑にまりあはわざとらしくバランスを崩して抱きついた。桐畑は、夏郎がまりあの反対側で足をぶらつかせていそうな気配をちょっと意識して、でもきちんど抱きとめた。まりあはまるで子供のように体の力をまかせてきて、

「お父さん降ろして」

と言い、そのくせ桐畑の首にかじりついてふざけた。都会の今風の若い女は何を考えているのだろうと桐畑はかなりたじろいだ。それでもこんなふうに眩惑《げんわく》されるのは少しも嫌ではなかったのだ。そして、今夜帰らないことを克子に電話しそびれたことを思い出した。

夏郎の部屋に戻ると、二人はただ飢えと渇きを癒《いや》す為のように、ひたすらがつがつものを食い、ビールを飲んだ。

それから、廊下のつきあたりの共同便所が怖いというまりあのトイレにつきあわされた。

桐畑は薄いドアの向こうから聞こえてくる若い娘の恥じらいとは程遠い放尿の音を聞きながら、羽虫がたかっているわびしい蛍光灯の下に立っていた。そして夏郎もこんなふうに立たされていただろうかと考えていると今立っている自分もいずれはいなくなるだろうという恐怖感におそわれた。まりあと入れ替わりに桐畑も用をたし、恐怖感を抑えつけるように一気に放尿した。

部屋に戻ると、まりあが壁の花瓶をはずして、これ貰《もら》おうと言った。

それは、昔バスの運転席の横に造花を一輪さしてあったのと同じようなガラスの筒を尖《とが》らせたようなもので、飾りとしても心なごませる小道具としてもハンパな代物で、なぜそんなものが欲しいのだろう。

「これと同じものが昔あたしんちにあったような気がするの」

ふうん、と言って桐畑は水道で手と顔をあらった。そして持参のタオルで拭《ぬぐ》いながら、

「まりあさんの家はどこなの？　送るよ」

と言った。まりあは怒ったような目で、

「だめ。きょうはなっちゃんのお弔いでしょ」

と言い、取り合わないといったかんじに向こうを向いた。そして、見てこれと言いながらその花瓶

を桐畑の鼻先に突き出す。桐畑は別段興味も持てず、窓の脇にタオルを干そうとすると、まりあは怒ったようにそれを取り上げた。若い娘のむら気にとまどいながら桐畑は窓枠に寄りかかって腰を下ろし、もう一本缶ビールをあけた。

まりあはもぎとったタオルを持って流しにたち、自分も顔を洗った。そしてそのタオルをずいぶん長いことゆすいでいた。まりあの背中はなにか不満をたたえていた。

やがて水音がやみ、まりあは固くタオルをしぼった。水滴の音が止んで桐畑が煙草《たばこ》の火をつけたとたんまりあが部屋の明りを消した。それはほとんど同時だった。

いきなり部屋は暗闇《くらやみ》に落ち、桐畑の手もとだけが青白く照らされた。

「どうしたの？」

それには答えないで、まりあはお父さん、と言った。その声はいっそうかすれて聞こえた。外のビルの看板が遠くから白い電光を放っているらしく、まりあの素足がゆっくり畳を歩いてくるのをぼんやり照らし出していた。

「拭《ふ》いてあげるよ」

と、まりあは桐畑の脇に腰を落とした。何食わぬ様子で桐畑の汗臭くなったポロシャツを引っ張って脱がそうとする。一瞬あわてながら、桐畑はするに任せると首からすっぽり脱がされて、いきなり首筋にひんやりしたタオルを当てられた。

「気持ちいい？」

とまりあが耳もとで囁いた。桐畑はうーんと唸《うな》って煙草を棄《す》てた。まりあが桐畑の肩をささえ背中や肩の汗を丁寧に拭い、窓枠にもたれさせた。なすがままに寄りかかると、タオルを折り返して、脇のした、胸や横腹にまで手をのばしてきたから、いいよ自分でやるよといってそれをとろうとした。

それを思いがけず強い力で拒み、

「やらして。これがあたしのなっちゃんへのお弔いなんだから」

と真剣な目をする。促されるまま上向かされ、桐畑は首の下や耳の穴の中まで丁寧に拭われた。まるで幼い頃に母親がしてくれたような無償の行為のようで桐畑はうっとりとしていた。まりあはいったん立って、また流しでタオルをゆすぎ戻ってきた。

「気持ちいい？」

桐畑はゆっくりうなずきながら、夏郎の供養で俺がいい気持ちになるというのは変だねといった。

「なっちゃんができなかったことをしてあげるよ。だから、お父さんもなっちゃんにしてあげられなかったことあたしにしてね」

と言うとまりあは桐畑の顔のごく近くに顔を寄せた。まりあはタオルを桐畑の手に渡し、それからワンピースの背中のファスナーを下げてゆっくり脱いだ。小さい下着をつけただけの姿になって、桐畑は思わず外を気にした。街灯が川べりの道を照らしていたが、そこを通る人影はなかった。

まりあは両手で黄色い髪を後ろで束ねるようにして胸をそらせた。そしてあたしも拭いてと言った。桐畑は渡された濡れタオルをみつめた。それから、やおらまりあの細い背中を強くこすり始めた。幼子を世話するように桐畑は細い肩を抑えて、強く拭ったのでまりあの体はぐらついた。桐畑はとがった顎《あご》のしたも念入りに、そしてその白い喉《のど》から続く胸の隆起の間もそして脇のしたも丁寧に拭いた。そして、それがさも当然のようにブラジャーの留め金をはずしその細い腕を紐《ひも》から抜いた。まりあはおとなしく目をつむって裸にされた。桐畑はこぼれでた白い乳房を包むように拭いてそのまま畳にその体を横たえた。

「こんなふうに、夏郎はしてくれたの？」

桐畑はあまりにもなすがままの娘が怖くなった。まりあはううん、とかすかに首を横にふり、
「でも、なっちゃんはあたしを相手にしてくれた初めてのまともな人。親もいないような、まともに学校に行ってもないようなあたしをさ、いいって言ってくれた人。どうしてあたしの大切な人はみんな消えていくんだろう」

桐畑は白い体から離れた。ひきはがすように離れて、むりやり煙草を口にくわえた。まりあは桐畑の手が離れると腹ばいに寝返り、畳に耳をすますようにしていた。
「なっちゃんはあたしにとって始めての普通。早稲田の学生で、頭よくって、お父さんは先生でさ、凄《すご》いよね」

まりあのその言葉は酔っているにしてもリップサービスではない肉声だった。桐畑は、何がまともで何が普通なのだろうと考えながら、煙草を深く吸い込んだ。

田舎の高校で週三回熱意もなく教える自分。生徒に桐畑と呼び捨てにされ眠っていてもいい授業だとなめられても、生徒を叱責《しっせき》するでもない。父親が遺《のこ》した梨畑で申し訳ていどに収穫し、それは今年、台風で全滅したが、それで生活が逼迫《ひっぱく》するというのでもなければ、他の農家との嘆き合いも口先だけのことだ。何かに全魂こめるということなどはついぞなかった。

まりあがまともだという息子は、まともな大学生活など送ってやしなかった。が、全魂こめて演劇かぶれだった息子をこの親がどう責められるだろう。

外の灯《あか》りに照らされてまりあの白い背中がぽっかり月のように浮かんでいた。桐畑はそこへ手を伸ばした。伸ばされた手は中途半端に宙を浮いたが、まりあはついと顔を上げるとその手に頬《ほお》を擂《す》り寄せた。そして軽くじゃれるように、そのうち、桐畑の手の匂いを深く吸い込むように甘噛《あまが》みしはじめた。桐畑は抗《あらが》えない力に押し流されていった。

不意に、川の向こうから賑やかなお囃《はや》しが聴こえてきた。大勢の声がワイワイ言っている。川幅は狭いけれど、屋形船でも通るのだろうと桐畑は合点がいって、いやそんなばかなと言うところまで頭がまわらなかった。

その船のいちばん先頭に夏郎が乗っかっていて、おおきな団扇《うちわ》のようなものでみんなをあおりたてている。その顔は大学に合格した時の晴れやかな表情であり、死んだときのあの白さだった。そして並んだ提灯《ちょうちん》の下にはとっくに死んだ親父の赤い顔と、隣にはハツばあさんまでちょこんと正座している。

桐畑は自分はここだと叫んだ。けれど、屋形船からは、こちらが見えないようだし、声も届かなかった。桐畑は必死に屋形船に歩調を合わせながら、気がつくとがたがたとリヤカーを引いていた。その上には、まりあが揺られており、膝に古本の束を抱えている。お弔いは続くのだな、と桐畑は腕に力をこめ直した。川べりの道を延々歩きつづけるよりしかたもなかった。

（第33回入賞作品）

入　賞「海のかけら」井野登志子（43歳・愛知県）

選　奨「母の背中」今井絵美子（54歳・東京都）
「ロードスター」竹内正人（46歳・東京都）

候補作品「虹の海」佐々木信子（46歳・佐賀県）
「雨あがり」長谷川詩乃（39歳・北海道）
「天使のいのち」大門紅美枝（52歳・石川県）

第34回　北日本文学賞　1999年度　応募総数626編

第34回選評

人間描き読後感爽快《そうかい》

宮本 輝

私のもとに届けられた候補作六篇《ぺん》のなかから、私は最終的に三篇に絞ったが、その三篇に際立った差はなかった。

今回の応募作は全体として応募者の年齢が高かったらしいが、竹内正人氏の「ロードスター」は、そのなかでも若やぎのある作品だったであろうと思う。

文章も軽快で、ここちよいリズムを持っている。読み始めて、私はこれが受賞かなと期待したが、主人公の亡き父と、ふいに姿を消した恋人の父が、死に臨んでどちらも同じ望みを抱いていたという偶然の符号に、安易な「作り」が見えて、せっかくのいいリズムに水を差されたようになった。

つまりそこのところがこの短篇に「落ち」をつける結果となり、作品の奥行きをなくしたのだが、言い換えれば、それこそが短篇の怖さだということになる。その点が「ロードスター」を受賞作にできなかった最大の理由でもある。

今井絵美子氏の「母の背中」も、井野登志子氏の「海のかけら」も甲乙つけがたい佳品で、さてどっちを受賞作とするかで随分迷った。

34

うまさという点においても両作に差はなく、たった三十枚の短篇のなかで、いわゆる一カ所だけ「読ませどころ」を仕上げた「母の背中」に一日の長があるように思えた。母が内職のクラッカーを次から次へと炸裂《さくれつ》させていく場面である。ドラマ作りを心得ていて、文章も修業を感じさせる。だがどうにも腑《ふ》に落ちないのは、「母の背中」という題であった。それはたとえばチューリップのことを書いたから、チューリップと題をつけるのと大差がない。

「母の背中」と「海のかけら」との評価の決定的な違いは、ただひとえに題のつけ方によっている。受賞作の「海のかけら」は、ひととおりの読み方から得るものよりも考えられた文章で、あちこちに丁寧に削られて刈られた跡を感じたし、地方の海沿いの町で居酒屋を営む娘と母がリアリティーをもって描かれていて、読後も爽快《そうかい》だった。物足りなさはあっても、人間が描けている。「海のかけら」という題とビードロとのメタファも生きたと感じて、私はこの作品のほうに軍配をあげた。

佐々木信子氏の「虹の海」は、中国人女性の謎《なぞ》の死が腑に落ちないまま終わってしまって食い足りない思いが残るし、会話の文章が下手だと思う。

長谷川詩乃氏の「雨あがり」は、幼い弟に喋《しゃべ》らせすぎて、終わり方があまりにも小さすぎる。子供と動物は禁じ手だという言葉があるが、かえってそれだけに書き手には慎重な文章が求められる。

大門紅美枝氏の「天使のいのち」は「雪が間断なく降っている。この冬一番の大雪になりそうだ」と始まっているが、「雪が間断なく降っている」を取って「この冬一番の……」で小説を書き出せるようになれば、いい書き手になるであろう。

海のかけら

井野登志子

井野登志子（いの・としこ）１９５６年愛知県生まれ。本名・同じ。名古屋経済大学付属市邨高校卒業。パート勤務。第19回やまなし文学賞佳作受賞。愛知県東郷町。

　さざ波の音がいやに近い。とてもとても遠い所から引き戻されるみたいに、わたしは目覚めた。波の音だと思ったのは、立てつづけに鳴らされたインターホンだと気づくのに、何十秒かのあいだがあった。

　――まさか哲二《てつじ》じゃないだろう――。しつこく誘うから、そんな金髪にした男なんかと一緒に歩く気なんかないねって、幾日か前に言ったことは言ったが、そうしたらつい昨日「みいちゃん、これならどうだい。水族館行こう、水族館。俺《おれ》、割引券もってんだ」

　いきなり黒々とした髪を五分刈りにしてきて、みいちゃん好みでしょって頭を突き出されても、あら素敵、オッケーよ、なんて言えるわけない。なんであんなに馬鹿《ばか》なんだ。不良は嫌いだって、一度はっきり言ってやらなければ……。わたしは、まだぼんやりしたまま扉を開けた。朝日をしょって立っていたのは哲二ではなかった。

「お母さん……」

「早くチェーン外しなよ」

　わたしは、わずかの間でも待つことが焦《じ》れったい、と舌打ちしているだろう母の視線を感じながら、チェーンを外し大きく扉を開いた。母は、わたしより先に立って店を抜け、住まいになっている部屋にいくと、ボストンバッグを投げるように床におろした。

「どうしたのよ、急に」

「自分の家に帰ってきて何か文句あるの？」

母は、下着やら化粧品やらを無造作に引っ張りだしながら、

「ちょっと、お茶でも淹《い》れたら？」

と睨《にら》んだ。わたしは、何突っ立ってんのよ、とも言われたような気がして、目の前にみるみる広がっていく、母の持ち物が、急に忌まわしいものに思えた。

「散らかさないでよ。いきなり帰ってきて、その態度はないでしょ」

母は、ちらりとわたしを見上げると、

「今日からでも働くわよ、ただ置いてもらうつもりじゃないからね」

というと、ふんっと鼻を鳴らした。

また今度は何日いるんだろう。男と喧嘩《けんか》してはやって来て、機嫌が直ると帰って行く。その間、散々、悪口やら、わけの分からないいきさつを喋《しゃべ》りまくって、あちこちを散らかしまくって去って行く。

わたしは台所に行きお湯を沸かし、オーブンにパンを入れた。この時間にやってきたのだから、朝一番の電車で来たのだろう。

「パンしかないけど」

声をかけると、

「いらないよ、駅でお握り買って、食べたから」

不機嫌そうに答える。わたしはすぐに分かった。母は、訊ねてきた理由を聞いてもらいたいのだ。

どうせいつもの痴話喧嘩に決まっている。くだらない下世話な愚痴を、何が悲しくてこっちから、聞き出してやらなければならないのだろう。

立ったまま、焼いたパンを齧《かじ》っていると、母が自分でお茶を淹《い》れにきた。

「座ってお食べ、変な所に入っていくよ」

わたしの分も湯飲みに注ぐと、開けていた小窓を閉めた。

「寒いったら」

海からの風が、台所からはまともに入る。

母は、わたしの様子を窺《うかが》いながら、

「未紀《みき》、ちょっと酷《ひど》い話だと思うだろ、実はさあ……」

インターホンを鳴らしていた時のような勢いはどこへやら、もそもそと話しはじめた。長い話になるんだろう。勝手に出ていったくせに――。わたしの顔つきから、歓迎されていないことは、母も分かってはいるようだ。

「もう少し、親身になってくれたっていいじゃないか。母一人子一人なんだから」

しょげる前に文句が出るのは母らしい。今まで、ずっとこの手で生きてきた人だ。だけどわたしだって、ため息もつかずに母の話を最後まで聞くなんて無理だ。

母は言葉通り、来た日の晩から店を手伝ってくれた。

「幸枝《ゆきえ》ちゃーん！　何だよー久しぶりじゃねえかあ」

母を知っている常連さんは、まだ半分ほどいる。すっかり気をよくした母は、それ以外の客とも、昔からの馴染《なじ》みのように肩を組み歌を歌い、わたしはあまりの騒々しさに、奥に引っ込んだ。まだしばらくどんちゃん騒ぎは続くだろう。母のために、テーブルを退《ど》けて布団を敷きながら、いい加減にしてよね、と呟《つぶや》いた。

海沿いの国道から、少し入った所で居酒屋を始めたのは、わたしが中学二年の頃《ころ》だ。それまで住んでいたアパートを引き払い、買い取った古い平屋を、店と住まいに改築した。母は夕方、丁度わたしが学校から帰るころ、口紅を塗りながら、鏡に向かって毒づいていた。

「馬鹿女どもが、好き勝手いいやがって、てめえらの方がよっぽどあこぎじゃないか、あたしはお前らみたいな能無しとは違うんだ、悔しかったら真似《まね》してみやがれ」

紅筆を片手に、唇を横に広げているから時折おかしな発音で、まるで化粧の仕上げのように、近所の人の悪口をわめいていた。アパートの奥さんたちと、母は仲が悪かった。ラメの入った襟《えり》ぐりの広いブラウスに、引きずるほど長いか、屈《かが》めば下着が見えそうなスカートを穿《は》いた母を、周りにいる奥さんたちがどういう目で見ているか、わたしにもおおよその見当はつく。独り身の女が着飾って、よそのだんなに酒を注《つ》ぐことに、それほど寛大ではない土地柄でもあった。夫の稼ぎと自分の手内職で慎ましく暮らしてこそ普通であるならば、母は全く反対だった。

わたしは、母の調子外れの歌声を聞きながら、でも結局は、わたしもここで店をやってるんだから、と、複雑な気持ちになり、敷いた布団に座り込んだ。すると、何かが膝《ひざ》に当たった。手に取ると、ペーパーウェイトだった。テーブルを動かした時、鏡台から落ちたのだろう。わたしはガラスの固まりを、目の高さに持つと下に向けて手を開いた。ペーパーウェイトは音もなく布団に沈む。高さを変えて、二、三度わたしは意味のない動作を繰り返した。

このペーパーウェイトは、こうへいさん、という人がわたしに作らせてくれたものだ。母が居酒屋を始める少し前だから、もう二十年近くも昔のことだ。住んでいたアパートよりも、ずっと海寄りの所に、小さなガラス工房があった。母は当時、スーパーの店員をしていて、定休日になるとわたしを連れて、よくその工房を訪ねたものだ。こうへいさんはタオルを首にかけ、髪を一つに束ね、汚れたつなぎや、青い作業服を着て、火の玉のようなガラスを吹いていた。母が、こうへいさんと呼んでいたので、その名前だけは知っているが、どんな字を書くのか、名字は何と言うのかは分からない。こうへいさんはきれいな顔をしていて、わたしは子供心ながら、おじさん、とも言いづらく、かと言って、母と同じようにも呼べず、一度もはっきりと呼びかけたことはない。こうへいさんもまた、子供の扱いが分からないようで、変に気を遣って話しかけたりするようなことはなかったが、飽きずに作業を眺めているわたしを、時々、楽しそうな表情でじっと見つめ、

「熱くないか？」

と言って笑った。

わたしは、燃えている炉の中を見るのが好きだった。朱《あか》い炎が波のように揺らめいて、こうへいさんの手繰《たぐ》る吹き竿《ざお》に、巻き取られる。炉の中では、幻と見紛《まが》うほどの頼り無い揺らめきの一切れが、空気に晒《さら》された途端、たちまち形を成し、現実のものとして生きてくる。それらは、こうへいさんの手によって水差しになり、ゴブレットになり、白鳥の置物になったりした。昼をだいぶ回ったころ、こしらえていったお弁当を食べ、工房を後にするのが、ある一時期、休日の日課だった。

まだ日は高いが、時計の針は夕暮れを示して、そろそろ帰ろうかという時分だったと思う。こうへいさんが、わたしの手に吹き竿を持たせてくれた。わたしの体を抱え込むように後ろに回り、手に手を添えると、

「ほら、こうやって」

と、吹き竿の先で動いている炎を絡めとった。長い竿は、持つだけで精一杯で、ほとんどが、こうへいさんの力によるものだったけれど、ベンチと呼ばれている作業用の椅子《いす》に腰掛け、言われる通り

に柔らかいガラスの固まりを鋏《はさみ》で突いた。それまでは、仕事の道具に触ってはいけないと、母からきつく注意されていたので、ベンチに座ってみたこともなく、だからわたしは嬉《うれ》しくて、上手だと言われるよう、懸命に鋏を動かした。こうへいさんは、

「よし、空気がたくさん入ったぞ。いい出来上がりになるよ」

と言って、わたしのほっぺたをつまんだ。わたしとこうへいさんを、代わる代わる見ながら、良かったねぇ、未紀、と言う母は、まだ随分若かった。

普段なら、もうとっくに閉めている時間をかなり過ぎてから、母は最後の客を帰して、

「ああ、疲れた疲れた、久しぶりだと気ぃ遣うわ」

ひっきりなしに喋っていたせいだろう、かすれた声で肩を叩《たた》きながら、店から戻ってきた。

「慣れたもんじゃないの」

と、わたしは言ったが、確かに母は、それほど酔ってはいなかった。夜食用に作ったおじやを、器に取り分けて母にすすめると、ろくに返事もせずに半分ほど食べ、

「あんたも、まるくなったじゃない」

と、残りをかき込みながら言った。

高校生のころ、わたしは家にいるのが嫌でたまらなかった。夜中過ぎまで続く馬鹿騒ぎが、どう耳を塞《ふさ》いでも聞こえてくる。突拍子もない男の笑い声や、合いの手のような母の嬌声《きょうせい》が、只《ただ》でさえ耳障りなざわめきの中につんざくと、刺し殺してやりたい、とわたしは本気で思ったものだ。友達の家を転々としながら、夜遊びを覚えた。何とか卒業し、隣町で一人暮らしを始めたが、生活は荒れ放題だった。初めて就職した紳士服の店も、三カ月と待たずに辞めてしまった。育った海辺の町よりも、賑《にぎ》やかしいと思って住みはじめたのだが、野暮《やぼ》ったさは似たようなもので、何をやっても不満だっ

た。結局帰る場所は母の所、海辺の居酒屋しかなかった。

「もう若くないのよ」

わたしは、布団にもぐり込んだ。母は、テーブルにこぼした汁を拭《ふ》きもしないで、わたしの耳元に口を近づけると、

「ねえ、寺田のおじさん、ちっとも変わらないねえ」

と、囁《ささや》いた。

「それが何？」

「いやな子」

母は、さっさと洗面所に立って行くと服を脱ぎながら、寺田のおじさんは店を始めた時からのお客だけれど、あまり変わりないんで驚いた、あのころで結構若かったんだ、おじさんおじさんって言っていたけど、今じゃ、あたしと夫婦って言ってもおかしくない、そんなようなことを、充分聞こえているのに、大声で喋っている。

「お湯加減、見てね」

そう言ったが耳には届いていないようだ。湯を使う音が響いてくる。自分の他に誰《だれ》かが確かにいるのだ、という感覚に、目が冴《さ》えてしまったのか眠れない。

ああ、無理もないわ。布団を目の高さまで引き上げながらわたしは思った。母と、こんなふうに、まるで仲のいい母娘のように、過ごしたことなど、数えるほどもなかったのだから。

この家を出て、再び戻って来た時、母はいなかった。何くれとなく様子を見ていてくれていたらしい寺田のおじさんが、わたしの姿を見るなり、「母ちゃんはなぁ、今、ちょっと店、休んでるよ、何、心配することはない、俺が連絡しといてやっから」

よう帰った帰った、と、脱色とパーマで荒れきったわたしの頭に手をやる仕種《しぐさ》をした。そして、おまえが来たらよろしく頼むと、母ちゃんから託《ことづ》かっていたんだ、と付け加えたが、それは多分、嘘《うそ》だろう、と思った。

しかし、連絡先だけは、寺田のおじさんに言っておいたのだろう。数日後に母はやってきた。それまでに近所の噂《うわさ》で、母は客の一人と、駆け落ちみたいにしてこの町からいなくなったと聞いていたから、迷うことなく口火が切れた。

「ろくでなし」

母は、顔色一つ変えず、わたしの全身を一瞬にして見定めると、

「どうするつもりよ」

と言った。帰ったら、まずなんて言おうかと、心の片隅を占めていた弱みが、再びくすぶり、わたしは、顔が赤くなるのを感じた。寺田のおじさんの取りなしがなかったら、わたしは母に摑《つか》みかかっていたことだろう。好き好んで、いたい所ではなかったが、また別の場所を探し、新しく仕度をしなおす気力はなかった。

「おまえさんの家なんだから」

また飛び出して行ったって、ろくなことにはならないだろうと、きっと大人は知っていたのだと思う。折角《せっかく》帰ってきた、という周囲の人達の気持ちは、荒れていたわたしにも伝わるものがあった。あんなに嫌っていた、店の常連客たちに、わたしは随分助けられたのだった。

それから数年、母とはまったく違うやり方で店を切り盛りしてきた。この頃になって、やっと慣れてきたかな、と思う。

「あんまり大騒ぎしないで頂戴《ちょうだい》よ、近所迷惑も考えて。わたしのやり方とお母さんとじゃ全然違うん

だからね。お客さんたち、みんな明日があるの、仕事に行くの、ねえ、お母さん」

やんややんやの果てに大酒飲ませて、楽しませているつもりなのは間違っている。母にそう言わなければならない。

「ねえ、聞いてる、お母さん」

お客はみんなあたしに惚《ほ》れている、っていうのも間違っていると言いたかったのだが、返事の代わりに静かな寝息が聞こえてきた。その静かさに、寝たふりだと気づいたが、もう黙っていた。

母が来てから、四日ほどが過ぎた。相変わらず閉める時間が延びている。今夜こそ引っ込んでないで、いつもの時間に看板にしよう。そう思いながらわたしは、二人分に増えた洗濯物を籠《かご》に入れて、狭い物干し場に出ると、店の入口の所にいる寺田のおじさんと目が合った。

「あら、おじさん」

「ああ、早いね、丁度来たもんだから、これ持ってきた、この前言ってたやつ……」

手に持ったビニール袋を掲げて見せた。わたしが答える前に、

「家には寝に帰るだけでねえ」

まだ寝ていたと思っていたのに、いつの間に起きていたのか、しっかり化粧までして母が、おじさんからビニールの包みを受け取っている。

「未紀、これね」

言うより早く、冷蔵庫の扉を音たてて閉じると、さっさと外に出ていった。どうせ約束でもしていたのだろう、入口で待っている寺田のおじさんの先に立ちどんどん歩いていく。家には寝に帰るだけねえ、夕べも遅くまで店で遊んでいたことを言っているのだろう。冷蔵庫の中を見ると、包みの物はイカだった。イカは母の好物だ。きっと、おじさんが釣ったのだろう、きれいに腹も出してある。わ

たしは、母に負けないくらいの音で扉を閉めると、仕方なくまた物干場に戻った。

わずかのことだから全部干してしまえば良かった。少し目を離した隙《すき》に、籠が倒れて洗濯物が汚れてしまっている。洗いなおすほどの量でもなく、わたしは泥のついたタオルやTシャツを籠の中にまとめて突っ込むと、ささくれだった手すりに凭《もた》れた。物干場からは海が見える。わたしは、普段しみじみ見ることもない海を見渡し、空気を胸一杯に吸い込んだ。まだ肌寒いが、日差しは日毎《ひごと》に眩《まぶ》しくなっている。

もしもわたしが、出ていったきり戻ることがなかったら、母はどうしていただろう。娘の行く先も知らないままに、男と姿をくらまして、いつかは必ず、帰ってくるとタカを括《くく》っていたのだろうか。我がもの顔で、夜になると歌っている母を見ていると、わたしはつい、聞いてみたくなる。わたしが戻ると信じていたの、お母さん……。

「お母さん」

声に出して呼んでみた。すると、甘ったるさを含んだ哀《かな》しみが胸に広がり、母ではなく帰る所はこしかないのだと思った時の心の様子がふいに蘇《よみがえ》った。そしてそれは、何かにつけて忘れられない、ある場面に繋《つな》がっていく。

ここは悲しい思い出ばかりの町なのに、なのにわたしは、またこの町にやって来てしまう。なぜか知らないが、どうしても、わたしはこの場所に帰り着いてしまう。

「そんな歌なんだよ」

こうへいさんは、そう説明してくれた。こうへいさんは、めったに、歌など歌うことはなかったが本当にたまに、何か口ずさんでいるようなことがあり、それはいつも、同じ歌だったので、それ、何ていうの？　とわたしが尋ねたのだろう。そのあたりの記憶は曖昧《あいまい》で、題名も忘れてしまったが、意味だけはなぜか覚えている。

悲しいばかりの場所なのに、わたしは帰ってきてしまう……。それほど運命的なものを感じて、ここに戻ってきたというわけではないがこうへいさんの言った言葉がわたしの中で、なぜかしら消えていかず、物哀しい旋律とともにいつまでも残っている。それは、思い通りに事が運んだり、愉快なことが続いたりして、怖いものなど何もない、と思う時、ふと足を止め、目に見えるものだけが全てではないのだという気持ちになれる。芽生えかける傲慢《ごうまん》な思いが影をひそめて、実際の自分自身を、確認することが出来る。

そして、そのことを思い出すと、この記憶にたどり着く、というように、まるで一つの流れのように、とどめているシーンがある。あれは、わたしが幾つの時だろう。空は真っ青で、波はひどく高かった。

「台風が来るな」

「でも、お天気はいいよ」

「海はどこよりも早く感じるんだよ、近くに寄っちゃだめだ」

水際に近寄ろうとするわたしの腕を引きながら、刷毛《はけ》で撫《な》ぜたような銀色の雲が飛び去っていくのを、指さして、

「ほら、すぐに雨が降りだすよ」

もう帰ろう、と促した、一緒に歩いた人は顔も思い出せないが、きっとわたしの父だろう。とても、とても、小さな頃だった。わたしは、繋がれた手を振りほどき、走りだした。

「ミッキー」

波間に光るものを見つけたのだった。石だったのか、瓶の蓋《ふた》だったのか、思い出せないが、青く輝

く、ちょうど手のひらに余る大きさのそれは、とても美しかった。

「これ、見て」

「海のかけらだ」

それからわたしは、拾ったものを、どこにどうしまったのか、覚えていない。海辺でのこの一場面だけが、こうへいさんの言った、海の意味を思い出す度、脈絡もなく、嵐の前の青空や、所々、色の度合いの違う高波が、目の中に広がるのだ。

するると、妙に人が恋しくなり、甘えたくなったり、拗《す》ねてみたくなったり、結わえていた鎖を、少しだけ緩くして、自分に何かを許してしまいたくなったりする。わたしはもう一度深呼吸した。海は落ちついていて、ぼんやりとした地平線が、海と空を分けている。

下準備をしている頃、母は上機嫌で帰ってきた。

「すっかり見ないうちに、このあたりも変わったじゃないの、いろんな店が出来てさあ」

母はカウンターの上に紙袋を置くと、中の物を取り出した。牛革のハンドバッグを腕にかけ、ポーズを取ると、ブランドの名前を言い、

「30%オフなのよ」

と、親指をまぜた指を三本開いて見せた。そして、

「これは、あんたに」

と、小さめのリュックを自慢げに掲げ、わたしの後ろに回ると、背中にかける動作をした。

「ちょっと、やめてよ」

体を捩《よじ》ると、母は、

「何よ、喜ぶと思って買ってきたんじゃないの」

「どうせ、お金、出させたんでしょ」

「これは、あたしが払うって言ったのよ」

わたしは、カウンターの上の紙袋や、バッグの入っていた箱を無造作に払いのけると、

「今、忙しいんだから」

おだやかに言ったつもりだったが、きつい目をしていたのだろう。

「なんだってあんたって子は、こうも融通が利かないんだろうねえ、人に何かしてもらうってのが、嫌いってのは勝手だけれど、それじゃあ、あんまり可愛《かわい》げってもんがないじゃないか。人に何か貰《もら》って、ありがとう、って言うのも礼儀のうちってよく覚えておきな。だからそんなふうだから、この歳《とし》でいい人の一人もいないんだ、それは誰のせいでもないあんた自身の」

「もう、いいの、黙ってよ」

これ以上、母の講釈を聞きたくなくて、わたしは、

「おでん、あとよろしくね」

と、奥に引っ込んだ。窓が開いていて、風でチラシや新聞が散らばっている。空を見上げると、黒い雲が押し寄せて、もっと高い所では稲妻が光っている。

「洗濯物入れといて良かった」

わたしは二つある窓を閉めると、化粧台の前に腰掛けた。母が来てから、布団を敷きっぱなしにしてあるので、只でさえ狭い部屋では、足の踏み場がなく、辛うじて化粧台の椅子に座るしかない。鏡に映った自分の顔を、嫌でも眺められる。確かに母の言う通り、可愛げのない顔だ。目にはグリーン、頬《ほお》にはピンク、唇には赤、おまけに手足の爪《つめ》にも色をつけている母とは大違いだ。わたしは、髪をひっつめにして、化粧っけのない自分の顔をしげしげと見つめた。母に似ていないならば父親似な

のだろう。そうしているうちに、わたしはあることに気づき、立ち上がった。

「あれ、寝に行ったんだと思った」

「うん……」

竹輪を切っていた母に代わってカウンターの中に入り、

「何か、ひと雨くるみたい、作り置きのきく物だけにしておこうよ、この分だとお客さん少ないわ」

わたしは、調理器具を片付け始めた。母はバッグの他、ヒールの細いサンダルなど、買ったものを眺めながら、満足そうだ。

「楽しそうね」

母は答えずに、サンダルを履くと、店の中を歩き回った。そしてガラス戸に姿を映しながら、足元を組んだりひねったりして、どう見えるかの研究に余念がない。

「わたしも、ちょっとはお洒落《しゃれ》しようかな」

ポツンと言っただけなのに、母は間髪を入れず、

「そうだよ、未紀、あんたまだ若いんだ。この歳で枯れちゃっては勿体《もったい》ないよ、あたし見てごらん。まだまだ、男を騙《だま》せるよ」

と、言って、ヒールを鳴らした。

「お母さん……」

わたしはそのあと、化粧はこんなふうにして、服装はこんな感じに、せめてジーパンはやめるよう、等々、母の講義を聞かされ、持っている洋服や、化粧品まで検証されそうになった。

確かに、十代からの数年を、好き放題に過ごしたからと言って、ここに戻ってきてからを、何も残りかすのようにして暮らす必要はない。

「自分なりに、楽しめばいいんだよ」

母の言葉に、初めて素直に頷《うなず》いた。

「そうだね」

母は、ボストンバッグを取り出すと、取り込んで畳んであった、洗濯物の中から自分のものをまとめ、さっさとしまいはじめた。

わたしが見ていると、

「明日、帰るから」

始めからそういう予定でしょ、とでも言わんばかりに、澄まして言った。どうやら機嫌が直ったらしい。寺田のおじさんにバッグを買って貰ったからだろうか、わたしは色々考えながら、

「次のご予定は」

と言うと、

「あんたが、しっかりやってたら、はるばる来やしませんよ」

と、澄ましたままで答えると、さあ、今夜は母さん頑張っちゃうよ、と力こぶを作る真似をして、カウンターを拭きはじめた。

前日の雨で、埃《ほこり》が一掃されたのだろう、輝きを増した日差しが、そこかしこに、跳びはねている。母を迎えに来る人は、見るたびに頭髪が危なくなっている。

「お世話様でございました」

深々と頭を下げるので、どうしても見てしまう。

「母が勝手を言いまして」

交わす言葉も、いつも通りだ。タクシーを呼ぼうとすると、気候がいいので駅まで歩いて行くとい

う。けれどかなりの距離なので、どうしようか迷っていると、店から少し離れた所でクラクションが鳴った。哲二だった。

「おばさーん、送ってってやるよお！」

いつもの改造車ではない、ちゃんとした乗用車でやって来て、まるでホテルのボーイのように、背筋を伸ばしドアを開けて待っている。

「グッドタイミングよ」

わたしが言うと、

「親父が行けって」

と、頭を掻《か》いた。哲二は、寺田のおじさんの一番下の息子だ。そして、一番可愛い息子でもある。兄の車を借りて来たのだろう。

母は、買って貰ったバッグを大事そうに、しっかりと腕にかけ、助手席に乗り込むと、おもむろにコンパクトを取り出して、パフで頬を押さえた。何を気取ってんのよ、と思っていたら、いきなり車は発進した。哲二らしい。母が乗ったのを確認すると、何も考えずにアクセルを踏んだのだ。さよならの挨拶《あいさつ》もないまま、母を乗せた車は、あっという間に視界から消え去って行った。

「行っちゃった」

呟いてから、笑いがこみ上げた。

わたしは、物干し台に上がった。ここからだと、駅に向かって国道を走る、哲二の車が見えるだろう。ささくれた手すりに凭れて、わたしは笑顔を作った。これからは、もっと笑っていよう。

雨がすぐにも落ちてきそうだった昨日、風で新聞やチラシが散らかった部屋の、鏡の中に、わたしは見たのだった。今まで意識しなかった自分の顔。急に、変わった天気の加減でかも知れない、音のない、遠い稲妻のまたたきのせいかも知れない。けれど確かに、感じ取ったのだった。

飽きることなく眺めていた幼い日、炉の中の炎。拭き竿を操るこうへいさんの面影が鏡の中のわたし自身に重なって見えた。こうへいさんもまた、わたしをミッキーと呼んだ。

母に聞こうとして躊躇《ためら》ったのは、一瞬の閃《ひらめ》きを信じればいい。そう感じた瞬間、心に溢《あふ》れたものは温かかった。それがたまらなく、嬉しかったのだ。

はっきりした天気のせいか、今日は海の色が青い。ほとんど波もないようだ。しばらく見ていると、哲二の車が戻ってきた。店の前に車を止めて、手を振って走ってくる。何か叫んでいるが聞き取れない。物干し台から駆け降り、表に出ようとした所で、哲二の声が聞こえてきた。

「みいちゃーん！　行こうぜー、水族館。おーい！　みいちゃーん！　みー！　いー！　ちゃーん！」

あまりの大声にわたしは焦って、静かにしなさーい！　とこっちも叫びながら、駆けだした。


（第34回入賞作品）

第35回　北日本文学賞　２０００年度　応募総数６４４編

入　賞「ルリトカゲの庭」佐々木信子（47歳・佐賀県）

選　奨「夜道の落とし物」橋本ふゆ（33歳・東京都）
「谷間」木戸博子（51歳・広島県）

候補作品「バタフライ・モニタリング」原口啓一郎（50歳・埼玉県）
「島」水野　晶（42歳・新潟県）
「鞄」畠中佳子（63歳・埼玉県）

第35回選評

メタファ使いこなす

宮本 輝

35

いつも年末になると「北日本文学賞」の候補作品を担当記者が富山から私の家まで持参してくれる。そのたびに、もう年の瀬かと思うよりも先に、もうすぐ新しい年が開けると感じる。

ことしは、新しい年だけでなく新世紀をも迎える。戦争と謀略の二十世紀が終わり、未知の新たな世紀に入るという感慨とともに、候補作六篇、それぞれ面白く読んだ。六篇、どれも持ち味に富んでいて受賞作一篇を選ぶのは難しかった。

佐々木信子さんの「ルリトカゲの庭」を受賞作としたのは、簡明な筆づかいによってルリトカゲというメタファを使いこなした点にある。ルリトカゲなるものを私は見たことはないが、出家して尼となった姉の変幻の奇怪さとその多面性が、単なる感情の起伏によるものではないことを巧みに暗示して、この短編に「見えない洞窟《どうくつ》」を作りだした。

これは単なる私の勘だが、作者がこの抑制された文章を手に入れたのは、つい最近のことではないかという気がする。一皮むけて日がたったものではなく、一皮むけて艶《つや》が出たという味わいも感じた。

選奨とした橋本ふゆさんの「夜道の落とし物」は、心を病んだ主人公みずからが心を癒《いや》す術《すべ》を母親の何気ないエピソードによってつかみ取るさまを描いた。

下手をすれば観念的な禅問答になりかねない素材を、海に沈む「ゴミ袋」を描写することで平明な生彩さに転化してみせたのは凡手ではない。惜しむらくは、文章の密度が均一ではないところで、それが受賞作とのわずかな差であるといえばいえる。

もうひとつの選奨作、木戸博子さんの「谷間」は、候補作中最も文章の密度が濃い。そしてその密度は最後まで破綻《はたん》しない。そのぶん、小説とエッセーとの中間に位置せざるを得なくなった。

我が国の文学には、そのような味わいの名作は多いが、この「谷間」はいささか足りないものを持つ理由は、私の嫌いな言葉を借りれば、まさしく「予定調和」という添加物によって幕を閉じるからなのだ。最後に本家の長男が登場することが、すなわちこの小説における添加物となってしまったと私は思う。

原口啓一郎さんの「バタフライ・モニタリング」は、蝶《ちょう》に対する専門的な知識だけが先走りしてしまって、老人の現実と幻覚の混同についての筆にまで注意力が注がれていない。多彩な蝶たちが、短い小説のなかでただの小道具でしかないままに終わった。

水野晶さんの「島」は、丁寧に書かれているが、よくある小説が、よくある終わり方をしただけという印象だった。

畠中佳子さんの「鞄」も着眼点はいいのだが、「鞄」によって作者が示そうとしたものが小説の前半ですでに手の内を見せてしまって、あとは無用な冗舌がつづくという結果になったと思う。枕と落ちだけで、中身はどこへ行ったのかと、読後、首をかしげた。

ルリトカゲの庭　佐々木信子

佐々木信子（ささき・のぶこ）１９５３年佐賀県生まれ。本名・福田信子。県立唐津農業高校卒業。「九州文学」同人。第19回佐賀県文学賞、第12回九州芸術祭文学賞佳作、第51回地上文学賞受賞。共著に『女性小説集　佐賀県版』。佐賀県唐津市。

朝の見回りがてら捕食をすませたルリトカゲが、庭石の上で日光浴をしている。風も走らずセミも鳴かない日曜日の朝だ。

路子は、神様に近くなると歯は何回も生え替わるのだろうかと、座卓を挟んで座る姉の口元をさっきから見ていた。

「高価な差し歯が半年で抜け落ちるなんて、信じられないでしょう。そしたら、上の奥にまた親不知が生えてきて、ズリン、ズリンと毎日痛むの」

「お姉さんには、毎年親不知が顔を出すの」

「副庵主様でしょう」と、姉の晴子は座卓を手のひらで叩《たた》いた。その反動でお土産の梨《なし》が一個、ゴロンと飴《あめ》色になった畳の上に転がった。どうせ古くなった供物に決まっている。姉が帰ればまた庭に埋めなくてはいけない。生うどん、蒲鉾《かまぼこ》、チーズ……賞味期限切れでも大丈夫、姉が頭陀袋《ずだぶくろ》を逆さまにするとテーブルの上へ滑り落ちてくる。腐った供物で畑の野菜は勢いがよく、昆虫類やミミズも多い。おかげで庭の主のルリトカゲも年々大きくなる。そのうちコモドドラゴンのようになり、面倒な来客を威嚇してくれないものかと思うときもあった。

「ごめんなさい、副庵主様。でも突然十万と言われても困るの。母さんが亡くなったときに渡したあのお金は、本当にお布施として庵主様に渡してしまったの」

「あのお布施で友代さんは徳を積んだのよ。もう八年も前の話でしょうに」

二十年前に出家して以来、姉は母親のことをそう呼んでいた。修行してお釈迦様に近い地位になったのだから、あなたたちとは親でも姉妹でもないと宣言していた。一見して普通の民家で、開山わずか二十年の寺が、どう回り回ればお釈迦様に行き着くのか、お釈迦様は迷惑しているのではないかと路子は思っていた。

「歯の治療だけで、そんな金額になるの」

「そうですよ」

姉は白い作務衣《さむえ》の衿《えり》を直しながら涼しげな顔でうなずいた。親でも妹でもないのに、病気やまとまった金が必要になると復縁する、都合のいい宗教だと、路子はつかむと果汁が染み出しそうな傾いた梨を眺めていた。

「ねえ、痛くて眠られないの」

出掛けに剃髪《ていはつ》をしたのか、晴子は逆さまにした青ラッキョウのような頭を両手で包んだ。路子が二十代から三十代のうちは、

「早く誠実な人と結婚できますようにと、朝夕にお祈りしているの」

金の無心にこの家にきてはそう言った。そして、路子が今年四十歳になったとたん歯の治療費に変わった。

「結婚は出来なかったけど、ずっと健康だったでしょう」

「結婚したいと思ってもいなかったわ」

姉さんみたいに簡単に捨てられたくないから、と言いたいのを我慢して路子は膝《ひざ》を崩した。二十五

年前、電力会社に勤めるサラリーマンと婚約中だった姉は、子宮の摘出手術で入院中に婚約を破棄された。相手からは慰謝料が支払われたが、まもなく心の病に侵された姉の治療費で全額消えたと母が言った。

「今もあの人のしあわせをお願いしているの」

「どうして、裏切った人じゃない。わたしには理解できない」

と言う路子に、

「そりゃあ、神様にお仕えする身ですもの」

姉は背筋を伸ばすと、もう乳房の位置も不明瞭《ふめいりょう》な胸を反らした。

八年前に母が亡くなって以来、姉は路子の扶養家族になっている。何度も寺の所在地に住所を移す手続きを勧めたが頑《かたく》なに拒んだ。

「家屋敷は、あなたが相続したから当然でしょう」

恩を着せられるほどの家ではなかったが、建坪と同じ三十坪の庭があり、ささやかな四季を身近に感じることはできた。庭といっても畑を兼ねているので、サザンカの隣にナスが植わり、梅の木の下からはミョウガが採れた。一人には充分の季節の野菜のはずだが、姉は小指ほどのキュウリまで収穫し、固い蕾《つぼみ》のバラを手折っては、「欲は捨てなさい。すべての欲を捨てなさい」と説法した。

路子は小さな建設会社で働いていた。社長夫人と五十代の坂井と路子の三人の女性が事務所にいるのだが、厚生係の坂井は、

「結局、嫁にも行かずの無職の姉さんやね」

毎年の証明書の提出や確認のたびにそう言ったが、会社ではそれだけを我慢すればよかった。一人で暮らす路子の元へ、親戚《しんせき》が持ち込む姉への苦情に比べれば笑っていられた。

「うちには布教にくるな。隣の菩提寺《ぼだいじ》に申し訳ない。勝手に位牌《いはい》の位置を動かした」

「老人二人の年金生活なのに、高額なお布施を要求した」

「金がないと断れば米袋を担いで帰った」

と、伯父伯母たちの平穏な暮らしを掻《か》き乱しては、姉は平然と寺に帰るのだった。幸か不幸か姉が一昨年の秋に足を痛めてからは、親戚への布教活動は影を潜めた。しかし姉は親戚の話になると、

「信仰心がないものは地獄に落ちろ」

と、目尻を吊り上げその前で合掌した。

「明日から、歯医者さんに行くのね」

路子は台所の水屋の引き出しから、保険証とサイフを持ってきて念を押した。そして、一万円札を晴子に渡し、

「不足分は、請求書と振込み先をうちへ郵送してもらえないかしら。現金は本当に今はないのよ」

「そしたらねえ、八月の二十五日に十万円用意しなさい。これが本当に最後だから」

「やっぱり、十万もいるの」

「その日なら大丈夫でしょう」

毎月二十五日は路子の給料日だった。

「本当に最後にしてね。下着類は今までどおり、夏と冬には宅配で送るから」

―これが最後―は姉の常套語《じょうとう》で、路子はとっくに信用していなかった。

「現金が助かるわ。下着類は信者さんが亡くなったときに、お古をいただくから」

「それを……今までは木綿の生地で、手作りしていたんじゃないの」

「ミシンが壊れてからはやめたの」

想像を絶することを修行と称して姉は生きてきた。左の二の腕に火をつけ我慢の限界に挑んだときのケロイドは今も痛々しいし、不眠不休で歩きつづけ鹿児島の佐多岬で倒れたときは、足は赤く腫《は》れ上がり動けなくなっていた。若い看護婦はベッドに横たわった姉の毛布をつまみ上げ、「ほら、ジャンボカボチャみたいでしょう」と同意を求めた。深夜の電話や早朝の玄関のチャイムの音がするたびに、路子は今度はどんなことで振り回されるのかと緊張した。

「二十五日は金曜日でしょう。夕方にくるから、忘れないようにしなさい」

姉は畳んだ墨色の法衣をまとい、首から下げた頭陀袋に金だけを入れた。痛くて眠れない歯の治療はもう忘れている。いったい、これまでその袋には、経巻を収めたことがあるのだろうか。

姉はいつものように仏壇は拝まずに玄関を出た。庵主様の書を上段の中央に飾らないのが不満なのだ。

「バスの時間にはまだあるし外は暑いわよ」

「今日は車を待たせているの」

姉は振り返りもせず答えた。路子は説法と言い説教する口元の皺《しわ》や、親指の爪《つめ》が覗《のぞ》いている運動靴を見ると、金の無心もそう無下に断れなかった。信仰心など一切なかった。ただ、尼僧の姉がこの世で唯一救いを求めてくる所だとわかっていたので、そのたびに生活費から捻出《ねんしゅつ》していた。

「副庵主様。お尋ねしたいことがあるんです」

「なんなりと」

姉は急に踵《きびす》を返して笑った。

「天主堂の鐘《かね》の音を耳にしたり、富貴《ふき》寺の前に立つと自然に手を合わせたくなるのに……」

「うちの寺ではそんな気になれないって。わたくしだって、そうですわ」

信者の前ではそうするのか、口元に手をあて目尻《めじり》だけで笑った。手相占いに、指が短くて細くしあわせはつかめない、と断言された路子とそっくりな手だった。

隣の部屋の仏間で長く手を合わせていた伯母は、膝が痛むからと座敷には入らず廊下の籐《とう》椅子に腰を下ろした。藍《あい》色のワンピースに白いソックスを穿《は》き、白髪は武者人形のように短く切り揃《そろ》えている。久しぶりの伯母はひと回り縮んでいたが、一族を代表し姉への伝言とは口実で、曲がった背中に苦情を背負ってきたのだ。

「先日、久しぶりに神様がおいでになってね」

姉のいない所では親戚の者は神様と呼んでいた。副庵主様と言いにくいせいもあるが、「神様には知らせるな」と、親戚の行事に姉が出席するのを拒んでいた。路子はそれも無理のない事だとあきらめていた。八年前の母の葬式は菩提寺の僧侶《そうりょ》が取り仕切った。その不満も口にしていた姉は、親族の真っ先に焼香に進み出て、五体投地によく似た祈りを長々と捧げた。祭事の正装なのか、黒い蚊帳《かや》のような長い裾《すそ》の着物を引きずっていたが、下がるときに自分で裾を踏みつけ、僧侶の上に倒れてしまった。その後は、精進落としの席を縫ってお布施と称して金を強要した。

伯母は母の長姉だから今年で七十五歳になる。礼儀正しく几帳面《きちょうめん》なぶん堅苦しく、昔から子供心にも距離を置いていた。庭の枯れかけた桜の幹でツクツクボウシが鳴き始めた。姉への苦情のプロローグだ。

「お茶はいいから、ここにお掛けなさい」

窓際の籐椅子の背もたれを、干涸《ひから》びたような手で叩いた。

「この前はうちの新築祝いでね。ああ、ごく内輪だけのお祝いだったから」

路子を招かなかった言い訳に聞こえた。「そこに神様がおいでになった。それも、ヒッチハイクを繰り返し夜にたどり着いた。涼しくなった頃《ころ》の予定だったが、やはり新築のうちにと急に思い立ったのに、どこで知ったものやら……」

こんなときはうつむいて、反論もせず床の木目を見つめるに限る。母が亡くなった後の八年間の間に自然に覚えたことだった。

「息子や甥《おい》たちも酒の勢いで大歓迎してしまった。料理を振る舞った後には、風呂《ふろ》に入って泊まれと言う者もいてね」

伯母は新築の風呂に入ったのが気にいらないのだろうけど、姉の立場では清めたつもりなのだ。

「大所帯だから、そこだけはぜいたくな造りにしていた。まだ誰《だれ》も浸かったことのない四畳半の広さの浴槽に、神様が真っ先に入った。そこまでならいい、後でよく洗えばすむことだ。ところが、体調が悪く夕方から二階で寝ていた嫁が、まっすぐ浴室に向かい戸を開けた。神様がきたことなど知らなかったんだ。ちょっと、お水、みーず」

ここからが許せない話になると、路子は流しの蛇口を開ける指にも力が入った。

伯母はコップの水を全部、木の根が走るような喉《のど》くびを震わせて飲み干すと、

「嫁は浴槽に浮いた坊主頭に驚き、洗い場で滑って腰を打ってしまったんだ。久しぶりに授かった三人目の子供がお腹《なか》にいたんだが、急に痛み出して病院へ行ったままだ」

今朝の姉は大騒動の張本人のかけらも見せず、伯母の家の新築の話もしなかった。

「息子からの電話では、流産は免れたらしいとのことだった。あなたたちはわからないだろうけど、大事な時期だった。嫁のお腹は」

「……わかりません」

「路子を責めるつもりはないけど。今度、神様に会ったら事実を話しておくれね」

「はい。わかりました」

すべての親戚の者には、いつもそう返事をすればよかった。子宮がない姉がその事実を知ってもどうにもならない。償いは従兄弟《いとこ》の嫁の病室で、五体投地に似た祈りを捧げるくらいしかできないのだ。

落葉の詰まった踏石の下から出てきたルリトカゲは、犬走りを横切り奥のトマトの方へ向かうようだ。生前の母もあのあたりで、

「相談もなにも、晴子は勝手だから……」

と、むしった草を力なく投げながら言っていたが、すぐ側《そば》の石の陰には、地中から出るミミズを待つルリトカゲがいた。

「伯母さんは、姉に直接話されたことはないんですか」

「相手にならないんだ。顔色も変えず、終始ありがとうございます、ありがとうございますと、繰り返すだけなんだから」

「二年ぶりだったのなら、この先数年はこないでしょう。足も痛めていることだし」

「さぁどうだか。あの人が金儲《もう》けのための宗教は邪教だと言っていた」

伯母は高名な尼僧の言葉を口にした。

「姉の心の病って、正式な病名は知っておられますか。母は詳しくは教えてくれなかったんですけど」

「それは知らないほうがいい。あの庵主がいずれ路子も発病するから、その前に信仰すれば救えると言ったので、妹は一時期はのめり込んでいたんだ」

「わたしのためにですか」

「ああ、なんの根拠もないでたらめな話なのに、路子だけは守りたかったのだろう。でも亡くなる半年前に急にやめたんだ。信教は自由だ、でも、強要するのはね」

路子はもう何十回も聞いたことだった。時刻は正午に近かったが、路子は昼食の用意も伯母を車で送ることもしなかった。これからは、気が利かない振りをすることも必要だと思ったからだった。玄関の引き戸を開けると、ムッとした熱気が顔を包んだ。

「おや、大きなトカゲだこと」

ルリトカゲは、今度はサギソウの鉢の苔《こけ》の上で休んでいた。

「母が生きている頃からいます」

「そんなに長生きするのかい」

「さあ。でも啓蟄《けいちつ》が過ぎるとちゃんと現れますから。大人になっても色が変わらず、きれいな背中なのは雌だそうです」

「みんな同じじゃないか」

レースのフリルの日傘を差すとき、伯母はフラッと横に揺れたが、そのまま石段を下って見えなくなった。ルリトカゲもぼんやりした濡《ぬ》れた顔で見送った。鉢から垂らした尾は途中から再生尾になり光沢がない茶色だ。自切できる尾を持つ生き物がうらやましいと、路子は自分の尾骨のあたりに手を伸ばした。

美しい川の名とはほど遠い、海への排水溝の濁った川べりを、路子は自転車に乗り銀行へ向かっていた。闇《やみ》が広がると川面を滑り出す屋形船も、今は色あせた紙細工のように頼りなく浮いている。橋の手前には昔からの青果市場があるのだが、昼過ぎなので閑散としていて、野菜が並ばないセリ場は広く、奥の国道を大型車が通るたびに土埃《つちほこり》が舞っている。路子はそこを通り過ぎようとして、奥の野菜くずの集積場の前にいる、法衣姿の女性が目にとまった。自転車を押して近づくとやはり姉だった。

「あのう、副庵主様じゃないですか」

姉は用心深げにゆっくりと首をひねった。

「あなたこそ、なにをしてらっしゃるの」

こんな口の利き方のときは、近くに寺の関係者がいるはずだ。

「その先の銀行に行っているの」

「そう、お疲れですこと」

拳《こぶし》ほどの小さなレタスを手にした姉の視線の先には、グレーのワンボックスカーがあり、ゆっくりとこっちにバックしてくる。運転席から降りたのは庵主様ではなく、六十歳前後の男性だった。

「こちらは見習い期間の神田さん。これは妹だった者です」

姉は無表情に紹介した。男性は作務衣は着ているが剃髪はまだで、武道家のような体格でやけに煙草《たばこ》の臭《にお》いが強かった。

副庵主様と呼ばれても庵主様と二人だけの暮らしに、ときどきさまざまな理由で駆け込む女性が加わるとは聞いていたが、男性もいたとは意外だった。

神田は後部のドアを開けて、ダンボールの箱を外に出した。

「ここはもういいから、この人について行きなさい」

姉は手にしたレタスをダンボール箱に投げ入れると、神田に命令した。

「どうして、わたしに」

「今日の夕方の約束だったのを、ちょっと早めただけでしょう。ほら、二十五日だから」

姉は視線で「さぁ」と神田に指図した。彼は無言で自転車の後ろにつくと、まだ副庵主の目をじっと見ている。ちょっと太めの忠実な牧羊犬のようだ。

路子は、わざわざ家にこられるより今のほうが気が楽だと、神田を連れて赤い欄干の橋に向かって自転車を押す。

「この市場にはよくいらっしゃるんですか」

「野菜をもらいに週に一度です。あそこのは、すべて廃棄処分されるのだそうです。でも、結構、いいものがありますよ。糖度を計っただけで捨てられたスイカやメロンとかが」

普段から賞味期限切れの食べ物で鍛えた姉たちの胃は、傷んだ野菜でも簡単に消化してしまうのだ。

「失礼ですが。いつ出家なさったんですか」

「今年の春です。退職と同時です」

「ご家族の反対はなかったんですか」

「家族はおりませんから」

路子もそう返事をしたことがあった。橋の下でドボッと音がした。ボラが跳ねたか誰かがゴミを捨てたかのどちらかだろう。

市場に戻ると全部のダンボール箱には野菜がぎっしり詰まっていて、姉は箒《ほうき》を手にした男性に膨れたビニール袋を手渡していた。

「あら早かったのね。あなたたち」

法衣を脱ぎ白の作務衣になり、荷造り紐《ひも》でたすきを掛けていた姉は、神田に向かって笑った。二十年の出家生活でも、異性に対して、はにかむような笑顔をまだ忘れていなかった。

「これ、あの金額入れておいたから」

神田が車に荷物を積み込んでいるうちに、路子は封筒をそっと手渡した。

「十枚、二十枚だったかしら」

「十枚だったじゃない」

「そう」姉は積み込みを手伝うわけでもなくさっさと車に乗った。

「じゃあ、失礼します」

大きな体を窮屈そうに倒して、運転席から神田が言った。姉は反対方向を見ていて表情はわからなかった。

「あんたの知り合いかい」

姉がさっきビニール袋を渡していた男だった。制服の胸には清掃会社のネームプレートをつけている。

「はい、そうです」

「俺《おれ》、困ってんだよね」

男はビニール袋の中の菓子袋を、次々と前の川に投げ捨てた。濁った川に赤や青の花が浮いたように見える。

「あの尼さん野菜くずをもらいにくるのよ。ここ俺の担当なんだけど、賞味期限切れの菓子を強引に押しつけてさ、だからこうして捨てんのよ。ねえ、缶ビールがいいんだ。そう言ってくんない。それから、どうせ捨てるくず野菜だけどさ、取った後はきれいにしてもらえないかな。それに、黄色くなった葱《ねぎ》まで積み込むけど、いったいどうすんのよ」

白い長靴を履いた小柄な男だが、やけに口が大きく額が広い。

「わかりました」

路子は自転車に飛び乗った。川を流れる菓子袋と男が追ってきそうで全速力で漕《こ》いだ。

ルリトカゲが庭を走る姿がめっきり少なくなったのは、ミミズの自殺で食糧不足のせいかもしれない。コンクリートの上で、針金の切れ端に似たミミズの死骸《がい》をよく見かけるようになった。路子は買物のついでに地鶏《じどり》のミンチを奮発することにした。

ミニトマトをもいで、郵便受けを見に玄関に回ると、紫の日傘を差して藤色の絽《ろ》の作務衣の女性が立っていた。

「ご無沙汰《ぶさた》をいたしております」

母が亡くなるとばったり姿を見せなくなった庵主様だった。裾の擦《す》り切れた木綿の作務衣の姉とはちがい、紬《つむぎ》や琉球絣《かすり》の作務衣で衣擦《きぬ》れの音がしていたが、今日も真っ白な足袋がまぶしかった。

「また、姉がなにか」

わざわざ尋ねなくてもわかっていた。この人がくるときは不吉なことばかりだった。

「晴子さんが寺を出ました。それで、ご実家ではないかとお訪ねしたんですが」

「まさか……」

否定しながらも、二十五日に渡した金が気になった。庵主様の主導での衣食住の生活で、買う物もない姉の金銭感覚は二十年前のままだ。十万円なら長期間暮らせる金額だと信じていたのだろうか。

「晴子さんは戻らない覚悟のようです」

「出家して二十年にもなるのに、とても信じられません」

姉は還俗《げんぞく》したら死が待っていると、若い頃のように、洋裁店で働くことを勧める伯母に言っていたことがあった。

「わたしがローマ、バチカン宮殿に出掛けている間に姿を消していました」

この人の口からはローマ法王やダライ・ラマが、まるで近所のおじさんのことのように出る。姉は姉で「お釈迦さまが、お釈迦さまが」とよく口にするが、信仰対象に一貫性のない寺だった。信者も迷わずに、崇拝者の数が多いほど救われると信じているのだろう。

「どうぞ、お入りください」

路子は来客のときは重い、玄関の引き戸を開けた。

「留守居の者によると、二十五日の夜に寺を出たようです。相談もなくお暇をいただきますと、短冊箋《せん》にこの書き置きだけです」

右上がりのその字は乱れてはいるが、姉の筆跡に間違いはなかった。

「後継者のつもりで育てたのですよ」

だけど病気になるとすぐに入院させて、看病も治療費もわたしに回ってきました。今後、姉が歳《とし》を取り不治の病になったときはお前が引き取ることになると、生前の母が断言しておりました。と言いたかったが、姉が舞い戻る可能性もわずかながらあり、ミニトマトを手のひらで転がせて我慢した。

「あの信仰心はなんだったのでしょうか。お亡くなりになったお母様にも、ご親戚の方々にも申し訳ありません」

路子は相手をするのが面倒で、ミニトマトを頬《ほお》張った。この人は姉よりいくつか年上で、裕福な実家が山の頂上に寺と称する家を建ててくれた。路子が知っている庵主様のことはそれだけだった。失踪《しっそう》が事実だとしても、カタカタと鳴るだけの骨になった母は知る由もなし、まして、親戚には無関係で逆に歓迎さえするだろう。

「神田も自分の車と一緒に姿を消しました。晴子さんについて行ったんですよ。あの男は口達者ですから」

　神田は製パン会社に勤めていたパン職人だったが、今年の春、退職金の一部をお布施にして弟子入りしたと説明した。姉よりも小作りの庵主様の逆三角形の顔が赤くなり、瞼《まぶた》と顎《あご》の先が小刻みに震えている。二十年来のしもべを失った悲しみか、珍しい男性信者を逃がした怒りなのかわからない。

「庵主様は信仰ですべてが解決すると、いつもおっしゃっていましたね」

「ええ、もちろんです。きっと解決します。晴子さんから連絡があれば、すぐに知らせてくださいね」

「はい」と返事はしたものの、姉が神田と暮らしているのが事実なら、もうそれでいいと思った。

「路子さん、遊びにいらっしゃいませんか」

「庵主様のお寺へですか」

「もちろんですわ。一緒にローマへ旅行しましょうよ。おいしいパスタでも食べに。今だとすぐに副庵主に抜擢《ばってき》します」

　路子は黙って首を振った。耳の奥がギーンと鳴るまで振り続けていた。遠くなった庵主様の涼しげな絽の作務衣の後ろ姿は、心なしか色あせて見えた。


　地鶏のミンチを前にルリトカゲは動かない。姉からも庵主様からも連絡がなくひと月が過ぎた。路子の話相手はとうとうルリトカゲだけになってしまった。

「お姉さんは悟りを開かれたんですよ。それも二十年もかかって」

　とルリトカゲが見上げた。朝晩は涼しくなり人間は過ごしやすいが、爬虫《はちゅう》類には酷な温度のようで、動きが緩慢になっている。二メートルほど先に、サザンカの枝からクモが下がってきたが、気だるい足取りで接近したルリトカゲは逃げられてしまった。やはりコモドドラゴンになるのは無理のようだ。

台風の余波で風の強い夕方に宅配便が届いた。こぼれ種で咲いた首の細いコスモスが、全部倒れた日だった。

即日お届けの着払い便に、路子は姉だと直感した。中からは小振りのメロンパンが三個と、包装紙の裏に書いた手紙が出てきた。

―路子さん、神田さんと一緒にパン屋を開きました。小さな家を借りて早朝から焼き、後は二人で行商しています。天然酵母を使っているので、とても評判がよく、すぐに売り切れてしまいます。新しいパンも考えていますので完成したら送ります。

ところで、お願いがあります。あなたの古着でかまいませんから、秋の衣類を少し送ってはいただけませんか。作務衣姿はパン屋には似合いません。下着類もあれば助かります。

彼のパンは最高です。　姉より―

いかにも姉らしい文面で、路子の心情を察した言葉はなかった。以前から還俗は死につながると断言していたが、それを尋ねると神田が救ってくれたと言うのだろう。

庵主様の話を百パーセントは信じてはいなかったが、姉の手紙を読んでやはり神田と一緒だった。もう、姉を理解することに苦しむことはやめよう。あの人は異星人だと割り切ればいいのだ。とにかく、四十五歳の姉の前に現れた神田は渡りに船だったのだ。この際、船が沈没しようがかまわない。

新築祝いの席で飲み食いをさせて、風呂にまで入らせた従兄弟たちの気持ちが少しは理解できた。パン屋に擦り切れた作務衣は似合わない、古着ではなく、秋冬物の普段着を買って送ることにした。神田には悪いが、それでもう妹の役目が卒業できることを願った。

メロンパンは、やはり硬くて歯が立たなかった。バターの風味も香ばしさもなく、犬のダイエットクッキーと似ていた。パン職人だったという神田の腕も眉唾《まゆつば》ものだが、姉との関係もわからない。いったい、二十年間の尼僧生活から、翌日は世俗の女になれるものだろうか。勢いのよい蔦《つた》が這《は》い上がるように、作務衣の襟《えり》元を埋め尽くしていた神田の胸毛と、指の短い姉の手が枕の周囲をグルグルと回り、路子はなかなか寝つかれなかった。

庭に桔梗《ききょう》が咲いた。会社の用事での銀行からの帰り、市場の前で清掃会社の男に呼び止められてもらった花だった。

「あの尼さん風のおばさんよ、最近こないけど。死んだんか。プロレスラーのような男も見ないがどうしたん」

「わかりません」

路子はこの男に会うのが嫌で遠回りをしていたが、その日は急ぎの用で市場の前を通ったことを悔やんだ。

「あんたにやる。どうせ捨てるんだから」

男が突き出した袋の中には、たくさんの蕾をつけた桔梗が、ビニール製の植木鉢に仮植えされていた。地植えにするとまもなく開花したが、薄桃色のトルコ桔梗で、路子が姉に送ったニットのセーターや下着の色と同じだった。姉からは、相変わらず礼状の一通も届かない。新製品のパンの完成も不明だ。この花が咲かなければ思い出すこともなかったと、路子はなにもかもトルコ桔梗のせいにした。

近頃、路子は庭で草むしりばかりしている。足枷《あしかせ》はもう外されたのに、その場で足踏みばかりしている自分が情けなくてまた草を取る。そして、「異星人なんだから、しょうがないでしょう」と、口に出してみる。去年の今日の日記には、冬眠前のルリトカゲがコオロギを三匹も捕った、と書いていたが今年はもう姿がない。朝晩は肌寒い風に冬眠を急いだのだろうか。それとも、「死んだんか」と市場の男の声がする。あの人も無人の市場を箒で掃くのが淋《さび》しいのだろう。

落葉の吹き溜《だ》まりをスコップで掘る。目的もなく深く掘り起こす。糸のようなミミズが踊りながら現れる。勢いがよいのは自切したルリトカゲの尾のようで、「切れた」「切れた」と跳ね上がる。路子はスコップの柄《え》によりかかり眺めていたが、玄関の引き戸のきしみに顔を上げた。ヒラリと白い作務衣の袖《そで》が、風にもてあそばれたように見えた。

（第35回入賞作品）

入　賞　「橋の上の少年」菅野雪虫（32歳・東京都）

選　奨　「アトムの貯金箱」北岡克子（47歳・大阪府）

「空を仰ぐ」吉澤　薫（37歳・大阪府）

候補作品　「遺り髪」小柳義則（42歳・佐賀県）

「水のみち」東野りえ（53歳・神奈川県）

「寒桜」星野　透（63歳・埼玉県）

第36回　北日本文学賞　2001年度

応募総数688編

第36回選評

抑えた文章で余韻強く

宮本 輝

受賞作となった菅野雪虫氏の「橋の上の少年」は、まずなによりも短編小説としての素材がいい。過剰な表現を抑えつづけていく文章は、おそらく氏の生得のものと思われる。逆に言うと、練りに練り、削りに削った職人芸ではないのだが、そのてらいのなさが、忽然《こつぜん》と行方不明になった幼い息子を捜しつづける夫婦と主人公との微妙なすれちがいの恐さに強い余韻をもたらした。受賞作として安心して推せる佳品である。

選奨となった北岡克子氏の「アトムの貯金箱」は、家を出た母に思慕をつのらせて、いつか逢《あ》いに行くために貯金箱に硬貨を入れてきた青年が、最後に母から十二年間毎月なにがしかの金額を振り込みつづけた貯金通帳を渡されるという筋立てである。

この最後の「オチ」に近いところが評価の分かれるところであろう。私は好意的な受け取り方をしたが、それは「オチ」とは無関係に、登場人物がそれぞれよく描かれている点を買った。よくある小説だが、感傷に流されそうなところを巧みに「いなして」いる筆力を評価したい。

もう一篇の選奨である吉澤薫氏の「空を仰ぐ」も抑制の利いた筆づかいで、中年の姉妹の平凡でありながらどこか危うい均衡のなかにある日々を描いている。この作品も、最後をどう評価するかなのだが、その日の姉妹の、おそらくいつもと同じような会話のところどころにその伏線が忍ばせてある。私にはそれがなかなかに手練《てだれ》なものに感じられた。

小柳義則氏の「遺《のこ》り髪」は、いささか古臭くて、道具立てが類型的だと思う。しかし、文章の息遣いの静かなところは、氏の今後の可能性を示している。「どう書くか」ではなく、まず「何を書くか」という原点に戻ってみてはいかがだろう。

東野りえ氏の「水のみち」は細部を丁寧に書き込んである。そのために、かえって「井戸」の持つメタファにひろがりが失せてしまい、焦点がぼけたような気がする。この小説は「井戸」が要《かなめ》なのに、その井戸の底にあるものを読者に与えていない。それがいかなるものであるにせよ、読む人それぞれに井戸の底を思い描かせなければ、短篇小説としての価値はないに等しい。

星野透氏の「寒桜」は、あまりにも淡彩すぎて、丁寧な身辺雑記、もしくは長いエッセー風の小説らしきものといった域にとどまっている。手慣れた文章なのに、どこか固くて、筆に伸びがない。文章だけで読ませる小説にせよ、ストーリーで読ませる小説にせよ、どこかにきわだった一行、あるいは読み手を一瞬立ち止まらせる細工が必要だ。主人公の義父への思いのところで、それがあれば上質な短篇となったであろう。

以上六篇、私なりの読み方をしたが、六篇ともに浮き足だったところがなく、それぞれ水準が高かったと思う。

橋の上の少年

菅野雪虫

菅野雪虫（すがの・ゆきむし）１９６９年福島県生まれ。本名・郷田郁絵。和光大学中退。児童文学作家。第46回講談社児童文学新人賞、第40回日本児童文学者協会新人賞受賞。著書に『天山の巫女ソニン』シリーズ、『チポロ』（講談社）、『羽州ものがたり』（角川書店）、『女王さまがお待ちかね』（ポプラ社）。東京都国立市。

十六年ぶりに見る街は、たいして変わっていなかった。

初売りで賑《にぎ》わう駅ビルのショッピングセンターはやや小綺麗《こぎれい》になったものの、小さな地方都市特有のどこか垢《あか》抜けない空気が漂っている。

海から吹いてくる冷たい風に肩をすくめ、私は停《と》まっていたタクシーに乗り込んだ。

「市民文化センターまで」

「どっちの？」

「え？」

運転手はくり返した。「新しい方と古い方あるでしょ。どっち？」

「あ……、古い方だと思うんだけど。あの、大きな橋の近くの」

「ああ、じゃあ古い方だね」

運転手は頷《うなず》きながら車を出した。駅前通りの商店街には、「初売り」「福袋」といった文字が踊っていたが、どこか寂しげだった。

「お客さん。この街、久しぶり？」

「ええ」

「なんかパッとしないでしょ。不況だもんねえ」

商店街を抜けると、急に視界が広がった。河口にかかる大きな橋の上に出たのだ。橋を渡りながら
「お客さん。知ってる？」

と、運転手が言った。私が答える前に、運転手は続けた。

「昔この橋の上でね、子供が消えたんだよ」

「……」

「二十年くらい前かなあ。夏の夕方、男の子がね、『花火買いにいく』って言ったまま帰らなかったんだよ。近所の人は橋を渡ってくのを見たって言うのに、橋のこっち側の商店街の人は、そんな子誰《だれ》も見なかったって言う。橋の上で消えちゃったんだよね」

私は運転手にたずねた。

「いくつだったの？　その子」

え～と、と運転手はしばらく記憶を探っていたが、「七つか八つ、だったかなあ……」と呟《つぶや》いた。

やがて車は白い大きな建物の前で停まった。私は料金を支払いながら
「六つだよ」

と、彼に言った。

「え？」

「安西ヒカルくん。消えた時は六才、坊ちゃん刈りに白いTシャツ、紺の半ズボン」

運転手は料金を受け取りながら、しげしげと私の顔を見た。

「そうだ。あんた、若いのによく知ってるね」

私は笑って釣りを受け取り、白というよりグレーになった建物を見上げた。あの人たちの家は、こ

の建物のすぐ裏にあるはずだった。

二十年前、この静かな街で、六才の幼稚園児が突然消えた。

不審な人物の目撃証言も、身の代金の要求も一切なかったため、子供は橋の上から河に落ち、流されたのだろうとみられた。警察や消防団は、橋の下から河口までくまなく捜索したが、子供は見つからなかった。

口には出さなかったが、街の人々は思っていた。もうだめだ、あの子はきっと河口から海に流されてしまったのだろう。この辺りの海に出てしまったら、もう見つからない。

だが、両親は諦《あきら》めなかった。

彼らはテレビの捜索番組に出演し、子供の写真やビデオを流して訴えた。どんな小さな情報でもいい、この子に似た子供を見かけたら私たちに報《しら》せてくれと……。両親は近隣の街でビラをまき、毎年のようにテレビに出演した。しかし有力な情報は寄せられず、掲示板に貼《は》られた子供の写真は色褪《あ》せていった。

私は「安西」と表札に書かれた家の前に立った。

十六年前、夢の「御殿」のように見えた家は、ごく普通の小さな庭とガレージのついた二階家だった。私はガレージを覗《のぞ》いた。薄暗いガレージの中には、ほこりを被《かぶ》った白い車が見えた。一瞬足が止まったが、よく見ると五年前に出た低公害車だった。似ているが、あの車ではない。

私は気を取り直し、玄関のチャイムを押した。すぐに家の奥から足音が近付いてきた。

「はい。どなたですか？」

声と同時に玄関のドアが開き、白い髪と鼈甲《べっこう》の眼鏡、そして皺《しわ》だらけの温和そうな老人が顔を出した。その顔を見たとたん、私は用意してきた言葉が真っ白になった。

「あの、どちらさまで？」

老人は怪訝《けげん》そうに、私を見た。

「……………」

この人は、こんなに年寄りだったろうか。こんなに小さく、背中が丸かっただろうか？　戸惑っている私より先に、彼は眼鏡の奥の目を細め、私の顔をしげしげと見上げた。

「君は……」

私は慌てて名刺を探したが、こういう時に限って出てこない。その時、彼がはっとしたように言った。

「ひょっとして……矢部、弘之くん？」

手が止まった。

「……覚えていてくれました」

「もちろんだよ。いやあ、何年ぶりだろう。こんなに立派になって……」

彼の顔に笑みが広がった。私もつられて笑ったが、本当は泣きたい気持ちだった。

覚えられていた……。それも嫌な記憶や、忘れたい思い出ではなく。それだけで嬉《うれ》しかった。

「さ、ほら。寒いから早く中に入って」

彼は子供のように私の肩を抱いた。私は促されるまま、家の中に入った。

「家内もね、君のことはずっと気にかけてたんだよ」

「……………」

昔、花が生けてあった玄関の上に、新聞が積み重なっていた。彼は照れ臭《くさ》そうに言った。

「すまないね。散らかってて」

「こちらこそ、すみません。事前に、連絡すべきだったんですが……」

仕事が忙しくて、とありきたりな言い訳をしたが、本心は断られるのが恐かったのだ。電話や文章で会うことを拒絶されたら、二度と立ち直れない気がした。まだ面と向かって「帰れ」と言われる方がよかった。

日当たりのよい縁側と茶の間は、十六年前のままだった。大きな本棚にたくさんの本が並び、丸い絨毯《じゅうたん》の上にはこたつテーブルと籐《とう》の椅子《いす》。小さなサンルームのような縁側には、観葉植物の緑があふれている。

「お母さん。珍しいお客さんが来てくれたよ」

彼は奥の和室に向かって話しかけた。「弘之くんだよ。ほら、立派になっただろ」

私は彼の後について和室に入った。和室の奥の仏壇には、写真とたくさんの花が飾られていた。少し若い頃《ころ》の写真なのだろう。夫の方と違い、彼女の優しい笑顔は、私の記憶そのままだった。私は思わず、込み上げてくるものをこらえた。

「……お線香、上げてもいいですか？」

「もちろんだよ」

私は座って線香を上げた。目を閉じると、初めて彼女に会った時のことが思い出された。

小雨のふる橋の上で、彼女は泣いていた。十才の私は、それを不思議そうに見つめている。

立ち上がって振り返ると、彼が私と彼女を見つめていた。二人とも昔から、笑っていてもどこか悲しげだ。こんなに似た笑い方をする夫婦を、私は他に知らなかった。

「家内のことは、新聞で?」

茶を注ぎながら、彼は言った。私は頷いた。年末の新聞の死亡欄に、こんな記事が載っていた。

〈安西陽子さん(61)主婦。《消えた子供を探すネットワーク》世話人。自身も長男が行方不明になり、二十年間探し続けていた。葬儀は十二月二十五日……喪主は夫の良一氏。〉

懐かしい名前をインターネットで検索すると、すぐにホームページが見つかった。行方不明児を持つ親たちによって作られたネットワークでは、もう警察も諦めた不明児童の写真や特徴、現在の年令の想像図などを公開し、人々に情報を送ってくれるよう呼びかけていた。そこで私は久しぶりに、あの少年の顔を見た。

〈安西ヒカルくん。行方不明時六才。現在二十六才〉

私と同じ年の少年は、あの時と同じ瞳《ひとみ》で、画面から笑いかけていた。


その写真と同じものが、絵本や玩具《おもちゃ》と一緒に本棚の中央に飾ってある。テーブルに座ると、ちょうど目の高さになる棚だった。

「弘之くんは、今なにしてるの?」

お茶を入れてくれた彼が言った。

「こういう仕事です」

私はやっと見つかった名刺を、彼に渡した。

「へえ、大企業じゃないか」

彼は嬉しそうに言った。

「その下請けですよ。中卒のヤツが多くて、寮に入りながら夜間に行けるとこなんです」

「……苦労したんだね」

「別に。みんなそうですから」

私は苦笑しながら答えた。一部の人には「可哀《かわい》そうに」「大変だね」と言われるが、同じ施設を出た仲間の就職は、みな似たりよったりだった。

むしろ私は彼らの方が、他人の何倍もの苦しみや辛《つら》さを背負ってきただろうと思った。彼らの二十年には、喜びや愉《たの》しみ、多少の期待外れはあれど、達成感や安心感といった、同じ年代の親たちが味わうことの出来た感情とは、一切無縁だった。その代わりに何倍も味わった不安や焦燥、苛立《いらだ》ちや悲しみ、諦め………そんなものが、彼の顔には色濃く刻まれ、実際の年令よりずっと年老いて見えた。

「でも、さっきは本当にびっくりしたよ」

「すみません」

「きみに驚かされるのは、これで三度目だね。いや……」

彼は言い直した。「最初はこっちだ。こっちがきみを驚かせたんだな」

そう言いながら、彼は和室の方に目をやった。花に囲まれた写真は、同意するように静かに微笑《ほほえ》んでいた。


十才の私は、橋の上に立っていた。

山間の小さな川にかかる、古いセメント橋だった。石が浮き出したセメントのすき間からは草が生え、ペンキ塗りの手摺《す》りには、大きなサビが牛の背のようにブチになっていた。

毎日毎日、学校帰りの私はその手摺りに寄りかかり、ぼんやりと風景を眺めていた。四方を檻《おり》のように囲む山々や、とろとろと流れる川、鍋底《なべ》にへばりつくように建った小さな家々、一時間に一本走る二両編成の青い汽車……そんなものを眺めていた。

入ったばかりの施設にも学校にも、まだ友達はいなかった。別に無視や疎外にあっていたわけではない。町柄は穏やかで、施設の大人たちもみな常識的で優しかった。しかし、どうせすぐにこの町も出てゆくのだという私の態度が、周囲に壁を作っていた。

今なら分かる。私は疲れていたのだ。物心ついてから絶え間なく繰り返された、突然の移動や変化。期待し、努力し、裏切られることに、私はすっかり疲労していた。


その日も、私は橋の上に立っていた。

着古した半袖《そで》のシャツを、じっとりと小雨が濡《ぬ》らしていた。こんな日はただでさえ満杯の施設が、さらに息苦しく感じられる。小さな箱の中に、たくさんの種類の虫を投げ込んだような場所に、私は帰りたくなかった。

濡れた欄干に寄りかかる私の背を、ときおり車が通り過ぎる。ほとんどが学校に子供を迎えにゆく農家の車やトラックだった。農家の子は少しの雨でも、すぐ家にテレホンカードで電話をかける。大家族で家に車が何台もあるので、必ず誰かが迎えに来てくれるのだ。

小雨が雨になり始めた頃だった。

橋のたもとで車の停まる音がした。振り返ると、白い乗用車のドアが開き、中年の男女が下りてきた。垢抜けた車といい、洋服といい、この辺りでは見たことのない人々だった。私は彼らを見つめた。彼らもまた、じっと私を見つめていた。

サマースーツを着た女性は四十代の前半、眼鏡をかけた男性の方は、それよりもやや上だろうか。大きく歪《ゆが》んだ眉《まゆ》、叫びを必死にこらえているような唇……何よりその目に浮かんだ、恐ろしいほどの愛着。私はそんな目で、人に見つめられたことがなかった。私は突然自分に向けられた真剣さが恐くなり、二人から逃げるように走り出した。その途端、

「待って！」

と女の人が叫んだ。悲痛な、聞いたこともない声だった。私は立ち止まった。

「あなた、名前は？」

「……」

「名前、なんていうの？」

女の人が祈るように聞いた。男の人も、じっと私を見ていた。

「矢部……弘之」

「どこに住んでるの？」

私は施設の方を指さした。

「愛生園？」

私は頷いた。そして再び走った。雨は激しくなっていた。

彼らはもう、追って来なかった。

その夫婦が、私のいた施設の園長を訪ねていたことを知ったのは、それから一月近くたった後だった。誰かが、おそらく近所の早とちりな住人が、テレビ局に電話したのだろう。「お探しの安西ヒカル君によく似た子供が、近くの児童養護施設にいますよ」と。

その人は私に親がいることも、はっきりとした戸籍があることも知らなかったのだろう。

私は、両親に探されているような子供ではなかった。計画性も責任感もない男女の間に生まれ、棄《す》てられ、忘れられた子供だった。

しばらくして私は、偶然あの夫婦が出演しているテレビ番組を見た。それは、『待ち続ける親～消えた子供たち～』という名の、賞をとったドキュメンタリーだった。

番組は夫婦の日常生活から始まる。陰膳《かげぜん》のように、子供の好きなお菓子をかかさず買っておく母親、毎日犬をつれて橋の上に立ち、川下を見つめる父親。二人のもとには、全国から色々な情報が寄せられる。その多くはいい加減で不完全なものだ。それでもたまに、「もしや」と思える情報があると、夫婦はどこまでも出かけてゆく。離島のコミューンに似た子がいる、地方の宗教団体にそっくりな子がいる……そんな怪しげな情報のために、二人は南へ北へと飛んでゆく。それは大抵、他人の空似や思い込み、あるいは報奨金目当てのガセネタだ。それでも彼らは諦めない。

そのために父親は会社を休み、転勤も断り、出世の道は断たれている。保育士だった母親も仕事を辞め、いつでも子供が帰ってきていいようにと家にいる。

「あの子は絶対に、どこかで生きてるんです」

「私たちが探すのをやめてしまったら、あの子は本当に消えてしまうんですよ」

最後にそう言って、二人は息子の写真を優しくなでた。大きなランドセルを背負った少年は、はじけるように笑っていた。

私はその少年が、それほど自分に似ているとは思えなかった。何より私は、自分の顔をゆっくり鏡で見た事などなかったし、写真も施設や学校での合同写真しか持っていなかった。ただ、世の中にはあんなに親に愛されている子供がいるのか、と思った。いつも親の心を占め、探され、求められている子供が、本当に実在するのだと思った。

狭い施設の二段ベッドの中で、私は悲しく悔しかった。今こうして自分が虫篭《かご》のように五人部屋に押し込まれている間も、主《あるじ》のいない広い部屋に、大きなベッドが用意されている。その上には、子供の好きな柄を選んで母親が縫ったベッドカバー……偶然にも、それは私の好きなキャラクターのプリントだった。

私は想《おも》った。

もしかして自分は、本当はあの夫婦の子供なのではないだろうか？　何かの間違いで、誰かの陰謀で、自分はこんな所にいるけれど、本当はあの家の子供なのではないだろうか？

まるで貴種流離譚《たん》のような、大げさな妄想だった。自分の環境や出生に不満のある子供の、よくある都合のいい夢だった。だが私は、その馬鹿《ばか》げた夢を、両親の元に戻ってからも、捨てることが出来なかった。

だらしない彼らの生活は相変わらずだった。施設の大人たちの前で見せた殊勝な態度は、生活保護と児童手当欲しさだったということが、子供心にもすぐ分かった。

酒の匂《にお》いと怒鳴り声、物の壊れる音に耳を塞《ふさ》ぎながら、私はいつも夢に逃げた。優しいお母さん、穏やかなお父さん、居心地のいい家、大きな犬……なぜ、あの狂おしいほどの愛情が、私に向けられたものではないのだろう？　どうせ、本来向けられるべき対象は消えてしまったのに。何処《どこ》にいるか、生きているかさえ、誰にも分からないのに。

私はなり代わりたかった。空いている椅子に座りたかった。

ある秋の日、学校の遠足の帰りだった。

私はたまたま大きな駅の構内で、あの少年の写真に出会った。手作りのチラシだった。連絡先になっていたのは警察ではなく、少年の両親の家で、その駅からは、電車でわずかの距離だった。

私は時刻表を見た。そしてポケットの中の財布の重みを確かめた。中には遠足の土産を買うために、いつもより多く入っていた。

私は掲示板からそっとチラシを剥《は》がした。そして、帰りの電車に乗り込む級友たちを遠目に見ながら、こっそりと反対方向の電車に乗った。

そんなことをしたら、クラスは大騒ぎになり、親からは酷《ひど》い叱責《しっせき》を受けるのは分かっていたが、私は行きたかった。もう一度、あの二人に会いたかった。いや、ひょっとしたら心のどこかで、あの二人のもとに辿《たど》り着きさえしたら、もう今の家や学校には戻らなくていい。だから何も恐くはないとさえ、思っていたのかもしれない。

私は道に迷わなかった。頭の中には、テレビで見た「安西さんの家の周辺の地図」が繰り返され、焼き付いていた。その駅から降りた時、私は既視感さえも感じていた。

ああ、この街だ。私は商店街の中を、真っすぐ歩いていった。やがて商店街の終わりに、さびれた玩具屋が見え、その向こうには橋があった。記憶通りだ、と私は思った。

(この玩具屋で、ヒカル君は花火を買うと言って家を出ました)

それはテレビのナレーションで得た知識だったが、私は自分の記憶のように錯覚していた。

私は橋を渡った。〈市民文化センター〉と書かれた大きな建物の影に、隠れるようにひっそりと建つ、あの家があった。

私は「安西」と書かれた門を押した。門が少し動くと同時に、突然大きな犬が吠《ほ》えかかってきた。私はびっくりして後退《あとずさ》った。犬の声に、庭にいた女の人が
「ジョン。やめなさいジョン!」

と言って走ってきた。彼女が頭をなでると、犬は見る見る大人しくなった。

「ごめんなさいね。この子、家族以外には吠えるから」

彼女は微笑んで、私を見上げた。

「………」

彼女の顔が凍りついた。私は立ち尽くしたまま、何も言うことが出来なかった。

「……あなた、ひょっとして？」

やっと彼女が言ったのと、私が逃げ出そうとしたのは同時だった。しかし私は
「ただいまー」

と入ってきた大きな男にぶつかり、無様《ぶざま》に尻餅《しりもち》をついた。

「おや、大丈夫かい？」

彼は大きな鞄《かばん》と白い箱を持っていた。箱を持ちかえ、手を差し伸べながら、彼もまた私を見て息を飲んだ。「君は……」

私は居たたまれなかった。やっと自分のしたことが、大きな失敗だったと気が付いたのだった。

泣きだしそうな私に、彼女が優しく言った。

「遊びに来てくれたの？」

「………」

「一人で？」

私は頷いた。

「ああ、そうか」

男の人が白い箱を持ってにっこり笑った。

「ちょうどよかった。三つ買ってきたんだ」

お茶でも飲んでいかないかね、と彼は言った。

「え……」

「そうしなさいよ。ね？」

女の人は玄関の戸を開けた。私は誘われるまま、テレビで観《み》たあの家に足を踏み入れた。

家の中はきれいに片付けられ、木と石鹸《せっけん》の匂いがした。私は乱雑で足の踏み場もない、自分の住むアパートを思い出した。

心地よく片付いたリビングには、庭の花と額に入った子供の写真が飾られていた。

「どうぞ。紅茶とコーヒーとどっちが好き？」

「あ、こ、紅茶……」

やがて香りのいいリーフティーと、皮からはみ出しそうにクリームのつまったシュークリームが目の前に出された。毎日買ってくると言っていた、子供の大好物だった。

「さ、どうぞ」

緊張と罪悪感も、甘いものの誘惑には勝てなかった。何より私は遠出して、見知らぬ街を歩いて疲れていた。私があっという間に平らげる様子を、二人はにこにこと眺めていた。

「よかったら、おばさんの分も食べない？」

女の人が、自分の皿を差し出した。

「でも……」

「いいのよ。最近ちょっと太り気味だから」

「そうだな。お母さんは、ちょっとダイエットした方がいいかもな」

「あら、お父さんだって」

「……」

私は二つ目のシュークリームを食べながら、この人たちは「お父さん」「お母さん」と呼び合っているんだな、と思った。この家に、子供はいないのに。

「あら、あなた左利きなのね」

ふと女の人がつぶやいた。「ヒカルは右利きだったわ」

「……」

うつむく私に、男の人が聞いた。

「君、年は幾つ？」

「……十才」

「じゃあ、四年生だね」

「はい」

彼らは笑って、私に学校や友達の間で流行《はや》っていることを聞いた。私は自分の好きなマンガやゲームの話をした。憧《あこが》れのスポーツ選手やタレントや、たわいない話ばかりだったが、彼らはそれが世界一面白い話のように、熱心に耳を傾けてくれた。私はだんだん嬉しくなり、冗舌に元気に語っていた。

「そうか。十才くらいって、そうなのか……」

何かの折に、ふっとどちらかが言った。

私は気付いた。彼らは私を見ていない。彼らは私を通して、いなくなったあの子を見ている。私はただの、口寄せをする依代《よりしろ》だ。

けれど私は、それでもよかった。彼らが私に寄せるものが愛情ではなく、ただの関心や同情であっても。私はそれさえ充分に、大人から向けられたことがなかったのだ。

「あら、もうこんな時間？」

「大変だ。家の人が心配してるな」

二人が時計を見上げてそう言った時、私は魔法の時間が終わるのを感じた。

彼らに促され、家に電話をかけると
「おまえ、どこにいるんだよ？　人に恥かかせやがって！」

という母親の声が、私のほおを殴り付けた。受話器から漏れる罵声《ばせい》に、彼らは顔を見合わせ、「かして」と男の人が言った。

「もしもし。私、安西と申しますが」

他人がいると分かると、母親はコロリと声の調子を変えた。児童相談所や福祉施設で見せる、時々しつけが行きすぎてしまうだけの、善良な親の顔だった。

しかし、園長から話を聞いていたのだろう。彼らは騙《だま》されなかった。電話を切ると
「送っていくよ」

と、私に言った。

「君だけが悪いんじゃない。君がここへ来たのには、理由があったんだ」

車の中で、男の人は私に言った。それを聞いた私の中に、再び消えたはずの身勝手な願いが蘇《よみがえ》った。

「この子を今日から、私たちの子供にします。私たちの、いなくなった息子の代わりに」

そんな風に、彼らが私の両親に言ってはくれないものかと。私は願った。

「おまえは、こんな酔っ払いの家を出て、ああいう金持ちの子供になりたかったのか！」

彼らが帰るなり、そう言って母親は殴った。私は否定しなかった。ただ彼らの家はそんなに金持ちではない、私はそれに釣られたわけではないと言いたかったが、そんなことを聞く親ではなかった。

その夜、私はフロ場の水アカで汚れた鏡に、赤く腫《は》れた顔を映しながら思った。

あの家に、私の入るすき間は無い。あの両親の頭の中に、いなくなった実の子以外の入る場所など在りはしない。どこにも、都合よく空いている椅子などないのだ。

私の夢は終わった。

そして私は、自立することを考えるようになった。なるべく早く手に職をつけ、親元から離れること。自分の椅子は、自分で作ること。それが私の、新しい夢となった。


あれから二十年近く経《た》った。どうにか私の夢は実現した。その夢をくれた人々に、謝罪と礼を言いに行きたいと思いながら、あの新聞記事を見るまで、その勇気が出なかった。

「すみませんでした。あの時は……」

私は彼に、自分の勝手な妄想に巻き込んだことを詫《わ》びた。大人になるにつれ、自分はなんて残酷なことをしたのだろうと思った。

「いいや。あれは、楽しかったよ」

彼は笑って首を振った。「びっくりしたけどね、本当に」

彼は隣の部屋の方を見た。

「あの後、実は家内と話してたんだ。もし、息子が帰ってこなかったら、もし帰って来ないということが分かったら……、君のことをこの家に引き取りたいねと」

「えっ？」

「いや、私たちの勝手な想いなんだ。きみにだって、ちゃんと立派なご両親がいるのに」

彼は妻の写真を見ながら笑った。

『私たちは、なに勝手なこと言ってるんだろうね』って、いつも言ってたよ」

彼は淋《さび》し気に自分を笑った。おそらく妻とその会話を交わした時のように。忘れてくれ、と彼は言った。私は頷いた。

「そろそろ、帰ります。突然来て長居して、すみませんでした」

「いや、こっちこそ……引き止めて、変な話まで聞かせて」

彼は立ち上がり、私に手をさし伸べた。私はその手を軽く握った。あの頃、自分を全てから守ってくれそうに見えた大きな手は、私の手の中にすっぽりおさまった。

「タクシー、呼ぼうか？」

「いえ、歩いていきます」

「そうか……」

玄関で靴を履く私に、彼は言った。

「もし、無理でなかったら……君にお願いがあるんだ」

「はい」

私は彼の願いなら、多少の無理でも聞くつもりだった。「なんでしょう？」

「いや……でも」

彼は一寸口篭《ちょっとくちごも》り、迷った末にこう言った。

「君がね、もし結婚して孫……」

「……」

「いや、子供が出来たら、また……訪ねて来てくれないかなと」

私は絶句した。彼は慌てて打ち消した。

「あ、いや。いいんだ。なに言ってるんだろ。親戚《しんせき》でもないのに、そんな面倒なこと……」

「安西さん」

私は言った。「いいですよ。もちろん」

彼の顔に、子供のような笑みが浮かんだ。そして家の奥に向かって、大声で言った。

「来てくれるんだって、お母さん。来てくれるんだって！」


門の前で手を振る彼の姿が、角を曲がり、見えなくなった。私の目から、こらえていた涙が一気にほおをつたっていった。

知らなくてよかった、と思った。あの夫婦が、ずっと自分を望んでいたことを。知らなくてよかったと思った。もし、自分がそれを知っていたら、きっと望んでしまっただろう。少年の、彼らの息子の、確かな死の報せを……。しかも自分は待っただろう。それが一日でも早く訪れることを、指折り数えて待っただろう……。

いくら世の中を恨んでも、他人の不幸を願っても、それだけは望まずにいてよかった、と私は思った。

目の前に、橋が見えてきた。二十年前、一人の子供が消えた橋が。私は橋の手摺りに寄りかかり、空を見上げた。

冬の雲が、鈍色《にびいろ》に光っていた。


（第36回入賞作品）

入　賞　「みみず」丸岡通子（61歳・神奈川県）

選　奨　「遠い花火」鈴木信一（40歳・埼玉県）

「光の海」山野昌道（39歳・富山県）

候補作品　「木片の舟」大野俊郎（49歳・千葉県）

「白い海」安井てるみ（49歳・兵庫県）

「烈日の呼ぶ街」山下奈美（30歳・静岡県）

第37回　北日本文学賞　２００２年度　応募総数９４３編

第37回選評

メタファの意味するもの

宮本輝

丸岡通子氏の「みみず」は厄介な小説である。読みようによっては、歯ごたえも何もない日常の切り取りとしか思えないであろうし、逆に手練《てだれ》な、わざとらしい手口が嫌味にすら受け取られかねないところがある。

——奥さん、みみずを掘らせてください——という言葉の執拗《しつよう》な繰り返しは、目障り耳障りで、読み終えると、この小説のなかで何かが波立ったようでもあるし、何も起こらなかったようにも感じられる。

けれども、妙なものが心に残る。——奥さん、みみずを掘らせてください——という男の言葉が、不快な小骨として読み手の心に刺さりつづける。

「みみず」とは、じつはこの女主人公の内部に棲《す》む赤黒くうごめく生身の一部分のメタファだとしたら、日常のなかのありふれた錯誤に内包されている恐さが、大きく拡《ひろ》がって、さまざまな気味悪さの源を汲《く》みあげてくる。

それは短篇《たんぺん》小説というものが持つ力のひとつであるに違いない。私はそんな読み方をして、この作品を受賞と決めた。

選奨となった鈴木信一氏の「遠い花火」は、目の怪我《けが》を隠しつづけた母親の、そのように生きるしかなかった人生への処し方が丁寧な文章でよく書かれている。この小説にも、まぎれもない人間の姿がある。丸岡通子氏の「みみず」のメタファの切れ味に一歩及ばなかっただけである。

もうひとつの選奨作となった山野昌道氏の「光の海」は、作者が書こうとしている情景へのひたむきさが素直に伝わってくるし、文章も高いレベルにあるが、傷が多い。寝たきりになった父と、意識不明になった兄を病院の者たちにわからないように主人公ひとりで内緒でつれだして、思い出の海辺に並べるなどということは不可能である。そのあまりの欠陥が受賞を逸したが、作者は理屈なんかどうでもいいのだというほどに、父と兄をあの海辺に置きたかったのであろう。作者のなかの、どうしても描きたかった「絵」がこの作品の多くの傷を大目に見させてしまった。別の言い方をすれば、稚拙な嘘《うそ》を覆ってしまう真っ正直な筆の気持ち良さが、この小説に好感度をもたらしたことになる。

「光の海」と甲乙つけがたかった大野俊郎氏の「木片の舟」は長寿社会には避けられない問題を書いて、うまい作品である。しかし開高健氏が生前よく使った「一言半句がない」という言葉を、強く思い起こさせる小説でもある。

安井てるみ氏の「白い海」は、主人公とすべき人物設定を間違えたという気がする。「ムッちゃんとその母」の視点で書かなければ、読者に伝わらないものが多すぎるのである。

山下奈美氏の「烈日の呼ぶ街」は、小説としては候補作のなかで最も起伏と仕掛けに富んでいた。だが、いささか多くのものを盛り込みすぎていて、作者だけがわかっているというひとりよがりの文章が目についた。読後感の殺伐さの理由は、そのあたりにもあると思う。

みみず

丸岡通子

丸岡通子（まるおか・みちこ）１９４１年徳島県生まれ。本名・鳥海千恵子。青山学院大学人文学部英語科卒業。文芸同人誌「まくた」元同人。（略歴は２００３年１月現在。故人）

ここら辺りはまだ隣組のようなものがある。一年ごとに組長というものが回ってきて回覧板を回したり、自治会の費用を集めたりする。浅川に、〝お宅の庭にみみずがいますか〟と英子が尋ねられたときは、本当はいいえと答えた方がよかったのかもしれないと今になって思う。しかし、家の庭はかなり広いし、裏には小さな畠《はたけ》まである。彼に、〝みみずはいません〟と答えることは無理なような気がして、ええ、と言ってしまった。

浅川は同じ隣組に属している。無下《むげ》に断ることはいけないと考えての、取り敢《あ》えずの返事だったのだが、〝それではみみずを取らせてください〟とたたみかけられて、〝みみずを取りに来るときは、声をかけてからにしてください〟とまで言ってしまった。

姉に話そうものなら、〝あきれた、あなたは馬鹿《ばか》ね、お人よしもいいかげんにしないと。良夫さんも亡くなって、あなたは一人暮らしなんだし、しっかりしないと駄目よ〟必ずそう言うにきまっている。〝みみずを取らせてくれなんて、おかしいんじゃないの。どのくらい取りたいのだろう、あちこち掘り返されて、庭木なんか、枯れてしまうってことにもなりかねないわよ〟姉の声が聞こえそうだ。そうなのか、そういうことも考えられる。浅川から、〝みみずを取りにいついつ伺います〟と言ってこない前にはっきりと断った方がいいか。庭の一隅を掘らせてみて、みみずがいなかったら、

〝ほら、やはり、駄目だったでしょう、この木に一度虫がついて、枯れかかり、この辺りに薬をまいたことがあるからねえ〟と話して彼を納得させることにしたほうがいいかもしれない。できるだけ、乾燥した辺りを掘らせることにしたら、うまくいくだろう。しかし、浅川から、〝ではもう少しみみずを取らせてください、お願いします。ここには見つかりません、ですから〟と強く言われたら、自分は果たして断れるか。亡くなった夫は前に浅川から、どういう訳か、心霊に関する本を借りていたらしい。それを返さなかったのか、彼が亡くなった後、〝あのお貸ししてあった本を〟と浅川がある日、そう言ってきて、夫の本箱の奥から、ようやくその本を見つけ出したこともある。夫と浅川の付き合いはどの程度だったのかはわからない。しかし、夫は浅川が商売に失敗し、破産したのだと話したことがあった。浅川は、みみずを売る商売でもするつもりなのか、そうすると、際限もなく、〝奥さん、みみずを掘らせてください〟そう言い続けて来るようになることだってありうる。

英子が不審に思うことは、夫がなぜ浅川に本を借りていたのかということだ。彼が、教師だった夫の教え子だとは聞いたことはないから、ただ、同じ近所に住んでいるから、ほんのちょっとした立ち話からそうなったのかもしれない。浅川が破産したなどと、夫は誰から聞き知ったのか、それを聞かされたとき、とにかく自分は妙な気がしたものだ。

みみずを取らせてください、と浅川からすぐにも言ってきそうな気がして、何日かが過ぎた。待つうちに、拍子抜けして、もう彼の気持ちが変わって、みみずのことを忘れてくれたのかもしれない、それとも、彼がもっと儲《もう》かる何かのいい仕事を見つけられでもしたのか、そういう風に回っていってほしいものだと英子は考えてしまう。それなら、浅川に面と向かってみみずの件はお断りします、と早く話すべきだ。電話で断れば、すぐにすむことだ。夜ならいいだろう、浅川に電話をしよう。そう思って彼の家の電話番号を回してみると、この電話はお客様のお申し出により、当分使われなくなっております、と言う答えが返ってきた。英子はあわててしまい、もう一度、電話番号簿を確認して、ダイヤルを回してみたのだが、同じ電話局側の答えがかえってくるばかりだった。二、三日たった午後、英子の家のインターホンがなるので、取り上げると、ある寺院の名前をあげ、先祖供養のことで、お話したいのです、ど何人かの声がする。お話をぜひさせていただきたい、と口々に言うのが聞こえた。英子は、当方は違う宗教を信じているので、お話を聞かせていただいても、どうなるものでもないと思う、また、今は来客があり、忙しくしているのでと話すと、では、またの機会にお伺いしますと言う。窓のカーテンのすきまから、外をのぞいてみると、三人の女が家から外に出て行くところで、見ると、浅川がいる。こちらから眺めると、女たちと通りで鉢合わせをした格好なのか、それとも彼女たちとは知己の間柄にあるのか、それはわからない、浅川はしばらく言葉を交わしたようで、その後、彼の家とは反対の方向に歩いて行った。

それから、幾日かたった。午後四時近かったかもしれない。玄関のインターホンがなり、〝先生の教え子ですが、先生の亡くなられたのを最近になって知りました、私たちは今日、お花を持ってまいりました〟と言う。玄関の扉の外に女が三人立っていた。どうしようかと思ったが、英子は、彼女たちを部屋にあげ、仏壇のある茶の間に招じ入れることにした。そうするほうが、亡くなった夫も喜ぶと思ったからだ。いずれも中年の女たちだったが、一人の女だけはよく話した。暗い顔でいる女が気になったが、一人で座をとりもちながら、よく話す女は血色がよく、その隣に座った女もまた、英子に笑顔を向けてくる。英子はただ一人黙っている暗い顔の女は夫の教え子ではない、そんな気がした。

話をするこの女の愛想のよすぎるのが心の中で重たくなってきている、と英子は思う。彼女の側《そば》で、彼女にあいづちを打ちながら、時々笑いだけを自分に送ってくる女の方が、まだ好意がもてると、そして考えてしまう。この二人は確かに夫の教え子かもしれない、夫が冗談に彼女たちに話したという言い草も、彼のものらしかった。しかし、夫は数学の教師であった。夫を懐かしむ彼女たちは数学に興味をもっていたのだろうか。

愛想のいい女が自分に〝これをご覧ください、お家の方のお寺もおありでしょうから、お目を少し通しておいていただければ〟と差し出した一枚の書きものに、先祖供養の文字を見たとき、英子の心は冷えたと思う。やはりそうなのか、という考えに落ちてしまった。インターホンで話したいつかの女たちのことが蘇《よみがえ》る。そのとき、彼女たちに会って話したことはないから、その女たちこそ、ここにいる彼女たちだと断定はできないにしても、何か符合するものがあるようで、疑いは残る。〝みみずを取らせてください〟と言ってきた浅川とその女たちが話していたのを窓ごしに眺めはしたが、そのとき、女たちは自分に背を向けていたとしか思いだせない。自分の住んでいるここが、夫の家なのだと、浅川から教えられでもして、あのときの女たちが、やって来たのだろうかと思えてしまう。

英子は〝本当に今日はわざわざお越しいただいてありがとうございました〟と言って頭を下げた。そうでもしなかったら、彼女たちに、もっと長く、この家に居座られそうな気がして不安になっていたのかもしれない。英子の声に、彼女たちは腰をあげた。この愛想のいい二人の方は、英子に言われて、しぶしぶ座を立ったという風に、見えなくもなかったが、暗い顔をして自分と対面する形で座っていた女だけは、救われたような表情で立ち上がったように英子は感じた。

〝奥さん、みみずを取らせてください〟と浅川から言ってくるのは困るが、もし、彼に通りで出会ったりしたら、彼女たちのことをさりげなく尋ねてみたい。しかし、みみずのことは、彼から切り出させないようにする。そして、みみずのことを、とにかく忘れさせることだ。彼が、みみずのことを言い出そうものなら、〝お電話ですぐお断りしたいと考えていて、すぐにそうしたら、お宅のお電話がつながらなくて〟と強く言うことにする。浅川とみみず。夫の教え子だと言う女たち。英子の心に、両者とも、しっかりと、そしてねっとりと残る気掛かりなものになってしまった。

何でもない、と人は言うかもしれない。しかし、心を許せば、相手はこちらを少しずつ侵食してくるだろう。一方は〝みみずを取らせてください〟と言い、他方は〝亡くなった先生にお供えしてくださいお花を〟と称して、こちらに入りこんで来る。

このごろ周りにいる人たちの生活態度に、昔の人たちとは違う、全く自分勝手な、何か恐ろしいものさえあるのではないかと、考えられて、不安になるときがある。夫と暮らしていたときも、そういう身構えた考えを、持つには持ってはいたが、一人になって、余計にそう思い巡らすようになってしまったようだ。とにかく用心することにしたことはない。しかし、そうそう臆病《おくびょう》になってもいられないとも思う。

姉が訪ねてきたので、みみずの件と夫の教え子の話をしてみた。姉はしばらく黙りこんでいたが、〝英子、犬を飼ったら。そして、犬を玄関先に繋《つな》いでおくのよ。それから、みみずのことは早く断るのよ、その家の電話が変なら、直接その家に行って。何なら、行って来てあげようか〟と言う。姉は声が大きくはっきりとものを話す。初めての相手は姉が喧嘩《けんか》腰で乗り込んできたのではないかと思いかねない。英子は〝いい、私が行くから〟と、あわてて断りを言った。姉は〝大丈夫でしょうね、あなたは昔から弱気なところがあるから、なめられたら、だめよ、とにかく〟姉は帰り際に、そうまで言い残している。姉の好意は嬉《うれ》しい。彼女の温厚な夫は健在で、姉はその家の中心の存在だ。その長男の嫁も、二人暮らしの姉夫婦を心にかけ、毎週のように実家に顔を見せるという。それを聞いたとき、英子は姉に敗北感を持った。自分には力もないから、そんなことは望めそうにない。一人娘さえ、養子を迎えることもできず、嫁ぎ遅れでもしたら、と思い、それも、長男と結婚させる羽目になってしまったのだった。このごろは姉もあきらめたのか、〝この家はどうするのよ、一人娘さえ嫁にくれてしまって〟前によく自分に言っていた台詞《せりふ》をもう言わなくなっている。そして、自分は今一人暮らしになった。強くなろうと自身を鼓舞してみるが、ふっと力が抜けるときがある。そんなときに、浅川から〝お宅にみみずはいますか〟と尋ねられ、ええ、と不用意に口走ってしまったとしか思えない。

夫の教え子だという女たちは、そうそうにまた訪れてくることも当分あるまい。もし、今度、〝先生にお線香をあげさせてください〟と言って来たら、彼の墓前に案内しよう、そして、これからは彼の墓に参ってやってほしいと言おう、その方がいい、英子は思った。いつもいつも一人暮らしの家の中に、女たちをあげることは問題である。そうするうち、〝私たちが行っているものに、ご寄付を〟とか、〝お金を貸してほしい〟ということにもなりかねない。断り続けると、相手も感情を害し、高圧的な態度にでて、居直るということもありうる。親しくするのも考えものではないか。全くの初対面であっても、家の中に不用意に引き入れて、不測の事態を招くことも、十分に考えられる。女たちであっても、こちらは一人、相手は三人であった、考えると英子はうそ寒い思いになった。

次の日曜日は隣組の一部の人たちが出て、道路わきの清掃を行うことになっている。日程表を眺めると、英子ともう一軒、それに浅川とが当番に当たっていた。掃除をしながら、浅川と話す、そして、彼がみみずを取ることをはっきりと断る、そのほうが自然だと英子は思った。今まで隣組の行事のときは、大抵、浅川自身が出てきていたからだ。しかし、その日参加してきたのは、浅川の妻だった。英子は、ほっとする反面、断るのを一日延ばしにするのは、やはりまずいという重たい気持ちにもなった。しかし、浅川の妻に、みみずのことを切り出すのは、唐突すぎると思う。英子がもし、浅川の妻の立場であったとして、他人から〝実は、お宅のご主人から、わたしの家の庭でみみずを取らせてくださいと頼まれていたのですが、やはり、お断りしたいと思いまして〟と言われたら、驚くだろうし、また、信じられないような、妙な気持ちになるだろうと思う。〃みみずを取らせてください〃と他人に頼むことそれ自体が、もともと奇妙なことなのだからと英子は思った。彼の妻に話せば、確かに自分の気持ちは楽になれる。しかし、浅川はどう思うだろうか、彼の妻に話したことで彼の恨みをかうかもしれない。やはり、彼自身に話した方がいい。〃いつも、ご主人が出ていらっしゃるのに、今日はお留守ですか〃英子は浅川の妻に尋ねてみた。〃仕事で出掛けました〃と言う。日曜日なのに、と英子は思った。しかし、とにかく仕事があるというのならいい、すぐにも、〃奥さん、みみずを取らせてください〃と言ってこられないですむだろう、とも思うが、浅川に早くみみずのことを断らなければ、どうにも落ち着いていられない。

浅川の家の前の空き地に車が見当たらない。彼が車でどこかに出掛けているようなのだ。車を見かけたら、すぐにも彼の家を訪れ、みみずの件を断るつもりで、英子は毎日のように浅川の家の前を通るようにした。朝早く通ってみたり、夜おそくになってさりげなく、彼の家の前を小走り、行き過ぎてみたりする。彼の家の前辺りを、こうして歩いている自分は、まるで、みみずが、ぬるぬると、はいずっているようではないか、とも思えてきて、苦笑いしてしまう。しかし、これは、浅川の〃奥さん、みみずを取らせてください〃という言葉から始まったのだと考えると、浅川がいまいましくなってくる。彼の車を見かけなくても、もう一切、気にしないでおこう、車のことを、気にかけるようでは、それこそ、彼の術中に入ったことになってしまうのではないか。とにかく、彼の家の電話は今でも、妙なことになっているのか、それを確かめたところで、彼が家にいないようでは、何の進展もない。このまま、静観することにしよう。彼の車のことなどに気を取られることはない。彼がみみずのことを言ってきたときには、ただ断るばかりだ。

このごろ、買い物に行ったときなどに、浅川の妻とよく出くわす。もともと愛想のよい女だったのかもしれないが〝まあ、またお会いしたわね、いいお魚が入っていましたよ〟彼女は自分に笑顔を向けてくる。以前はどうだったろう、彼女より幾分か年上の自分を敬遠する風な、よそよそしいものを、彼女から感じたことがあったというのに。まさか、彼女は彼女の夫から、みみずのことを聞いているからではないだろうか。彼女はどこかでパート勤務をしているというらしいのに、近頃、家にいることが多いのだろうか。とにかく、自分の買い物の時間によく会うのだ。彼女は調子のいい人だと、親しい近所の友人から聞かされている。用事のない相手は相手にしないが、これから、自分の利益に繋がる相手と悟れば、態度を変えてくるのか、みみずの件が彼女の態度を変えさせたとも考えられる。

浅川の妻にみみずのことをそれとなく尋ねてみようか。しかし、切り出し方が問題である。〝ご主人は釣りなんか、なさることもあるのでしょうか〟と突然言うのも、妙である。釣りのときの餌は、みみずばかりとは限らない。疑似餌を使う場合もある。しかし、浅川の取りたいという、みみずは、釣りの餌として、彼が売るものだと思う。商売に失敗し、破産した彼が、目指すのは、まさに、それに違いない。

今、自分の畠は、秋の涼しい日々になって、雑草の伸びは一頃《ひところ》より、止まったが、紫蘇《しそ》の生えるにまかせたままだ。一人暮らしになって、秋の野菜の種を幾種か買ってあるが、蒔《ま》くのを一日延ばしにしている。こんな調子なら、浅川に、庭の一部をみみず取りに掘らせてみようか。いや、庭の一隅でも彼の侵入を許せば、必ず大事に至る。いさかいが起こり、気まずい付き合いが始まってしまう。下手をすると、この場所に長く住んでいる自分の方が、新参者の浅川に、追い立てられるという羽目にもなるおそれもあるかもしれない。生きているときは、口うるさい夫であったが、間違いなく彼は大きな自分の支えであり、砦《とりで》でもあったと、今、自分ははっきりと悟ることができる。これも、浅川のみみずの一件からであるというのも、皮肉なことだが、亡くなった夫が試練として自分に課してでもいるのだろうか。そうなら、なおのこと、負けてはいられない。知力では彼には劣るまいと思う。学歴を云々《うんぬん》するのではないが、多少とも学んだということは、知恵を、広く掘り返せるという力を、つけたことにもなるのではないか。掘り返すというのは、まさにみみずのようだ、と英子は思う。今度、浅川の妻に会ったときは、愛想よく、そして、さりげなく、浅川のみみずの件にさぐりを入れてみよう、はっきりとみみずのことを口にせず、まず浅川の今の仕事を聞き出すことから始める、彼女が知らないなら、知らないでいい、浅川の車が見えないことから、さりげなく話をすすめるのだ、英子は考える。

それから、二、三か月たったが、浅川からは何の音沙汰《さた》もない。英子は救われた気持ちの反面、やはり、落ち着けない心地だ。これから、幾日もたって、全く忘れかけたころになり、彼から、〃奥さん、みみずを取らせてください〃と言ってくることもあるまい。もうすぐ、寒くなる、みみずを取るのは、やはり無理だろう。時々、思い出すまま、浅川の家の電話番号を回してみるが、大抵は留守であった。もし、彼が今頃になって、みみずのことを、持ちだしてきたら、〃ああ、それね、お断りの電話を何回もしたのですよ、でも、いつもお留守でしたので〃と、はっきりと言いきろう、英子は決めた。

そう心を定めると、英子は、浅川の家の前の彼の車の有り無しに、細かな注意を払わないようになった。親戚《しんせき》筋に不幸があり、葬儀の手伝いなどに振り回されているうち、みみずのことだけは、心の隅の方に押しやることができた、と英子は思った。葬儀の席に連なり、姉ともそこで顔をあわせたが、詳しい話ができようはずはない。別れ際に、姉は自分のところに歩み寄って来て、〃あなたの家の方は変わりはないのね〃と言った。そのとき、自分はただ、〃ええ〃と答えただけだったが、それしか言いようがなかったのだ。実際、みみずの件にしろ、夫の教え子という女たちにしろ、音沙汰なしで、ほんの一時、自分が救われているだけの、格好にすぎないのではないのか。全く安心できる状態に、自分があるのだと言いきれない、むしろ、不安の中にいると言った方が、正しいのではないのかとさえ、英子には思えてしまう。

同じ一人暮らしの友人と、年末年始の休みをホテルで過ごすことになっているので、正月の準備も今年はしないのだ、と英子は改めて思うと、いやな事も忘れて、心も少しは軽くなれる。今年でそうするのは二度、いや三度目だ、友人とは、初めてであるが、夫とは二回そうした正月を過ごしている、二回ともかなり前の、犬を飼っていたときのころで、獣医に犬をあずけたりして、わずらわしい思いもしたが、今考えれば、英子には、ふんわりした懐かしい思い出である。夫はホテルでの正月はやはり、落ち着けないと言い、以後は、家で正月を過ごしてきたので、彼の元気なころ、英子は毎年、年の暮れは正月の準備で忙しく暮らしたものだ。

年の暮れ近くになった頃、〝こちらに来ましたので、先生の墓前にお花でもと思いまして〟夫の教え子たちが訪れて来た。今度は二人である。一人はこの前の愛想のよすぎる女だったが、連れの一人は初めての顔であった。前の二人ではない、顔が違うと英子は思った。〝こちらは、今日、誘って連れて来ました。彼女、数学がよくできた人です〟初めての女を紹介するとき、愛想のよい女は、英子に言った。

その日は小春日和であったので、〝それでは、ご一緒にどうでしょう、寺は近くですから、夫の墓に参ってやっていただけませんか〟英子がそう言うと、愛想のよい女は一瞬の間、戸惑った風に見えた。前のように、家にあがりこみたかったのかと、英子は思ったが、夫の教え子という女たちが来たら、まず、寺に案内することにしようと決めていたのでそうしたのだ。英子は女二人と、世間話をしながら、寺まで歩いた。女が持ってきている花は菊の数本であったので、墓の花立てにいれると貧弱にも見えたが、英子はこれでいい、満足しなければ、と考えていた。

これから、女たちをそのまま返すのもどうかと思いながら、バスの停留所まで案内することにした。〝帰りに家にお寄りになりませんか〟と言いたいのをこらえて歩きながら、そうだ、その次のバスの停留所脇に小さな喫茶店があったと、英子は思い出し、回り道をしてそこまで行くことにした。その店は、夜になるとカラオケ喫茶になる。午後の今頃の時間に店は開いているかどうか、危ぶまれたが、彼女たちを誘ってみたのだ。店は開いていたが、昼間の光りでは、店内は薄汚れ、うらぶれた感じである。今日はここでいい、英子は先に立って女たちの肩を押すようにして店に入りながら、その日、寺に案内するだけにしたから、もう彼女たちは先生にお参りさせてほしいと言って来ても、これから家の中にあがりこめないものだと、何となく察してくれただろうかと淡い期待を抱いた。

この店が夜にカラオケ喫茶になったときに、一度だけ夫と来たことがある。英子は歌うのは嫌いではないが、歌はせいぜい一番だけで、外《ほか》の人たちのように、二番、三番と、その歌に酔い、その流れにまかせて夢中になれる方ではないから、真に歌が好きではないのだと、自分では思っている。夫の方は全く違って、あまり上手ではないのに、人前を気にせず、歌を最後の部分まで歌い切るようなところがあった。

店の方で、昼間でも〝どうぞ〟と言ってくれるので、〝じゃあ〟と言って、愛想のいい女はマイクを握っている。声もなかなかの調子だし、歌もかなりな方だと思える。歌を聞いている限り、この人たちに一時でも、疑いを持ったのは、いけなかったのではないかという考えに陥ってしまう。こんなことを姉に言おうものなら、〝甘い、甘い、あなたは〟と叱《しか》られるに決まっている。

この女の歌を聞いているだけで、女が本当によい人かどうか、自分は一時でも判断していた。人の善悪がそんなことでわかるわけでもないのに、どうかしている、一人になったのだから、本当に強く賢くなければ、後何年生きられるとしても、英子がそこまで考えていると、女たちは〝もう、おいとましません〟と言って立ち上がった。

年末年始の友人とのホテル暮らしは三泊だけだったが、英子は豊かな気持ちになって、家に帰ってきた。しかし、その余韻にいつまでもひたっているわけにはいかない。正月明け早々に厄介なことは起こってほしくないから、浅川の家に、こちらから積極的に電話をしたいところだが、〝おめでとうございます、実は、みみずの件で〟と持ち出すのもどうかと思う。これも、浅川が自分に〝奥さん、みみずを取らせてください〟と、妙なことを言ってきたことに始まるのだ。考えると、英子は腹立たしくなってくる。年末年始を共に過ごした友人とは、久しぶりに会い、学校時代の話から、互いの今の暮らしへと、話はつきなかったのだが、みみずの件で、自分は今悩んでいるのだ、ということは、どうしても彼女に言えなかった。みみずの件を口にだせば、自分の馬鹿さ加減が明るみにでる、それがいやだったのだが、彼女に全部話して、笑い上戸の彼女に、おもいきり初笑いをしてもらったほうがよかったのかもしれない、そんな風に英子は考えたりしてみる。

一月四日は坊主の年始というから、五日になって英子は近所の神社に初詣でに出掛けた。その帰りに浅川の家の前を通る。浅川の車はなかった。友人と過ごしたホテルでの正月休みからの帰り、自分はこの浅川の家の前を確かに通った。そのとき、彼の車はあったか、なかったのか、今は記憶が薄い。五日の今日、彼の車はないのだから、彼はこの正月休み中は、ずっと家にいなかったのかもしれない。

松がとれて、何日かがたった。チャイムがなるので、扉をあけてみると一人の女が立っていた。前に、先生の教え子です、と言って訪ねて来た女たちのうちの一人、暗い顔をし、自分と向き合って座っていた女である。〝この前はすみませんでした。突然お伺いしまして〟と言う。英子がどうしたものかと思案していると、〝ここで結構です、この前、先生の教え子ですと言って三人一緒に伺いましたが、実は、わたしだけが、先生の教え子でして。黙っていようかと思っていたのですが、去年の暮れごろに、彼女たち、また、お伺いしたようですね、やはり、お伝えしておかないと、妙なことになっては、亡くなった先生に申し訳なくて。最初、わたしがはっきりとリーダーに断った方がよかったのだと、今になって後悔しています。奥様、申し訳ございませんでした。お許しください〟聞いて、英子はぼうぜんとする思いだ。自分は今ここにいる暗い顔の女こそ、にせ者、夫の教え子ではない、とひそかに考えていたのだった。人を見る目はある方だと自負するところもあったが、これでは、あやしいものである。英子は暗い気持ちになり、〝いいんですよ、そんなこと、じゃあ、外の人たちは別の高校ですか〟〝はい〟と女は言う。英子は外の人たちはどこの高校の卒業生かとも尋ねる気にもなれず、女を送り出しただけだった。

英子は夫の教え子だったという暗い顔の女のことを、時折、思い出してみる。日常の暮らしの細々したことにも、口うるさかった夫のことである。苦手だという人が多い、数学という厄介な学科を、叱陀《しった》、激励しつつ、彼は生徒に教えていたのかもしれない。生徒のためなのだと信じて、彼がそうしても、相手側の受け取りようによっては、心に傷を負わせてしまう場合だってあろう。暗い顔の女は、多分数学ができたのかもしれない。そうでなければ、後になって、ただ謝るために、わざわざ自分を訪れたりはしなかっただろう。彼女がリーダーだと言っていたのは多分一番愛想のよかった女で、何かいわくありげな宗教団体の一員らしい。自分はとにかくあの暗い顔の女のお蔭《かげ》で、幾人かの女たちの網の目から、一応、すり抜けられた、しかし、油断してはならない、英子は改めて思う。

昔、姓名判断する人に、若い頃、〝あなたには、物事が重なって起こるようだ。いい事もだが、悪い事も。だから、それを心に留めておくこと〃と言われたことがよみがえってくる。これまでに、いい事が重なったとき、昔、そんなことを言われたと、思いだしもしたが、今まで、悪い事が重なったことがあったろうか。みみずの件と、教え子だと称する女たちの来訪、これらが、まさに、その、悪い事の重なりを指すのかもしれない。

立春になった。英子は、冬の日差しの中でも生き延びていた雑草を引き抜いたとき、そこで蠢《うごめ》く、みみずに気づいた。みみずがいる、春になったんだ、浅川はみみずの件を、また持ち出してくるだろうか、彼から何も言ってこないのをいいことにして、自分から何も連絡しなかったのは、よかったのか、どうなのか、思案にあまると、英子は思う。

浅川の家の前に珍しく車が止まっている。英子は車の中に白い籠《かご》が重ねて載せられているのに目がいった。籠の材質は籐《とう》だろうか、白く、籐より、はるかに柔らかそうに見える。〃その籠どうですか、安くしますよ〃振り向くと、浅川がいる。〃みみずのことは〃英子が言いかけると、〃みみずはもういいです。掘らせていただく話は、やめにします、お断りするのがおくれましたが〃浅川は言う。〃わかりました〃英子は笑いをかくし、神妙な顔付きで自分は話していると思い、肩の力が抜けた気持ちだった。浅川のみみずの件に振り回され、あれこれと悩みぬいた自分こそ、まさに、みみずそのもの、みみずの蠢きに似ている、しかし、これで、よかった、これからは、一語、一語に気をつけよう、断りはすぐ、はっきりと告げる、それらを改めて自分自身に言い聞かせたい、それができなかったために、今までくねくねと悩んできたのだ、英子は今真剣に自分自身と対時《たいじ》したい気持ちだ。〃どうです、籠、いいですよ、一つあっても〃〃そうね〃自分はまた言ってしまった、今自分に言い聞かせたばかりなのに、お人よし、英子は、嘆息したい心地だった。

（第37回入賞作品）

入賞 「花畳」 夏芽涼子（69歳・大阪府）

選奨 「六番目の会」 佐々木増博（60歳・東京都）

「マイ ファミリー」 村本椎子（54歳・北海道）

候補作品 「金魚」 喜島美由紀（41歳・東京都）

「不動産屋」 松本文世（78歳・福岡県）

「かぶと虫」 木杉 教《きょう》（42歳・東京都）

第38回 北日本文学賞 2003年度

応募総数847編

第38回選評

粒ぞろいのなかから

宮本 輝

今回、私のもとに届いた候補作品は六篇《ぺん》で、そのどれもがそれぞれ持ち味を発揮していて、私ひとりで受賞作を決めることの不遜《ふそん》さや難儀さをまたまた思い知らされた。

迷いに迷って受賞作に選んだのは、夏芽涼子氏の「花畳」である。

幼馴染《おさななじみ》で、いまも近くに暮らしている数人の年老いた男女の、決して度を越さない交友を通じて、「老いる」ことの意味を静かに描いている。文章も、過剰さを排して、作者が己の作品に酔うことなく、それでいてそこはかとなく華がある。地味ではあるが、だからこそ力がなければ書けないこの「花畳」に、私は他の候補作よりもわずかに高い点をつけた。

うまさという点においては、選奨となった佐々木増博氏の「六番目の会」が随一である。これは地元選考委員も認めるところであろうと思われる。

弓道と尺八の稽古《けいこ》という素材を使って、ある種質の高いシュールレアリスムの域に達しかけているが、そこのところで微妙に的を外してしまったために、そのシュールさは逆にナルシシズムへと横滑りしてしまった。それはこの小説の最後の「ふと、私の姿は今、美しいのだろうかと思った」という一行によってである。私には作者がこの一行に酔っているような気がして、惜しいなと思いながら選奨とした。

　もうひとつの選奨である「マイ　ファミリー」は、得難い素材を丁寧に短篇化してみせたが、「六番目の会」とは違って、文章に練れがない。一本調子で筆に延《の》びがない。両親がともに聾唖《ろうあ》者の娘として育った主人公の目線が平板なのだ。

　実体験として書きにくいこともあるのだろうが、そこを掘り込んでこその文学である。その掘り込み不足が、文章から滋味を奪っているのではないだろうか。私見ながら、読む者になにかしらしあわせな気分をもたらすこの作品は長篇の素材だと思う。私はもっと赤裸々なものを織り込んだ長篇として「マイ　ファミリー」を読みたいが、そのためには文章にもっと練りが必要だ。

　喜島美由紀氏の「金魚」は、幼児期のトラウマという、ある意味では最近流行《はやり》の素材ではある。だからこそ金魚そのものに、格別なメタファが秘められていなければならないのではなかろうか。この小説ではその肝心の金魚に力がない。

　松本文世氏の「不動産屋」は、不動産屋の男が書けているようで書けていない。不動産屋が店子《たなこ》だった女とどうなったのか。小説として始まるところで終わってしまったという印象を受けた。

　木杉教氏の「かぶと虫」も、それをそのまま題にした理由がよく分からない。「金魚」と同じで、かぶと虫がこの小説において、いったいどんな鍵を握っているのか分明ではないのだ。主人公の上海への単身赴任と「かぶと虫」とがつながりあわないまま弱々しく終わってしまっている。

花畳　夏芽涼子

夏芽涼子（なつめ・りょうこ）１９３４年大阪府生まれ。本名・吉本弘子。山脇服飾美術学院卒業。一般社団法人全国発明婦人協会会長。大阪府大阪市。


昨夜は、抱えきれなくなったものを一気に吐き出したように風が吹いた。

小さな前庭には容赦なくなぎ倒された植木鉢がころがっている。細長い葉を地面に投げ出している蘭《らん》の類は、隣の辰造が株分けしてくれたものだ。色とりどりの花も殆《ほとん》ど辰造の手による。そのまわりに桜の花びらが吹きよせられていた。

房枝は植木鉢を一つひとつていねいに抱き起こしながら、隣の郵便受けにまだ朝刊が差し入れられたままなのに気づいた。いつもならもう辰造が朝刊を取りこみ、花に水をやっている頃だ。具合でも悪いのだろうか。

溝に吹き溜《だ》まった木の葉をスコップで取り除き、思いっきりホースで水を流していると、道路の向かい側で玄関のドアの開く音がして、

「タツはどうした、庭の花がひっくり返っているというのに」

と、啓一が声をかけてきた。

「めずらしいことやわ、辰造さんが、朝、遅いなんてねえ」

「あいつ、僕の花はビタミンカラーで満開や言うて、えろう自慢してたけど、朝寝坊するようじゃ、花の先生もだいいなしやな」

啓一も箒《ほうき》やスコップをぶら下げている。

「ビタミンカラー？」

「そう、この間、うちの孫が最近の流行色はビタミンカラーやと言うてから、その名前が気に入ったらしくて、誰にでも自分の庭はビタミンたっぷりや、って吹聴してるらしい」

「そういえば、デパートや商店街でも、明るい色合いのものが多くなってるわね。美味《おい》しそうなシャーベットみたいな色。それから、いい香りの店も増えて。そういうの癒やし系なんですって」

「そうや。僕らもタツの庭でビタミンいっぱい吸うて、癒やして貰《もら》おうか」

夜のうちに風が、闇《やみ》をまるごと拭《ぬぐ》い去ったのか、今朝七時の空は底抜けに明るい。

「とにかく、若い者には負けん、という勝ち気なタツのことや。いつまでも寝てないで早《は》よう目を覚ませ言うて、房枝、ドンドン玄関を叩《たた》いてやったら」

辰造と房枝の家は隣接していて、表から見ると親戚《しんせき》かと間違われるほど似ている。門扉の横の壁面に表札とインターホンが取り付けられ、その下に郵便受けがある。門から玄関までのこじんまりした前庭が裏庭へと続き、両家の境界線は、裏庭に作られた厚み二十センチほどのさほど高くないブロック塀である。

この辺りは大阪の都心から離れ高層マンションの建設ラッシュに侵食されることもなく、阪神大震災の時も幸い被害を免れて、長年住み馴染《なじ》んだ昔ながらの家並みを保っている。

かつて、この近隣には欠かせないものがあった。その一つに、花好きの辰造たち夫婦が揃《そろ》って花の手入れをしている姿があった。もう一つは、仲間うちで花見をする習慣である。

辰造と啓一と房枝の夫、光夫は小学校の同級生で、房枝と辰造の妻、道子は一年下の同級生だった。五人は遊ぶときも困ったときも声を掛け合ってよく集まっていた。結婚後もお互いの家にわがもの顔で入り込んでは、馬鹿話《ばか》に興じたりしていた。

子供たちは所帯を持って親を離れ、房枝の夫が八年前に亡くなった。辰造も妻を失って三年が過ぎる。お互いに一人暮らしになると、辰造は玄関が開いていても房枝が出迎えない限り勝手に入って来ない。房枝は辰造さんも私と同じように気を遣っているのだと思う。

その仲間もそろそろ七十歳である。啓一に言われるまでもなく、房枝は辰造の家の玄関を押し開けてみたいという衝動にかられたが、もう少し様子を見ることにして、突風のあと片づけをしていた。

すると、紺のジーパンに赤いブレザーを羽織った女性が自転車でやってきて、辰造の家のインターホンを何度も押している。ボランティアで家の掃除をしに来たらしい。

「お留守かしら」

「そんなはずはないと思います。さっき電話でこれから伺《うかが》いますって言うたら、待ってるって返事がありましたから」

辰造は家の中にいたんだ。何日か家を空けるときは、必ず、啓一か房枝に留守になることを告げてから出かけていたので、旅行ではないはずだった。

啓一が言うように、やはり、朝寝坊でもしたのかもしれない。房枝が裏庭に行きかけたとき、ドアの開く音がして、笑い声の交じった会話が聞こえた。

房枝は、ふと、笑みを零《こぼ》し
「あの辰造さんでも、寝過ごすようになったのかねえ。いつまでも強がってないで、それでいいのよ」

と、語尾の「よ」に力を入れて妙に晴れ晴れした気分になった。まるで自分を擁護しているようでもあり、可笑《おか》しい。房枝は気持ちを切り替えて、エプロンドレスに付着したごみを両手でぱんぱんと払いのけて、庭の掃除を急いだ。

今日はカルチャーセンターへ出かける日である。パッチワークは五年のキャリアを持ち、助手を務めることもある。昨年から陶芸教室へも通うようになって、結構若者たちとの交流を楽しんでいる。

房枝が夕方帰って来ると、辰造はいっぱいに開けた門の前で、木の背もたれ椅子に腰をかけていた。顎《あご》の張った顔に三角の濃い眉《まゆ》、その下の窪《くぼ》み加減なまるい目で道行く人びとを捉《とら》え、視線が合うとふた言みこと言葉を投げ合っていた。傍らにはまるで辰造と一対のように、中型の白い犬が、時折、空気をなでる仕草《しぐさ》で尻尾《しっぽ》を振ったりして上品に坐《すわ》っている。

「シロ、あんたはいつもきれいに洗ってもらって、幸せねえ」

房枝は犬の頭に手をやって辰造の様子を窺《うかが》った。

「ああ、房枝さん、おかえり」

坐ったまま、辰造はにこやかに迎えた。

「シロはこの着物一枚しかないから、まめに洗濯してやらんといかんのや。これは、自分がすごい美人や思うてるからね」

「本当ね、シロはいい顔しているわ。それはそうと、今朝はどうしたの？　いつも早起きの人が見えないので、啓一さんも心配していたわよ」房枝はちょっと悪戯《いたずら》っぽく言ってみた。辰造は一瞬、焦点のない眼差《まなざ》しを宙に浮かせて、ぽつんと言った。

「この花なあ、長いこと咲いてるでしょう。家内の仏壇に供えているんやけど、種がいっぱい落ちるから、そのうち部屋じゅう花畑になるんやないかなあ」

そんなことを訊《き》いているんじゃないわ。房枝はそう言いたかった。以前にもこのようなことがあったのを思い出し、問い返す言葉を飲み込んだ。

前庭の垣根の側にずらりと並べられたプランターに、赤、白、黄色、紫など一センチぐらいの小さな花が、眉毛に似た細い葉の間に群がって咲いている。

この花の名前を辰造はリナリアといっていた。房枝の庭にも辰造の蒔《ま》いた種が、地表のすぐ下で増殖しているように、昨年から咲き広がっている。

ひょっとして辰造が朝遅いのは、こぼれた花の種を掃除していたからだろうか。


「タツにおかしな噂《うわさ》がある」

啓一が房枝のところにやってきたのは、二、三日あとのことであった。房枝は玄関に突っ立っている啓一に、奥から座布団を持ってきてあがりがまちに坐るようにすすめた。

「白い犬を連れたじいさんが、踏切のそばで『花の種、あげる』いうて、通る人に声をかけてるというから、タツやないかと行ってみたら、やっぱり、そうやった。笑いながら手を出す人もいたけど、しっしっ、と、うるさいものを払いのけるようにするヤツもいて、遠くから見てたら哀れでやりきれんわ」

啓一は座布団に坐りもせず辺りを憚《はばか》るように声を落としてつづけた。

「紙袋からつまみ出して、歩いてる人の掌《てのひら》にのせてるんや。あれでは、貰ったほうはかえって迷惑やなあ。ほんまに花の種かどうかも判《わか》りにくいし。第一、ばらばらの種を、どうやって持って帰れると思う？」

「そう言えば、掃除をしに来た女の人が話してたんだけど『ここは絶対に開けるな』と厳しくいわれたひと部屋があって、なんだか気味がわるいって」

「タツに隠さないかんほどの財産があるはずはないし」

「それは判らへんよ。変な事件が多いご時世だから用心しているのかも。あんなに早起きだった人が、急に遅くなってるでしょう？　殆《ほとん》どお昼近いのよ。そのことが気になってたんだけど。でも、これって、不自然ではないのよね。辰造さんも、ここらでちょっとゆっくりしようかなって」

「町内の運動会で、憶《おぼ》えてるか？　あいつ、格好つけて張り切りすぎて。明くる日は足の痛いのを一生懸命に隠してた。自分の年齢と気持ちとが相性悪うなって葛藤《かっとう》してるんや」

「本当に。そういうところあるわね」

「タツの東京にいる息子、海外出張が多くて、近頃は音信が途絶えているようだから、寂しいのかなあ」

ふと、話がとぎれた。家の前を若い男が車で走り過ぎた。音量をいっぱいに上げた忙しげなリズムが、窓から溢《あふ》れていった。

「辰造さんが盆栽に凝っていた時期があったでしょう。いつも廊下にラジカセを持ってきて、あんな賑《にぎ》やかな音楽をかけていたわね。憶えてる？」

「そうそう、いかつい躰《からだ》で腰を振ったり肩をゆすったり。若い振りしても、やってることは地味な盆栽や。アンバランスなところが、あいつのいいところかも知れんなあ」

その辰造がいったいどうなってしまったのかと、話はそこへ落ち着くのである。

「タツも房枝みたいに、カルチャーセンターとやらへ行ったらいいのになあ。ガーデニングなんか、タツにぴったりやと思わんか。じーっと家におるのはいいことないと思うけど。あんたも踏切のタツの様子をちょっとみてやって」

まもなく、駅前で洋品店をひらいている息子が来るというので、啓一はそう言い残して帰っていった。

歩いて十五分ほどのところにいまどき珍しい踏切がある。

アスファルトで舗装された道のわきで、野草の小さな花が電車の通るたびに、右へ左へとなびいていた。やわらかな陽射《ひざ》しは惜しみなくそれらに注がれていた。

踏切番の男が、辰造に電車に気をつけろよ、と大声で注意している。

踏切の向こうに公園の桜が陽光を遮り、一つの別世界を浮き上がらせていて、その借景が辰造の孤独を際立たせている。

房枝は思わず走り寄って、踏切番の男にすみません、と頭を下げた。

「房枝さん、あんた、わざわざ迎えにきてくれたの?」

「そうよ。わたしたちを出し抜いて一人でお花見しているなんてずるいわよ」

房枝はできるだけ明るい声で応じた。二人は並んで歩いた。ともすれば房枝の歩幅が大きくなる。

白髪で肩を落としてゆるゆる歩く姿は、商社マンで部下が社の車で送り迎えし、闊達《かったつ》に海外出張もしていた頃の辰造からは、とても想像できなかった。

辰造の向こう側にシロが寄り添って主《あるじ》を見守って付いて来る。辰造の片方の手に握られた紙袋の中が、揺れる度にかさかさと、呟《つぶや》きにも似た微《かす》かな音をたてている。

「辰造さん、今日ね、啓一さんと一緒に晩御飯持っていくわ。久しぶりに辰造さんところで食べようって、今朝、啓一さんがうちへ言いに来たんよ」

「そうか、あいつ、そんなこと言うてたんか」

辰造の額にわずかな朱《あか》みがさした。

夕方、房枝は遊びに来ていた孫娘にも総菜の入った器をもたせ、重箱を風呂敷《ふろしき》に包んで辰造の家に行った。

門扉も玄関の鍵《かぎ》も開けてあった。辰造は六畳の間に和机を出して坐っていた。廊下の小さな足音を聴きつけると、待ちかまえていたように大げさに両手を広げた。

咲子が辰造の胡座《あぐら》のなかに滑り込むと、辰造はねだっていたものを言い当てられたこどものような照れ笑いを見せた。

「おお、さきちゃんか、重くなったな」

「もう、幼稚園の年長ぐみよ」

廊下のガラス戸の向こうに、辰造自慢の庭が見渡せる。ちょうど陽《ひ》が沈みかけていた。配置にも工夫を凝らして植えられた花々に、しずかに満ちてくる色彩の波を見るようであった。

これほど丹精込めて、見事な庭に仕上げたのに、一緒に眺めてくれる人がいないというのは、侘《わび》しいことに違いない。咲子とじゃれ合う辰造の声が一段と高くなると、話す相手のいないいつも一人の辰造に、かえって房枝の同情の念は深まった。

啓一も妻の手料理と日本酒をさげてやってきた。つかつかと入ってきたが、廊下の片隅に足を踏み入れかけて立ち止まり、辰造の嬉《うれ》しそうな様子を確認すると相好を崩し、辰造の横になだれるようにして坐った。持ってきた冷酒をグラスに注ぎ分けながら、残照に溶け込んだ庭に目をやった。

「ほう、これがビタミン入りの庭か。ほんまやなあ。まずは、ビタミンに乾杯」

咲子もジュースを注いでもらって、辰造の胡座の中で乾杯をしている。

「こうして坐っていると、昔を思い出すわ」

房枝はこどもの頃のままごとを思い出していた。いつも道子が辰造のお嫁さんになって采配《さいはい》を振り、辰造は言われるままに妻任せの夫を演じていた。啓一と光夫はただの腕白《わんぱく》にすぎなかった。きっと、おやつが目当てだったのだろう。

当時、辰造の家は手広く食料品の卸売りをしていて、辰造の母親が珍しいお菓子や果物をこの廊下にまで運んでくれたものだ。

房枝はおやつを食べながら、一度でいいから、自分にもお嫁さん役をさせてほしいと思ったものだった。

「ここに、光夫や道子もおったらいいけど、実現できんことは言わんこと。僕らが元気に暮らしていることが一番やと思わないかん」

啓一はそういいながら辰造のグラスに酒を注ぎたし、辰造も「そのとおり」と頷《うなず》いて、啓一のグラスを満たしていた。

餓鬼《がき》大将だった啓一は商店街の一角で両親が営んでいた小さな文房具店を継いでいる。啓一に頼まれて結婚相手を啓一の母親に説得したのは、房枝だった。家電会社に勤務した光夫は、仕事一筋で家庭は房枝に任せっ切りにし、庭の手入れを辰造に頼んだ。辰造は親の代で商売をたたんで商社に勤務し、花の栽培にも手腕を見せるようになっていたので、むしろそれを楽しんでいるようだった。自分で工夫して腐葉土をつくり、化学肥料だけに頼らないというのも自慢である。仕事がら新しい薬品や肥料などの入手は容易にできたが、頑《かたく》なに自分流を通していた。

「だから、僕の育てた花をしっかり見てほしい。無機質の冷たい感じじゃなくて、色や香りにひと味違う暖かみがある筈《はず》だ」

と、飲むほどに持論が飛び出してくる。そこには、いつもと変わりない辰造がいた。


あの日も桜の季節だった。

この仲間は毎年、辰造か啓一か光夫の車で花見に出かけた。吉野の山桜、岐阜の薄墨桜もたびたび観《み》に行ったが、道子の体調が悪くなってからは、近くで花見をするようにしていたのである。道子には持病の心臓病があった。

何度か入退院を繰り返して、やっと平穏な暮らしに戻れたある日、道子がこの庭でみんなと一緒に食事をしたいと言ったのだ。賑やかな方がいいかとも思ったが、光夫は既に他界していたし、こどもたちは独立して離れて暮らしている。啓一の妻は店が忙しいのに仲間のこととなればすぐに飛び出す夫に、世間だって呆《あき》れてるわと、いい顔をしない。結局、四人で食事会をすることになった。

光夫がまだ元気だった頃、辰造に庭の世話をしてもらうのに、いちいち表の門扉を開けなくてもいいようにしたいと提案し、裏庭のブロック塀に竹で編んだ開き戸を作ってあった。両家はその開き戸から、土産物やいただき物のおすそ分けなどを持って頻繁に行き来した。ゴルフの素振りや釣り道具の手入れをする時も、囲碁をさす時も殆ど門扉のブザーを押すことなく、この開き戸から隣の庭に直行していたのである。光夫が病に倒れた時、道子の入退院で駆けつけねばならない時など、さまざまな場面でこの開き戸は利用されたのだった。

道子の退院祝いになった四人の食事会でも、房枝は啓一と一緒に、この開き戸から隣の庭に手料理を運び、辰造が設《しつら》えたテーブルの上に並べたのだった。

道子はわがままと思わせるほどに辰造に用事をさせ、辰造はこまめに動いていた。

「タツ、おまえ、いい夫をやってるなあ」

啓一がからかえば、

「はい。御意のままに」

などと言って、舞台俳優がするように、右手を胸に持っていき、片膝《ひざ》をついて深々とお辞儀をしてみせる。辰造にこんなひょうきんなところがあったのかと、房枝は驚いた。

辰造は饒舌《じょうぜつ》だった。歌い、踊り、よくはしゃいだ。道子もよく笑い、心底楽しんでいる風に見えた。

「贅沢《ぜいたく》は出来なくても、小さい頃からの仲間が、こうやって声を掛ければすぐに集まれる境遇に、僕らは感謝せんといかんなあ」

と啓一が言えば、

「本当に、みんな、ありがとうな」

辰造は神妙に応《こた》えていた。

少し遅い昼食で、春の陽気がテーブルを覆い、チューリップや桜草、スミレなど幾種類もの季節の花々が、観葉植物と寄せ植えされたり、段差をつけて配置されて、今を盛りと咲き誇っていたはずだったが。

あれからいくら思い出そうとしても、実感が蘇《よみがえ》らないのだ。あの時はみんな、仕事と自分の家族のことに精一杯で、誰も風景を味わっている余裕など無かったような気がする。空騒ぎ。房枝は今でもそんな気がしてならない。

房枝は道子にせがまれて、初めて作ったパッチワークのテーブルセンターを持っていった。房枝にとっては第一号の記念作品なので残しておきたかったのに、道子はそれを望んだのだ。その頼みはいやに強硬だった。食事の染みが付着しないかと気がかりで、出来ることなら他の作品にしたい気持ちはあったが、そういうことを考える自分が薄情にも思われて、病弱の道子には拒めなかった。

房枝が取りに帰ったテーブルセンターを抱えて開き戸を走り抜けようとした時、テーブルセンターの端が開き戸に絡まったのである。ブロック塀に支柱を取り付けている金具の間に挟まり、取り外すのに手間取っていると、不意に不吉な予感におそわれた。踏み出そうとする一歩を、その直前で制止させるような一瞬だった。このことは辰造や道子には絶対話してはならないことのように思われた。

道子はそのひと月後、心臓発作で帰らぬ人となった。辰造には死期が迫っているのが判っていたのだろうか。

その後、房枝は裏庭に物置を建てた。マンション暮らしの息子たちがレジャー用品や季節はずれの道具類を収納している。その分だけ裏庭は狭くなった。

いつの頃からか、両家の訪れ方は辰造が門扉のブザーを押し、房枝が出迎えて扉を開けるようになった。開き戸は壊れることもなく境界に存在しているが、開ける機会を失ったまま金具が錆《さ》びてきている。


房枝は湯を沸かしに辰造の家の台所にたった。

「おかあさん、ついでに、お茶菓子の羊羹《ようかん》を持ってきて」

「えっ…。おかあさん！」

房枝は少し慌てた。ごく自然な辰造の声に振り返り、房枝は啓一を見た。辰造はといえば、上機嫌で重箱に箸《はし》をのばしている。

「おう、そうか。美味しい羊羹があるんなら、僕もほしいな」

啓一が急いでつづけた。

「どこにあるの？」

できるだけ道子の声に似せて尋ねた。

「昨日、お土産にもらった、あれ。箱に入ったまま、そこらへんに置いてあるやろ」

「わたし、探してあげる」

咲子が飛び出してきた。きょろきょろ目を走らせても見つからない。隣の部屋との引き戸の取っ手に手をかけた。小さな躰が斜めに傾いて引き戸のきしむ音がしたかと思うと、咲子の疳《かん》高い声がした。

「わあっ、スゴーイ。お花畑！」

咲子の歓声に房枝と啓一は思わず振り向いた。そこに室内ではとても想像出来ない光景の一部が見えた。啓一は躰をよじって立ち上がり、引き戸を両手で一気に押し広げた。木製のクロス張りに改装した襖《ふすま》の引き戸は加勢を得て左右の柱に突き当たり、鈍い音を立てた。房枝は両手で口許《もと》を押さえ、声もなく佇《たたず》むばかりだった。

正面の仏壇の前一面に青いビニールシートが敷かれ、その上に十センチほどに盛り上げた黒い土から、か細い茎と葉が伸び、小さな赤紫の花が這《は》い昇るように群がって咲いていた。辰造の前庭や房枝の庭に咲き広がっているのと同じ花だ。

仏壇の扉は開けられたままになっている。辰造がよろよろと立ち上がってきて灯《あか》りをつけると、薄暗かった仏間が何かを思いだしたように、一斉に弱々しい葉の隙間《すきま》から葉脈のような影を落とした。微《かす》かな甘い花の香りと蒸れた畳の匂《にお》いが、出口を見つけて霧のように忍び寄ってくる。

何時《いつ》から。何のために。例えば実験をしてみたとか、びっくりさせてやろうと思ったとか、ちょっとした悪戯だよぐらいの、たわいのない辰造の言葉が欲しかったが、この気配からは、通常の答えを引き出すことはできなかった。房枝も啓一も言葉を失って、ただ呆然と立ちすくんでいた。

辰造はつんと脊《せ》をのばし、二人の顔を交互に見ては黙って頷きながら、誇らしげに口許をゆるめている。

口癖のように、花も広い空の下でのびのび育ててやるのが一番、そういって庭で土いじりに余念のなかった辰造だったのに。

何かが壊れかけている。

雲の動きも見ず、風の音も聴かず、朝夕の僅《わず》かな陽射しと部屋の灯りだけで咲かせた花に、尋常でない辰造をみた。線香の煙の立ちのぼる前で、一人黙々と花を育てていたのだ。誰も見ていない時に、そっと風を通していたのだろうか。辰造の胸中を思いやれないのがもどかしい。

辰造は三人を残して部屋を出た。暫《しばら》くして素焼きの植木鉢を重ねて持ってきた。ビニールシートの端に置いてあった木箱からスコップを取り出すと、一握りほどの花を植木鉢に移し入れて並べ始めたのである。時々、こちらに向けられる目が、これを持って帰れと言っている。

「タツ。おまえなあ…」啓一が何か言いかけようとしたのを、房枝が手で遮った。

房枝はブラウスの袖《そで》をめくり、

「どうすればいいの？」

と、訊いてみたが、辰造は黙々と作業を続けている。房枝は辰造の手元を見ながら、植木鉢の底に小石を敷き、その上に土を手で掬《すく》い入れた。

「わたしにも、させて」

咲子が面白がって入って来た。両手で土を掬ってはこぼし、掬ってはこぼしをくりかえしていたが、

「あのね、幼稚園でお芋掘りしたことがあるけど、こっちの土の方がふかふかしていて、あったかーい」

「ほんとー。ふっかふかであったかーい」

房枝は、こどもの声を真似《まね》ながら、一滴涙が頰《ほお》を伝った。

ビニールシートに盛り上げた土は、畳三枚ぐらいの広さだろうか。二箇所《かしょ》に細長い溝がつくられ、辰造の足跡が続いている。

房枝は顔を上げられなかった。横に並んでいる咲子に小声で、

「大事なお花だから、踏まないように気を付けてね」

と注意するのがやっとだった。

辰造はまたもや「お母さん」と呼ぶ。包装紙を持ってくるようにと頼まれた房枝は、そっと立ち上がった。

部屋の入り口で、仁王立ちになってこの光景をじっと見つめていた啓一が、房枝に顔を近づけて、

「房枝、泣くな」

小声でそう言うと、房枝の背中をそっと押して、言葉をつづけた。

「心配するな、何とかするから」

房枝は頷いて、

「わたしも、今なら、きっと辰造さんは立ち直れると思うのよ」

と、啓一の耳元に囁《ささや》いた。

外はもうすっかり闇に包まれている。天井に取り付けた蛍光灯が、食べかけの食器を廊下のガラスに映しだし、部屋から洩《も》れた灯りで、庭の一部が僅《わず》かに色彩をとどめていた。

房枝は、自分が持っていた包装紙とビニールテープを抱えてきた。辰造はそれを受け取り、植木鉢を器用に包んで紐《ひも》をかけた。

房枝がポケットからリボンを取り出して付けると、辰造は左右から眺めて
「いいねえ。いいねえ」

と、何度も繰り返している。

隅の方で次々に歌を披露しながら土いじりをしていた咲子が、突然、いいことを思いついたとばか

りに、辰造の前にまわってきて大声を出したのである。

「おじいちゃん、大発明ね。お花の畳をつくったんやもん。わたし、幼稚園の先生におしえてあげる」

そう言うと、土遊びに飽きたのか、部屋から走り出て居間のテレビをつけた。聞き慣れたコマーシャルに続いて、女性の声で天気予報が流れてきた。

「近畿地方は明日も晴れるでしょう」

房枝と啓一は顔を見合わせ、急に肩の力が抜けて、長い溜息《ためいき》を漏らした。まとわりついていた重い空気が、上空のどこかに気化して消えてゆくように思えた。

無邪気な咲子の一言に救われて、

「そうや、タツ、毎年きちんと名前入りの袋に入れて、幼稚園に花の種を寄付しよう」

「そう、それがいいわ」

房枝が辰造の目を覗《のぞ》き込んで相づちを打つ。

「学校にも持って行こう。みんな喜ぶぞー。これから忙しくなるから、おかあさんも手伝って。そうや、そうや」

辰造にとって、これが最良の妙薬に違いない。好きなことに打ち込めるのがいい。辰造のことだ、辰造の手が土の感触、花弁、茎、植物の根っこを忘れるはずは無いのだから。

辰造は相変わらず、房枝におかあさんと呼びかけて、あれこれ用事を頼んでいて、房枝も辰造のために道子を演じつづけていた。

その夜のうちに、辰造の様子は啓一によってメールで東京へ知らされた。あくる日、辰造の息子がやってきた。先《ま》ず、閉ざされていた部屋を全開にして風を通した。啓一はブロック塀の開き戸をいっぱいに開けて、房枝の物置からバケツやシャベルなど、必要な道具を持ち出した。啓一と辰造の息子が、畳一枚一枚を盛り土が崩れないように注意深く庭に運び出した。

辰造は庭の片隅で房枝の手をひいて、遠い暗闇から解き放たれた穏やかな眼差しで、息子や啓一たちによって外気に出された花畳を眺めていた。

房枝は辰造の横にいて、私は房枝よ、と叫びたかった。夫でもなく兄妹や恋人でもないが、共有してきた数々の記憶は何ものにも変えがたい。それを老齢という二文字で、ばっさり切り捨てられることに耐えられなかった。

明後日、息子はひとまず辰造を東京へ連れて帰ることにした。辰造を東京へ迎えるか、勤務先を大阪にするかを決断しなければならないだろう。

桜の花はおおかた散って、若葉が目立つ公園の傍《そば》を、白い犬を連れた二人がゆっくり遠ざかっていった。

啓一と房枝はいつまでも踏切のところで見送っていた。

「タツは惚《ぼ》けてみせただけや、房枝と花をつくりたいから、すぐに戻ってくる」

風が吹いて、一瞬、畳の花の匂いがした。


（第38回入賞作品）

入　賞「あははの辻」松嶋ちえ（43歳・大阪府）

選　奨「雲の翼」谷 ユリ子（41歳・兵庫県）

「悪戯」黒部順拙（53歳・埼玉県）

候補作品「妻の旅」佐倉千波（41歳・愛知県）

「三つ指のグローブ」下地芳子（65歳・沖縄県）

「小さな瘤《こぶ》跡」小原美智子（51歳・静岡県）

第39回　北日本文学賞　2004年度

応募総数733編

第39回選評

人生肯定の調べに一票

宮本　輝

39

受賞作も選奨二作も、読む側に「うがった読み」、もしくは「深読み」を強いてくる作品である。悪い意味での「わかりやすい小説」ではない。

それが恣意《しい》的であるのか無自覚的なものであるのかが今回の作品評価に大きく関《かか》わってきている。そしてそこのところがまた短篇《たんぺん》小説というものの面白さでもある。

松嶋ちえ氏の「あははの辻」は、歳《とし》の離れた異母弟が突然あらわれることで主人公の未来、あるいは運命といったものが刻一刻と変化していく道程を暗示している。

過剰な表現もなければ、もってまわった観念のお遊びもない。文章の間が良くて、主人公と十歳の少年が、さあ、これからどのように生きていくのかと読み手の想像を喚起させる。

難は幾つかあっても、少々手を入れれば片づく程度だが、片づかないのは「あははの辻」という題であろう。

私はこの題にひっかかるものを感じたが、作品の底にある人生肯定の調べに一票を投じた。

谷ユリ子氏の「雲の翼」も未来に向かって展《ひら》かれている小説だ。文章も平明で歪《ゆが》みがない。説明を排するあまり、読者には不親切な部分があるが、丁寧に読むと、主人公の兄が、いわゆる「引き籠もり」に近い生活をおくってきた青年であることがわかる。

その青年と死んだ母とが、いかなる生活をおくっていたのかがわかる描写が作中のどこかにあれば、私は選奨ではなく受賞作としただろう。

黒部順拙氏の「悪戯」は評価が二分される作品だと思う。

ふたりの幼い兄弟の悪戯が、はたして何のメタファなのか、読み方次第でいかようにも受け取れるからだ。

子供の悪戯などさして珍しいことではない。それを意味のない衝動だと捉《とら》えるか、そこに何等かの暗喩《あんゆ》をみいだすかが、この小説の評価の分かれ目だが、私は兄弟以外の登場人物の描写や状況設定に行き届かないところがあったと感じて、選奨にとどめさせていただいた。

佐倉千波氏の「妻の旅」は、すでにその題で小説を説明してしまっている。よくある小説がよくある形で終わったという印象を受けた。手口も凡庸だと思う。

下地芳子氏の「三つ指のグローブ」は、作者は意図していないかもしれないが、どこかお説教臭い。不発弾で吹き飛んだ指、沖縄、東京、明治神宮…。そんな政治的な図式のなかに納めなくても、確固とした短篇小説となり得る素材であったろうに。

小原美智子氏の「小さな瘤跡《こぶ》」は、その題の意味するものが見えてこない。濁りのない小説だが、そのぶん香辛料も利いていない。

あははの辻

松嶋ちえ

松嶋ちえ（まつしま・ちえ）１９６１年大阪府生まれ。本名・松尾智恵子。大阪府立交野高校卒業。会社員。第22回織田作之助賞、第４回ちよだ文学唯川恵特別賞受賞。大阪府枚方市。

ある朝、弁護士から電話をもらった。

その日の仕事を終えてから会う約束をし、指定された喫茶店に出向いた。

弁護士の用件は、わたしには八年前に亡くなった父の愛人の生んだ異母弟がおり、先月、その小学四年生になる弟は母をも失って天涯孤独の身になったという事実の告知と、その弟を引き取らないかという申し出の二つだった。

父はその子を認知していた。

わたしに引き取る義務はない。ないけれど弁護士は、わたしと共に暮らすことがその男の子の母親の遺志なのだと言う。

その母親なる人は、恐らく最大の障害であるわたしの母が一昨年亡くなっていることに加え、他に兄弟もおらず、三十三歳の未婚で地方公務員という安定した職にもついているわたしに白羽の矢を立てたのだろう。だが、それは余りにも人の善意を期待し過ぎる。わたしは冷ややかに弁護士を眺めながら、返事をしようと口を開けた。その刹那《せつな》、目の前に太い指を一本立て、提案があるのです、とその弁護士は言った。

七月最初の土曜日と日曜日の二日間。まずはその二日間を試してみませんか、と弁護士は言ったのだ。

それで共同生活が不可能と思われるほどの問題が起きなければ、更に夏休みを一緒に過ごす。それから引き取る引き取らないを再度、話し合ってみませんか、それが弁護士の出した太い指一本の提案である。

わたしは唖然《あぜん》としながらも、やはり心のどこかでどんな子なのか見てみたいという気持ちがあったのだろう、こうして昼の仕度をしながら時計を気にしている。

夏夫は十二時丁度《ちょうど》にやって来た。青い野球帽に白い無地のTシャツ、膝《ひざ》まであるチェックのズボンを穿いて黒い大きなリュックを背負っていた。そして細い目をしばたかせ「夏夫です」と言ったきり、わたしの足元に視線を落とした。

夏夫は行儀良く帽子を脱ぎ、我が家で一番風通しの良い居間に座り、きょろきょろと部屋を見回した。わたしは手早く焼き飯を作り、卓の上に並べ、スプーンを与えた。夏夫はスプーンを受け取ったはいいが、それを使おうとはせず、じっと固まっている。

「焼き飯は嫌いなの?」

夏夫は首を振り、そっとスプーンを卓に置くと「手を、洗いたい」と言った。

わたしは思わずスプーンを握った自分の手を見やる。良く躾《しつ》けられてはいるようだ、と感心しながら洗面台のある場所を教えた。

大した話題も持たず食事を終え、次に夏夫を二階の部屋に案内し、あと風呂《ふろ》場やトイレの場所を教え、晩ご飯に何が食べたいかを訊《き》いた。首を傾《かし》げる夏夫に、「じゃあ、何が一番好き?」と訊き直す。

夏夫はなぜか照れた顔で「たこ焼き」と言う。あれが晩ご飯になるのだろうかと、しばし考え、わたしは残念そうな顔を作って、「うちにはたこ焼き器がないから。他に好きな物はない？　カレーとかハンバーグとか」

今度は小さな声で、「鰻《うなぎ》の蒲焼《かばやき》が好きです」と答える。わたしはちょっと後ろにたたらを踏み、態勢を立て直し、「じゃあ、晩ご飯は鰻ね」とやっと答える。

台所の時計を見ると、晩ご飯までまだ六時間近くある。

「お父さんのお墓参りする？」

仏壇には来るなり手を合わせているから、次は墓だろうと考えたのだ。夏夫はまた首を傾げ、傾げたまま固まっている。

「えっと、学校の宿題は？」

首は傾いたままだ。「トランプでも」と言いかけたわたしの顔を夏夫はぱっと見上げる。

「何？」

夏夫は、恐縮した顔で「迷惑でなければ散歩しませんか」と言った。

わたしは部屋で念入りに日焼け止めを塗り、長袖のシャツを羽織って帽子を棚から出す。

夏夫は玄関で運動靴を履いて待っていた。

わたしの家のある町は、ごく一般的な住宅街で、玄関を出てすぐににこやかに笑うオバサマ達に出くわすのが精一杯な所である。中の一人はわたしの隣に立つ夏夫を見て、わたしの顔を見て、で？という顔で答えを待っているが、わたしは気づかぬ風をしてにこやかに横を通り過ぎる。

角を右に曲がると郵便局がある。

「すぐ近くにあるんですね」

「それが？」

夏夫ははっとした顔をして唇を噛《か》んだ。わたしは目を光らせ食いつく。「何かあるの？　郵便局に」

夏夫はうな垂れつつも話してくれた。

「お父さんからよく手紙が来てたって、お母さんが言ってました」

「へえ」

なるほど。手紙か。それとも現金書留か。そんな方法で愛人と逢《あ》えない隙間《すきま》を補っていたのか。デブでハゲの父からは全く想像だに出来ないクラシカルな愛情表現ではないか。

「一週間も手紙の来ない時があって、心配して調べたらお父さんは入院していたって」

「ああ」

それからの八年、生活費とかはどうしていたのだろう。父からの仕送りがなくて幼い子供と残されて困っただろう。

「お母さんっていくつ？」

夏夫はちょっと首を傾げ、「多分、三十六歳」。

わたしはくらくらと立ちくらみが起きそうになるのを懸命に堪え、「お母さん、どんな仕事をされてたの？」と訊く。夏夫は少し考え、「お母さんは家でパソコンをしてました。パソコンで、株の売買をしていました」と言った。

世の中はどんどん進んでいるのだ。

わたしは郵便局の前をさっと通り過ぎ、夏夫にこの先に酒屋さんとお弁当屋さんとお好み焼き屋さんがあることを丁寧に教える。

夏夫は神妙に頷《うなず》き、ちらっと後ろを振り返って赤いポストを見た。

次の角を左に曲がる。小学校に行き着く道で、右手は住宅が立ち並び、左側には市の貸し農園と歪《いびつ》な形の水田がある。歩きながら小学校の前を通るのはまずかったかと後悔する。まるで次から夏夫が行く学校を下見しているようではないか。そして、そんなことをいちいち気に病む自分に嫌気がさす。これはただの散歩なのだ。

「あの」夏夫は野球帽の庇《ひさし》を少し持ち上げ、「訊いてもいいですか」と言う。

「何?」

「僕、やっぱり憎まれているんですか?」

わたしはその手の質問を全く想定していなかった。

「ど、どうしてまた」そんなことを訊くの。

「僕、美苗《みなえ》さんのお父さんの愛人の子供でしょ、だから」と目をしばたかせた。美苗とはわたしのことである。さすがにお姉さんとは呼べないらしい。

「それ、お母さんから教えてもらったの? それとも指の太い弁護士さん?」

「お母さん」

「お母さんはなんて? 良ければ教えてもらえない?」

「はい」

母親から出生の秘密を知らされたのは、余命を宣告された病室であった。夏夫の母親、わたしと三歳しか違わない修子さんなる人は、夏夫にありのままを告げたらしい。

父親と修子さんが出会ったのはパソコンの研修であった。会社から熟年世代も扱えるようにと社費でパソコン教室に派遣され、修子さんはそこの講師を務めていたのだとか。

そこで二人は恋に落ち、不倫の間柄になった。二人が付き合い出して半年ほどして修子さんは妊娠した。そして夏夫が二歳の時、父は癌《がん》に倒れてそれきりとなった。

「お母さんが言ったんです。お母さんがもし死んだら、美苗さんのところへ行くようにって。最初は嫌がられるかも知れないし、憎まれるかも知れないけど、僕が素直で正直な人間でいれば、きっといつかは仲良くなれる日が来るから、」

「から？」

「……から、そのことを信じて頑張りなさいって」

夏夫はぷいと横を向き、真っ赤に染まった顔を伏せた。わたしはわたしで夏夫を無視して、田んぼに沿った道をずんずん歩いた。夏夫が追いかけて来る。

「美苗さんは人の誠意を判《わか》ってくれる人だからって、お母さんは言ってました」

十歳でそんなヨイショを覚えてどうする。

わたしは夏夫の目を捉《とら》え、「そんなことどうして判るの？」と少し強い口調で尋ねる。

夏夫は平然とした顔で、「お母さんが確かめました」と言う。わたしは思わず、小学校の正門前に来ていることも構わず首を傾げて立ち止まった。

「ちょっと待って。それどういう意味？　ちゃんと説明してくれる？」

夏夫はちらりと、わたしの後ろの小学校の名前の入った壁に目をやり、再び顔を上げてわたしを見た。

「僕のお母さん、美苗さんのこと見に行ったんです」

「いつ？」

「多分、お母さんが入院する少し前」

修子さんが入院したのは春になる少し前だとか。その頃《ころ》出会った不審な人物を懸命に思い出すが心当たりがない。

「わたし、お会いしてないけど」

「お母さんはこっそり美苗さんを見たって言ってました」

「見た、だけ？　声をかけたとか何か話をしたとか」

夏夫は首を勢いよく振り、そして、「そんなことしたら怪しまれるでしょ」と言う。

「見ただけで、わたしがどんな人間だか判ったって言うの？　あんたのお母さんは？」

夏夫はこくりと頷く。「仕事に行く様子が少しも嫌そうじゃないとか、洋服が地味でもないけどお洒落でもないとか、あと、つけ睫毛《まつげ》をしていないとか、三本入りの人参《にんじん》を選ぶのに五分もかけているとか、あと、」

「もういい」

正直にもほどがある。修子はそこのところをもう少し夏夫に教えておくべきだった。

わたしは額に滲《にじ》み出た汗を拭《ぬぐ》う。梅雨明け前とはいえ季節は完全に夏だ。今年の夏は暑いとどの予報士も言っている。

水田の途切れる辺りまで黙々と歩いた。夏夫も黙ってついて来る。

四つ角に来た。わたしは少し逡巡《しゅんじゅん》し、真っ直ぐ行くことにする。

「ねぇ、今度はわたしが訊いていい？」

「はい」

「夏夫君は、わたしと一緒に暮らしていいと本気で思っているの？」

夏夫の歩くペースがスローダウン。野球帽の庇で表情は見えないが、かすかに見える鼻先が息を吐いた気がした。

「僕、ほんと言うとよく判らないんです。お母さんは美苗さんをストーカーして、僕を任せてもいい人だと判断したみたいだけど」

ここで夏夫は初めて言いよどむ。

「美苗さんだってこれから先、ひょっとすると結婚するかも知れないじゃないですか。もしそうなったら、やっぱり僕は邪魔になると思うんです。でも、ここに引き取られなかったら、僕は確実に施設に行くことになるし。施設がどんなとこか、全然判らないんだけど、もしかしたら、ここよりマシかも知れないし。僕は、」

「夏夫君、ソフトクリーム食べよう」

夏夫はぱっと顔を上げ、「はい」と元気良く返事した。

このまま少し行くと学習塾のある三階建てのビルがあって、左手に小さな商店街の入り口が現れる。日曜日なんかはここの商店街で買い物を済ませる。

商店街を少し入ったところにケーキ屋があって、夏はソフトクリームを売っている。

わたしはバニラを、夏夫はチョコとバニラのミックスを頼む。お行儀が悪いが食べながら歩く。案の定、夏夫は少し抵抗したが、わたしはどこかに腰を据えてこの子としみじみ会話するということに激しく抵抗を感じたので、今日だけ特別と説得した。

商店街は幅四メートルほど、奥行き百メートルばかしの小さいものだ。昔ながらの八百屋魚屋瀬戸物屋があり、それなりに風情もあるし、顔を覚えられていて面倒くさいところもある。夏夫はきょろきょろ首を右へ左へ振って眺めている。

そんな夏夫を見ながら、わたしはソフトクリームを舐《な》め、この子の正直さは度が過ぎているのではないかと考える。夏夫の母は、正直であれ誠実であれと、人としての理を説き実践したのだろう。

悪くはない。勿論《もちろん》正しいのだが、ここまでになるというのは誰の遺伝子をより強く受け継いだものなのか。

夏夫の父親であるわたしのオヤジは、妻に隠れて浮気して、愛人に子供まで生ませていたのだ。誠実とは言い難い。

わたしが小さい時は、物すごい癇癪《かんしゃく》持ちだった。歳《とし》と共にさすがに大人しくなり、死を意識した病室では見る影もなかったが。

あの時、なぜ父は修子さんや夏夫のことを口にしなかったのだろう。修子さんがこんなに早く死ぬとは思ってなかったにしても、認知したのだ。後で相続問題とか起きるとは思わなかったのか。非嫡出子でもいくばくかの遺産を相続する権利がある。父も修子さんも知らなかった筈《はず》はない。それとも修子さんとの間では何がしかの取り決めなり約束が交わされていたのか。そういう事も含めて全てを納得していたのかも知れないが、修子さんはまだ十歳にしかならない夏夫を置いて逝かねばならなくなった——

ソフトクリームが溶けて右手をべたべたに濡らした。商店街が終わり、夏夫は次にどこに行くのかと首を回した。わたしは何となく右へ足を向けた。

橋がある。わたしはべたべたの手がどうしても我慢出来ず、橋の脇から草叢《くさむら》をぬって川の側へ降りた。両手を水に浸《つ》け軽く洗う。

立ち上がると夏夫がズボンのポケットからハンドタオルを出して差し出した。

わたしは小さなポシェットに携帯電話と財布しか入れていなかった。

「ありがとう」

橋を渡り、ゆるい坂道を上る。両側は住宅。まだ売り出し中の新築家屋もある。山を切り開いて宅地造成している。

綺麗《きれい》な家には幸せな家族が住んでいる。わたしは今でもそう思っている。

わたしの家は父の親の代からのものだ。古い木造家屋で父の代の時に二階を建て増しした。風通しのいい居間には縁側があって小さな庭に面している。母はそれだけが気に入っていた。そこで膝に孫でも抱いて、ぼんやり夕陽に染まる常緑樹を眺めていたかったのだろう。口には出さなかったが、死ぬ間際まで思っていた筈だ。

娘の子供でなく、娘の異母弟がその縁側に座るとなったら、母はどう思うだろう。

小綺麗な住宅群を見て、自分もまた天涯孤独なのだと知った。

「あ」

夏夫が一軒の家に駆け寄る。黒い門扉の向こうに大きな犬の鼻先が見えた。思わず止めようと思ったが、どうやら犬はゴールデンレトリバーのようだ。人懐っこい犬。案の定、犬は尾を振りながら夏夫の手を舐めようとしている。何気なく横から覗《のぞ》いた夏夫の顔には満面の笑みがあった。

「犬好きなの？　家で飼っているの？」

「ううん。家はマンションだから」

「そう」犬もなく母もいないマンション。

「美苗さん家《ち》は動物いないの？　嫌い？」

何だか口調がくだけているのがおかしい。子供は色んな意味で動物に弱い。

「ううん。前は猫飼ってた。子供の時は犬も飼ってた」

「へえ、犬？　なんて犬？」

「ラッキー」

「そうじゃなくて、犬種。犬の種類」

「あ、ああ、はい。えっと、秋田犬」

夏夫の目が丸くなる。

「秋田犬？　秋田犬って、あの大きな犬でしょ？　尻尾《しっぽ》を巻いた目の細い強い犬」

「うん、それ」

「うわあ、すごいなあ。格好いいよね。賢いし、すごく強い」

うちのラッキーが他の犬と喧嘩《けんか》したところなど見たことなかったが、まあ、あの体躯《たいく》なら大概の犬には勝てるだろう。

わたしは先へ行こうと促す。

「ラッキーと一緒だと安心した？」

「え？　どうして？」

「だって、散歩してると他の犬や、人間だって近づかなかったでしょ。美苗さんに何か悪いことをしようとしても、きっとラッキーが助けたよね。強い犬だから絶対守ってくれたよね」

そうだったろうか。覚えていない。

夏夫は坂の上を眺めながらも、まだ唇に笑みを浮かべている。心底羨《うらや》ましいと思っているのだ。大きくて強い秋田犬を。

「あのう」

突然、声を掛けられた。ぎょっと横を見ると、黄色いレースの日傘をさした五十年配の婦人がにこやかに近づいて来る。

「すみません、この辺りに田宮さんてお宅ご存知ないでしょうか」

わたしは立ち止まり、少し考える。思い当たらない。ご婦人はたちまち残念そうな顔をして、ハンカチでこめかみの辺りを拭った。

「そうですか。住所を書いたメモをうっかり家に置き忘れてしまって」

「電話番号とかご存知ないんですか」

「ええ、それもメモに書いていたもので」

夏夫も気の毒そうに見上げている。応えるかのように婦人は弱弱しく笑んでみせた。

「神社が目印ですぐ近くだからって聞いてたものですから、それで何となくすぐ判るだろうと雑な思い込みをして、メモを疎《おろそ》かに考えてしまったんでしょうね」

わたしは坂の上を見た。坂を上りきったところに意賀美神社がある。

「それでこの辺りを探しておられたんですか。ないですか」

「ないですね。もう三十分近く歩いているんですけど」と婦人は心底くたびれたように溜め息を吐く。わたしも夏夫もこれ以上どう言っていいか判らない。婦人もそう思ったらしく大きく肩を上下させ、ぱっと顔を向け、意外にも大きく微笑《ほほえ》んだ。

「仕方ないですね。出直しますわ。いつまでもウロウロしていたって仕様がありませんしね。ここはさっぱりと諦めて戻った方が良さそうです」

「はあ」

婦人は日傘ごと頭を垂れ、坂を下りて行った。わたしと夏夫はその後ろ姿を見送り、また坂を上り始める。空を見上げて暑いなぁと思った瞬間、頭の中で閃《ひらめ》いたものがあった。わたしは回れ右をして坂を走り出し、先程の婦人を捉えると、息を整えるのももどかしく問いただした。

「その、ハァ、田宮さんて、方は何て言う神社だとおっしゃいました?」

婦人は怪訝《けげん》そうな顔をしながらも、「イカミ神社ですけど。あの坂の上にある」と言うのをわたしはもの凄《すご》い勢いで両手を左右に振った。

「いえ、あそこにあるのは意賀美と書いてオガミ神社と言うんです。伊上神社は駅の反対側にあります」

「あらっ」

正常な呼吸に戻ったわたしはにっこり笑い、「以前、同じ間違いをされた人があったことを思い出したんです」と言った。

婦人は先程以上に深々とお辞儀をされ、坂を下って行った。

いつの間に坂を戻って来ていたのか、夏夫も隣に立って婦人の日傘を見ていた。

「さっきと傘の感じが違うね」

「え？」

「だって、さっきは何となく傘もくたびれたなぁって感じだったけど、今はすごく元気って感じ」

わたしが視線を向けると、たまたま見ている先でくるりと黄色の日傘が回った。

わたしは、ほんと、と呟《つぶや》いた。

神社を通り越して今度は下り坂を行く。道はY字路になっている。そのまま左へ左へ曲がるようにすれば家に戻ることが出来る。気温はますます上昇しているようだが、陽射《ひざ》し自体は随分柔らかに、そして色合いも濃く変わって来ている。携帯電話で時間を見れば、もうすぐ四時になろうとしていた。

そろそろ家へ戻ろうか。夕飯の仕度もあるし。その後、テレビでも見て風呂に入れて、疲れたろうからすぐ眠るだろう。そして明日は。夏夫は明日、帰ることになっている。明日の昼ご飯まででいいだろうか。一緒にいて嫌だと言う訳ではないが、やはり疲れる。

沈黙が長過ぎる気がして、「学校はどう？」と当たり障りのない質問をしてみる。

道はやがて平坦になり、また少し田んぼが続く。

「勉強は何が好き？」

植えられたばかりの短い苗が隙間を開けて並んでいる。その上を白い鷺《さぎ》の仲間の鳥が旋回している。

夏夫から返事がないので、ちらりと顔を覗き込んだ。「どうしたの？　疲れた？　そろそろ戻ろうか」

「美苗さんは疲れたんですか？」と逆に質問された。わたしは、つい否定しなかった。それがいけなかったのか、夏夫は黙り込む。子供の気分は秋の空どころか夏の夕立だ。わたしは突然、雨が降ったり雷が鳴ったりしないように、大人しく引き下がる。ここで深追いしたり機嫌を取ろうとしたりしては、逆にキレられる。放っておこう。

アスファルトの道は暑いが、両側が田んぼのせいか風が走って、少し気持ちがいい。

「一つ訊いてもいいですか？」

またか。わたしは眉間《みけん》に皺《しわ》が寄るのを堪え、なあに？と訊き返した。

「お父さんってどんな人でしたか？」

うーん。これまた微妙な質問を。

「お母さんからは聞いてないの？」

夏夫は首を振り、「色々教えてくれました。体が大きくて少し太っていて、ちょっと怒りっぽくて、子供みたいに笑うし、買い物が下手だけど焼きそばを作るのが上手で」とそこまで一気に喋《しゃべ》り、唐突に口を噤《つぐ》んだ。

しばらく待っていると、またぼそりと言った。「僕のお父さんじゃなくて、美苗さんのお父さんはどんな人だったかなと思って」

　またひねた質問を、とちょっと溜め息を吐く。そして慌てて、「だいたい同じよ。太っていて短気。家ではあんまり笑わなかったけど。買い物は確かに下手だった。でも焼きそばを作ってもらったことはなかったわね」

「違うじゃないですか」

「そりゃ、」と言って、わたしは絶句する。何と続ける。

「もっと違うとこいっぱいあるでしょ。教えて下さい」

「そ、そうねぇ」わたしは夏夫の視線を避けて、田んぼの際を早足に歩く。

「三十歳を超えた位からハゲ出してね、毎朝、養毛剤っていうの？　あれを塗っていたわね。わたしがうっかり無駄じゃないのって言ったら、もの凄い剣幕で怒り出したわね。家ではほんとに無口で、会社のこととか自分の友達のこととかあんまり話さなくて（勿論、浮気のことも）、死んだ時、誰に知らせたらいいのか判らなくて母と二人で途方に暮れたりしたわ。父には妹がいてね。わたしの（あんたにとってもだけど）叔母さんになるんだけど、北海道に嫁いでてめったに逢わないの。父にそっくりでね、太っているとこも。でも父と違って陽気でおしゃべりな人だから、一緒にいると楽しい人なの。父は会社から帰ると必ず居間で晩酌をして、春から秋は野球を見て冬は録画した相撲とニュースで時間を潰《つぶ》して、それから」

　ちらりと夏夫を見る。夏夫にはどっちの父も想像するしかないのだ。

　田んぼが途切れて再び住宅が現れ出した。影が縦長に伸びている。

「それから？」

「そ、それからって。まだ、聞きたいの」

「だって聞かなきゃ僕、永遠に判らないんだから。僕、美苗さんと一緒に暮らしたら、お父さんのこともっと教えてもらえますか？」

「え、えっ……」

「だって、僕には二歳までしかお父さんがいなかったんだから。浮気して出来た子供だし。ねえ、どうして僕のお母さんは美苗さんのとこに行けって言ったんだろう？」

そんなことはこっちが訊きたい。

「施設で育ったって幸せになれるかも知れないでしょ？　施設の子はみんな不幸なの？」

「だったら行けば？　施設に」大人気ないが、わたしとて気分を害する。夏夫もすぐに気づき、悔しげに目を伏せた。

「わたしにも判らないわ。あんたのお母さんが、わたしをストーカーしてまで何を調べていたのかなんて」

夏夫は傷ついた顔をしたが、わたしは少しも良心が痛まなかった。

「……子供だからって、」

「はい？」

「何でも大人の言いなりにならなくてもいいと思う」

「それって、わたしと暮らさないで施設に行くってこと」

「そ、そんなこと言ってない」

「なら、どうしたいのよ」

「一緒に暮らすなら、別に血の繋《つな》がった人でなくてもいいと思う。急に見たことない人をお姉さんって呼べって言われても無理だし」

「それはわたしも同感」

夏夫は泣きそうな顔で、「ぼ、僕と美苗さんじゃうまくいかない、いきっこない。いつか大喧嘩するに決まってる」と叫ぶように言う。もう、これは喧嘩だと思うが。

「他に養子になるあてでもあるの?」

わたしの言い方が悪かったのか、夏夫は顔を真っ赤にして涙を溜めた。そしてすぐに表面張力が破れると、さっきのおばさんに頼む、日傘のおばさんに一緒に暮らしてもらうと、訳の判らないことを言って走り出そうとした。わたしは慌てて追いかける。

さっきのおばさんとは道を尋ねた人のことか。どうしてここであの人が出て来る。すぐに夏夫の襟《えり》首《くび》を捉えたが、腕を振り回すものだから手を離してしまい、また追いかけ掴《つか》まえる。そんなことを何度か繰り返し、ようやく住宅街の小さな公園に引っ張り込み、走るのを諦めさせた。

公園の、タイヤを半分埋めた遊具の横で、わたしはあられもない格好でへたり込み、肩で息を吐いた。側で夏夫は茫漠《ぼうばく》として、ブランコに乗っている未就学児童を見ていた。額から垂れる汗を拭おうと夏夫のポケットを横目で見ると、細かに揺れている。タイヤの向こうにある野球帽の下に、ひっくひっくとしゃくり上げながら泣く顔があった。

そう、まだ十歳で、身寄りがなく、頼りの母親は先月亡くしたばかりなのだ。不安だろう。心細いだろう。そして寂しいだろう。この上なく寂しいだろう。

ひょっとして、この子が試しにわたしと土日を過ごすという提案を受け入れたのは、寂しかったからじゃないだろうか。単に誰かと一緒にいたかった。誰でもいいから誰かと一緒にいたかった。泣いている横顔を見て、そう思った。

公園を囲むように一軒家が立ち並び、やがてその影で公園全体が薄墨色に翳《かげ》った。

わたしは立ち上がり、「行こう」と声をかける。夏夫は渋々立ち上がり、ポケットからハンドタオルを出して丁寧に顔を拭った。

わたしは自分の手の甲で汗を拭う。

少し行くとまた四つ角に出た。その真ん中でわたしと夏夫は首だけでなく、体全体を回して四方を見やる。

「どっちに行こうか」

「右がいいです」

「どうして」

「左に行くとあの郵便局の方へ出るから」

男は全般的に地理に強い。夏夫は赤い目をして右の道を見ている。「僕と美苗さんは……もう少し話し合った方がいいと思います」

わたしは噴き出すところを必死で堪えた。

そして、夏夫の顔の前に指を一本立てて提案した。

「夏夫君は右の道を行って一本目を左に曲がって。わたしは真っ直ぐ行って右に曲がる。そうしたら四つ角でまた出会える」

夏夫は不安そうに見上げる。

「すぐまた会えるから。それまでお互い一人で冷静になって考えてみたらどうかな。四つ角で会ったら、そこからまた二人で散歩しよ」

夏夫は何となく頷き、わたしが先に歩き出すと諦めたように右の道へ足を踏み出した。

お互いが見えなくなると、わたしは少し速度を速めた。

夏夫が必死で角を曲がり、四つ角を目指して駆けている気がしたのだ。

（第39回入賞作品）

※あははの辻とは、京の、二条大宮の四つ辻のことで、平安時代、百鬼夜行の行き交う場所と言われていたそうです。

第40回　北日本文学賞　2005年度　応募総数719編

入　賞　「最後の姿」飛田《ひだ》一歩《かずほ》（39歳・東京都）

選　奨　「軒の雫《しずく》」沙木実里《さきみのり》（58歳・東京都）
　　　　「結《ゆ》い言《ごん》」藤岡陽子（34歳・東京都）

候補作品　「風の棚」古川壬生《こがわみぶ》（54歳・青森県）
　　　　「神様の匂《にお》い」菅原裕紀《ゆき》（39歳・岩手県）
　　　　「夢の地層」原口啓一郎（55歳・埼玉県）

第40回選評

40年の完成度

宮本 輝

ひとつの文学賞が四十年間もつづけられるのは並大抵のことではない。

このわずか十年を概観しても、多くの文学賞が創設されては消えていった。その理由は幾つかあるが、つまるところ俗な言い方ではあっても「ブランドの力」というものが文学賞にあるのだ。

北日本文学賞は今回で四十周年を迎えた。約半世紀にわたって全国津々浦々から多くの方々が三十枚の短篇《たんぺん》小説を書き送りつづけてきたのだ。

飛田一歩氏の「最後の姿」は、書かなくてはならないことを書き、書かないほうがいいことは書かないという技法の点において、四十周年目の受賞作にふさわしい完成度を持っている。

自分の父は、もしかしたら祖父ではないのかという主人公の疑問は、最後のところで微妙な均衡を伴って明かされるが、その微妙さが作者の熟成度を示している。

過剰な描写を抑えていながらも、主人公と母と祖父がそれぞれの歴史を背負って行間から立ちあがってくる。優れた短篇だと思う。

六篇の候補作はすべて粒揃《ぞろ》いで、受賞作を決めたあと、そこから二篇の選奨を選ぶのは難しかった。私は消去法をとることにして、原口啓一郎氏の「夢の地層」を外した。ファンタジー小説にはファンタジー小説の凄《すご》みがひそんでいなければならない。現実と明らかな虚構とが、どこかで混然となる一瞬こそ、読者を迷宮に導くのである。「夢の地層」はそこのところで稚拙であり、凝り過ぎた文章で謳《うた》ってしまっている。

菅原裕紀氏の「神様の匂い」は読後感のいい短篇で、静かな調べが終始一貫している。だが、黒人米兵とのあいだに生まれた青年そのものが無臭で、「神様の匂い」という題がそれを説明してしまっている。守男というひとりの人間が、もっと深く描かれなければ、この短篇はほとんど意味を持たないのではないだろうか。

古川壬生氏の「風の棚」も丁寧に誠実に書かれている。けれども、なすび畑の葉の隙間に形づくる映像が短篇のメタファとしては淡すぎて、ふたりの姉妹の言葉は年齢とそぐわない。書き出しの滑らかさが最後までつづかず、作者がどうやって幕を降ろしたらいいのかわからないまま筆をおいたことを悟らせてしまうのだ。気持のいい作品だけに、惜しい気がした。

選奨の、沙木実里氏の「軒の雫」は、十五歳で新橋芸者となった母を見つめる娘の視線のまっとうさに心打たれる。仕事を終えて帰って来た母が三味線を弾く場面も、芸者用の化粧を施していく場面も、密度ある文章によって、ひとりの女の人生を照射していて見事である。これも短篇としての完成度は高い。

もうひとつの選奨の藤岡陽子氏の「結い言」もうまい短篇だ。老いて、ときに正常な精神ではなくなる妻のために着付教室に通うという設定はいささか陳腐だが、女ばかりの着付教室に通って来るその老人を見る生徒たちの視線は確かで暖かい。

老人の葬儀によってこの短篇は終わるが、終わらないもの、つづいていくもの、繰り返されていく何かを感じさせるのは、文章の力ではなく作者の人柄の手柄であろう。

最後の姿

飛田一歩

飛田一歩（ひだ・かずほ）１９６６年岐阜県生まれ。本名・羽場幸子。金沢大学理学部化学科卒業。書店員。第１回浦和スポーツ文学賞、第６回舟橋聖一顕彰青年文学賞、２００３年さいたま文藝家協会賞準賞、第１回林芙美子文学賞佳作受賞。共著に『脈動』同人誌作家作品選（ファーストワン）。東京都練馬区。

父の町は各駅列車で二時間半のところにあった。母の町と父の町は乗り換えなしの一本のレールで結ばれていたのだった。年末年始を過ごす奥飛騨の温泉地に向かう時、多奈子と母はいつも高山線を利用する。多奈子はこれまでに何度もこの町を素通りしていたことになる。父の住む宮田という場所は特急列車の停《と》まらない小さな集落だった。冬の高山線は途中から雪景色に変わるが、果たしてここは雪の積もる場所だっただろうか。窓の外を流れていくだけの景色だったから、気に留めたこともなかった。

多奈子は駅前の酒屋に入ると、店番の老人に道を訊《き》いた。老人は丁寧に道順を教えてくれた。礼を言って表に出ると金木犀《きんもくせい》の香りがした。民家と小さな店が交互に並ぶ通りを歩いた。沿道に並べられたプランターに夏の花が植えられ、残暑のせいでどれも萎《しお》れていた。

敦也との結婚が近づくにつれ、就職した頃《ころ》と同じような神経性の胃痛がまた始まった。多奈子が母子家庭であることは、敦也にも、向こうの両親にも伝えてある。岐阜市内の小さな商店街で手芸店を開き、細々と商売を続けて女手ひとつで多奈子を育てた母のことは敦也の両親も理解してくれた。

披露宴の打ち合わせをする時、敦也の両親は多奈子が片親であることを目立たせないようにと配慮した。敦也側の親戚《しんせき》を父親代わりとし、花束贈呈の代理も頼んだ。多奈子たちには代役を頼めるような親戚がいなかった。

多奈子が成り行きにまかせていると、敦也の両親はさらに一歩、多奈子の側に踏み込み、「せっかくの機会なのだから、お父さんに会ってみたらどうかしら」とことあるごとに言うようになった。父親の名も住所も知らない、生きているのかどうかさえわからないと、かなり冷めた口調で敦也には言ってあり、その徹底した無関心さは向こうの両親にも伝わっているはずなのに、意地を張って会おうとしないのだと両親は思い込んでいた。結婚の準備が進むにつれ、多奈子は不在の父親に目を向けざるを得なくなっていったのである。

急性の痛みが次第に慢性化し、同居中の母からも心配されるようになった。いつもの一過性のものと気にしないようにしていたのだが、あまりの痛みに立ち上がれなくなることが二、三度続いたため、病院に行った。問診、触診の後に胃カメラを飲んだ。

その時見つかったのは良性のポリープだった。医師から両親の病歴について訊かれた。父は亡くなったと答えると病名を訊かれる。交通事故でとごまかすと、お父さんには心臓病、糖尿病、癌《がん》その他もろもろの疾患はなかったかと質問を重ねられる。不意打ちを食らったようになった多奈子はしどろもどろになりながら、父のことはよく知らないと答えた。

病院からの帰り道、多奈子は父の特徴を心の中で唱えてみた。そんなことを考えるのは初めてのことだった。胃弱体質、日焼けに弱い皮膚、四角くて割れやすい爪《つめ》、先の尖《とが》った耳。多奈子が想像する父の姿は、多奈子にあって母にはみられない部分を選び出して、組み合わせたものである。多奈子の顔は母と似ていた。切れ長の眼《め》、平らな頬《ほお》、真ん中が膨らんだ唇。父親の面影を探す余地などない。だから多奈子は子供の頃から自分は母一人から生まれてきたように感じ、そのことに満足していた。

しかし、顔以外にも親から遺伝するものがあるということを今さらながらに知った。多奈子がいくら意識の外に父親を追いやってみても、父親は多奈子の中に存在するのである。

そんな中、多奈子は偶然手にした母子手帳から父の名と住所を知ったのだった。家にいる時荷物が届き、印鑑を探して引き出しを開けたら、まるで多奈子がそこを開けるのを待っていたかのように置いてあったのである。

子供の頃、母子手帳を学校に持って来るようにと言われた時、母に失《な》くしたと言われたことを思い出した。「わが生い立ちの記」というテーマで六年生最後の作文を書いた時のことだった。多奈子の作文はクラスで一番短かった。母子手帳すら残されていないことを恨めしく思ったものである。

母は娘の目に触れる場所にわざわざそれを置いた。それは明らかだと思った。今さら母が、どうしてと思いながら、多奈子は母子手帳に記された父の名と住所を写し取った。

「一度、様子を見てきたら？　そうすれば、すっきりするし」

父の住所が同じ県内であることを知った敦也が勧めた。簡単に言ってくれると思ったが、多奈子は黙っていた。敦也の希望を受け入れた形で、あくまでも受け身の立場で父に会いに行くのなら、行ってもいいという気持が動いていた。

教えられた場所には八百屋があった。店には誰もいない。店の前は白いペンキをこぼしたように鳩《はと》の糞《ふん》で汚れている。数羽の鳩が野菜くずを啄《つい》ばんでいた。字の消えかかった看板には、今井青果店とある。父の姓だ。店先に出された台の上に茄子《なす》、胡瓜《きゅうり》、茗荷《みょうが》が並べてあるだけで他には何もない。鳩が多奈子の足元に近づいてきた。首を伸ばすたびに極彩色の模様が光る。子供の頃から、多奈子は鳩が好きではない。

母はいつも手に何か持っていた。縫い針の時もあれば、編み棒の時もあった。小さな多奈子が母に近づこうとすると、針が危ないからと追い払われ、話し掛けると編み目がわからなくなるから静かにするようにと言われた。

夕方になると、母と買い物に行く。帰り道はいつも公園に寄り、母は多奈子を膝《ひざ》に乗せて、ブランコを漕《こ》いでくれる。その時に母が口ずさむのが、「鳩ぽっぽ」の歌だった。「鳩ぽっぽ」は単調な歌詞で、聴いている方はすぐに飽きてしまう。他の歌をねだると母は「夕焼け小焼け」や「七つの子」を歌うが、一通り歌ってしまうと、また「鳩ぽっぽ」に戻る。誰もいない小さな公園で、母と二人でブランコに乗った記憶は、寂しい情景となって多奈子の記憶に残っている。鳩を見ると、母の物哀《ものがな》しい歌声を思い出す。

日除《ひよ》け帽を被《かぶ》った女が一輪車を押してやって来た。荷台には、トマトやピーマン、胡瓜が山盛りに乗っている。女は籠《かご》に野菜を並べ、「おるのー?」と店の奥に声を掛ける。日に焼けた顔に汗を流しながら、多奈子に屈託のない笑顔を向ける。多奈子はその場を離れるに離れられなくなる。

店の奥から背の高い老人がエプロンの裾《すそ》で手を拭《ふ》きながら出てきた。エプロンは赤や黄色、緑色や白の絵の具で汚れていた。

「絵ェばっかり描《か》いてないで、ちゃーんと商売しなされよ」

女の言葉に老人は苦笑いをする。薄い髪を長く伸ばしているせいか、八百屋というより絵描きといった風情がある。「ほれ、お客さん」女は多奈子を指し、「蒸すねえ」と言い残して去って行った。

女に言われる前から、老人は多奈子に気付いていた。スーツを着て肩からバッグを提げた多奈子を、店の客として扱っていいのか迷っているようにみえた。多奈子も戸惑った。なぜならば、目の前にいる老人は、父というには年を取り過ぎていたからである。色褪《あ》せたような白い肌と、筋が何本も浮き出た首を見るともなく見て八十過ぎではないだろうかと思う。母は五十六である。父の年齢は生きていれば六十前後といったところではないか。老人は眉毛の奥の眼を細め、多奈子を見る。薄い膜が張り、青味がかってみえる眼が次第に険しくなっていく。

「どちらさん、ですかな」

老人は用心深げに訊く。

「今井、隆行さんのお宅ですか」

母子手帳で初めて知った父の名前が、多奈子の口から自然に出た。

「どちらさんやな？」

「今井隆行さんは、こちらにはいらっしゃいませんか」

胸の中が震えていた。暑さのせいではない汗が脇をつっと流れる。

「隆行ァ、とうの昔に、死んだんやが」

半分予期していた返事だった。多奈子の胸の上までせりあがっていたものが、胸の底にすとんと落ちた。

「ご存知じゃあ、なかったですか」

老人はそれまでと違って、柔らかい声で言う。老人は多奈子の祖父なのだろうか。父の存在は気に留めていたが、多奈子は祖父母のことは考えたことがない。ぷつりと切れていた鎖が繋《つな》がり始める。

「上がって、参っていくかね」

老人は多奈子が返事をしないうちに、店の奥へ入った。多奈子は一歩一歩すり足で歩く老人の後について行った。

上がり口は板張りの部屋だった。そこはアトリエらしく、絵の道具や描きかけの絵が広げてあった。隣が居間である。裸の掘り炬燵《ごたつ》、小さなテレビ、古い型の扇風機、座椅子《ざいす》が一つきりのこざっぱりとした部屋だった。老人は障子戸を開け仏間に案内した。仏壇にはひまわりが二本飾られていた。

多奈子は正座し、手を合わせた。時間をかけて黙祷《もくとう》し顔を上げると、白黒写真が眼に入った。髪を短く刈った丸顔の男が写っていた。顎《あご》を引き、上目遣《つか》いにこちらを見ている。眉《まゆ》の濃いところが老人に似ていた。固く結んだ唇は片方が吊り上がり、あまりいい印象ではない。位牌《いはい》を見ると、法名の中に隆の字があった。おそらく父の写真だろう。

多奈子は心の中を真っ白にして、何かを感じ取ろうとした。父の気配のようなものを得たいと思ったが、それは無理だった。仏間は静まり返っているだけで、多奈子の胸の中には何も入ってこない。

「息子もばあさんも、ひまわりが好きでナ」

仏前にそぐわない花を飾っていることを弁解するように祖父は言う。写真の父からは、ひまわりの花を好むような健康的な感じが伝わってこないが、父が、好きな花を持つ男性であったということに、多奈子はほっとする。

居間に戻ると、祖父はお茶の支度を始めた。もう帰りますと言っても取り合わず、まあ、座りなさいと座布団を敷く。何気なくその座布団を見て、多奈子はどきりとする。見覚えのある柄なのだ。

多奈子が子供の頃使っていた布団と、同じ模様だ。多奈子は母の手作りのその布団が好きで、足がはみ出るまで使った。今は細かく裁断されて、パッチワークの材料として母が大切に使っている。同じ布だ。間違いない。薔薇《ばら》の花の周りを五つの蕾《つぼみ》が取り囲む構図や、蕾の割れ目からピンク色の花が覗《のぞ》いているデザインは、多奈子がずっと慣れ親しんできたものである。この座布団は多分、母が作ったものなのだ。かつて母はここに住んでいたのだろうか。そう思って部屋の中を見回すと、あらゆる物に母の手を感じてしまう。

色とりどりの毛糸のボンボンを繋いだ暖簾《のれん》、リボンで作った犬や猫の置物、テレビの上のレース編みの敷物。母が昔レース編みや、リボン細工に凝っていたのを多奈子は覚えている。壁には鳩の絵が何枚も画鋲《がびょう》で留められていた。葉書よりも一回りほど大きな紙に細い線で精巧に描かれた絵だった。

「この絵はおじいさんが？」

祖父は頷《うなず》き、蓋《ふた》付きの湯呑《の》みを漆塗りの茶托《ちゃたく》の上に置いて出してくれた。多奈子はまるで生きているように描かれた絵を何度も順繰りに見る。そうしながら、隆行の娘であることを言うべきかどうか、迷っている。母と父の別れの理由を知らない多奈子は、祖父とどう接すればよいのか、わからない。無邪気さを装うにしても、タイミングをすっかり外してしまっている。

視線を感じた。ふと祖父を見ると、祖父は予期せぬ熱い目で、多奈子の顔を見ていた。視線が合う。祖父は咳《せき》払いをする。口元を歪《ゆが》め、視線を落とす。祖父は自分が誰なのか気付いている、多奈子は瞬時に悟る。

「私、今度、結婚するんです」

唐突とも言える多奈子の言葉に、祖父は微笑《ほほえ》んだ。頬に深い溝ができた。そうか、そうかと首を縦に振り、多奈子にお茶を勧めた。祖父のお茶は苦味と甘さが混じった深みのある味がした。多奈子が挨拶《あいさつ》をして立ち上がろうとした時だった。

「澄子さんは、達者ですか」

母の気配がかすかに残された家で、初めて母の名前を耳にした。澄子さん、母は舅《しゅうと》からこう呼ばれていたのだろうか。祖父が母を名で呼んだことに、一瞬かすかな違和感を覚えた。この場合は、「お母さん」という言い方が普通に思えたのである。母は元気ですと伝えると、祖父は「ああ」と感嘆の声ともとれる返事をして、それきり黙ってしまった。

店先まで見送りに出た祖父は、多奈子が駅に向かって歩き始めると、呼び止めた。エプロンを外し、杖《つえ》を手に取る。駅まで送ると言う。暑いですからと多奈子は止めるが、祖父はサンダルを紐《ひも》の付いた黒い靴に履き替えた。店を出る時、祖父はビニール袋に野菜をいっぱいに詰めて手に持った。家の中では背が高く大柄に思えた祖父だが、並んで歩いてみると、前屈《かが》みで杖を使うせいか、ずい分と華奢《きゃしゃ》に思えた。祖父の荷物を持とうとすると、大丈夫だと言う。駅までは何も喋《しゃべ》らず、ただ呼吸だけを合わせて歩く。

駅に着くと、祖父はビニール袋を多奈子に渡した。「なんにものうて、すまんなあ」と繰り返す。天井の高い小さな待合室には誰もいなかった。入り口に吊るされた風鈴が時折静かに鳴った。風鈴が鳴ると、待合室の隅に置かれた虫かごの中で鈴虫が鳴いた。風鈴が静かになると、鈴虫も鳴き止む。再び風鈴が鳴ると、鈴虫も鳴き始める。その競演に多奈子と祖父は気付き、顔を見合わせて笑った。祖父の眼が濡れていた。

「体に気を付けてな」

「おじいさんも」

ホームに出る時になって慌ただしく短い言葉を交わす。

「澄子さんに、よろしく伝えて下さい」

多奈子が改札を通ってから振り返ると、祖父は振り絞るような声で言った。

列車が動き出した。線路沿いの鉄柵に寄り掛かっていた祖父は手を振った。多分、祖父は多奈子がどこに座っているかわからなかったに違いない。多奈子が窓を押し上げた時、すでに祖父の姿は小さくなっていた。やがて、先の絞られたレールの向こうに吸い込まれるようにして、その姿は消えた。

二年後、多奈子は女の子を出産した。母が店の仕事を店員に任せ、名古屋に住む多奈子たちのマンションに泊りがけで手伝いに来た。

窓から射《さ》し込む陽射しの元で、沐浴《もくよく》させる時間が多奈子は好きだった。手の力を抜いて、赤ん坊の柔らかな肌を擦《こす》る。穏やかだった。一日中流しているシューベルトのメロディーに合わせ、母は鼻歌を歌った。沐浴を終えた赤ん坊は、多奈子の乳を吸う。授乳を終えた後、多奈子がブラウスのボタンを外したままの恰好《かっこう》で、赤ん坊のオムツを換えたりしていると、母は必ずたしなめた。

そういえば、母はいつも胸元をきっちりとさせている人だった。家でも店でも、首もとの締まった服を着ていた。多奈子は母にネックレスを贈ったことがある。小遣いをためて買ったネックレスを母は気に入ってくれたが、せっかくのネックレスはいつも服の下に隠れてしまっていた。そのことを多奈子が不満気に言うと、母は「女は肌を見せるものではないの」と古風なことを言った。

母は身持ちが堅いのだと大人になって思うようになった。再婚話もあったようだが、相手に会ったという話は一度も聞いたことがない。白髪を染めもしないで、いつも後ろで一つに束ねている母を見ていると、年老いていくことに何の抵抗もない、むしろ老いていくことを待っているような、投げやりとも違う、変に時の流れに従順なものを感じるのだった。

赤ん坊は小さくても思いがけない重さがある。抱くたびにその予想以上の重みが命の重みに思え、涙ぐみたいような気分になる。自分とこの子は血が繋がっている、ふとそんなことを思った時に、多奈子は父のことをつい口にしたのだった。

「私、お父さんに会いに行ったことがあるの」

ベビーバスの後片付けをしていた母は、聞こえない振りをした。多奈子が父に会いに行くだろうということを、母は予期していたと思う。母子手帳を目につく場所に置いた時、母はそれまで閉ざしていたものを多奈子に伝える決意をしていたのだから。

「……お父さんって、どんな人だったの？」

乳を吸ったまま眠ってしまった赤ん坊の頬を撫《な》でて、多奈子は気が高ぶらないように自分を抑える。

「さあねえ」

母の相変わらずの返事に多奈子は苛立《いらだ》った。

「お母さんは、知ってるんでしょ。お父さんはもう、亡くなってるよ」

そうなのと母は呟《つぶや》き、また黙ってしまった。それとなく父の住所を知らせておきながら、やはり沈黙を守り通す母の頑固さを、多奈子は憎みたくなる。

「どんなお父さんでも、私、驚かないから。どうなの？　……刑務所に入っていたの？」

母はぽかんとして、次の瞬間吹き出した。

「まさか」

「お母さんがあんまり隠し通すから、お父さんは犯罪者かも知れないって思ったこともあンのよ」

ベビーバスの片付けをして痛めたのだろうか、母は腰をさすっている。筋張った母の手を見ているうちに、問い詰めるのが気の毒になってくる。多奈子があきらめかけた時、母はようやく口を開いた。

「お父さん、今なら、犯罪者って言われたかもしれないね」

多奈子を脅かす口振りではない。しみじみとした言葉に実感がこもっていた。

「お父さんは大事に育てられ過ぎたのね。我儘《わがまま》だった。気に入らないことがあると、大暴れするの。お酒も好きだったし、仕事は何をやっても長続きしないし」

「お母さんも暴力されたの？」

「蹴《け》られたり、殴られたり……。お母さん、青痣《あおあざ》が絶えなかった」

「誰かに、相談しなかったの？」

「お母さんも意地っ張りだったのね。実家にも、周りにも何も言わなかった。昔は離婚なんて、なかなか許してもらえなかったし」

「お姑《しゅうとめ》さん、お舅さんは？」

「いつも止めに入ってくれたわよ。すまないって謝ってくれた。お母さんがあの家に三年もいられたのは、あの人たちのお蔭《かげ》……。お前を身ごもっている時でも、暴力が続いたの。お腹を蹴られたこともあった。もう、あそこにはいられないと思ってね、出たの。このままじゃ、お前も危ないと思ったし」

多奈子の体が強張《こわば》った。多奈子は赤ん坊が自分の中にいる時、いつも撫でさすり、話しかけた。赤ん坊は多奈子や敦也の問いかけに答えるように、元気よく蹴り返してきたものである。小さいながらに懸命に育とうとする胎内の赤ん坊に幾度感動したことだろう。

「ドメスティックバイオレンスに、虐待ね」

多奈子はわざと人ごとのように言い放ったが、自分の言葉に胸が締め付けられるような気がした。一言でもいいから、父とのいい思い出を話して欲しいという思いが多奈子にはあったが、それ以上、何も訊けなくなった。

赤ん坊をベッドに寝かせてから、多奈子は母の淹《い》れてくれた緑茶を飲んだ。

「八百屋さんね、まだ、お店やってたよ」

再び、父の家の話をしてしまったのは、お茶の味で祖父を思い出したからだ。

「おじいさんがね、細々とやってた。鳩の絵、描くのね、おじいさん。優しそうなおじいさんだった。駅まで送ってくれてね、足はちょっと弱っていたけど、お元気そうだったよ」

多奈子の話を、母は息を詰めるようにして聞いていた。父の家の話はもうしないつもりでいたのに、再び口にしてしまったことを悪いと思った。けれども、祖父の話をなぜだか伝えたくなってしまったのだ。母の辛《つら》かった結婚生活の中で、あの優しそうな祖父が陰で支えてくれたに違いないと思ったからである。

「澄子さんはお元気ですかって訊かれたの。よろしくお伝え下さいって」

母が目頭を押さえた。

「おばあさんは亡くなってた。おじいさん、一人暮らしなんだね。誰か手伝ってくれる人、いるのかなあ」

湯呑みを両手で包みこんでいる母の顔を下から覗くと、母は顔を見られたくないのか、多奈子の視線を避けた。

「そうそう、びっくりすることがあったのよ。あれ、お母さんが作ったのじゃない？　ボンボンの暖簾とか、私の布団と同じ柄の座布団とか。なんかね、懐かしい感じがしたの。初めて行った家なのにさあ。きっと、おじいさんが大切に使っているのね」

ふと気付くと、母は声を押し殺して泣いている。母は深呼吸を繰り返したが、湧《わ》き上がるものを堪《こら》えきれなくなったように、両手を顔に当てて泣き崩れた。多奈子は母がそんなふうに泣くのを初めて見た。

「おじいさんが、どうかした？」

多奈子は母の背中を撫でさすった。母が顔を上げるまでにはしばらく時間がかかった。泣いた後の母の顔を見ると、眼の周りの皺《しわ》が深くなって、一度に年をとってしまったように思えた。

「お願い、もう、あの家の話はしないで」

母の言葉に多奈子が何度も頷くと、母は「ごめんね」と言った。

多奈子が父について再び考えるようになったのは、母が店に戻り、多奈子も育児に慣れてきた頃からである。多奈子は祖父と母の両方を知っている。祖父は母を澄子さんと呼び、母の残したものを捨てもせず、むしろ、小さな手芸品まで大切にしていた。祖父の描いた鳩の絵が何度も浮かんでくる。多奈子が幼い頃、母はなぜいつも「鳩ぽっぽ」を歌っていたのだろうか。多奈子から祖父の話を聞いた時に泣き崩れた母……。

自分の中に流れる血などどうでもいいと思っていたはずなのに、ある拍子に自分が汚らわしいものに思えてしまう時がある。祖父が実は血の繋がった父なのではないかという疑いは、日に日に強くなっていく。母がそんな過ちを犯すなんて考える方がどうかしていると思うのだが、神経質なほど身のたたずまいに気を配る母だからこそ、過去が逆に浮き彫りにされて、多奈子にあらぬことを想像させてしまうのだ。首が座り、多奈子と目が合うと手足をバタバタさせて喜ぶ我が子を見ると、自分だけではなく、自分の子までもが、汚らわしいものに犯されてしまったような嫌悪感に襲われた。

子どもが一歳を過ぎると託児所に預け、多奈子は職場に復帰した。子どもは自分の手で育てると言い通していた多奈子が働くと言い出した時、敦也は反対したが、多奈子は自分の意見を押し通した。「家の中で子どもと二人きりでいると、ロクなことを考えない」と。敦也はロクなこととは何だとは訊いてこなかった。多奈子の切実な眼に負けたようである。

多奈子は忙しさの中に自分を突き落とし、隙《すき》さえあれば這《は》い登ろうとする小さな疑問を、無造作に切り落として過ごした。二人目を身ごもった時もぎりぎりまで働き続けた。出産後は敦也の母の手を借りた。母は育児を手伝いたがったが、その頃母が開いた手芸教室が、軌道に乗ったばかりで忙しそうだからという理由で断った。母と二人きりになった時、多奈子は何かを言ってしまいそうな気がしたからである。二人の子育てに追われ、父の家は次第に遠い存在になっていった。

母が亡くなった。店の改装工事に向けて、深夜働いている最中、心臓麻痺《まひ》を起こしたのだった。六十三歳だった。

葬儀を終え、母の残した店、母の遺品を片付けなければならない時になっても、多奈子は体に力が入らず、それを一日延ばしにしていた。結局、母からは何も訊けずじまいだったという悔いが残る。母の遺品の中に、多奈子への伝言が何か残されているのではないかという期待もあるが、それを知るのが怖い。母の葬儀は寂しいものだった。母の好きだったクリームイエローの薔薇で祭壇を飾ったが、母は身内が少なく、弔問客も疎《まば》らだった。母の従姉妹《いとこ》だという人が来たが、母とは疎遠にしていたようで古い話はできなかった。

母が何も話さなくても、いつか誰かから訊き出せることがあるかもしれないと、多奈子は思っていた。しかし、母には親戚や知人といえる人はほとんどいないのだった。本当のことがわかるのは、向こう側で母と再会した時かもしれないと、多奈子は諦《あきら》めている。

母の死を知らせなければならない人がいる。

四十九日の法要を終えた後、多奈子は気が変わらないうちにと、その翌日、七年ぶりに父の町を訪ねた。

祖父の店はなかった。そこだけ工事用の柵で囲まれ更地になっていた。何か一つでも残されたものはないかと、多奈子は地面をつぶさに見たが、黄葉した銀杏《いちょう》の葉しか落ちていなかった。鳩の糞で汚れた道路だけが父の家の名残だった。多奈子は向かい側のうどん屋に入った。

今井青果店が取り壊されたのは最近のことだが、祖父は二年前に脳卒中で亡くなった。救急車の手配や親戚への連絡やらで大変な目に遭ったと話すうどん屋は、多奈子の顔をじっと見た。

「葬儀はどなたが」

「大阪から遠縁だという人が来てすませていったよ。今井さんとこは、息子さんが早くに亡くなっているし、娘さんもどこか遠くに嫁いだきり音沙汰《おとさた》がないっていうしね。いい人だったけど身内に恵まれなかったね」

店主は首を傾《かし》げて多奈子を見る。

「お宅はどちらさんですか」

多奈子は返事に詰まった。正直に母の名を出せば、何か訊けるかもしれないと思ったが、どんな話をされるかわからない。咄嗟《とっさ》に「以前、お世話になったものです」とごまかした。店主はその答えには不服だったようで顔をしかめた。

多奈子はもう一度店の跡地に立った。乾いた土を一握り手に取り、持ち合わせていたビニールの袋に入れる。しばらく黙祷した。

母はきちんと遺品の整理をしていた。手紙や葉書、日記、アルバム、そういったものは何一つなかった。何日もかけて行うつもりだった片付けは、半日足らずで終った。多奈子は最後に和簞笥《わだんす》の底の浅い引き出しを引いた。そこには多奈子の予感通り、一通の手紙が入っていた。宛名《あてな》は多奈子になっている。裏に差出人が記されていた。細い万年筆で多奈子の父より、とある。筆圧通りに濃淡がくっきり出る紺色のインクには見覚えがある。母が愛用していた万年筆である。差出人は母が書いたということだろう。

中には一枚の小さな絵だけが入っていた。鉛筆で描かれた女性の絵である。その柔らかなタッチには見覚えがあった。祖父の絵の線だ。ワンピースに散った小花模様やふわりと広がった裾の皺が、圧倒されるほど丁寧に描かれている。

女性は長い髪を肩に流し、ワンピースを着て縁側に腰掛けていた。おそらく若い頃の母だろう。真ん中がぷっくりと膨らんだ唇に母の面影がある。母は穏やかに微笑んでいた。多奈子の知っている母とはどこか別人のような印象を受けるのは、ゆったりと開いたワンピースの胸元のせいかもしれない。尖った鎖骨が見える。力が解かれ、体の線がくつろいでいる。みだらとか、しどけないということではなく、健康的な解放感があった。

父よりという母の筆跡を多奈子はもう一度見た。多奈子が自分の娘であることを祖父は知っていたのだろうか。最後に一つだけ残された疑問を前に、多奈子は絵から視線を逸《そ》らせないでいる。

母が最も多く遺したものは、端切れや古布だった。押入れから段ボール箱がいくつも出てきた。必要となれば、布などいくらでも入荷できるのに、母は着古した服や使わなくなった手作りの品を細かく切り、残していた。多奈子にも見覚えのある布も何点かあった。男物の柄もあった。布の一点一点には母の思い出が詰まっているのだ。祖父が身に付けた布も混ざっているかもしれない。多奈子は母の愛着が籠《こも》っていそうな布を何点か選び出し、残りは再び箱にしまった。

多奈子の胸の中は、まだ混乱している。落ち着かない心を置き去りにしたまま、手は自然と動き、選んだ布で四角形を作った。その中に多奈子は、父が書き残した母の絵を納めた。

（第40回入賞作品）

入　賞　「催花雨《さいかう》」阪野陽花《はるか》（44歳・静岡県）

選　奨　「星の散るとき」平坂静音（32歳・兵庫県）

「ある夕べ」木杉 教《きょう》（45歳・東京都）

候補作品　「パキラ」北柳あぶみ（48歳・東京都）

「空を見る」山下奈美（34歳・静岡県）

「なつ　の　よ」瑞絹《みずき》（35歳・福岡県）

第41回　北日本文学賞　２００６年度　応募総数１２１０編

第41回選評

言いたいことの確かさ

宮本 輝

今回、私のもとに送られてきた候補作は六篇《へん》。どれもレベルが高く、入選作と選奨作を選ぶのにとても難儀を強いられた。嬉《うれ》しい難儀ではあるが、三篇を選から外さなければならないのは、かなりの罪悪感を伴う作業となった。

受賞作となった阪野陽花氏の「催花雨」は、書き手が酔ってしまっている文章が散見できる点が不満として残るものの、視点に揺るぎがない。家族ひとりひとりがしっかりと書けている。ダヴィンチの「岩窟《がんくつ》の聖母」という絵を使うのは、小説を説明してしまう危険性と紙一重だが、作者の思いを堂々と披見してたじろがない強さをも示している。

私はこの作品に「宇宙に祝福されずして生まれ出る命などひとつもない」という明確なメッセージを感じた。それを感じ取れば、ダヴィンチの絵の使い方の巧拙は瑣末《さまつ》なことだと思う。小説の造りの巧みさと併せて、優れた作品を受賞作として得たと感じている。

さて問題は、どれを選奨作品とするかであった。

何度も読み直し、迷ったあげく消去法で選から外す作品をみつけるしかなかった。

北柳あぶみ氏の「パキラ」は、二十九枚を読んだ時点では、ひょっとしたらこれがいちばんいいかと思わせるほどだったが、最後の一枚で梯子《はしご》を外されたような気分になった。誠に惜しいと思う。隣家の引き籠もりの男が、まったく活《い》かされていないのだ。小説というものがたったの一行で破綻《はたん》する好例である。

41

山下奈美氏の「空を見る」もうまい書き手だが、よくある題材で、時計が何の暗喩《あんゆ》なのか作者のみが知るといったところであって、言いたいことが何なのか、伝わってこない。強い素材に恵まれたら、いいものを必ず書く人だと思う。

瑞絹氏の「なつ　の　よ」は、なぜ「夏の夜」ではないのであろう。「なつ　の　よ」という題にいったい何の意味があるというのか。これを「ひとりよがり」というのだ。てらいのない素直な作品であるだけに、首をひねってしまう。内容もいささかきれいごとすぎて、「わたし」と「小父さん」の人間関係に凹凸がない。これもよくある素材だが、そのような小説には、どこかに芯《しん》となる「作り物」が必要だ。

選奨とした平坂静音氏の「星の散るとき」を、私はメルヘンとして読んだ。作者の年齢を思うと、この小説の舞台となった地での、まさに地獄としか形容できなかった戦場を再現することは無理であったはずだ。だからこそ作者はあくまでメルヘンを貫かざるを得なかった。最初と最後に唐突に登場するユタもまた作者の内部のユタとして読むと、そのユタの言う「その赤子、目が青いね」が重みを持って立ちあがってくる。赤子の母親は、戦場で離ればなれになって生死のほどのわからない友だちのようにも読めるし、病院で見た異国の少女のようにも受け取れる。その解釈を読み手に委ねたというふうに親切に読めば、このどこか少女趣味的なメルヘンの底が深くなる。

木杉教氏の「ある夕べ」は、このような日本人の中年男が、いまの中国の大都市の片隅にいて、漂流物と化しているであろうことを過不足なく描いている。作者は主人公を無頼ぶらせることもなく、そこのところをよく書き込んだと思う。しかし、とりわけ最後の数行はまったく余計だ。その意味がわからないかぎり、木杉氏はここから上には一歩ものぼれない。

いずれにしても候補作六篇、どれも題が恐ろしいほど下手だ。

催花雨　阪野陽花

春先の長雨が一息ついた日曜の朝、綾乃が苔《こけ》を素足で踏むと、犬の舌めいた感触に足裏を撫《な》で上げられ、ついで、じくじくとにじみ出る冷たい水に皮膚を浸された。このまま沈み込んでしまってもいいようなほの暗い衝動が、心のどこかに鎌首をもたげて、綾乃は思わずひやりとした。

先月十四になったばかりの綾乃を、縁側からはだしで庭へ飛び出させたのは、隣家の雌猫だった。父親の大切にしている大《オオ》瑠《ル》璃《リ》鳥《チョウ》をくわえて、今し方庭先を横切って行ったのだ。

「あ、むごい」

綾乃が叫ぶと、刹那《せつな》振り返った猫は、般若《はんにゃ》の形相《ぎょうそう》だった。眉間《みけん》から鼻先まで深い縦皺《じわ》が幾重にも走り、目は不穏な生気に輝き、顎《あご》下の毛が血で縮れていた。

その雌猫は、右隣で一人暮らしをしている、足の不自由な婆様《ばあさま》に溺愛《できあい》されていた。すらりとした全身の隅々まで真っ白く、瞳の一方が琥珀《こはく》色他方が青灰色の、いわゆる『金目銀目』であった。綾乃が中学から下校する頃《ころ》、よく隣家の塀の上に悟り澄ましたような顔で鎮座し、綾乃のことなぞ少しも気に掛けるでなく、不思議な瞳を半眼にして夕暮れを眺めていた。

そのどこか冷ややかな存在感からは、凶暴な生命力に満ちた相貌《そうぼう》など、まるで想像もできなかった。綾乃は瞬間たじろいで、生け垣をすり抜けようとする猫を、庭先で呆然《ぼうぜん》と見送ってしまった。大瑠璃

阪野陽花（さかの・はるか）静岡県生まれ。本名・阪野陽子。早稲田大学第一文学部哲学科卒業。映画館職員。伊豆文学賞佳作（第11回）、同優秀賞（第12回、15回）。第20回やまなし文学賞佳作。静岡県。

鳥の空の裂け目のように深い青と、猫の口から顎をつたう血の赤だけが、残像として目に残った。

綾乃は、しばらくぼんやりとたたずんでいた。すると、先ほどの綾乃の叫びに驚いたのか、家の奥から母が出てきて、縁側から声をかけた。事の次第を綾乃が話すと、母は癇《かん》の強そうな眉《まゆ》をゆるめ惚《ほう》けたような顔をした。お父さんまた籠《かご》を吊《つる》し忘れて出窓に出しっぱなしにしたのかしらと呟《つぶや》き、どこかうわの空のまま、猫はそういう生き物だから仕方ないと、一人でうなずいていた。

そのまま外の流しで足を洗うよう母に言われて、綾乃は、素足を傷つけぬようそろそろ歩いて行った。台所の裏では、父が春陽を浴びながら、ちんまりと背を丸めて、鳥籠の下に敷く板や水入れやらを洗っていた。

「お父さん、オオルリ、隣の猫にやられたよ」

父は手を止め、一瞬目をむいて口を半開きにした。すぐに我に返ると、洗っていたものをがたがたと放り出し、勝手口から家の奥へ足音高く走って行った。

冷たい水に何度も足を引っ込めながら、急いで泥を落とすと、綾乃も後に続いた。居間の隣にある日当たりの良い小部屋に入ると、母が散乱した羽や餌やらを、ほうきでせわしなくかき集めている。その傍らで、父は無念そうに窓から外をのぞき込んでいた。軒には、無事だった目白《メジロ》や錦花鳥《キンカチョウ》が興奮さめやらぬ様子で、止まり木を落ち着きなく右往左往しながら、高く鋭い声で鳴き交わしている。

「もうだめだよ、死んでると思う」

綾乃の言葉に、父は振り返りかけてそのまま目を落とし、腕組みしながら突っ立っていた。死というまがまがしい語を、家の中から掃き出そうとするかのように、母はいっそうムキになってほうきを振り回した。

「おかあさん、その青い羽捨てないで少し頂戴《ちょうだい》。お骨代わりに埋めるから」

綾乃は、合わせた手の中にそうっと羽を包んで、茶の間から縁側に出た。そこでは、姉と祖母が籐《とう》椅子《いす》に腰掛けて、藍《あい》色の硝子《がらす》鉢に盛られた苺《いちご》を食べ始めていた。苺は、昨日母方の叔母が、身重の姉へ滋養にと持って来た。目に鮮やかな紅色をした春の香が、洗い立ての水の滴を含んで、澄んだ光を放っている。

庭先に下りようと、しゃがんで草履を足でたぐり寄せながら、綾乃が事情を話すと、姉は、そう、かわいそうにと涙ぐんだ。

臨月の姉は、このところ気分がうつろいやすく、突然泣き出したりヒステリックな笑い声を立てたりして、綾乃はよく困惑した。今も、口を苺で紅《あか》く汚しながら、子供のように鼻に皺を寄せて泣く姉を前にして、言葉を失った。大正生まれの祖母は、一言ナンマイダと呟き、苺のへたを持って鼻先で回しながら、まぁケチなあの子がよくこんなリッパな苺をとひとりごちた後、また勢いよくかぶりついた。

田舎の家なので木々だけは豊かな庭に下りて、墓をどこにと考えた。丁度《ちょうど》満開の木蓮《モクレン》は、白猫を連想させ、また喰《く》われるようでやるせない。生け垣近くの海棠《カイドウ》が、薄桃色の半八重の花をちらほら咲かせ始めていたので、その下にしゃがみ込んだ。

羽を左手にくるめて散らぬよう胸にあて、足先で掘り出しておいた石を、右手に握りしめて土をうがった。小さな穴に青く光る羽根を落とし入れて、黒々とした土をかけると、紺碧《こんぺき》の夏空が夕闇に飲み込まれるのを眺めるように、さびしかった。

しゃがんだまま振り返って、庭の片隅から家を見渡した。縁側には、まだ姉と祖母が座って、黙々と苺を食べていた。姉の着ている刺繍《ししゅう》のスモックは、太った叔母がお下がりでくれたものだ。それがずりあがるくらい姉のお腹《なか》はふくらんでいて、素肌が少し露出している。そこに、赤ん坊の踵《かかと》らしい小さな突起が、かすかに浮かび上がっていた。

綾乃よりひとまわり近く上の姉は、薬科大を出ると地元には帰らず、都会にとどまって薬局勤めをしていた。その姉が突然大きなお腹を抱えて現れ、皆を驚かせたのは、ほんの一カ月余り前、節分の豆まきの最中だった。コートの下の大きなお腹に一瞬気づかず、姉が来たと喜んで綾乃と下の妹が投げつけた豆をあび、玄関先に立ちすくんだ姉は、出てきた母の顔を見て、おかあさんと叫ぶなり泣き出した。

「あがんなさい、話はそれから」

母はその時ばかりは気丈に、姉の体を起こすと、抱きかかえるように居間に向かった。

綾乃と妹は、豆の入った升を持ったまま後に続こうとして、振り返った母に、上へ行っていなさいと怖い顔で追い払われた。

二階に上がった途端、今年九つになる妹が、大ねえちゃん子供ができたんだぁと目を輝かせた。そんな妹を、ばか、あんた何もわかってないと低い声で叱《しか》りつけると、綾乃は急に自分が大人びたような気分になった。妹は所在なげに、升に残った豆を、わしづかみにしてばりばり喰《く》らい始めた。

風呂も入らずうとうとしていて、目をさましたら、いつの間に帰ったのか下で父の声がしたような気がした。お小水に行きたくてたまらず、恐る恐る階段を下りていくと、父母の低い声が居間からもれてきた。突然それに、

「男と女にきれいも汚いもあるもんか。がたがた言うんじゃないよ。あんたたちだっていろいろあったじゃないか」

ひときわ大きな祖母の声がかぶさると、あたりはしん、と静まりかえった。

足先が震えるくらいそうっと歩いて、なんとか用足しをすませ、二階に戻った綾乃は、父母の間にどんな「いろいろ」があったのか、考え出すと眠れなくなってしまった。

父は役所勤めで酒が飲めず、人づきあいが苦手だった。そんな真面目《まじめ》さだけを見込まれて、母の家へ婿養子に入ったような男と周囲に思われていた。唯一、まるで美貌の人を囲うように小鳥を愛《め》でて、国内では禁制の野鳥を輸入業者から買うことまでする執念が、なにか隠微なものを感じさせ、母はひどくその趣味を嫌っていた。他には、さして波風のない夫婦だった。そんな父母に、結婚前なのか後なのか、いずれにせよ何かあったなどと、綾乃は想像もつかなかった。

二月の凍《い》てついた夜空に高く、白々と月が掛かり、暗闇に浮かび上がる全《すべ》てのものの孤影を際だたせていた。ふいに、夕暮れ時知らない街で家路を見失ったような心細さに襲われて、綾乃は、あちこちが丸みをおびてきたからだを固くした。

その日から、姉は一人暮らしのアパートへは帰らず、家で臨月を迎えた。予定日は明日と、綾乃は聞かされていた。

こうして、庭の植え込みに半ば隠れながら、暖かな日の降り注ぐ縁側に座っている姉と祖母を見ていると、綾乃は不思議な既視感を覚えた。そういえば以前、同じ縁側に綾乃を身ごもった母が、やはり祖母と一緒に日向《ひなた》ぼっこをしている白黒写真を、見たことがあるのを思い出した。写真の中の母はまだ若く、涼やかな目元が、今の姉にそっくりだった。

その記憶がだぶるのか、自分はまだ生まれておらず、母のお腹にいる自分をここから眺めているような錯覚がした。あるいは、ここにいる自分は、お腹の中にいる自分が見ている夢のようでもあった。そう思うと、合わせ鏡の中で無限に遠のく自分の姿を、どこまでも凝視するように、頭がくらくらした。

夜半の雨に濡《ぬ》れた草木は、その呼気が目に見えるように息づき、薄絹のように柔らかな光が、あたりを包み込んでいた。綾乃は、そのまま自他の境が、うっとりと溶け出していくにまかせた。

翌朝、目覚ましの鳴る前に、聞いたこともない咆哮《ほうこう》が響いて驚いた綾乃は、布団の脇のたんすに足をひどくぶつけた。痛みを我慢しながら二階から下りていくと、仏壇のある奥の間が騒然としていた。叫び声に臆《おく》しながら、襖《ふすま》を少しだけ開けてのぞいてみた。

中では、母がものすごい形相で叫ぶ姉を後ろから抱きかかえ、祖母は姉の片手を握り、体を前後に揺らしながら念仏を唱えていた。傍らには叔母が正座し、助産師のかけ声に合わせて、自分も目をぎゅっとつむり息を吐いたりいきんだりしていた。綾乃の目には、得体の知れない儀式で、女たちに姉が絞め殺されかかっているように見えた。姉の枕元には、翡翠《ひすい》色の花器に生けられていた紅椿《ベニツバキ》が、赤子のぷっくりした手のように上向いたまま、点々と落ちていた。

いつのまにか妹も起き出していて、綾乃の脇下に頭をねじ入れてのぞき込んだ。中の状況が目に入った途端、妹はすっとんきょうな叫び声を上げた。それにびっくりして、綾乃も思わずわぁっとわめいてしまった。すると、後ろから父の手が、綾乃と妹の寝間着の後ろ首を猫のようにつかんで、襖から二人を引きはがした。

「学校学校、お前たちは学校へ行け」

引きずられていった台所の食卓には、父が用意したらしい、冷蔵庫から出したばかりの冷たい筍《タケノコ》の煮物や、白身が焦げてちりちりになった目玉焼きなどが雑然と並べられていた。

「お箸《はし》がないよ、お父さん」

椅子に座った妹が訴えると、父は引き出しをばたばたと開け閉めし、古い桜木の箸を投げるように食卓に置いた。

「これじゃない。黄色い小鳥が付いたの」

妹は、小さな声で頑是《がんぜ》なく言いつのった。一瞬父はたじろいだが、

「箸は箸だ。それで食べなさい」

とがっくりと椅子に座り、娘たちの顔に目もくれず、怒ったようにご飯をかき込んだ。妹はあきらめたのか、長すぎる箸を手に取り、固い卵焼きを突っつき始めた。

登校の準備も済み、玄関を出ようとする綾乃と妹に、背広姿になって見送りに来た父が、

「姉さんのことは安心しなさい。もう少し時間がかかるかもしれないが、学校から帰って来たときには、家族が増えているからな」

と、改まった口ぶりで断言した。

戸口を開けると、遠い空から風に流されて来たような、柔らかい雨が頬《ほお》に触れた。家の中の喧噪《けんそう》で、また雨が降り出したことに、その時まで気づかなかった。傘をさして歩み出すと、周囲の草木が、風になぶられながら、あらゆる器官を脈うたせて、内側を温かな水で満たそうとしているのが感じられた。

淡い雨雲は時折もろく崩れ、馥郁《ふくいく》とした唇からもれる吐息のような陽光が、あたりを一瞬燦《さん》と輝かせる。そのたびに、大気の中の甘やかな花の香が濃密になり、たわわな乳房を顔に押しつけられたように息が苦しくなった。

命というものはどん欲で放恣《ほうし》で、せきとめられてもあふれ出てくるもの、そんな想《おも》いが、ゆるやかな雨にスカートの裾《すそ》を濡らしながら歩く、綾乃の胸に湧《わ》き起こった。姉の赤ん坊は、人の思慮など及ばない、遠く深いところから、時満ちて生まれ出てくるのだ。

学校に着いてみると、教室は、春休み直前の、たがのゆるんでそわそわした雰囲気に包まれていた。卒業式に歌う在校生による合唱練習の後は、昼前に自習になった。

くすくす笑いで時折静寂を破られる教室には、湿った制服にこもる、濡れた動物の毛のような臭《にお》いが微《かす》かに漂っている。視線を感じて、綾乃がふと目を上げると、斜め前の席の男子と目が合った。それは、袴田《はかまた》という名の小柄な少年だった。祖母同士が女学校の同級生で、綾乃とは幼なじみである。とはいえ、小学校の高学年頃にはすっかり疎遠になっていた。中学に進学してから、袴田は、いつも何人かの男子とつるんで女子をからかい、女子たちに馬鹿《ばか》にされている。それゆえ、市の絵画大会などで時々袴田が表彰されるたび、小さい頃から絵は妙にうまいのは知っていたが、綾乃は心外な感じを受けていた。

袴田は、ごそごそと自分の見ていた分厚い画集を横に寄せて、一つの絵を綾乃に見せつけた。そこには、蝉《セミ》の羽のような薄い衣をまとってベッドに横たわり、両腕を上げて婉然《えんぜん》と微笑する、西洋人の女性が描かれている。綾乃が目を細めて小首を傾《かし》げると、袴田は、あらかじめ指をはさんであった別のページを、その絵にさっとかぶせた。同一の女性が同じポーズを、今度は裸体でとっている。

綾乃は無表情のまま、幼稚園の時犬に咬《か》まれた傷跡が頬にうっすら残る袴田の顔を、じっと見つめ続けた。すると、袴田はすねたように口を曲げ、前に向き直ると背中を丸めた。

あほな奴《やつ》、心の中で綾乃は悪態を楽しんだ。あいつは、いつもなんて脳天気なんだろう、子どもなんだよ子ども。教室のこもった熱気に火照《ほて》る、袴田の南天の実のような耳たぶと、澄んで青みがかった細い首筋をしばらくにらんでいると、綾乃はふいに、自分の内部に隠された残酷な鋭い爪《つめ》と牙が、痛みとともに皮膚を裂いてぞろりと出てきそうな気がした。慌てて綾乃は、先んじて読み始めていた、春休みの課題図書に顔を伏せた。

午後に一時限だけ数学の授業を済ますと、その日は下校となった。雨はすでに上がっていたが、まだ地面は濡れていて、むら雲がしきりに空を流れていた。校門から二、三軒歩いた寺の門前にある、枯れ縮れた花がついたままの枝垂《しだれ》梅が、ぼろぼろの派手な着物を引きずった気のふれた女のように、一瞬見えて恐ろしかった。国道沿いの荒れた休耕田には、雀《スズメ》よりも小さい鶸《ヒワ》の群れが、草むらの中を飛び交いながら、時折キリコロロと不安げな声でさかんに鳴いていた。

家のすぐ側まで来ると、綾乃は、左手に見える鎮守の森に入っていく石階段の下に、一人の男がいるのに気づいた。男は、蕾《つぼみ》のふくらみ始めた江戸彼岸桜の大木の下に、ぽつんと立っていた。濃紺のくたびれた背広姿で、白髪は無くとも少し薄くなりかけた頭をした男は、綾乃の目には四十路を過ぎているように見えた。

樹齢二百五十年と言われる、鎮守の森の彼岸桜は、この辺りでは首つり桜と呼ばれている。祖母によると、戦前先物取引で失敗し、妻と愛人に見捨てられた隣町の歯医者が、丁度桜が満開の頃首を吊ったという。祖母が曾祖母から聞いた話では、御維新の折、幕軍に徴用された農民が何人か村に逃げ帰った際、官軍の敗走兵狩りに追われて、その木の下で斬《き》られたという伝もあり、昔は血染めの桜とも呼ばれていたらしい。

そのせいか近隣の者は、この桜の下で花見の宴を開くこともなく、桜は毎年、おびただしく不穏な花を開かせては、ただ鬱々《うつうつ》と散り果てていた。まれに、どこからか迷い込んだような、三脚を持ったカメラ愛好家が現れて、凄艶《せいえん》に咲き誇る一本桜を、喜々としてためつすがめつ写真に納めて帰っていった。

江戸彼岸は染井吉野より例年やや早く咲くとはいえ、まだ一輪も開かぬ今、男は、むろんそうした好事家のひとりではありえなかった。上の寺へ、彼岸前に墓参を済ませにでも来たのだろうか。男はただ茫然《ぼうぜん》と、芸妓《げいぎ》の目尻にひかれる、あざとい珊瑚《さんご》色の一刷毛《はけ》を思わせる蕾を、みっしりと枝先まで付けた桜の木を見上げていた。男の眉骨は高く、眼窩《がんか》がくぼんでいるせいか、まるで憔悴《しょうすい》しきっているように、目の周りが黒ずんで見えた。

誰もいないところで知らない大人の男に突然出くわすと、恐怖が酸味を帯びた薄い膜になって皮膚に張り付いてくる。綾乃は男を見ないようにしつつ、全身の神経をそちらに向けて張り巡らせながら、身を固くして横を通り過ぎた。

玄関を閉め、無事上がり框《がまち》に足を掛けた途端、その男のことは、意識からすっぽり抜け落ちた。あばら骨が痛むほど動悸《どうき》が打って、赤ん坊見たさ一心に家の奥へと突き進んだ。

「おかあさん、おかあさん、赤ちゃん生まれた？」

何度か叫ぶと、台所から顔を出した母が、

「女の子だよ。手を洗ってから見ておいで」

と、いつになく華やいだ声を出した。

気がせきながらも、儀式のように丹念に手を洗って、仏間に恐る恐る入っていった。

姉は、髪も乱れて疲れ果てている様子なのに、目に狂躁《きょうそう》をわずかに宿して微笑《ほほえ》んだ。先に帰っていた妹が、姉の傍らに寝かされている赤ん坊を、噛《か》みつかんばかりに前にのめって、ひたすら見つめていた。

赤ん坊は、呼吸しているのかどうか不安になるほど、静かに眠っていた。毛細血管がうっすら浮き出た薄い瞼《まぶた》の裏で、未生以前の薄明を見つめながら、あの世とこの世をまだたゆとうているようだった。

忽然《こつぜん》と人の姿で現れた赤ん坊に、綾乃は畏怖《いふ》の念を抱いた。物心ついた頃から、大人たちは、自分の意志で人生なぞどうにでもなると説く。けれど、生の端緒が、茫漠《ぼうばく》とした海のような虚無から、此岸《しがん》に打ち寄せられて来るのだとしたら、初めからどうにもならないことの方が、この世には多いのではないか。

障子が翳《かげ》り、雨が降り込める気配がした。猫が喉《のど》を鳴らすような雷の音が、遠くから聞こえてくる。赤ん坊はわずかに身じろぎをし、両肩に丸めていた手を、柏手《かしわで》を打つように勢いよく一度合わせると、上唇を鼻に寄せて泣き始めた。小さな雛《ひな》型に閉じこめられた魂が、ここから出してくれと、懇願しているようだった。


夕食後、祖母は、赤ん坊と入れ替わりに私があの世に逝《い》きそうだ、疲れた疲れたと、早々に奥に引っ込んだ。妹は、姪《めい》っ子という意味がよくわからず、何度も綾乃に聞くのでうっとうしかった。どうやら、一番下の妹が生まれたような気になっているらしい。そのうち妹は、赤飯を食べ過ぎて腹がもたれると、ぶつぶつ言っていたと思ったら、ほどなく仏間の赤ん坊の隣で寝入ってしまい、父が子供部屋に抱いて連れて行った。

母が片付けものをして風呂に入る間、綾乃は代りに、姉や赤ん坊の世話を焼いていた。母がしていた通り見よう見まねで、姉が授乳するときには座布団を肘《ひじ》にあてがい、姉が喉が渇いたと言えば、白湯《さゆ》を入れてきたりした。

おくるみを三角形にきちんと折って、赤ん坊の体を包み直していると、姉が背後から話しかけてきた。

「どう？　この赤ちゃん」

綾乃は手を止めずに、きっぱりと答えた。

「美しい赤ちゃんだよ」

確かに赤ん坊は、生まれたばかりというのに、薄気味悪いほど胎児の面影がまるでない。うっすら生えている眉は、ためらいのない筆で一気に描かれたように清々《すがすが》しく、睫毛《まつげ》は蠱惑《こわく》的に黒々としていた。唇は口角がたおやかにくぼみ、鼻は口に含んでころがしたいほど愛らしかった。

「見てほしい、あの人に……」

美しいという言葉で、姉の顔にさざ波のように広がった喜びは一瞬で崩れた。姉は静かに泣き始めた。

雨の中、裏山の林から、虎鶫《トラツグミ》の哀《かな》しげな地啼《な》きが時折聞こえてくる。綾乃は、茫々と広がる夜の闇を想った。

母が廊下を蹴《け》立てて、濡れた洗い髪のまま入って来た。綾乃を見ると、ご苦労さんね、ありがとうもう寝ていいわよと、せきたてるように言った。母の現実的な騒々しさが、綾乃をかえってほっとさせた。

二階に上がり、妹を起こさぬよう気を付けて寝床に横たわった。眠れぬまま心があちこちさまよっていると、綾乃は、昼間見かけた男が赤ん坊の父親ではないかという妄念に、じわじわと取り憑《つ》かれた。予定日を姉から聞いていて、心配で見に来たのではないか。一度そう思い始めると、ついに意を決した男が、今すぐにでも家の門をたたきそうな気がしてきた。綾乃は、かすかな雨音に耳を凝らした。しばらくすると、雨音が、まるで自分の身体《からだ》を血が巡る音のように感じられてきた。その感覚にやさしく揺すぶられながら、綾乃は、いつしか暗い淵《ふち》へすべり落ちていった。

夢を見た。闇の中、満開の江戸彼岸桜が鬼火のようにゆらめいている。男が枝にぶらさがって、首を吊っている。昼間見かけた男のようだ。すでに息絶えて、両足がだらりと垂れている。男は、行くことも帰ることもできなかったのだと、綾乃は思う。盛んに散り急ぐ桜の下に赤い天鵞絨《ビロード》を敷き、姉が一人弁当を広げて花見をしている。おいでというので近づいてみると、姉の食べている弁当は、お稲荷も海苔《のり》巻きもみな米粒ではなく、蛆《うじ》のように白い桜の花びらで出来ていた。ああ、狂ってしまったと、綾乃は悄然《しょうぜん》とする。

鎮守の森の闇の奥から、赤ん坊の泣き声がする。両親のひそひそ声が聞こえてくる。この子には名前をつけずにおこう。もらわれた先でつけてもらった方がよい。綾乃は血相を変えて、赤ん坊を捜しに走り出す。遠いところへ連れて行かれぬうちに取り戻さねばならない。走れば走るほど、暗闇からおびただしく流れてくる桜の花びらで、前が見えない。口にも鼻にも花びらが入り込んでくる。ようやく草やぶから赤ん坊を抱き上げると、赤ん坊と思ったのは、おくるみにびっしり包まれていた桜の花びらだった。それは、綾乃の腕の中から、たちまち跡形もなく風に霧散してしまった。

目をさますと、家の内と外で、小鳥たちがか細くさえずり始める明け方だった。曇り日の朝の淡い光が、カーテン越しに部屋をぼんやりと白ませていくのを眺めながら、綾乃は強く思った。死んでもいい。あの子のお父さんが来てくれるのなら、代りに私を今すぐ死なせてくれていいです。そうして、目をぎゅっとつむって、門がたたかれる音を待った。

男は現れなかった。その朝も次の朝も。赤ん坊が生まれてから一週間経《た》っていた。赤ん坊には無事名前が付けられ、里子の件は綾乃の杞憂《きゆう》に終わりそうだった。それでも、すでにほころびかけた彼岸桜が、刻一刻と満開に近づくと思うだけで、心がざわついた。

終業式が済んで、春休み中に読む本を何冊か借りておこうと、綾乃は帰りがけ学校の図書室に寄った。図書室は、いつにもまして閑散として静かだった。入ってすぐに、綾乃は、袴田が手前の長机に座って、熱心に画集を見ているのに気づいた。どうせまたいやらしい絵にでも夢中になっているのだろうと思い、すばやく横をすり抜けようとした。

その時、綾乃の目の端に鮮やかな色彩がかすめた。血を流す大瑠璃鳥かと、一瞬ぞくりとした。思わず足を止めて、袴田の頭越しにのぞき込んだ。絵は、歴史の教科書の隅で、見かけたことがあるような気がした。確かルネッサンス期の——そうだ、レオナルド・ダ・ヴィンチの『岩窟《がんくつ》の聖母』？教科書には白黒写真が載っていたので、こんな鮮烈な印象の作品とは、綾乃は思いもしなかった。

岩間に広大な風景がほの見える洞窟《どうくつ》の中に、四人の人物が、夕映えのような光に照らし出されている。中央に聖母マリア、向かって左手には、マリアに肩を抱かれる赤子姿のヨハネ。右手の方でヨハネの礼拝に応えているのが、幼いイエスだ。イエスは、ヨハネを指さす大天使に寄り添われている。マリアのマントは、黒とほとんどみまごう深い瑠璃色で、大天使のマントは、血のような深紅である。神の住む蒼天《そうてん》の青とキリストの犠牲の赤。

「凄《すご》い色……」

綾乃の声に振り返った袴田は、感情のうかがいしれない目で綾乃を見据えた。

「ああ、凄いだろ。暗闇に浮かぶウルトラマリンとバーミリオン。強烈だよな。色はともかく、俺《おれ》この絵前から妙に気になってて……」

袴田は、開け放たれた戸からそのままするりと入ってくるように、何気なく続けた。

「俺ん家みたいだからかな、なんて」

「聖家族って柄じゃないでしょ」

綾乃は思わず吹き出した。が、袴田の表情が少しも動かないのを見て、はっとした。ふだんの袴田の様子から、袴田の母が離婚して、二歳だった袴田と小学生の兄を連れ実家に戻った事を、つい忘れてしまう。袴田の祖父は早くに他界していたので、思えば袴田の家は、絵とだぶらないこともない四人家族だった。

改めて、洞窟に身を寄せ合う人物たちを、綾乃は見直した。一人一人から視線をはずして全体を眺めた時、袴田はただそんなことを言いたいのではない、という気がし始めた。そういえば、小学生の頃袴田から、日本画家をしている父の顔を恨もうにも覚えていないと、聞いた記憶がある。

キリストは馬小屋で生まれた時も、ゴルゴタの丘で死んだ時も、神本人は姿を現さなかった。目の前の絵でも、迫害と雨露を逃れ、荒涼とした地の果ての洞窟にたどり着いた、母と子の傍らにはいない。綾乃が聖書に触れたのは、近在の小さなカトリック教会付属の幼稚園に通った時きりだったが、神の子だというなら、キリストの父は神ではないかと思った。神とて父は父なのに、なんともむごい。

綾乃は急に怒りがこみ上げて、その辺のものを手当たり次第に壊したくなった。にもかかわらず、口をついて出てきたのは、自分でも意外な言葉だった。

「神様でさえ無責任なら、人間が無責任なのは仕方ないかぁ」

いつのまにか一緒に並んで絵を眺めていた二人は、どちらからともなく、声を殺して笑い始めた。

「よく言うよな」

他人事だと思ってと、袴田が続けないのは、姉のことを知っているからかもしれない——綾乃は、ぼんやりとそう考えた。

ひとしきり笑った後、立ち去りかけた綾乃に向かい、追いすがるように袴田がうめいた。

「いよいよ中三だよな。俺、高校普通科行かないで、専門学校で絵やりたいんだ。でも、ばあちゃんたちが、大学からでいいっていうんだよ。いっそ何もかも棄《す》てて、放浪しながら絵を描いていいこうか」

袴田のまだ幼さの残る顔立ちの中で、暗闇を凝視するように見開いた目が、不吉に輝いていた。その時、未熟な肉体に閉じこめられた早熟な魂を持ちあぐねて、袴田が早死にするのではないかという甘やかな予感が、綾乃の心に影を差した。持てる寿命を生き急ぐ才に向かって、回り道は決して無駄ではないと大人たちのように繰り返すのは、もしかしたら、取り返しのつかない罪ではないのか？綾乃は、しばらく袴田の顔を見つめると、黙って図書室を後にした。

雨のせいで校庭に人影はなく、体育館の方から、運動部のかけ声だけが聞こえてきた。綾乃は、校門の車回しに咲く玄海ツツジの側を通った。鮮やかな赤紫色の花が、丁度盛りを迎えようとしている。花が束になりわらわらと湧いて出ているのが玩具じみて、幼稚園の時ピンクのはな紙でつくったお祝い飾りを思い出させた。橋を渡ると、川沿いの土手がびっしりと、薄紫のハナダイコンの花や日だまり色をした菜の花に煙っていた。去年の夏の終わり、父母会が草刈りをしたのに、その旺盛な繁殖力は憎々しいくらいだ。集落を抜ける道の両側には、生け垣からあふれ出たレンギョウとユキヤナギが、金と銀の波のように打ち寄せていた。その波がひるがえるたび、沈丁花《ジンチョウゲ》の濃艶《のうえん》な香りが、鋭く鼻腔《びくう》を刺した。

雨はすでに霧状になり、線がとぎれて風に流れていく。風は冷たいが、大気は生き物たちの熱気で満たされている。雨が止めば、鳥たちがいっせいに鳴き始めるに違いない。綾乃は、すでに目前に見えてきた鎮守の森の桜を、もはや恐れなかった。あの桜が満開になったら、三人姉妹に姪も加えて見に行こう。首の据わらない赤ん坊を連れ出すのは、少し恐《こわ》いけれど、あの夢のごとく風に散じたりしないよう、そうっとそうっと抱いていくのだ。

首つりの血染めのと、人にそしられながら、桜は今年も、春の光に満ちたある一日一刻に咲き定まって、微塵《みじん》も揺るがないだろう。その時、声を持たずに野に生きる命が、赤ん坊だけにはきっとささやいてくれる。たとえ神がいなくても、世界は美しいと。
綾乃は、雨雲の切れ目を抜けて、光が筋状に地上へ降り注ぐのを眺めながら、門の木戸を開けた。

（第41回入賞作品）

入　賞　「しらべ」村山小弓（45歳・東京都）

選　奨　「鞍骨坂」北柳あぶみ（49歳・東京都）
「猫か花火のような人」十八鳴浜《くぐなりはま》　鷗《かもめ》（59歳・宮城県）

候補作品　「なごり顔」堀木靚子（70歳・北海道）
「生死」鎌田昭成（75歳・埼玉県）
「打水」村上葉月（32歳・北海道）

第42回　北日本文学賞　2007年度　応募総数1020編

第42回選評

気配の向こう側

宮本 輝

ことしの北日本文学賞にも千篇《へん》以上もの応募作があった。そのなかから地元選考委員によって選び抜かれた六篇が私のもとに届いた。

その幾つかには共通したアトモスフィアといっていいものがある。大仰なドラマツルギーを排して、淡々とした一瞬、ないしは一時期の心の揺れを描き込むことで、そこに具体的に描かれてはいないものを透かし見せようとする企みである。気配の向こう側にあるものを見せようとする目なのだ。

短篇小説の可能性を最も発揮できる技法であるが、そこで必要とされるものはまず文章力であり、「いかに書かないでおくか」という筆さばきである。

私が受賞作として選んだ村山小弓氏の「しらべ」は、ふたりの息子も親離れをして、夫も淡彩な同居人といった間柄になってしまったひとりの主婦が、一見ホームレスかと疑うような女と知り合って、人間として惹《ひ》かれていくなかで、あるいは新しいやり甲斐《がい》あるものとなるかもしれないささやかな仕事と出会うさまを抑制された文章で仕上げてみせた。

小説のなかの時間はわずかなものだが、主人公の心に去来するものは、これまでの平凡な来し方における大切な断片の数々であって、それがこの作品に静かな饒舌《じょうぜつ》というべきはなやぎをもたらしている。私が選考にたずさわるようになってからの受賞作のなかではベストスリーに入ると思う。

北柳あぶみ氏の「鞍骨坂」は前作「パキラ」と肌合いが異なっているが、短篇としての完成度はこちらのほうが高い。「パキラ」「鞍骨坂」の二作を読まされると、北柳氏の力量が安定したものであることは明白だ。それでもなお「しらべ」に高い点をつけたのは、私にとっては「しらべ」の素材が小説として楽しかったからである。

逆の言い方をすれば、北柳氏の「鞍骨坂」は単調化する危険性を持つ素材を包丁さばきひとつで一品料理に仕上げたが、村山氏の「しらべ」の一品料理には目には見えない色どりが要所要所に添えられていたということになる。

選奨作をもう一つ出すかどうか、出すならどれか。私はさてどうしたものかと悩んだが、十八鳴浜鷗氏の「猫か花火のような人」も加えさせていただくことにした。十八鳴浜氏は、井上靖氏が選者だったころから応募しつづけてきた書き手だという。そしてそのころの作品よりも夾雑物《きょうざつ》が取れて、作品の質が高くなったと評する地元選考委員の感想もあった。

ぶっきらぼうに折れるような文章だが、それが主人公の姿を行間から立ち上がらせているところは、たゆまず書きつづけてきたゆえのまぎれもない成果であろう。

堀木靚子氏の「なごり顔」は、よくある素材をよくある書き方で書いただけという印象だし、鎌田昭成氏の「生死」はアナクロニズムと紙一重の後味の悪さがあり、村上葉月氏の「打水」は、主人公の人生を見る目に幼稚さを感じた。

しらべ　村山小弓

村山小弓（むらやま・こゆみ）１９６２年東京都生まれ。本名・鈴木由美。明星大学卒業。介護支援専門員。東京都立川市。

濡《ぬ》れたアスファルトを蹴《け》るタイヤの音が北の方角へ流れていった。飛沫《しぶき》を上げた雨水の残響が窓の向こうに聞こえている。

今朝もまた雨なのかと、特に出かける用事もないくせに、私は憂鬱《ゆううつ》なため息を吐《つ》いた。

セットしておいた目覚まし時計はまだ鳴っていない。子育てに追われていたころは、目覚ましを何度も手探りで止めては、あと五分あと二分ともがきから始まる朝だったのだが、長男が新居を構え、次男も遠方の大学へ進学してからというもの、たっぷり時間があるにもかかわらず、早くから目が覚めてしまうようになった。眠れない夜も続いている。ならばなおさら朝は辛《つら》いと思うのだが、やたらに覚醒《かくせい》し続ける脳は、もう若くない体を鞭《むち》打つように急《せ》かすのだった。

隣に敷かれている布団に目をやった。皺《しわ》ひとつない真っ白なシーツが、鈍《にび》色の室内に浮かんでいる。誰も寝た形跡のない布団を眺めそれならば重い布団を無理して敷かなくてもよかったのにと、緩慢に体を起こしながら横目で睨《にら》んだ。

夫は近頃《ちかごろ》帰りが遅い。まして夕べは連絡もなしに帰宅しなかった。一昔前の私ならば、目の色を変えて夫に罵声《ばせい》を浴びせていたに違いないが、その気力さえ欠き、帰宅しない夫の布団を敷いたことに無駄な労力を使ったことだけを悔やんだりしている。子育てが終わり一息吐くのは主婦の特権のはずだったが、なぜだか夫が羽根を伸ばしているのはおかしな話だと嘲笑《ちょうしょう》を浮かべた。

小さな欠伸《あくび》を漏らしながら、私はリビングへと向った。庭に面した南向きの大きな窓には幾筋もの雨だれが滴《したた》り、木蓮《もくれん》の花の隙間《すきま》にどんよりとした空が覗《のぞ》いていた。

テーブルに頬杖《ほおづえ》をついて、次から次へと滴る雨だれをただぼんやりと眺めていた。

このところ、何もやる気が起きない。体は膜が張ったようにだるく、食欲もない。病気かと医者に診てもらったら、「燃え尽き症候群」と診断された。

子どもたちが巣立った今、私には何も残されていなかった。

遠くでトラックのような唸《うな》るエンジン音が聞こえて、ようやくはっとして腰を上げた。

今日は何曜日だったかしら…。冷蔵庫に貼《は》ってあるカレンダーを確認すると三月の終わりの水曜日だった。その隣に貼ってあるゴミカレンダーに最終水曜日は「布のゴミの日」とある。そういえば、押し入れに籠城《ろうじょう》している古着をそろそろ整理しなくてはならなかったし、季節も移り変わろうとしているのだ。

何もやる気が起こらないが、今日を逃すと布のゴミの日は一ヶ月先になる。仕方なく和室へと向かい、押し入れの中の収納箱を抱えて取り出した。

蓋《ふた》を開けると樟脳《しょうのう》の匂《にお》いが鼻を突いた。大事に保管していても、もう何年も着ていない服ばかりだ。息子たちの子どもの頃の服や、時代遅れだと言って袖を通そうとしない夫のスーツ、今より細かった私の外出着などがぎっしりと詰まっている。

45リットルの半透明のゴミ袋を広げ、その中に一枚ずつ押し込んでいった。

夫の既製のスーツを何着か押し込んだところで、ふと手が止まった。長男が保育園で着ていた格子柄のスモックが出てきたのだ。膝《ひざ》の上に広げてしばらく見入った。それを見つめる私の頭の中は、そのころの長男の破顔や泣き顔がフラッシュバックのように点在していた。ましてこのスモックは私が手作りしたものだ。生地選びからデザインまですべて自分でやった。何の取り得もない私だったが、裁縫だけは好きだった。通園バッグも上履き入れも、半ズボンも何もかも手作りした。当時では画期的だったコンピューター内蔵のミシンも無理してローンを組んで買った。刺繍《ししゅう》もできる優れものでずいぶん重宝したものだ。

あのころは毎日が忙しすぎて、ささいなことには目を向ける余裕がなかった。それでも懸命に時間を作ってミシンと向き合っていたものだ。コンピューター内蔵のミシンのキャッチコピーは確か「子どもが寝てる間に」というものだった。音がそうとう静かに抑えられていて、その魅力に負けて衝動買いしたのだ。子どもの寝静まった深夜にミシンをかける自分をしあわせだと思った。子どもが起きたとき、車や怪獣のアップリケをつけた洋服を手にして喜ぶ姿を思い描きながら夜なべをした。糊《のり》付《いと》けされた新品の布地の匂いまでもがこうして目を閉じていると鼻孔を擽《くすぐ》る。あのころの自分が愛しかった。

次男のために作った小さなスーツは、小学校の入学式のためのものだった。裏地まできちんとつけて胸には王冠が輝くワッペンをあしらった。次男は桜が満開の校門でワッペンの胸をやけに突き出して夫のカメラに緊張した顔を向けていた。

夢中で過ごしてきた日常がずっと続くと信じていた。子どもの成長を願いながら、いつまでも傍らにいると錯覚していた。こうして離れてしまうと、戦争のような日常に果敢に立ち向かっていた自分の時間は、一瞬にして過ぎたことを知り、虚《むな》しさだけが残った。

半透明のビニール袋にそれらをせっせと詰め込んだ。思い出の品だが、いつまでも押し入れの肥やしにしておくのも案外切ない。いっそのことほとんどの物を処分して、これはというものだけを取っておこうと決めた。

収納ケースの一番底に、割合派手な柄が見えた。紺碧《こんぺき》の地に椰子《やし》の木が描かれた夫のアロハシャツだった。

新婚旅行先のハワイで買ったシャツは、割合服装には無頓着《むとんちゃく》な夫が珍しく気に入って購入したものだ。原色ではないところに惹《ひ》かれたらしい。日本に帰ってからもこれなら着られるぞ、と息巻いていたことを思い出す。確か、私もおそろいの柄のムームーを買ったのだが…と思考を巡らせて、思わず顔を顰《しか》めた。新婚間もないころ、夫の浮気疑惑に腹を立てた私は、ムームーを裁《た》ちばさみで引き裂いて捨ててしまっていたのだ。

若気の至りというやつだ。今の私なら、買って間もない洋服をわざわざ引き裂いたりしない。フリーマーケットかネットオークションにでも取りあえず出品するぐらいの度量がある。

夫のアロハの袖にはかぎ裂きの跡があり、丁寧に繕ってあった。あまりよく覚えていないが、釣りに出かけた夫が岩肌に引っ掛けて切ってしまったんじゃなかったか。

繕った箇所は、ミシンではなく手縫いで細かく縫ってあり、あの頃の自分は間違いなく今の自分ではないと確信した。

アロハもゴミ袋に詰めた。思い出は薄れている。ましてそれを紐解《ひもと》いてふたりで語ろうとも、片割れは留守が多い。惨めになる前に葬り去ろうと、一杯になった半透明のゴミ袋の口を固く結んだ。

外に出ると雨は濁った視界を細かく裁断するように降っていた。向かいの家の塀が黒とグレーのストライプに染まっていて、まるで葬式の段幕のようだ。不穏な空がさらに不気味な演出を施している。

手にしたゴミ袋から透けて見える思い出の衣類の野辺の送りとでもいいたげな空気が、甘い雨の匂いを含んで私に降りかかってきた。マンションの裏手にあるゴミ集積所にはすでにいくつかの布のゴミの袋が置いてあった。ビニール袋の表面にも雨は容赦なく降りかかっていた。コンクリートを打ったゴミ集積所は、どす黒く湿っていた。

いくつかのゴミの袋の間に、何かごそごそと動く物体を見つけて、私は足を止めた。目を凝らすと、初めビニール袋かと思っていた物体は、半透明のビニールの雨合羽《がっぱ》を着た人間のしゃがんだ背中だった。

こんな雨の中でゴミ漁《あさ》りとはずいぶんご苦労なことである。生ゴミではないから饐《す》えた匂いがしたわけではないが、私は知らぬ間に息を止めて竦《すく》んでいた。

しゃがんで丸まった背中が、半透明の雨合羽から透けて見えた。案外小さなその背中にゴミ漁りの人物が女であることを確信した。

しかもかなり若い。二つに結んでいるらしい髪の間から覗く項《うなじ》を見れば一目瞭然《りょうぜん》だ。年のいった女の項は、あんなに抉《えぐ》れたように細くはない。こんもりと盛り上がった項を鏡に映して、私はいつでも深い息を吐いているのだから。

ゴミ漁りの若い女は、結ばれたゴミ袋の口を解き、中の衣類を一枚ずつ取り出しては広げて見ているようだった。洗濯物を干すような仕草をするものだから、古着に雨が降りかかって小さな水滴が宝石のように光っている。

私はなぜだか息を潜めてその女の行動を見守っていた。よほど貧しいのだろう。しかし、彼女が今掲げて見ている古着は、どう見ても子どもの小さな半ズボンなのだ。彼女が穿《は》くには無理がある。彼女は枯葉色の小さな半ズボンを丁寧に畳むと持参しているらしい紙袋へしまった。

次から次へと古着を取り出しては選別して彼女のお眼鏡にかなった物だけが、紙袋へと運ばれ、それ以外の物は元のゴミ袋へと戻された。

私は彼女を不気味に思う反面、哀れにも思い、少し沈んだ気持ちでそっと彼女の後ろにゴミ袋を置くと踵《きびす》を返した。マンションの裏門を潜りながら少しだけ逡巡《しゅんじゅん》して、そっとゴミ集積所の方を振り返った。

花壇の低木の上に彼女の背中がすれすれに見えていた。その上に広げられた古着が目に入った。夫の紺碧《こんぺき》色のアロハシャツだ。それが再び低木の下に隠れてしまうと、私はどうにもその行方が気になって仕方なかった。

しばらくマンションのエントランスにある大理石風の冷たい椅子《いす》に腰掛けて時間を潰《つぶ》した。もういいころだろうと思い、裏門を潜ってゴミ集積所に再び向かった。

そこに彼女の姿はなく、慌てて通りに出て見ると、傘もささずに両手に紙袋をぶら下げた女の後姿が小さくなっていくところだった。

私はなぜだか逸《はや》る気持ちで、自分が出したゴミ袋に駆け寄った。ゴミ袋の口は一度開かれ、曖昧《あいまい》にもう一度結ばれた形跡があった。緩く結んである袋の口を開くと、私はさきほど捨てたばかりの古着を点検しはじめた。

夫の紺碧色のアロハシャツはなくなっていた。おまけに長男のスモックも次男のスーツも私のスカートもなかった。

不思議なことに、私はホッとしていた。私の歩いてきた道を否定されなかったような安堵《あんど》感と、彼女のお眼鏡にかなった私のセンスを誇らしく思う得体の知れない気持ちが小さな吐息となって吐き出されたのだ。

見ず知らずの人に自分を認めてもらったような満足感がじわじわと湧《わ》いてきて、私は思わず走って玄関まで戻ると、傘を手にまた通りへ飛び出した。

まだ間に合うだろうか。

私は安物のサンダル履きで水溜《たま》りを蹴散らしながら、さきほどの女の姿を追った。

マンション前の路地の先には広い幹線道路が横切っている。女はその右か左へ折れたはずだ。幹線道路に交わっているマンション前から続く細い道の先に女の姿は見えなかったが私はとにかく走った。こんなに走るのは久しぶりだった。上がる息を何とか宥《なだ》めながら幹線道路の歩道に出ると体を大きく左右に振って、その先を確認した。

左を向いたところで、その歩道の先に女の背中を見つけた。雨をたらふく含んでいるのか、両手に下げた紙袋はひどく重そうだ。

少し内股《うちまた》気味に歩く女の足は、雨に煙る歩道の中で蛍光灯のように白く光っていた。

それを道標《みちしるべ》のようにして、私は女の後を追った。生まれて初めて誰かを尾行するスリルが心地よく胸の鼓動を早めた。どれくらいの距離を保てば見失わず怪しまれないのかわからなかったが、幸いにも雨の音が私のサンダル履きの足音を掻《か》き消してくれているようで、女は一度も振り返らなかった。

女は通りの途中で足を止め、右手側にある新たなゴミ集積所に目を落としていた。

いくつかのビニール袋に詰められた古着が雨に打たれて蹲《うずくま》っていた。女はおもむろにその場でしゃがむと、ビニール袋を開き、また一枚ずつ濁った空に翳《かざ》して選別を始めた。

離れた電柱の影からじっと見守っていた私は、女の手によって元の袋に戻された古着たちに嘲笑を送っていた。片側の頬が盛り上がって視界の下の方に影を作った。

私の日常は肯定されたという自負が私の頬を膨らませている。傍《はた》から見れば、不気味な中年女にしか映らなかっただろう。それでもわくわくした。三月も末になるのに雨ばかり続く冷えた空気の中で、私の心は熱くなっていった。女は選別を終えたらしく、また立ち上がってゆっくりとした足取りで歩き出した。尾行するにはちょうどいい速度である。私は案外気楽に女の後をつけていった。

今どきこんな建物が存在するのかと感心するほど、古ぼけたアパートを見上げて私は立ち竦んでいた。あまり口をあんぐりと開けて見上げていたものだから、細かい雨粒が数滴口に入り込んだ。

さきほどの女は、今目の前に佇《たたず》んでいる寂れたサーモンピンクの二階建てのアパートに入っていった。一階の西側の部屋が女の住処《すみか》のようだった。周りを見渡したが人の気配はない。アパートの周りに敷きつめられた砂利の上に、錆《さ》び付いた自転車や車のタイヤが放置されている。

数えるまでもなくわずか四世帯しかないアパートの一室で、今頃女は何をしているのだろうか。私は目を閉じて勝手な想像を瞼《まぶた》の裏に巡らせた。

きっと女は紺碧色のアロハシャツを胸に当てて鏡の前に立っているだろう。貧困のため新しい洋服も買えないはずだから、手に入れた古着をうれしそうに眺めているに違いない。このシャツにはどのスカートを合わせようか、このスカートにはこのカーディガンを合わせてみようか。

しかし、そこで私の想像は止《や》んだ。あの小さな子供服をいったいどうするというのか。いくら細身の彼女でも、それらを身につけることなど到底無理な話だ。

どうせここまで尾行してきたのだ。私は辺りを見回すと覚悟を決めてアパートの西側に回った。

木造のアパートはところどころ木の板が捲《めく》れ上がり、雨が染み込んでいた。西側の壁は夕日が強く当たるせいなのか、木はささくれ立っていてやはりそこも容赦なく降りかかる雨のせいで今にも朽ちてしまいそうなほど泥濘《でいねい》のように黒ずんでいた。

その壁の真ん中辺りに小窓があった。そっと顔を近づけたが花柄のカーテンがその向こうを遮断していた。

降りしきる雨音がその他の一切の物音を静寂に変えていた。従って、女の部屋からも物音が何も聞こえなかった。

私はそっとアパートの壁に手を添えてみた。何か目論《もくろ》んでやったことではなかったのだが、その先に心を繋《つな》ぎたかったからかもしれない。

すると、そっと当てた掌《てのひら》に軽い振動が伝わってきた。それは規則正しく心地よいリズムを刻んでいる。そしてやけに懐かしい響き。

いつか体感したことのある振動。

堪《たま》らなくなって朽ちる寸前の壁の板に耳を押し当ててみた。雨に湿った木の壁が、氷を耳に押し当てたように冷たかった。その耳の縁にも振動が伝わってくる。

ダダッ、ダダッ、ダダッ……。

雨の筋の隙間《すきま》を通って、振動は確かな音となり私の耳に忍び込んできた。

それは紛れもなく、かつて生活の一部だった音であり、充実していた私の日常がそこにすべて凝縮されていた響きであった。

いつの間にか傘を持つ手がずれて、私は雨に濡れたままアパートの壁に耳を押し当てて目を閉じていた。まるで心地よい眠りにいざなわれるような、凪《な》いだ海の上を漂うかのような時間だった。

それを一瞬にして遮断したのは、西側の小窓がガタガタと歪《ゆが》みながら乱暴に開く音だった。私は深い眠りの中から引きずり出されたようにポカンと口を開けて小窓を見上げていた。

白い塗装の剥《は》げた窓枠の中に、ゴミを漁っていた女が眼を広げて私を見下ろしていた。

うろたえた私は、咄嗟《とっさ》に言葉を探した。

「あ、あの…実はね、ちょっと気になったんだけど…糸調子が少し甘いんじゃないかって…あなたのミシン」

女は不思議そうに私を見下ろしていたが、やがて糸のように細い目になると「古いから仕方ないのよ。実はね、粗大ゴミの山の中から見つけてきたものだから」と、私の目を見つめたまま面映《おもはゆ》い顔で笑ってみせた。

私は傘を立て直して、ゆっくりと立ち上がった。目の高さにある小窓から覗く女の背後に、室内が見えた。壁にはハンガーに下げられた衣服が隙間なく下がり、色とりどりのカーテンで部屋の四隅が飾られているようだった。

外の薄暗さに比べて、部屋の中は色彩豊かな布のおかげでかなり華やいでいる。

おぼろげな室内の灯りなど必要のない明るさだった。

「びしょ濡れね。タオル貸しましょうか」

女は訝《いぶか》るより先に心配そうな目で私を見た。いつの間にか髪の先から滴り落ちた雨が、顎《あご》を伝ってポタポタと垂れていた。そのときの私は彼女の数倍みすぼらしかったはずだ。

「い、いいのかしら」

私は遠慮がちに言ったが、その響きに拒絶はなかった。彼女の部屋に上がって自分の捨てた過去がどういう状況になっているのか知りたくて堪らなかったのだ。

「どうぞ」

女は北側の方角に目をやり、玄関から入るように私を促した。

私は砂利の中に埋まるサンダルから飛び出した素足を見つめながら、ひどく緊張して歩き出した。尾行してきたことへの後ろめたさと、彼女への好奇心が胸の中で錯綜《さくそう》して、うまく足が進まなかった。

北側に回ると、玄関のドアがすでに少しだけ開いていた。女が扉の内側に手を当てて私を招き入れる準備をしていた。

扉の内側に入ると、私から滴り落ちた雨のせいで、三和土《たたき》があっという間に黒ずんだ。

女は私の目の前にタオルを差し出して「風邪、ひかないといいね」と、小首を傾《かし》げてみせた。

礼を言って手渡されたタオルで顔を拭《ぬぐ》おうとして、目が止まった。何の変哲もない白いタオルに、チェックと小花柄の布が愛らしくパッチワークされていた。

「まあ、可愛《かわい》い」思わず声に出した。

「それも作品のひとつだったんだけど、売れ残っちゃって」

女は小さく舌を出してから、「早く拭《ふ》いたほうがいいですよ」と、私の髪に目をやった。

私は女に言われるままに髪を拭き、首を拭き、そして服についた水滴を静かに払った。


女は小さな台所で湯を沸かし、ココアを淹《い》れているようだった。甘く香ばしい香りが背後の和室の中央に座る私の鼻孔に忍び込んできた。

「あなたもやるの？」

女は体をシンクに向けたまま、顔だけを振り向かせた。

「え？」

イチゴ柄のトレイにココアの入ったカップを二つ載せて女が私に近づいてきた。私の目の前にある古ぼけた四角い座卓にカップを置くと「ミシンよ。詳しそうだから」と、自分のカップを両手で包むようにした。

彼女の部屋の煤《すす》けた畳の目は、布の切れ端でほとんど見えない状態だった。糸くずも散乱して私の湿った素足にも絡み付いている。

大型の古いミシンが、南向きの窓の隣の壁に向かって鎮座していた。

「詳しいってほどじゃないけど…以前は凝っていたこともあったのよ」

「凝る？　いいわあ、その響き。凝るっていう言葉、結構固いけど、すべての物がそこに凝縮して、それが自分のすべてだっていう感じがして好きなのよねえ」

私は、女が胸の前で神に祈るように手を組む姿を目の当たりにして、この女はたぶんそうとう幸せな時間を持っていることを確信した。あのころの私のように、彼女の蝸牛《かぎゅう》はミシンの調べを常に感受しているのだろう。胸の前で組んだ手が上下していて、踊っているような動きである。

「でも今はやらない？」

女は私を掬《すく》うような目で見た。

「ええ」

「なぜ？」

「忘れていたみたい」

それはいつからだったのだろうか。長男が中学に上がった頃、母親の手作りの服を着ることを嫌がり始めた。どこそこの何とかというブランドを着たがって、それ以外はすべて「ダサイ」の一言で片付けられた。次男も兄に倣《なら》い、私の作った服には袖を通さなくなった。夫は、かぎ裂きを繕ったアロハシャツには見向きもしなくなり、私は次第に忘れていったのだ。ミシンを踏むことも、針を持つことさえも。日常的なミシンの調べは、やがてシュールな物音と化して、私の記憶から少しずつ消えていった。

「もったいないわ。ね、一緒にやらない？」

女はココアの湯気を顔に被《かぶ》りながら無邪気に言った。

「一緒に…って、何を？」

「私ね、古着を集めてそれを再生利用しているの。自分の作品を作って、レンタルボックスで販売してるんだけど、どう？　一緒にやってみない？」

「レンタルボックス…？」

彼女の説明では、一軒の店の中にカラーボックスのような箱がいくつも置かれていて、月契約でその箱のひとつを借りているということだった。その箱には何を並べて販売してもいい。厳密に言うと、オーナーのお眼鏡にかなった物に限られるということだったが、彼女は無事審査をクリアして、作品をボックスに展示しているらしい。

部屋をあらためて見回してみると、ミシンの上には作りかけのブラウスがあり、その横の小さな棚にはユニークな形のバッグやポーチが所狭しと並んでいた。

和室の入り口近くには、大きな段ボール箱が蓋《ふた》を開いた状態で置いてあり、その上にさっき女が両手にぶら下げていた紙袋が無造作に積んであった。

「あの…あれ」

私は紙袋を指差して、小声を上げた。

「ああ、あれ。今朝回収してきた材料なの。月に一度の収穫よ。でもね、どれもこれもみんな捨てるにはもったいないようなものばかりで、ちょっと哀《かな》しくなったわ。これなんか見てよ」

女は立ち上がると紙袋の中を弄《まさぐ》って、紺碧色のアロハシャツを取り出して広げてみせた。

私は少し俯《うつむ》いて、上目遣《づか》いで女を見た。

「この袖にね、かぎ裂きを繕った跡があるのよ。こうまでして大切にしてた服をあんな雨の中に捨ててしまうなんて、考えられない。でもね、もしかしたら大切にしていた思い出でも、捨ててしまいたい時があるのかもしれないって思いなおして…それで私が引き受けたわけ。もしかしたら、思い出を捨ててしまった人のために、新たな何かを作ってあげられるんじゃないかって」

女は胸にアロハを抱くようにすると、私に向けて穏やかな笑みを作ってみせた。

「ね、だから、一緒にやらない？」

私は複雑な思いを抱きながら逡巡した。自分が投げ捨てた思い出を、目の前の女が拾い、別の何かを作りあげようとしている。そしてそれをこの私が手伝うというのだ。

女は次に子どものスモックと小さなスーツを取り出した。

「これは手作りよね。腕もいいけど、いいミシンを使っているわね。刺繍もすごい」

何も答えられず私は曖昧にココアを飲んだ。

いつまでも黙っている私を、女はじっと見ているようだった。やがて女は小さくため息を吐くと、

「実はね」と目を見開いた。

「わたしのおばあちゃんね、老人施設に入っていたの。施設に入ったばかりのころに、わたし、あるお願いをされたのよ」

今度は女の顔を正面に捉《とら》え、女の下がり気味の目をじっと見つめた。

「昔の恋人の形見の着物を持ってきてほしいって。それで探して持っていってあげたんだけど、ある日施設の人に怒られちゃったの。おばあちゃん、その恋人の形見の着物をいつも肩からかけて廊下を歩き回るから危なくて仕方ないって。それでね、考えたわけ。着物の生地を使っておばあちゃんのストールを作ったの。縁にはレースをあしらって、花柄の布なんかと合わせたりして。そうしたらすごく喜んでくれて。施設の人にもすごく評判がよくってね、それから注文までくるようになったの」

女は頬を紅潮させて一気に話した。私は恥かしさと羨望《せんぼう》の眼差《まなざ》しで女を見たり目を背けたりを繰り

返した挙句《あげく》「すてきなことね」と声を漏らした。

「思い出はどう足掻《あが》いても変えることはできないけど、形は変えられるでしょ。そしていつまでも傍らにいられる」

女は自分の思い出に浸るように目を伏せて、紺碧色のアロハシャツの繕った部分を指でなぞっていた。

私は彼女の指がゆっくりと繕った糸の上を滑るのを眺めていた。そしてあのころの自分がどんな思いで引き裂かれた布地をつなぎ合わせていたかをおぼろげに思い出していた。新婚旅行での未来への誓い、初めて見た紺碧の海、照れながら買った揃《そろ》いの服、しあわせに満ち溢《あふ》れていたあの時間。それらをひとつひとつ針と糸でつなぎ合わせていたのだ。

「このスモック、よく見て。手首のゴムはきっとその子どもの手首の大きさに合わせてあるのね。きつからず緩からず」

着心地の良さを追求して、メジャーを片手に子どもを追い掛け回した微笑《ほほえ》ましい時間が甦《よみがえ》る。

「おばあちゃんはね、先月亡くなったんだけど、お棺《かん》にそのストールを入れて上げたの。着物だったら大きすぎてお棺には入れられないって言われたかもしれないけど、ストールは畳めば小さかったから」

思い出は形を変えても、何ひとつ変わらない。

私は飲みつくしたココアのカップの底を見つめていた。斜めにカップを傾げると、底に溜《た》まったココアの塊がゆっくりと流れた。

黒いココアは形を変え、流れ、やがて薄い色に変わっていったが、鼻をつければ甘い芳しい香りが脳にまで達した。

「一緒にやってみようかしら」

私は遠慮がちに言って彼女に目を向けた。

彼女は静かに頷《うなず》いて紺碧色のアロハシャツを握り締めていた。

何かを失《な》くしたわけではなかった。忘れていただけだ。しっかりと目を開け、鼻孔を動かせば、何ら変わることのないあの日が甦ってくる。

「雨、上がったみたい」

彼女は、カーテンレールに掛けられた古着を捲ると、南向きの窓から外を眺めていた。

彼女の頭の上に、鉛色の空が少しずつ薄れていくのを見た。雨をしきりに降らせていた鉛色の空も、褪《あ》せたジーンズのように染まっていくその空も、何ら変わらない日常の一こまであり、大切な思い出へと繋がるものだ。

私はしっかりと目を見開いて、彼女の後頭部とその上の空と、そしてカーテンレールに下がっているいくつもの古着を目に留めた。

そして「じゃ」と立ち上がった。

彼女は振り返って「もう帰るの？」と名残惜しそうな声を出した。

「ええ、一度帰って出直してくる」

玄関の湿ったサンダルを突っかけると、もう一度彼女に向き直った。そして、しっかりと地に足がついたように腹の底から声を出した。

「ミシン、持ってくるから」

「え？　あなたのミシン…？」

「そう。だってこの部屋のミシン、糸調子が狂ってるでしょ。あたしのはね、コンピューター内蔵の優れものなのよ」

私が笑うと、彼女も笑った。

彼女の笑顔の横で、水玉や花柄の古着が、そよっと吹きこんできた春の風に揺れていた。

（第42回入賞作品）

第43回　北日本文学賞　2008年度

応募総数1174編

入　賞　「彼岸へ」齊藤洋大（55歳・愛知県）

選　奨　「オレンジ色の部屋」緋野由意子（60歳・埼玉県）
「ふう子のいる街」森　美樹子（59歳・福岡県）

候補作品　「天窓」高瀬紀子（34歳・富山県）
「八月の海、十月の空」秋津信太郎（45歳・北海道）
「袋小路公房」黒澤絵美（55歳・茨城県）

第43回選評

人間を描く文章

宮本輝

ことしの選考は難しかった。どれを選び、どれを外すのかに、これほど悩んだのは、北日本文学賞の選考にたずさわって初めてのことだった。競馬でいえば、たとえ半馬身でも抜け出した馬がいなかったわけだ。

私が受賞作としたのは齊藤洋大氏の「彼岸へ」で、作品全体の安定感のほうに軍配を上げたのである。

奇をてらわない朴訥《ぼくとつ》な筆で、どこかの地方の町の青年たちを描いていて、よくある小説にすぎないのだが、風景と生活というものを嘘《うそ》いつわりのない形として、読む者の心に浮かびあがらせる。主人公の幼馴染《おさななじみ》の女に存在感がある。風俗店で生活の糧を得なければならない女に作者は多くを語らせないが、それが女の像をかえって深く刻んでいる。

選奨とした緋野由意子氏の「オレンジ色の部屋」は、選外の三篇よりは下手な小説だが、聴力はあっても喋《しゃべ》ることが出来ない主人公が、携帯メールで他者とのコミュニケーションを得ながら、自分の世界を拡《ひろ》げていくさまに、私としては考えさせられるところがあった。聾唖《ろうあ》の人たちが、インターネットや携帯メールによって、健常者には思いもよらなかった事柄に遭遇しているという現実である。

43

「オレンジ色の部屋」は題も悪く、障害者同士の恋ともつかないやりとりから奥には進んでいないが、もしそこからさらに深い視座を作者が得ていれば、小説としてもっと可能性を持つ素材であろう。
同じく選奨の森美樹子氏の「ふう子のいる街」は、最初は作者のご都合主義が鼻につく。こういう小説で、もう少し手のこんだ老獪《ろうかい》な代物が、多くの読者を持つようになって久しい。小説の筋立てに都合のいい登場人物が、セリフで都合良く何もかもを読者に説明していってくれる。私はこういう小説は嫌いである。

しかし、この作品のなかの「手紙」の、幼いずるさには、作者が試みて成し遂げられなかったファンタジーの匂《にお》いが、はからずも匂うのだ。リアリティーの橋を渡ることで炙《あぶ》り出た一種の童話である。アンデルセンには遠く及ばないものの。

高瀬紀子氏の「天窓」は、エンジンが暖まっているのに、いつまでも走りださない車のようだ。さあ動くぞというところでエンストを起こしてしまった。読後、何のための伏線だったのか首をかしげてしまった。

うまさという点では秋津信太郎氏の「八月の海、十月の空」が候補作中随一だと思う。しかし、私は、この二十六歳の、妻も子もあるチンピラを好きになれなかった。これに似た三流の映画を、いやというほど観《み》たなという気がする。

黒澤絵美氏の「袋小路工房」は、作者がメルヘン、ファンタジー、マジックリアリズムなるものを混同して、そのどれでもないものに書きあげてしまったという印象を受けた。いわゆる「もどきの亜種」であって、かつては小学生の時代に卒業したはずの世界なのだ。

メルヘン、ファンタジー、マジックリアリズムなるものの三つについては、グリムやアンデルセンからフォークナーやガルシア・マルケスへと私なりの考えはあるが、ここで書くには紙面がない。

彼岸へ　齊藤洋大

齊藤洋大（さいとう・ようだい）1953年新潟県生まれ。本名・齊藤　勝。名古屋市立向陽高校卒業。第8回潮賞、第18回織田作之助賞佳作、第19回堺自由都市文学賞佳作、第16回やまなし文学賞佳作、第2回海洋文学賞佳作。著書に『ちょっと淋しい』（新風書房）。愛知県春日井市。

「ショウタ！」

まだ眠りから覚めやらないショウタの耳に、甲《かん》高い声が響いた。船を舫《もや》うロープを解く手を止めて振り向くと、朝陽《あさひ》が針のようにショウタの目に突き刺さってくる。昨日梅雨が明けたばかりの空は高く青く広がっていた。

「ショウタだろう？」

堤防の上に立ち、肩幅に足を開き、両手を腰に当てて逆光でシルエットとなった人影がまた訊《き》いた。

「ああ、そうだよ」

「やっぱりな、お前が船頭してるんだ」

シルエットはトントンと堤防の階段を下りて、川岸の桟橋《さんばし》に居るショウタの傍らに来た。

「ユキ？」

「そうだよ、冷てえなあ、忘れちまったのか」

小学校、中学と同級生だったユキだ。ユキは中学一年の春休みのときに、何処《どこ》かへ転校してしまいそれ以来音信不通だった。引っ越したとかではなく、父親は相変わらずそのまま今もこの町で生活している。噂《うわさ》では、ユキや弟の隆を置いて、家出した母親のところに行ったらしいということだった。

「もう七年ぐらい経《た》っただろう？　お前が居なくなって」

「たった七年じゃねえか、お互いファーストキスの相手だろうが」

乱暴な口の利きようだが、高く細い声はまだ幼さの残る女の声そのものだった。

「馬鹿《ばか》、あれは」

「ちゃんと、本当にキスしたもん」

ユキは怒ったようにショウタを睨《にら》む。ショウタの喉《のど》が詰まる。小学校六年生のときに、遠足で飯田の元善光寺に行った。本堂の地下の戒壇《かいだん》めぐりというのがあり、真っ暗な中を歩くのだ。壁の手すりを頼りに行くのだが、角を曲がるときにショウタの前を歩いていたユキがいきなり後ろを振り向いて、ショウタがぶつかった。その時に、なにやら生暖かく柔らかいものに唇《くちびる》が触れたが、それがユキの唇だとは思わなかった。戒壇の途中に、安っぽいミニチュアの極楽の世界が作ってあり、そこまで来て、キスした？　とユキがぽそりと訊いたが、ショウタは聞こえなかった振りをして、そっぽを向いた。けれども唇にあの生暖かな感触はしっかり残っていて、妙に胸が騒いだのを覚えている。

「ただ、ぶつかっただけだ」

「そうじゃねえよ、お前は知っててキスした」

ユキはむきになる。ユキが不貞腐《ふてくさ》れたように横を向くのは、右の耳の聴覚が八割失われているのが理由だ。小さな頃《ころ》、アル中の父親に殴られ鼓膜《こまく》が傷ついた。だから左の耳で聞こうとするので、顔を背けるように見える。

「どうだっていいや、そんな事。今日は何だ」

「町へ行くんだ、乗ってもいいか」

「ああ、いいよ。この渡しは、県道の一部なんだ。だから道だ。誰でも乗れる」

ショウタがエンジンを掛けると、ユキは桟橋から飛び乗った。平底の船が大きく揺れる。

「静かに乗れよ、危ないじゃないか」

「ごめん」

ふっと俯《うつむ》いたユキは、小学校の頃の、何かに怯《おび》えている、内気な感じのままだった。

そういえば、いつもこんなふうに、ぽつんと一人で居たことをショウタは思い出す。父親が酒びたりで生活保護を受けていた一家だった。確か弟は三つ下だ。母親は、ユキが小学校の五年生のときに家を出て行ったきり行方《ゆくえ》が分からなくなっていた。その後は、荒れ放題の家で、ユキが弟の面倒や家事をこなしていた。近所からも、学校でも、ひそひそと背中で囁《ささや》かれる悪意に満ちた噂に、ユキはいつも肩を窄《すぼ》めおどおどとしていた。それが今日は、自信というか、滑稽《こっけい》なくらいに男言葉で威張っている、一体この七年の間にユキに何があったのだろう。ショウタは肩を怒らせているユキを見ながらそんなことを思った。

川は昨日までの梅雨で水量が多かった。水も濁って、時折、上流からは流木が流れて来て船にぶつかりそうになる。それでも突き抜ける夏空が広がり、対岸の柳の枝は、緑の煙のように風に吹かれて棚引いている。下流の馬飼《まがい》大橋を渡る車が玩具のように見えた。

ショウタは対岸の桟橋の手前で舳先《へさき》を上流に向けた。速い流れで、そのまま船着場に突っ込むと左側にある航路杭《こうろくい》にぶつけてしまうからだ。舳先を上流に振ったらすぐにエンジン出力を上げる。そうすると、船は流れとエンジンの出力が丁度均衡を保ってゆっくりと桟橋に横付けられる。

「ありがとうよ」

船を桟橋に横付ける前に、ユキが、ひらりと飛んだ。

「危ないだろう、着くまで待てよ」

思わずショウタが怒鳴る。

「いいよ、死んだら自分で責任持つから、お前のせいなんかにしない」

そう言うと、にっこり笑って堤防の階段を駆け上がって向うに消えた。

「おい、帰りは…」

ショウタは、帰りにはそこのポールの旗を、ハンドルを回して揚げれば迎えに来ることになっているると教えようとしたが、ユキの姿はもう無かった。


「同年会で何か一つ記念品を贈ることになってるんだ、成人式の時に」

健一が切り出すと、ショウタたちは、そうだったとばかりに頷《うなず》いた。皆中学の同級生だ。昔からそんな風習があったのを思い出した。

「悪ガキどもが何の相談だ」

喫茶店田園のマスター、重《しげ》さんがアイスコーヒーを運んできて、ショウタたちに言った。

「昔は悪ガキだったけどさ、今は」

「今もだよな」

ショウタが弁解しようとすると、健一が横から茶々入れた。

「あんまり父ちゃんたちを心配させんなよ」

重さんが、にっこりと笑ってカウンターに戻っていく。田園は村の唯一の喫茶店だ。村の全員、それこそ飼っている犬までが客だ。この村の年寄りに最初は喫茶店なんて習慣はなかったが、モーニングサービスというのに目をつけて、年寄りたちがそれで毎朝屯《たむろ》するようになった。そいつはいいとそれこそ村人総出で、ここで朝飯を摂《と》るようになった。そうなると、モーニングサービスの時間内に入れない者が出てきて不満が溜《た》まり、一日中モーニングサービスをやることになった。だから田園の前には、一日中モーニングサービスありますというちょっと変な看板が出ることになった。

「あんなうるさい大人ばかりだから、俺達若者は嫌になって一度はここを捨てるんだ」

徹《とおる》がストローを使わずに直接グラスに口をつけてアイスコーヒーを飲む。

「そういえばそうだな、俺たち一度は皆」

「うん、徹は自動車会社に、健一は薬問屋、俺は電気会社か、ショウタは何してたんだ」

儀一《ぎいち》が聞いた。

「アルバイトだよ、コンビニの」

「そうか、それが今じゃ、徹は蓮根《れんこん》栽培、健一は養鶏場、ショウタは渡しの船頭、俺は郵便局か」

「みんな親父たちの跡継ぎじゃねえか」

「だったら一番の孝行息子だよ、俺たち」

徹の一言に、皆、あっ、そうかとばかり頷きながら笑った。

就職先はそれぞれが違っていた。高校も地元とか名古屋に出て行って余りその頃から中学の時のような付き合いはしなくなった。それが、こうやって三日に空けず田園で顔を会わせるようになったのは、ここ一年だった。まず就職して半年で自動車会社の工場に勤めた徹が辞めて帰ってきた。相撲部だった徹がげっそりと痩《や》せていた。夜勤と日勤の交代で相当にきつい職場だったろう。次に、正月前に健一が帰った。医者相手の薬の営業にすっかり神経が参っての帰郷だった。夜中に油汗をかいて、誰も居ないのに誰かに話しかける有様だった。電気会社の儀一は仕事は面白かったらしいが、電柱に登っていて、落ちて膝《ひざ》を割り、深く曲げられなくなり、もう電柱に登れなくなって電気会社を辞めてきた。儀一は長男だったので、そのあと郵便局長の父親のコネで郵便局に勤めた。

ショウタは高校を出てからどこの就職試験も落ちて、コンビニのバイトを転々としていたが、父が脳梗塞《こうそく》で倒れたので、その後を継ぐために帰ってきた。とは聞こえが良いが、実際は、安いバイト代でアパートの家賃やら生活費を工面するのも限界なので、親の家に帰る口実が出来て渡りに船だった、とは、駄洒落《だじゃれ》みたいだと自分では思っている。それに一応は嘱託でも役場の職員で、安くても給料は人並みということもあって、鶏糞《けいふん》まみれでいやだとか、泥田の中の泥鰌《どじょう》だと自嘲《じちょう》する健一や徹に比べればと、満足していた。

「この町の未来を担っている存在なわけよ」

健一が聞こえよがしに言った。重さんがカウンターの中でクスリと笑う。重さんは、カウンターで毎日、同じ昔話をだらだらと喋《しゃべ》る忠吉爺《ちゅうきちじい》さんの話相手にそろそろ幕を下ろそうとしていた。忠吉爺さんは、昔、奥さんが死んで、長女を養女に出したときの渡しに乗せて見送った最終場面を語っていて、カウンターに突っ伏し大泣きを始めるところだった。どうやら惚《ぼ》けが始まったということだ。昔は腕のいい大工で、ここが出身の円空様の再来だと言われ、仕事の合間に鑿《のみ》で仏様やら馬やらを彫りだして皆に気前良く呉《く》れた。ショウタの家にも一体その頂き物の仏像がある。

「俺たちも本当は皆、食い詰めて帰ってきたんだけどね。忠吉爺さんを笑えないよ」

ショウタが声を潜めて言うと、皆が一斉に舌《した》をちらりと出して苦笑した。

「俺、昨日ニュースの特集でやってたろう、派遣社員てのを三カ月やってたんだ。いつも人間以下の扱いされてさ、ふっと家に戻って大嫌いな鶏の顔見たら、なんだか妙に、可愛《かわい》いというか仲間みたいに思えてさ」

薬問屋を辞めてここに戻るまで暫《しばら》く派遣会社に登録して働いていたという健一が言う。

「ネットカフェってとこに居たのか」

「うん、会社辞めたからアパートも出て。ネットカフェの小さなブースで寝るんだ。なんだか、鶏が狭いゲージに押し込められてるみたいだった。そん時さ、ふっと家の鶏たちのこと思い出して」

「俺も、寮と工場の往復だけだった。ベルトコンベヤの横に立っての仕事だったけど、夏の夜勤明けの昼間は寝れなくて。ボウとしてへまばかりして怒られて。隣のラインじゃ作業ロボットが軽々動いてんだ。変な話、俺はロボット以下だなって思えて。流れて行くベルトコンベヤが長良川に見えてきて、飛び込んだら家に着くかなって」

徹の口調がどこかいつもの明るさを欠く。

「飛び込んだのかよ」

「そんなことしねえよ、ただ、俺はここじゃ駄目だなって思った。長良川が恋しいというかさ、蓮根田の泥のあのふんわりとした感じが懐かしくて」

徹がしみじみと言う。それぞれ挫折の仕方は違ったが、土や長良川が懐かしかったという徹の言葉は皆の胸に染みた。木曽三川の河口付近に広がる輪中《わじゅう》地帯は、すぐ傍らに名古屋だとか四日市という大都市や工業地帯があるが、どこか取り残されたような古い村の姿も色濃く残している一帯だった。川の狭間《はざま》には田んぼや畑、池や排水路が広がり、マンションを建てようにも、軟弱な地盤が許さなかったのだろう、古い農家造りの家が多かった。

「中学の頃が一番面白かったよな、健一のとこの養鶏場から玉子盗んでは隣村の食料店に売って小遣いにしたし」

「親父にこっぴどく叱《しか》られてさ。そりゃあ、ばれるわな、半分しか生まない日があるんだもの。毎日抜けるように、計画立てて盗めばよかった」

「そうだなあ、数学嫌いだったからなあ」

ショウタの変な言い訳に皆が笑った。それからそれぞれ、俯いたり遠くを見たりして黙った。つい数年前のことなのにそれぞれには随分遠い日のように思える。名古屋や四日市に出て行き、一年も働いていないのに、皆、すっかり疲れ果てていた。まるで十年を一気に老いたような気がしている。

「それじゃあ、あの頃の同級のヤツラに声をかけるがいいな」

郵便配達で、仕事柄皆に連絡を取りやすい儀一が言った。それで良いということで解散した。カウンターでは忠吉爺さんの喉《のど》を震わす泣き声が高まっていた。

「川は大人しくなったか」

少し呂律《ろれつ》の回らない口調で父が訊く。

「梅雨明けしたばかりだから、まだ水量は多いよ」

「そうか、今年はウグイの群れが集まったか」

春に渡しの近くの浅瀬に、オレンジ色の筋を見せた婚姻《こんいん》色のウグイが産卵のために川底一杯に集まる。ショウタの父が船頭をしていた頃は当たり前だった風景だが、最近はあまり見かけなくなった。

「小さな群れが対岸の浅瀬に見えたよ」

「水がすっかり汚れたんだ。これじゃあサツキマスももう来ないいな」

ここ数年、ショウタもサツキマスの姿を見ていなかった。海から懐かしい山深い上流へ帰る途上のサツキマスは、銀色が眩《まぶ》しい神々《こうごう》しいほどに気品のある魚体だった。河口に出来た堰《せき》も魚道があるとはいえ、その影響は水質と同じ位の影響があったろう。川が静かに死んでいく、父を見ていると、ショウタはふとそんな思いに最近囚《とら》われるのだった。

右半身が不自由な父はスプーンでショウタが作ったお粥《かゆ》を掬《すく》うが、やはり半分ほどを口に入れる前に零《こぼ》してしまう。昔は川漁師もしていて随分気丈夫だったが、最近はすっかり気弱だった。ショウタが高校一年生のときに母親が逝《い》き、その翌年に五つ違いの姉が、父と結婚相手のことでぶつかり、家を出て行った。それでも男手一つでショウタの面倒を見ていたが、ショウタも名古屋に出て行き、父は一人暮らしの中、脳梗塞で倒れた。

「お前、来年の一月は成人式だろう?」

「そうだよ」

「嫁を貰《もら》わないのか、好きな子、いねえのか」

「そんなもん居るわけないよ。まだ十九だ」

「ふーん、姉ちゃんは、二十歳で男のところに行ってしまったがな」

姉は、気難しい父と衝突することが度々だった。この辺りの娘としては派手で、夜遊びもよくしていた。それだから彼氏も出来るのが早く、結婚したいと相手が来たときは、父は、まだ早いと怒った。母が逝ってどこか温かみの消えた家庭は姉には寂しさだけが募る場所だっただろう。男の元へ去り、それ以来一度も帰って来ない。脳梗塞で倒れた時に、隣の上山さんが連絡したが、死んだんじゃないんでしょ、葬式ならいくけどさ、と言って顔も見せなかった。

「姉ちゃんの事はもういいさ」

「この家は、ショウタ、お前のものだからな。俺が死んで、姉ちゃんたちが、何かよこせっていってきても、ビタ一文やるんじゃねえぞ」

父は姉の話になるといつも最後は興奮する。よほど怒りが解けないらしい。今、フラリと現れたら、それこそ脳の血管がプツリと切れかねない。

「分かってるって。それよりどうする、役場の水野さんが言ってた、ヘルパーより老人保健施設に入ったほうがいいだろうって話」

「うん…」

父は黙ったきり、じっとテーブルを見つめている。空気の抜けた風船のように、ぼんやりと。テーブルの零れたお粥が父の涙のようにショウタには映った。

「俺、夜はちゃんと面倒見られるから。昼間はヘルパーの小山さんが来てくれるし」

ショウタもここから二年弱だが名古屋に出て行った。最初の開放感はすぐ消えて、広い町はただやたら広いだけだった。どこにも、自分の居場所が無かった。父は、良い事も悪い事もこの家や村で出遭った。今さら知らない町で、また出遭うにはもう充分老いている。どういう最後でも父が決めればいい、とショウタは思う。

食器を片付け、父をベッドに寝かせると、ヘルパーの小山さんへの、よろしくお願いします、何も昨日と変わったところはありませんという伝言を書いて渡し場に向かった。

健一の蓮根田の一画にある水神《すいじん》様を祭るいつもの角を、今日は右に折れてみた。荒れ果てた畑の中に、これでも人が住んでいるのかと思う家が見える。自転車を漕ぐ足に力を入れさっさとその家を通り過ぎようとした時だ。

「ばかやろう」

大声がその家からした。ショウタは思わずブレーキを掛けた。

「そうだから、母ちゃんも行ってしまうんだ。自分勝手なことばっかり。あたしだって、本当は戻ってなんか来たくなかった。でも、でも、このままだと死んじゃうって、生活保護係の渡辺さんが言うから」

ユキの涙まじりの悲鳴だった。

「だったら、酒を止《や》めろなんて言うな。村の野郎たちみたいな口を利くな」

「確かに冷たい人ばかりだけど、そんなの関係ない。父ちゃんの命のことなんだ。あたしは死んでもらいたくないよ。父ちゃんが大変だったこと、ちゃんと知ってる」

「うるさい。お前なんかに、分かってたまるか。お前だって、俺を置いて出て行った」

「あれは、役所の人に、無理やり…施設へ。もういいよ、あたしが悪かったんだ」

ユキが出てくる気配がしたのでショウタは慌てて自転車を漕ぎそこを離れた。ユキの嗚咽《おえつ》まじりの声が耳朶《じだ》に絡んだままだった。あんなふうに、泣いて怒ったユキをショウタは思い出す。

中学になって、自転車通学が許された。殆《ほとん》どの同級生が自転車を買って貰った。徹とショウタがクラブ活動で遅くなり、腹を空かして家路を急いでいた。排水機場の狭い道路でユキに追いついた。ユキはあの頃新聞配達をしていてその帰りだった。後ろから二人は近づきベルを鳴らしたが、右の聴覚を失っていたユキには聞こえず、避けることもしなかったので徹の自転車がぶつかった。前につんのめって倒れたユキが振り向いた。「お前が悪いんだ、ベル鳴らしたのに」。徹はユキが聞こえないことは知っていた。目を吊《つ》り上げて睨《にら》んだユキが突いた手に握った小石を投げた。それは力を入れすぎて、ショウタたちではなく、ユキの足に当たった。ショウタと徹は思わず笑った。「馬鹿にするな。聞こえないのが、悪くない」、ユキが叫んだ。目に一杯の涙だった。そんなに怒ったユキは初めてだった。ちょっかいや小さな苛《いじ》めはしょっちゅうで、ユキはその度に諦《あきら》めたように俯くだけだったから。ショウタたちはバツが悪くなり、地べたに転んだままのユキをそのままに家に帰った。家に帰っても「あたしは、悪くない」と泣き叫ぶユキの声がいつまでもショウタの耳の底で止まなかった。

その日は一日、ショウタは渡し舟を操りながら、胸の中に水底の泥が舞い上がったような落ち着かない気分が続いた。ユキのことが気になり、ちょっと様子を見に寄り道して、ユキ親子のあんな場面に出くわし、中学の頃のことを思い出してしまったからだった。ひょっとしたらユキのことが好きなのか？　そんな馬鹿な事と思ったが、ファーストキスした仲だというユキの言葉が、また浮かんできて、胸の内側が妙にくすぐったい。

「みんな、いいってさ。だから贈る物を決めてくれって」

その日の午後、儀一が、早番で上がる事務所で帰り支度のショウタのところに来た。

「そうか。わかった」

儀一は、用事が済んだ筈《はず》なのに何か言いたそうだった。ショウタは気を利かせ、事務所の外に出た。

「ユキって知ってるだろう」

いきなりユキの名前が出てショウタは嘘《うそ》がばれたような気恥ずかしさに思わず黙った。

「あいつんとこの親父がもう体が駄目でさ、今、戻って来てんだ。それでなあ、どうやら四日市の、覗《のぞ》き部屋で働いてんだって。昔の覗き部屋と違ってよ、鏡の下に孔《あな》が開いてて、そこから触ったり触られたり出来るんだって。でも顔はマジックミラーで向こうからは見られないんだ。徹に話したら、行こうってことになって。どうだ、ショウタ、今から」

儀一が興奮して言った。何だか朝のこともありショウタは気乗りがせず、黙っていた。

「じゃあ五時に徹のとこで」

行くものだと決め込んで儀一は郵便配達用の赤いバイクを発進させてしまった。困ったなと思ったが、断れば、またユキとのことを勘ぐられ何やかやと言われるのは分かっている。仕方無しもあるが、ユキが本当に風俗に居るのか、確かめたかった。

「ユキはショウタのこと好きだったに違いない、ショウタはどうなんだ」

徹の車は吐《は》き気がするくらい香水の匂いがきつい。鶏糞《けいふん》の匂《にお》いがついていると異常に気にしているせいだった。

「そんなことあるわけ無いじゃないか」

「嘘付け、ユキなら、あの頃、簡単に金でもやれば触らせてくれたろう」

儀一が言う。ショウタは腹が立った。それは自分がというより、ユキが侮《あなど》られたように思えてだが、何故《なぜ》ユキを庇《かば》うのだろうと、それも妙な気がした。

「さあ、ついた。行こうぜ」

入り口で金を払い、それぞれ個室に入った。それは丸い部屋を囲むように配置されていた。やがて、部屋に明りが点《とも》る。そこは普通の女の子の部屋で、ベッドが置いてあった。そこへユキが入ってきて服を脱ぎ始める。女の子の部屋を覗いているという趣向だ。ユキは下着だけになると、ゆっくりと見回す。そして赤いランプが点《つ》いているところに行く。ショウタの斜め前、そこは徹が居る個室だった。下の孔から札《さつ》を持った手が出ている。徹の外へ出かけるときだけの腕時計がはっきりと見える。ユキは札を受け取ると、身体をマジックミラーの壁に寄せた。徹の手がユキの乳房を揉《も》む。ユキは表情も変えずに為《な》すに任せている。それから、その隣にも点いたのでそちらへ移動した。最初は同じように触らせていたが、また札が出されると、ユキは孔から手を入れた。儀一の個室だ。不意にショウタの骨が怒りと嫉妬《しっと》で軋《きし》んだ。札を握って孔から出した。ユキが儀一のところを終えるとショウタのところに来てその札を取った。ショウタはユキに触らず、また札を握って出す。ユキは受け取ると、孔から自分の手を入れてきた。ショウタは怯《ひる》んだ。ユキの手が不安げに宙をまさぐる。細い指だった。泣きたいような切なさが突き上がる。さっきまでの怒りと嫉妬が一気に萎《しぼ》んでいく。どうしよう。途方に暮れる。散々迷ってから、恐る恐るユキの指に触れた。ユキはびっくりして手を引っ込めた。暫くしてユキは訝《いぶか》しそうに孔から手を入れた。ショウタは、もう一度その手を握った。ユキが力を込めて握り返す。マジックミラー越しのユキの顔が泣くような笑いに歪《ゆが》む。『ユキ』。小さな声で呼んでみた。ユキが顔を右側に背ける。聞こえなかったのか。ショウタはちょっと寂しかったが安堵《あんど》もした。

「そういえば、ユキは中学の頃から、おっぱい大きかったよなあ」

帰りの車中ではしゃぐふたりの横で、ショウタはゆったりと車窓を流れる長良川を見ていた。

夏は盛りを迎えた。川は静かに流れていた。両岸の葦《あし》が揺れ、ユリカモメがすぐそこの伊勢湾から飛んできていた。川面《かわも》で反射する日差しの煌《きら》めきの中にユキの顔が浮かび、堤防を駆け上がる形の良いユキの尻がショウタの瞼《まぶた》に焼きついた。ユキの顔を見る度にあの生暖かな感触がショウタの唇に甦《よみがえ》った。

そんなふうにいつもと少し違う夏の毎日が過ぎていった。

皆が帰省し、村が一時の賑《にぎ》わいを見せる盂蘭盆《うらぼん》の日だった。ユキの父親が逝った。暑い日だった。ユキは寒さに震えでもするように身体を窄《すぼ》めて棺《ひつぎ》の横に立っていた。親族はユキだけで、義理だけの参列者の葬儀は呆気《あっけ》なく終わった。ユキの父親はこの村で一番最初にトマトの水耕栽培を始めて、皆にその技術を教えた。だが台風の雨で長良川の堤防が切れ、泥と洪水にハウスが全滅したのはユキのところだけだった。誰もが助けてやろうとしなかった。皆に余裕が無かったからだ。借金だけが残り、真面目一方だったユキの父親はそれから酒に溺《おぼ》れたということだ。ショウタは父親の荒《すさ》んだ顔しか知らなかったので、遺影の穏やかな笑みが信じられなかった。

三日も経つと、ユキは毎日覗き部屋に通うために夕方には渡し舟に乗った。ショウタが船頭でも、まったく口を利かなかった。けれども、舳先に座る痩せた背中や小さな肩には、キスした?と、おずおずと訊いたあの頃の何かに怯えているユキの面影が濃くあった。その後も徹達は覗き部屋に何度も行ったが、ショウタは父の状態を理由に断り続けた。

「結局、入れることになって。その前に一度、ここでコーヒーを飲みたいというから」

先週だった。ショウタの父が突然、老人ホームに入ると言った。理由は「入りたいから」だけだった。姉に相談したが、ショウタが決めればいいと言った。そして、もし父ちゃんが死んだら、土地とか遺産は姉ちゃんにもちゃんともらえる権利があるんだからねと、念を押した。どうしていいか分からなかった。一人暮らしが、ちょっと寂しいとも思えたが、徹たちも居ることだしと、父の意思に従うことにした。それと、最後にコーヒーを飲みたいと父が言ったのではない。忠吉爺さんのことを見ていて、重さんには父を送ってもらいたいとショウタが考えたことだった。

「いいさ。俺もよく渡してもらった。お疲れさんだった、貞夫《さだお》さん、はいよ」

マスターの重さんが一杯だけ特別にドリップして淹《い》れてくれた。車椅子《いす》の横に立ち、ショウタはカップを口に運んでやる。一口ずつ舐《な》めるように父が飲む。

「こんなところより、老人ホームの方が幸せだよね」

ショウタが言うと、重さんが怒った口調で返した。

「幸せ？　そんなもの一人ひとり違うんだ。忠吉爺さんだって、お前の父ちゃんだって、この前死んだユキの親父さんだって、泣いたり怒ったりだが、それはなあ、ちゃんとここの土の上で生きてきたってことだ。年金だ老後の心配だと愚痴《ぐち》ってるんじゃない。ここの長良川の泥に塗《まみ》れて、戦ってきたからこその怒りや悲しみや喜びなんだ。お前たちは、一回はここを捨てた。それはいい。だけど、のうのうと戻ってきたんだ、今度は、ちゃんとここで生きていけよ」

重さんは旨《うま》そうにコーヒーを飲むショウタの父の傍らで、何度も頷きながら言った。

ショウタは窓の外に広がる村の畑や田んぼを見た。稲穂が薄く色づき始めている。徹は今頃、鶏糞をかき集めて袋に詰め、臭《くせ》え、畜生《ちくしょう》めとぶつくさ言っているだろう。健一は、蓮根の泥田に入って呻《うめ》いているだろう。儀一は配達用の赤いカブに乗って埃《ほこり》っぽい道を走り回っている。ここで生きているんだ、皆。ユキはどうだろうか。儀一が言っていた、卒業せずに出て行ったから同級じゃない、と。けれども、ユキは、やっぱり帰ってきて、今はここに住んで、川を渡って働きに行っている。ちゃんと泥に塗れ戦っている、重さんの言うように、とショウタは思う。

秋の気配が濃くなり、川面に映る夕焼けの色が鮮やかになり始めた頃だった。ショウタは最後の渡しを終えて船を舫っていた。何かの気配を感じて振り返ると、堤防の上に、夕陽を全身に浴びてユキが立っていた。金色のセロファンで包んだみたいに輝いている。

「まだ、いい?」

ユキが訊いた。男言葉じゃなかった。ショウタは黙って頷いた。ユキはゆっくり階段を下りてきた。両手に大きなバッグを抱えている。ショウタは一つを取って船に乗せ、次にユキの手を取って船に乗せてやった。

「ありがとう」

呟《つぶや》くようにユキが言った。ショウタは再び舫いのロープを解いて船を出した。涼《すず》やかな風が川面を渡って吹いてくる。いつものように舳先に座ってショウタには背中を向けてじっと前を見ているユキの髪がその風に戯《たわむ》れていた。川は穏やかだった。見上げる空の高いところを夏が逝く。もう秋だ。行ってしまうんだな。ショウタの胸に錐《きり》で揉《も》みこんだような寂しさが突きあげた。対岸が近づく。そういえばユキは向こうに渡るばかりでこちらに戻るときは、時間も遅くて渡しを使ったことが無かったことをショウタは思い出した。

「そこのポールがあるだろう？　そのハンドルを回すと、黄色い旗が揚がるんだ。そうしたら迎えに来てやるから。旗を揚げたら…、必ず迎えに来るから」
ショウタはユキの背中に声を掛けた。ユキはじっと夕陽に染まる養老山脈を見つめたきり、振り向かなかった。アキアカネがその背中を過《よ》ぎって向こう岸に飛び去って行った。

（第43回入賞作品）

入賞 「海の娘」のむら真郷《まさと》（41歳・神奈川県）

選奨 「私の神様」宮川直子（33歳・大阪府）
「花びら、ひらひらと」大髙ミナ（43歳・神奈川県）

候補作品 「なくした記憶」高瀬紀子（35歳・富山県）
「燠火《おきび》を飲む」渡部真治（30歳・富山県）
「鎌田工作所」津本青長（57歳・北海道）

第44回 北日本文学賞 2009年度

応募総数1379編

第44回選評

自然な陰影刻む

宮本 輝

第四十四回目となる北日本文学賞は、候補作六篇、どれもこれも甲乙つけがたく、全作をそれぞれ二度三度と読み返して、私は頭をかかえて唸《うな》ってしまった。この賞のレベルは高くなっている。いったいどの作品に軍配を上げたらいいのか、どうにもこうにも判断がつかず、行司差し違いのそしりを受けるのを覚悟で、受賞作一篇と選奨二篇を決めさせていただいた次第である。当然、地元選考委員各氏のご意見も、担当記者から伺ったうえでのことだ。

しかし、私が受賞作としたのむら真郷氏の「海の娘」が、他の五篇と比して一日の長を感じさせたのは間違いがない。

三十枚という極《ご》く限られた枚数のなかで、書くべきことは書き、書かざるべきは書かず、夫に急逝された、まだ老いには遠い女の心の、すさみに近い揺れ動きの活写は素人離れしている。

そこにふいにあらわれた見知らぬ少女の描き方も、これみよがしの作為がなく、読む者の脳裏に自然な陰影を刻んで、ひとつの短篇小説の世界を創《つく》りあげた。

私が、一日の長と評価するのは、亡夫が結婚前に別の女とのあいだにもうけたのであろう少女が、それを主人公に決して口にしないことなのだが、冒頭のメルヘン的な不思議な光景について、始末がつけられていないのは、画龍点睛《がりょうてんせい》を欠いていると思う。

困ったのは選奨に何を選ぶかであった。津本青長氏の「鎌田工作所」は、よくある題材だというところから抜け出ていないし、渡部真治氏の「熾火を飲む」は、熾火がメタファとしての強さを持っていない。

そうなると、残りの三篇から一篇をあきらめるしかない。言い代えれば、より大きな欠点を探すということになる。

私はこういうやり方は嫌いだが、ここまで拮抗《きっこう》すれば致し方ないと思うほどに拮抗していたのだ。宮川直子氏の「私の神様」は、信仰をめぐっての夫婦の亀裂と離婚を中心に据えての、家族の歴史を描いていて、テーマとしては重い。その重さを、時間軸の重層によって巧みな軽さへと転換させることで、逆にリアリティーを持たせている。これは並みの手腕ではないと感じて選奨とさせていただいた。

大高ミナ氏の「花びら、ひらひらと」は、題を目にした途端に読みたくなくなるが、それを我慢して読み続けるうちに、底流にある人間の逞《たくま》しさに乗せられていく。

マーガレットというあだ名の女教師を登場させたことで、この作中の人物すべてに灯がともるようだ。文章も小説そのものも未熟な点は多々あるが、マーガレットに免じて一票を入れた。

本当は、高瀬紀子氏の「なくした記憶」にも選奨を差し上げたいのだが、作者にとってあまりにも都合良く話が進んでいくところが、私は気に入らなかった。

介護施設で暮らしている老いた父が、長く別れていた娘に言うひとことに、作者の「酔い」も感じた。こういうある種の殺し文句は、あくまでもさりげない小道具として生きるのだ。決して、でしゃばらせてはならない。

海の娘　　のむら真郷

のむら真郷（のむら・まさと）1968年神奈川県生まれ。本名・久保寺民江。関東学院女子短期大学幼児教育科卒業。阿刀田高選『ひたすら奇妙に恐い話』（光文社）に最優秀作品として作品収載。神奈川県横浜市。


それは、何とも奇妙な眺めだった。

鳥海麻子《とりうみあさこ》は立ち止まり、目をこらした。

見間違いではない。

十代半ばとおぼしき少女の肩先に、灰色をした海鳥がとまっているのだ。

国道の前は、海だった。

海に下りる石段に座って、少女は握り飯を食べている。カラスほどもある海鳥は、そのお相伴にあずかっているらしい。

野生の鳥は通常、人間の手から餌を食べたりはしない。獣医師である麻子は、身にしみてそれを知っていた。

少女のデニムのミニスカートからは、よく日に焼けた、長くてまっすぐな足が伸びている。スカートを穿《は》いていなければ、少年と思ったかもしれない。少女は、栗《くり》色の髪を、思い切りよくショートカットにしていた。

鳥たちが集まってきて、少女が時おりこぼす飯粒をついばんでいる。

「嘘《うそ》……」

麻子は声に出して呟《つぶや》いた。

スズメが飛んできて、少女の頭にとまったのだ。慣れているのか、少女は驚くようすもない。

鳥だけでなく、野良猫まで現れて、少女の足元に擦《す》り寄っている。

痩《や》せたキジ猫と、丸々と肥えたトラ猫が、少女の膝《ひざ》の上を争って毛を逆立てている。

威嚇《いかく》のための唸《うな》り声が、切れ切れに聞こえてきた。

少女は知らん顔で、食事を続けている。

麻子は、サンドイッチの入った袋をぶらさげたまま、その場を動けなくなっていた。

曇り空の、風の強い日だった。

一つに束ねた長い髪がほつれ、白衣が、痩せてしまった体に張りつく。白衣の裾《すそ》が、音をたてては
ためいていた。

ふと我に返って、麻子は腕時計を見た。

ロレックスのシードゥエラーは、先月、夏の暑い盛りに一周忌をすませたばかりの、夫・鳥海裕紀《ひろき》
の形見だった。

四十歳を目前にして、麻子は夫を海の事故で亡くしている。

時計の針は一時を回っていた。あと二十分ほどで、午後の診療が始まってしまう。

麻子は少女に心を残しながらも、海に背を向けて、ゆるやかな上り坂を駆け出した。

(裕紀の他に、あんな人がいるなんて……)

脈が早く打ち、頬《ほほ》が熱くなった。

獣医師だった夫も、人に慣れないはずの野鳥や野良猫に、麻子が不審に思うほど、なつかれた。

スズメやオナガ、時にはカラスまで肩や頭にのせて、庭の水撒《ま》きをすることがよくあった。野良猫

を首に巻きつけ、両足に犬たちを絡ませて、平然と洗濯物を干していたこともある。迷い込んできた狸《たぬき》と、縁側で昼寝していたこともあった。

「同類だと思われてるのよ」やっかみ半分で言った麻子に、「そうかもしれないなぁ」大真面目で頷《うなず》いた顔が、目に浮かんだ。

(ほんとに、変な人だった……)

麻子は笑った。気がつくと、走りながら笑い、笑いながら泣いていた。

ぼやけた視界に、潮風にさらされた、小さな洋風の建物が揺れている。

『鳥海動物病院』だ。

(こんなことくらいで、だらしない)

麻子は、乱暴に手の甲で目を拭《ぬぐ》った。

玄関のノブに手をかけて、振り返ってみる。

海の入り口に、少女の姿はもうなかった。


翌日は快晴だった。昨日と同じに風が強い。

裕紀だったら、麻子に仕事を押し付け、サーフボードを担いで海に飛び出していることだろう。

麻子は丁寧に豆を挽《ひ》いてコーヒーを淹《い》れ、仏壇に供えた。花の水をかえ、線香をあげる。

「おはよう」挨拶《あいさつ》をして、手を合わせた。

目をあけると、写真の中の裕紀が、日焼けした顔で笑いかけてくる。

麻子は、裕紀の明るい虹彩をした目と、陰影のある顔立ちを、じっと見つめた。潮焼けした髪が、光の加減で金髪のように見える。

麻子の目の奥の熱い塊が膨らんで、ゼリーが溶けるように流れ出した。指で涙を拭う。また、泣いてしまった。

麻子は、裕紀がいないことに、まだ慣れることができないでいた。

診療時間の十時まで、二時間ほどあった。麻子は顔を洗い、目の下のくまを隠すために、簡単な化粧をした。台所の椅子《いす》に腰掛け、缶ビールのプルトップをあける。

ラブラドールレトリバーが二頭、足元に寄ってきた。

「おはよう、ナギサ、ウシオも」

白いほうが雌のナギサ、黒いのが雄のウシオだった。麻子は、それぞれの器に、ドライフードを山盛りに入れてやる。二頭のラブラドールは尻尾《しっぽ》を振り回しながら、麻子の顔をひとしきり嘗《な》めまわすと、朝食を食べ始めた。

開けはなった窓から、秋の初めを感じさせる風が入ってくる。気持ちのいい朝だった。

新聞を拾い読みしながら、二本目のビールを開けようとした時だった。

「すみませんっ！　すみませーんっ！」

病院の玄関の方から、若い女の声が聞こえてきた。扉を叩《たた》く音もする。

一軒家の多いこの周辺には、ペットを飼う家が多い。診療時間外でも、急患が飛び込んでくるのは、さほど珍しいことではなかった。麻子も裕紀も、できる限り受け入れてきた。

麻子は、ミント入りの洗浄液で口をゆすぐと、小走りに玄関に向かった。

「はーい。今開けますからね」

白衣に腕を通しながら鍵とチェーンをはずし、扉を開ける。

立っていたのは、背の高い少女だった。

赤いチューブトップに、デニムのショートパンツ、くたびれたゴム草履を履いている。

少女は、白い綿シャツにくるまれた、丸い塊を胸に抱いていた。塊は絶え間なく動き、その都度、離すまいとする少女の腕に、阻まれている。

ようやくシャツの隙間《すきま》から顔だけ出したのは、黒い猫だった。左の耳がちぎれて、血を流している。目も潰《つぶ》れていた。他にも怪我《けが》をしているようだった。

「この子、診てください」

血だらけの黒猫を抱いたまま、少女は九十度に体を折って頭を下げた。

顔を上げると、ハシバミ色の大きな目で、睨《にら》むように麻子の顔を見た。

昨日海岸で見かけた、あの少女だった。


少女は、心配そうな顔で診療台の横に立っている。剥《む》き出しの肩や腕、足にも産毛の光る滑らかな頬にまで、引っ掻《か》き傷や噛《か》み跡がある。

少女との格闘に疲れたのか、猫は従順だった。傷口に化膿《かのう》止めの軟膏《なんこう》を塗りながら、麻子が言った。

「野良猫ちゃんどうしで喧嘩《けんか》したのね。大丈夫よ。見た目は派手だけど、深い傷ではないから。目も見えるようになるわよ」

「よかった」

息を詰めるようにして、麻子の手元を見ていた少女が、ほっと、肩の力を抜いた。目を伏せると、睫《まつげ》が濃いのがわかる。

麻子は、治療の最後に青いエリザベスカラーを猫の首に巻いた。

「それ、何ですか？　プラスチックの、えり巻き？」

少女が怪訝《けげん》そうな顔で訊《き》いてきた。

「傷を舐《な》めないように、付けるのよ」

「え？　でも……」

少女が抗議するように、眉根《まゆね》を寄せた。

「動物が、傷を舐めて治すなんて、大嘘《おおうそ》なの。舐めるたびに、舌が細胞組織を壊してしまうのよ。舐め続ける限り、治るどころか、どんどん悪化してしまうわ」

「馬鹿みたいですね」

動物好きに見える少女の、意外にもさばさばとした、乾いた言葉だった。

汚れた診療台を片付けていた麻子は、思わず振り返った。

「とっても、……かわいそうだけど」

麻子の目の中に非難の色を見たのか、少女は、付け足しのように呟いた。

馬鹿みたい。かわいそうだけど。

麻子の胸に、かすかな痛みが走った。

一年経《た》っても、夫を亡くした事実から立ち直れない不甲斐《ふがい》なさを、少女に哀れまれた気がした。

「先生？」

手を止めて、黙り込んでしまった麻子の顔を覗《のぞ》きこむようにして、少女が言った。

ぎょっとするほど近くに、少女の若い体があった。

草いきれのような、汗の匂《にお》いがした。

少女の名前は須藤岬《すどうみさき》と言った。

「美しく咲くの美咲ではなくて、三浦岬とか、襟裳《えりも》岬の、岬です」

母の好きな字なんです。得意げに、岬は付け加えた。

男の子のようなこの少女には、岬の字のほうが似合うと、麻子も思った。

裕紀も、海に関係した名前が好きで、女の子だったら渚《なぎさ》、男の子だったら潮《うしお》と、子供の名前を考えて楽しんでいた。

結局、子宝には恵まれず、渚も潮も犬たちの名前になった。夫婦で受けた病院の検査では、麻子に原因があるという結果が出た。

「ふうん、そうか」落胆した様子もなく、天気予報が外れて、小雨が降ったくらいの軽やかさで、「おれは、麻子がいればいい」裕紀は、泣いている麻子の肩を抱いて、笑った。

台所の椅子に岬を座らせ、麻子は猫に傷つけられた岬の手当てをした。

「でも、ショックです。ちょっと」

消毒液がしみたのか、顔をしかめて岬が言う。岬は、動物に攻撃されたり、嫌われたりしたことなど、今までに一度もなかったのだと説明した。

「お腹《なか》に赤ちゃんがいたり、手負いだったりすると、どんなに大人しい動物でも、異常に攻撃的になるのよ」

自分を守るためにね。麻子の言葉に、納得がいかないのか、岬は口を尖《とが》らせて首を傾《かし》げた。

手当てがすむと、待っていたように、岬の腹の虫が鳴いた。麻子と岬は、顔を見合わせて笑った。

麻子は、この少し変わった少女のために、冷凍のピザをオーブンレンジに放り込んだ。

岬は遠慮することもなく、旺盛な食欲を見せた。よほど空腹だったらしい。

麻子も一切れだけつまんでみる。ハムとパイナップルの甘酸っぱいピザは、裕紀の好物だった。最後にピザを食べたのがいつのことだったか、麻子は思い出せない。

食べながら、岬はよく喋《しゃべ》った。十六歳のハイスクール一年生であること、アメリカのクリーブランドに母親と二人で住んでいること、夏休みを利用して、日本のお婆ちゃんの家に遊びに来ていること。岬の率直な話し方や、物怖《ものお》じしない態度の理由が、わかる気がした。英語で教育を受け、異国で暮らす娘だったのだ。

岬の祖母の家は、海沿いを走る玩具のような電車の終点にあると言う。麻子も知っている、古い由緒ある寺の名前を口にして、母親の実家だと言った。

岬は、電車に乗って、気が向いた所で降りては、知らない土地を探検しているのだと言う。黒猫は、散歩の途中で拾ったらしい。

昨日海岸で見かけたことを、麻子は言わなかった。手振り身振りをまじえ、賑《にぎ》やかに話す岬に、少し疲れてきていた。

ピザをきれいに平らげると、

「ごちそうさまでした」

岬は丁寧に頭をさげた。

帰る段になって、一悶着《ひともんちゃく》おきた。

診療費はいらないと言う麻子に、どうしても払うと、岬が言い張ったのだ。そのくせ、帰りの電車賃しか現金は持っていないと言う。

「本当にいいのよ」面倒になった麻子が、少し強い口調で言うと、

「じゃあ、働いて払います」

突飛なことを言い出した。

「経験のない人には、無理だわ」

岬が、「働かせてください」と、お願いするのではなく、決定した事のように言い切ったのが気になった。アメリカで育つと、こんな風に押しが強くなるものだろうか？

「任せて下さい！　生き物は得意です」

岬が胸を張って笑った。微塵《みじん》の邪気も感じられない、魅力的な笑顔だった。

押し切られた形で、岬の一日だけのアルバイトは決まってしまった。麻子のなかに、あの寺の孫娘なら、身元に不安はないだろうという気持ちもあった。

十六歳の女の子が、一日で何ができるのかわからなかったが、麻子はとりあえず、電話の応対のしかたと、受け付け事務の説明をした。岬は一所懸命に聴き、時々質問をしては、麻子が渡したノートに、熱心にメモをとっていた。

トイレとロッカーの場所を教えると、診療時間の十時になっていた。

猫条虫《ねこじょうちゅう》の虫下しを取りに来た中年の主婦に、薬を渡すのが岬の初仕事になった。「かわいい助手さんね」猫の飼い主は言うと、思いがけない言葉を続けた。

「裕紀先生の、姪御《めいご》さん？」

「いいえ」

麻子は驚いて、即座に否定した。

「あら、ごめんなさいね。何だか雰囲気が似てらっしゃるから」麻子の思わぬ強い口調に、戸惑いながら言う主婦に、

「ありがとうございます」岬は照れたように笑いながら言った。

「何でありがとうなの？」

主婦が帰った後、麻子は岬に訊いた。詰問するような言い方になってしまった。

「だって、お客さんには、愛想よくしなくちゃいけないんでしょう？」

だからお礼を言ったのに、「いけませんでしたか？」屈託なく問い返してくる。

麻子は、煙に巻かれてしまった。

昼前に、耳ダニから、外耳炎を起こした柴犬が来た。かなり痒《かゆ》いらしく、しきりに耳を後ろ足で掻いている。掻き壊した耳から、出血もしていた。麻子が耳に触ると、唸り声をあげ、牙《きば》を剥《む》いて暴れた。

犬が暴れては充分な治療はできないし、治療にあたる人間も危険だ。こういう場合は普通、飼い主に押さえてもらうのだが、柴犬の飼い主の婦人は、小柄な上に老齢で、見るからに非力そうだった。といって、慣れない岬に頼んで、怪我をされても困る。迷っていると、

「私が押さえます」

岬がいつの間にか、ロッカーにそのままにしてあった裕紀の白衣を着こんで、腕まくりをしている。「やり方、教えてください」まっすぐに麻子の目を見て言った。

麻子は覚悟を決めて、岬に指示を出した。

岬は頷くと、暴れる犬を背後から、上半身で包み込むようにがっしりと抱え込んだ。長い指をした両手で、犬の口を押さえこむ。

麻子の指示通りのこととはいえ、何の躊躇《ためら》いも、容赦もない行動だった。しばらく足をばたつかせ

ていた犬は、びくともしない岬の力に観念したのか、おとなしくなった。

麻子は密《ひそ》かに舌を巻いた。


一段落すると、昼食の時間になっていた。

麻子一人なら食べなくてもいいが、岬がいてはそういうわけにもいかない。

岬が、「料理は得意で大好き」と言い出して、今にも冷蔵庫を開けようとするのを押しとどめて、

「電話番をしていて」

慌てて受付に追いやった。台所にまで踏み込まれたのでは、たまらないと思った。

麻子はため息をつくと、冷蔵庫を開けた。スペースのほとんどを占領している缶ビールの隙間に、つまみに買ってあった蒲鉾《かまぼこ》が見つかった。野菜室には、萎《しお》れかけたキャベツとニンジンが残っていた。麻子は、冷凍のうどんで手早く焼きうどんを作った。醤油《しょうゆ》に、オイスターソースを一たらしする。皿にうどんを取り分けながら、料理をしたのは、ずいぶんと久し振りなのに、気が付いた。

麻子の食は、あいかわらず細かったが、岬は、おいしい、おいしいと、二回おかわりをした。この細い体のどこに入っていくのかと、麻子は半ば呆《あき》れ、半ば感心した。


「この家に、仏壇はありますか?」

食後のお茶を淹《い》れていると、岬が妙なことを言い出した。

「あることはあるけれど……」

どうして？　戸惑いながら麻子が訊くと、ハイスクールの研究課題にするのだと言う。日本の仏壇なんて、クラスメートは本物を見たことないだろうから、きっと評判になる。

かった。

「だって、お婆ちゃんの家はお寺でしょう?」

麻子がいぶかしんで言うと、

「普通のお家《うち》にあるのが見たいんです。生活の中で、どんな位置にあるのかを、レポートにするの」

だから、ね? 見せてください。あっけらかんと頼まれると、麻子には断る理由が見つからなかった。


仏間は、二階の廊下の突き当たりにある。四畳半の角部屋から夏の終わりの海が見えた。

「お邪魔します」

岬は殊勝なことを言って入ってきた。

仏壇には、鳥海家の代々の位牌《いはい》がある。

一番手前に、まだ艶《つや》やかにうつくしい、裕紀の位牌があった。

「どなたですか?」

裕紀の写真を見て、岬が無邪気に訊いた。

「夫よ。一年前に亡くなった」

麻子は努めて素っ気なく答えた。小娘に、同情されたくはなかった。

「はぁ……」

気の抜けたような返事をした後で、「ソゥキュート」と小さく呟いた。麻子が絶対に真似のできない、ネイティブスピーカーの発音だった。「ハンサムね」と言ったらしい。

岬は悪びれた風もなく、「ごめんなさい」ぺこんと、頭をさげた。下を向いて舌でも出していそうな、ひょうきんな動作だった。

岬は、ぎこちない手つきで線香をあげると、神妙な顔で手を合わせた。

「ありがとう」

小さな声で麻子が言うと、

「こちらこそ、ありがとうございました」

今度は、深々と頭を下げた。


午後は、比較的暇だった。

岬が仕事をくれ、とうるさく言うので、麻子は庭の草取りや、裏庭の掃除、犬たちの散歩を命じた。ナギサもウシオも、麻子が嫉妬《しっと》を覚えるほど岬になついた。

ビールを飲みたくなったが、岬のいる手前、我慢した。

気が付くと、五時になっていた。

岬を帰さなくてはならない。麻子は診察室を覗いた。受付の机で、葉書の宛名《あてな》書きをしていたはずの岬の姿がなかった。

宛名書きの終わった予防注射のDMは、机の上にきちんと積んである。子供っぽいが、几帳面《きちょうめん》で丁寧な字だった。裕紀の字に、似ている気がした。

ふと予感がして、麻子は二階に上がる階段を上った。なぜ足音を忍ばせたのかは、自分でもわからない。

仏間のドアが細く開いていた。

そっと覗くと、岬が仏壇の前に立っていた。

思いつめたような真剣な目をして、裕紀の写真を見つめている

麻子は、思わず声を出しそうになって、手で口を押さえると、逃げるようにその場を離れた。心臓の鼓動が早い。手に汗がにじんでいた。

台所に下りて水を飲むと、少し落ち着いたが、動悸《どうき》はおさまらない。見てはならないものを見た気がした。

岬は、裕紀の写真を見つめて、静かに泣いていたのだ。

何食わぬ顔で戻って来た岬は、『ナツコ』と名づけた黒猫を麻子に借りたキャリーバッグに入れると、元気に帰って行った。

その夜も、麻子はなかなか眠れなかった。眠れないことには、慣れていたが、今晩はいつもと少し違った。岬の顔がちらつくのだ。

台所の床に座って窓を見上げると、青い月の光が差している。虫の鳴く声がする。かすかに波の音も聞こえてきた。麻子は、なみなみと注いだ赤ワインを、一息に飲み干した。少し、むせた。

(まさか、そんなはずはない)

夕方、仏壇の前で泣く岬を見てから、麻子の中に、小さな疑惑の芽が吹きだしていた。何度も否定して踏みつけても、しぶとく起き上がって頭をもたげる、毒のある雑草のような疑惑だった。

裕紀には、麻子と出会う前に、付き合っていた女性がいた。獣医大学の二年先輩だという。裕紀が、結婚する前に打ち明けたのだ。

麻子にしても、裕紀が最初の恋人ではない。笑い飛ばそうとした顔が引きつったのは、

「その人との間に、子供がいた」

という裕紀の言葉を聞いたからだった。

子供は女の子で、認知する間もなく生後二週間で亡くなったという。先天的な疾患があったらしい。彼女の卒業とともに、二人は別れ、彼女はアメリカに渡り、世界的なペットフードメーカーの研究所に職を得たという。

麻子と裕紀が出会ったのは、お互いに獣医になってからだった。地元開催の獣医学会に出席した折に、偶然席が隣同士になったのが、きっかけだった。

裕紀の告白は、ショックだったが、許せないことではなかった。麻子と知り合う以前のことであるし、二人はきれいに別れている。裕紀が不誠実な態度を取ったわけでもない。

麻子は、裕紀の娘が死んでしまっていることで、寛容な気持ちを持つことができた。

「隠そうと思えばいくらでも隠せたのに。そういうのは、誠実じゃなくて、馬鹿正直って言うのよ」

麻子は裕紀に笑いながら言ったのを覚えている。裕紀は、一言「すまない」と言った。


(その子が、生きていたら?)

ちょうど十六歳、岬の年頃《としごろ》ではないのか? 裕紀の娘は元気に成長し、どこかで父の死を知って、それを確かめにやって来たのではないのか? 裕紀が私に嘘をついていた?

(ありえない)と、思った。そんな事、あるはずが、ない。裕紀は嘘が下手なのだ。裕紀の嘘が麻子にバレなかったことなど一度もなかったではないか。

でも……。ここまで考えて、思い当たった。女のほうが、相手の女が、嘘をついていたら? 裕紀

には「死んだ」と言っておいて、密かに子供を育てていたとしたら？　あのペットフードの研究所は、クリーブランドにあったのではなかったか？　馬鹿な考えだと、打ち消しても、打ち消しても、裕紀に似た明るい眼の色をした、くっきりとした岬の顔が、頭の中で渦巻いた。岬の顔を払いのけるように、麻子は立て続けにワインを流し込んだ。ボトルが二本、空になっていた。

胸にせり上がってくる不快な塊がある。麻子はトイレに駆け込むと、吐いた。苦しくて、涙が出た。あまり食べていないせいか、すぐに吐く物はなくなった。黄色い胃液まで吐いたが、吐き気は治まらなかった。

開けっ放しのドアの外から、ナギサとウシオが、心配そうな顔で覗いていた。


缶と瓶がぶつかり合う、やかましい音に、麻子は目を覚ました。トイレの窓から、朝陽《あさひ》が差し込んでいる。昨夜は便器を抱えたまま眠り込んでしまったらしい。膝や腰がきしむように、痛む。頭はもっと痛んだ。

麻子は、のろのろと起き上がると、サンダルを突っかけて、音のした裏庭に出た。ナギサとウシオが、後ろから付いてくる。


裏庭の物置の前に、白いワンピースを着た岬が立っていた。

「何をやってるの？」

ワインの飲みすぎと、一晩中吐き続けたことで、かすれた声しか出ない。

「すみません。これ、出そうと思って」

岬のよく通る声が頭に響いた。岬の足元に、麻子が物置の中に溜《た》め込んでいた、おびただしい数のビールの空き缶やワインのボトルが散乱している。

「今日、ビンカンの日ですよね。昨日ゴミ置き場の張り紙を見ておいたんです。全部出してきますね」

岬は、市指定のゴミ袋を用意してきたらしい。足で、缶を平たく潰しては、次々と袋に放り込んでいる。

「そんなこと、いいから」

麻子は老婆のような声でうめいた。

「遠慮しないでください。ついでですから」

何がついでなのか？　問い返す気力も麻子にはなかった。

岬は手際よく、缶と瓶を六つの袋に押し込むと、固く口を縛った。片手に三つずつ袋を持つと、ナギサとウシオを従えて、門を出て行った。

戻ってくると、岬は自分が持ってきたハーブティーを淹れてくれた。ローズヒップの鮮やかな赤がうつくしい。そのままでは舌が痺《しび》れるほど酸っぱいが、岬は蜂蜜《はちみつ》も持参していた。滋味のある甘さと酸味が、麻子の荒れた喉《のど》にしみていく。気分も幾分さっぱりとした。

「お婆ちゃんが、これを持って、ちゃんとご挨拶してきなさいって」

岬が差し出したのは、渋い縮緬《ちりめん》の風呂敷に包まれた重箱だった。蓋《ふた》を開けると、一の重に、握り飯に稲荷寿《いなりず》し、二の重には、煮しめや酢の物、焼き魚などが彩りよく詰めてある。三の重には、お萩《はぎ》まで入っていた。

麻子が声も出せずに、びっくりしていると、「これ、お婆ちゃんから」岬が籐《とう》でできたかごのバッグから、手紙を出した。

手紙は、上質な和紙の便箋《びんせん》に認《したた》められていた。端正な文字で、孫娘が世話になったお礼と、無作法を詫《わ》びる言葉が並んでいる。岬の祖母の人柄がしのばれる、奥ゆかしい文面だった。手紙といっしょに、猫の治療代に相応の、商品券が入っていた。

「……お婆様は、他に、何もおっしゃらなかった？　鳥海の名前を聞いて、何か……」

麻子の、岬が裕紀の娘ではないかという疑惑は、晴れていなかった。孫娘の父親が誰なのか、祖母が知らないはずはないと思った。

岬はきょとんとした顔で首を振った。

「これ、食べましょうよ。早起きしたから、朝ご飯食べてなくて。お腹空いちゃった」

岬は、てきぱきと食器棚から皿を出すと、重箱の料理を取り分けはじめた。自分の家にいるような、自然な動きだった。尻尾を振って寄ってきたナギサとウシオにも、岬はドライフードをやった。

麻子はする事もなく、ぼんやり岬を見ていた。

「私も、作ったんです」

これと、これ。岬は野菜の煮しめと卵焼きを指差した。

岬は昨日以上によく食べた。麻子もつられて箸《はし》をつけた。手間をかけてダシをとった、深い味わいのする煮しめだった。岬の卵焼きも、うまかった。甘みの濃い、関東風の味付けが、麻子の舌に合った。

気が付くと、握り飯と稲荷寿しまで食べていた。朝からこんなに食べたのは、裕紀を亡くして以来のことだ。

習慣になってしまった朝のビールも、不思議と飲みたいとは思わなかった。

「これ、お返しします」

明日クリーブランドに帰るので。岬は後片付けをすませると、持ってきた大きな紙袋から、キャリーバックとエリザベスカラーを取り出した。どちらも清潔に手入れされていた。

「お世話になりました」

最後に岬は礼儀正しくお辞儀をした。


麻子は玄関に出て岬を見送った。ナギサとウシオが悲しそうな声で、鳴いた。

麻子が家に入ろうとすると、何を思ったのか、岬が駆け戻ってきた。驚いている麻子を、長い腕で抱き締める。これがハグというものなのか？　戸惑う麻子の耳に熱い唇を押し付けて、

「私、先生のエリザベスカラーになれた？」

岬が囁《ささや》いた。言葉の意味を問い返す間もなく、岬は麻子の体を離すと、今度こそ風のように走り去ってしまった。

麻子は、呆然《ぼうぜん》と岬の後ろ姿を見送った。

裕紀と同じ、海の匂いが、残った。


（第44回入賞作品）

第45回　北日本文学賞　２０１０年度　応募総数１３５３編

入　賞「あの夏に生まれたこと」沢辺のら（63歳・大阪府）

選　奨「夏至の匂い」青山恵梨子（24歳・東京都）

「ガーデン」越智絢子（24歳・三重県）

候補作品「トマトの力」小寺紀美代（53歳・山口県）

「雪の穴」山下一味（46歳・岐阜県）

「かたわらの花」新山　徹（41歳・富山県）

第45回選評

才筆

宮本 輝

うわべだけで評価すれば、受賞作となった沢辺のらさんの「あの夏に生まれたこと」の小説的技量は決して高くはない。その点に関しては選奨となった二作のほうが上だといってもいい。

しかし、「あの夏に……」はわずか三十枚という限られた枠のなかで多くの人物にそれぞれの役割を与えて、それらを活《い》かし切って、後味の良い結末へと読む人を導いていく。

それは技量を超えた短篇《たんぺん》小説だけの手柄だが、作者の人間的な成熟が基盤になければ為し得ない技だと思う。何気ない挿話の奥に、人間の生身の一瞬の閃《ひらめ》きを見せて、語り過ぎずにひとつの世界を創りあげている。

ことしも優れた受賞作を得たと思う。

青山恵梨子さんの「夏至の匂い」を受賞作にすることも考えたが、この三十枚をはたしてどれだけの人が最後まで読んでくれるかという点において、私はいささか躊躇《ちゅうちょ》せざるを得なかった。

たったの三十枚とはいっても、本気で読み始めると意外に長いものだ。「夏至の匂い」は、作者の二十四歳という年齢と思い合わせるとじつにうまい。描写に重点を置いて説明しない技は、とても二

45

十四歳とは思えない。

しかし、小説を読ませるための、大道芸人に譬《たと》えると「呼び込み」を作ることを忘れている。だからおそらく、多くの読者は、この小説の世界に入りきらないうちにページを繰るのをやめるだろう。だが、選者によっては、そこがいいのだと高く評価をするかもしれない。

私はこの小説の曖昧《あいまい》さを、「抑制と省略」による高度な行間とは受け取れなかった。何を読む人に訴えたいのかを、その最も核となるものを、作者は言語化できなかった。あえてしなかったのではない、と考えて、惜しいなと迷いながらも選奨作とした。だがいずれにしても、青山さんには才がある。これからをとても楽しみにしている。

越智絢子さんの「ガーデン」は、「夏至の匂い」とはまた別の才筆が光っている。越智さんも二十四歳で、緞帳《どんちょう》が上がるとガーデンが忽然《こつぜん》とあらわれて、その前で人間が静かに動く別世界を創ろうとした。別世界であるために、文章はペダンチックにならざるを得なかった。ナルシシズムが伴うのも必然であったことだろう。だがそのふたつの邪魔物を、二十四歳とは思えない文章力で乗り切った。けれども、乗り切った先に何があらわれたかといえば、緞帳の降りない舞台だけで、役者のいなくなったガーデンを、観客は首をかしげて見入り、何のことやらわからず帰るしかない。

そういう小説ではあるが、私は越智さんの文章力を買って選奨作とした。書きつづけてほしい若者のひとりだと思う。

小寺紀美代さんの「トマトの力」にも私は惹《ひ》かれたが、認知症の老人を介護する女性と、主人公が、互いに涙にくれる場面がすべてを陳腐にしてしまった。

山下一味さんの「雪の穴」は、これまでによくテレビドラマで見せられた素材だし、新山徹さんの「かたわらの花」は、何を小説の中心としているのかわからなかった。

あの夏に生まれたこと

沢辺のら

沢辺のら（さわべ・のら）１９４７年兵庫県生まれ。本名・北川時子。大阪府立阿倍野高校卒業。大阪府大阪市。

今日も又、幼い健太《けんた》が母親を追う声が古い建物に響き渡る。彼らが引っ越してきてほぼ一ヵ月。次第に健太の声も諦めの色を帯びてきたが、その分人々の心の隅に何かやさしいものを掘り起こしたのだろうか。

安普請の集合住宅には色々な人が住んでいる。気の短い人や、他人とかかわり合いを持ちたくない人、昼間寝て、夜に働く人。みんなが寛大な心の持ち主ばかりではないはずだけれど、住民のだれひとりとして、「うるさい」とは言わなかった。

ひと月も泣き声を聞かされた住民は、母親が夕方から幼い健太と子守役の広志《ひろし》を置いて仕事に出かけることを、何の説明もなく了解していた。

同じように夕方から仕事に出かける若者が、通りすがりに泣いている健太の頭を撫《な》でる。傍らにいる困惑顔の広志に、大変だな、と声をかける。

二階に住むひとり暮らしの老女が階段を下りて行き、健太と広志に菓子パンを手渡し、また階段を上がっていく。束《つか》の間、健太の泣き声が途切れる。

無論私も彼らの事情は察していたが、泣き声に慣れることはなかった。健太と同じぐらいの年齢の息子を抱える母親としては、健太に優しい言葉をかけて当然だっただろう。しかし、母子家庭で生活費を得る為に、昼は住んでいるマンションの掃除を引き受け、夜はささやかな翻訳作業をしている身としては、その優しいひとことを躊躇《ちゅうちょ》した。仮に声をかけたとして、その後に一体何ができるだろうか。当時はそう思っていた。

薄い扉の向こう側を窺《うかが》っていると、兄の広志が健太を慰めている声が聞こえた。まるで自分に言い聞かせているかのようだ。

「ママは仕事だから、しょうがないんだよ。家でテレビ見よう、家に入ろう」

そう言う声は、それはそれで、健太が後追いする声に負けないぐらい切なく響いた。

私が住んでいるのは四階建てで各階五軒の小さなマンションだが、廊下やエントランスの共有部分を週に二回掃除をし、ごみ置き場の管理をすることで、家賃を無償にしてもらっている。清掃業者に雇われて仕事をしているわけではないので、ある程度の融通はきいた。

通勤の為の時間は必要がないし、何より幼い陽《あきら》の面倒を見ながら仕事ができる。一年前に夫と別れることを考えた時に、私はひとりでこどもを育てる覚悟をした。そのかわりに夫には父親であることを忘れてほしいと一方的に宣言した。


そろそろ梅雨に差し掛かった静かな日曜日だった。連日の雨に降り込められて陽も元気を持て余し気味だった。日曜日の昼間はいつも三階の住人は留守がちである。

陽は狭い廊下を真新しいコマつきの小さな自転車で繰り返し往復して遊んでいた。自転車は陽の四歳の誕生日に買う約束だったのだが、私の懐事情で半年遅れてしまった。しかしそれを待つ時間が、陽の自転車への憧れを膨らませた。やっと約束を果たせた時には、まるで宝物を手に入れたかのように喜ぶ陽を見て、待つことも喜びのひとつなのだと、教えられたような気がした。

陽が階段から落ちないように、私は手すりにもたれて仕事の原稿に目を通していた。翻訳といっても、商品の扱いかたや、注意事項を英語から日本語に訳すだけの簡単なものである。しかも訴訟から回避するためだけのような注意書きなので、ばかばかしいほど念入りで紋切り型であり、いくつかの型を経験すればそれほど難しいものではなかった。

陽が幼い間は、傍らにいてできる限り彼と共に過ごそうと決めると、仕事も自然に決まった。だから特にビル掃除や翻訳が好きなわけではない。それが陽とふたり生きていくのに一番都合がよかったからである。

ふと気配を感じて振りむくと、数段下から健太がこちらを見つめている。

「あら、こんにちは」

痩《や》せて小さな体だが、目だけがキラキラとやんちゃそうな光を放っている。その目をちょっと細くして恥ずかしそうに笑った。足元を見ると、裸足《はだし》である。健太はいつも汚れていた。洗濯していないものを着せられているのではなく、所かまわず座ったり、転がったり、もぐりこんだりして衣服を汚している、そんな印象を受けた。

陽が自転車を降りて、健太のほうを見た。陽は対照的に臆病で引っ込み思案で、こどものくせに妙に用心深かった。

健太が階段を上がってきて、感嘆の眼差《まなざ》しで自転車を眺めた。自転車はまだ新しく、光輝いていた。

陽が、いいよ、と言って自転車から離れ、健太が遠慮がちに自転車のハンドルを触った。

「乗ってもいいよ」

陽に促されて健太はゆっくり自転車にまたがった。汚れた足をペダルに置いたが、それをこがずに暫《しばら》く自転車の感触を楽しむように座っていた。満面の笑みをたたえて陽に返した。陽はそれにまたがり、廊下の端まで行って戻ってくると、また健太に譲った。ふたりの距離がそうやって目の前でみるみる縮まっていく。言葉など必要なかった。とても大人には真似《まね》のできないやりとりだと思い、しばらく黙って眺めた。

階段の下のほうで広志が健太を呼ぶ声が聞こえた。

「大丈夫よ、ここで遊んでるから」

広志が階段を二段とびに上がってきた。人懐っこい笑顔で、こんにちは、と挨拶《あいさつ》した。広志も痩せて小さく見えたが、並んでみると私より少し低いだけである。

「こんにちは。お兄ちゃんは何年生なの？」

「中三」

小学生だとばかり思っていたので驚いた。それに陽が四歳なので健太もそれぐらいだとすれば、広志と健太は十歳ばかり離れていることになる。

「こら、また裸足で出てきたな」

そう言うとまた二段とびに階段を駆け下り、小さな靴を持って上がってきた。おいで、と健太を膝の上に座らせてそれを履かせようとしている。

「あらら、ちょっと待って。タオルを持ってくるから」

少し湿らせたタオルを広志に手渡した。

「そんな足で履かせたら、靴の中がどろどろになるわよ」

すみません、と言って広志は健太の足を拭いたが、タオルは真っ黒になり、どうやら靴の中もすでに黒くなっている。申し訳なさそうに広志はタオルを返した。

「えらいのね。いつも健太君の面倒見てるの？」

「まだひとりにすると危ないんで」

「うちもそうだけど、まだ目を離すと何するかわからないものね。怪我《けが》させないだけでも大変よね」

「怪我なんか毎日してます」

そう言って健太の足を指差した。確かに膝小僧に真新しいすり傷があった。

「ほんとだ。そういえば、陽も生傷が絶えないわ。見張ってたって怪我するもの、しょうがないわね」

健太は傷を見せながら、少し誇らしげに、もう痛くないよ、と言った。臆病な陽が恐る恐るのぞき込み、ほんとに痛くないの？と聞いている。

「僕、見てますから」

私が原稿を手にしているのを見て広志が言った。

「じゃあ少しだけいい？　そこのドア開けてるから、いつでも呼んでちょうだい」

こどもたちを広志に任せて部屋に戻り、忘れないうちに原稿に付箋《ふせん》をつけて小さな注意書きを書き込んだ。ほんの束の間だけれど、流しに置いたままだった食器を洗った。

もう昼時だった。なるべく他人の生活に深入りしないようにしていたのだったが、何故《なぜ》か兄弟をお昼に誘ってみようと思いたった。

「お昼ご飯作るけれど、一緒に食べましょうか？　何かきらいなものある？」

健太が何か言うのを広志が遮った。

「お母さんからお金貰《もら》ってるので、ふたりで食べに行きます」

遊びを中断されることが気に入らない健太が少しぐずる様子を見せたが、広志は屈《かが》みこんで健太の顔に近付いて何か言い聞かせている。しばらくして健太は納得したように頷《うなず》いた。

「バイバイ後でね」

と陽に言い、広志に手をひかれて階段を下りて行った。その年頃にしては、広志はよく気がつく優しい少年だった。むしろできすぎているぐらいだった。

それは広志が夏休みになって、健太が連日のように陽のところに遊びにくるようになっても変わらなかった。ほとんど健太の保護者のように、つかず離れずに見守っていた。たいていは漫画本を抱えて、廊下の隅でも部屋の隅でも、それを読んで過ごしていた。同じ年頃の少年と遊んでいる姿は、私の知る限りではなかった。可哀《かわい》そうだな、と思う一方で、「私が見てるから遊んでいらっしゃい」とは言えなかった。仕事をしながら、健太の子守まで引き受けることは避けたかった。

私が時計を見上げて昼食の用意を始めると、広志は健太を促してさっさと外に出かけた。健太と陽が喧嘩《けんか》をすると、広志は必ず健太を叱った。

「いいのよ、こどもの喧嘩だもの、ほっときましょう」

私がそう言うと、その場は頷くが、またしばらくしてふたりがもめると、「健太、やめろ」と言った。まるで気配りしすぎる大人のようである。

「本当に広志君はいっちょまえの大人みたいに気を使うのね」

私が笑うと、広志は下を向いてはにかむ。

そのうちに日曜には夜までうちで過ごすようになった。どうやら母親が男を家に連れ込んでいるようだった。色白でどこか疲れた感じを漂わせている若い母親だった。私は三十歳で陽を産んだが、その私よりも若く見えた。広志を十代で産んだのだろう、と想像した。建物の掃除を引き受けている私には、他人が気づかないようなことまで見えていた。

そんな日曜日には昼も夜も広志は健太を連れて外へ食事に出かけた。たいていはファーストフード店に行くようだった。どんなに私が家での食事に誘うようになっても、広志はあっさり断った。彼が自分の支えとして何かを決めているのなら、そこに踏み込むことはやめておこうと思った。

ある日曜日の夜、賑《にぎ》やかにブロックで遊んでいたふたりが何だか静かになったので、様子を見に行くと、遊び疲れた陽が眠ってしまっていた。広志は部屋の隅で漫画を読んでいた。

「しょうがないわね、こんなところで寝ちゃって。あら、健太君もそろそろお眠ね」

無理もない。まだふたりとも四歳なのだから。しかし、内心どうしようか迷った。このまま寝かせていいものかどうか。その迷いが思わず口を滑らせてしまった。

「ほんとに、こんな可愛《かわい》い子を放っといてあんた達のお母さん何してるんでしょうね」

広志に言ってはならない言葉だった。ほかならぬ彼自身が一番傷ついている筈《はず》なのだ。私がどんなに心の中で彼らの母親を非難しようと勝手だが、広志に聞こえるように言うことは論外であった。

広志はぱたんと音をたてて漫画本を閉じて、時計を見上げた。広志の意志ではなかったのだろうが、その音が私を責めた。

「こんな時間だったんだ。すみません。健太、ほら帰るぞ」

歩きたがらない健太を背中におぶって、広志は、ありがとう、おやすみなさい、と出て行った。

家に帰ったのか気になり、ドアを少し開けて足音に耳を澄ませた。一階のドアを開けた様子がなかったので、窓のカーテンの隙間から外を見ると、健太をおぶった広志が道を横切り駅のほうへ歩いて行くのが見えた。駅前のゲームセンターに時々行くことは、幼い健太の話から知ってはいたが、後ろ姿を見送りながら、やりきれない思いに胸を塞《ふさ》がれた。

夏休みも後二週間程となったその日は、朝からげんなりするような暑い日だった。ベランダの朝顔に水やりをしていると、広志と健太がやってきた。広志は手に何か持っていた。陽は飛んで行って、健太をベランダに引っ張ってきた。如雨露《じょうろ》とベランダ用のサンダルを健太に譲ってニコニコしている。

「おはよう、暑いわね。宿題はできたの？」

私と並んだ広志の目が上から見下ろしているような気がした。

「広志君、もしかして背が伸びた？」

広志は、少し、と言って笑った。

手にしていたのは黒い制服のズボンで、それを遠慮がちに差し出した。

「どうしたの？」

「短くなったからちょっと裾を出してもらえないかな、と思って」

「いいわよ。あんまり得意じゃないけど、見せて」

本来なら母親に頼む仕事を、あえて私に持ってきたのは、母親が針仕事を全くできないか、あるいはそれに近い事情があるに違いなく、何も聞かずに引き受けた。

結局、ズボンの裾はぎりぎりの六センチ出した。広志の背が伸びたのは「少し」ではなく、もうとても小学生には見えなくなっていた。広志だけではなかった。朝顔も健太も陽も、夏の日差しを受けてみんな伸びていたのだ。

毎日見ているから気づかなかったけれど、健太はいつの間にか母親の後を追って泣かなくなっていた。それればかりか日曜に母親から締め出しをくらっても、陽と遊んでいるかぎりは楽しそうで元気だった。

「さあ、今日はプールだぞう」

健太と陽が歓声をあげたが、そのプールは風呂場に置いたビニールプールに半分ほど水を張っただけのものである。本物のプールにはまだ一度しか連れて行ったことがない。陽にとってのプールは、ビニールプールのことだった。おそらく健太にとっても。

古い建物だが風呂場はタイル貼りで少し余裕があり、そこでふたりは飽きもせず遊んだ。やんちゃで少しもじっとしていない健太に比べて、陽は何をするにものんびり遅く、それでも不思議に気が合うようで、何がおかしいのか二人でケラケラ笑っている。

風呂場のドアを開けて、こどもたちの声を聞きながら隣の部屋で仕事をした。広志は珍しく部屋の隅で壊れたオーディオセットと格闘している。修理する為ではなく、私が、もう古いし壊れているから好きにしていい、と言ったのだ。「レコード聴いてたなんてすごいや」

棚に並ぶLPレコードを見て呟《つぶや》いた。すべて亡くなった父が大事にしていたものを貰ってきたのだ。

「広志君はそういう機械ものに興味あるのね。やっぱり男の子ねえ」

「勉強はきらいだけど」

分解して中を調べている広志はいつもより大人びて見えた。

「もしかしたら、これ、音が出るようになるかもしれない」

「ほんと？　だったら、すごい。諦めていたんだけど」

もしかしたらだよ、と言う広志の横顔が、珍しく自信にあふれたいい顔だった。

「本当に勉強がきらいなの？　まあね、私もあんまり好きじゃなかったけど。でも広志君、三年生でしょ？　受験勉強もしなきゃ。お母さんも勉強しなさいって言わない？」

しばらく間があった。たった今、自信にあふれていた横顔を、体ごと道具箱のほうへねじった。

「別に」

今まで聞いたこともないような低い声だった。どうしたのだろう、と思った。そこで止めておけばよかったのだ。けれども続けた。

「言わなくても思ってるわよ。お母さんが働いているのは、あなた達の為なんだから。こどもの仕事はね、遊ぶこと、学ぶこと。わかった？」

「勉強なんか大きらいだ」

吐き出すように言った、その調子にはっとした。

私の位置からは広志の表情がよく見えなかった。下を向いたまま、見ようによっては、部品に意識を集中しているようにも見えた。

それからはさらにオーディオの分解に没頭しているように黙り込んだ。背ばかり伸びた頼りなげな背中は、何かを拒絶しているようにも、あるいは反対に何かを求めているようにも見えた。気配りの達人の優しい広志の裏側に、青ざめた少年の気配をはっきり感じ取った。

「さてと。仕事もはかどったし、プールもそろそろフィナーレとするかな」

充分遊んだはずの健太と陽の頭から水をかけると、水鉄砲や小さなバケツで応戦してきた。

「兄ちゃん、見てよ」

健太がびしょびしょになった私を指差して笑い転げている。その賑やかな声につられて広志が風呂場をのぞいた。その目が不思議なものを見るように私の胸のあたりで留まった。

白いTシャツが水鉄砲の水で濡《ぬ》れて体に貼りつき、紺色のブラジャーが浮き出ていた。

……まったく、もう、なんて失態……

広志はすぐに目を逸《そ》らせて壊れたオーディオセットの前に戻った。

「さ、上がってジュース飲もう。はい、あ、駄目よ、ひとりずつよ」

先を争ってふたり一度に飛び出してきた。濡れた体で歩き回る。こらこらー、と先に健太を捕まえた。

「広志君、助けて。ひとりお願い」

広志はいつものように飛んできて陽の体をタオルで拭いた。

「こら、陽、ちょっとじっとしろ」

頭を小突く振りをする広志は、もういつもどおりの広志だった。

部屋の中ほどにタオルケットを二枚敷いた。ふたりをその上に転がすと、きゃっきゃっとふざけて突っつき合っていた。そういう時間の中では、陽はこの上もなく幸せな顔になる。私もその横にごろんと寝そべって目をつぶった。今度は私をちょっと突っつくと笑いながらごろごろ離れていくことを繰り返し、しばらくはじゃれあっていたが、そのうちにふたりとも、すーすーと寝息を立て始めた。

部屋の中ほどは風が通りぬけて気持ちがいい。

ついうとうとし始めると、陽だろうか健太だろうか、小さな足が私のお腹の上に乗った。目を閉じたまま、足をつかんでくすぐると、足が逃げて行った。

そのまま眠気に引きこまれ、しばらくすると今度は又どちらかが私の胸に手をのせた。しかし浅い眠りの底で、これは違う、と思った。目の前に広志の顔があった。

広志は黙って立ちあがり、部屋の外へ出て行った。遠くでセミの鳴く声がした。セミの鳴き声に混じって低い声が聞こえる。オーディオから古いレコードの古い歌声が流れていた。工具はきちんと片づけられていた。

何か言えばよかったのかもしれない。けれども中学生の広志にかけるべき言葉は、すぐには浮かんでこなかった。

広志はその日は戻ってこなかった。落ち着かず、うろうろする私の横で、健太と陽は機嫌よく遊んでいた。

健太は一度だけ「兄ちゃんは？」と聞いてきたが、「そのうち帰ってくるでしょ」と言うと、あとは気にする様子もなかった。

健太に夕食を食べさせてから、一階に健太を届けた。ドアフォンを数回鳴らして、やっと出てきたのは母親だった。

色白の顔に化粧気はなく、相変わらず疲れたような目を伏せて、いつもすみません、とそれだけ言って健太を引き取った。

その日が日曜日だったことを思い出した。何か言おうとしたが、何も思いつかなかった。あるいはあり過ぎてすべてを伝えることが不可能に思われた。

ドアの外側からちらりと玄関をのぞくと、そこに大きな男ものの革靴があった。広志は一体どこに行っているのだろうか。


その日から後も広志は来なかった。というよりも、その日を境に広志の様子が変わった。たまに見かけても、以前のように人懐っこく「こんにちは」ということはなくなり、怒ったような顔でただ黙って頭を下げて通り過ぎた。

やはり私はかけるべき言葉を持たなかった。私にできることは、今までと少しも変わりのない調子で「こんにちは、元気？」と言うだけであった。

広志が来なくなり、健太ひとりで遊びに来ても、もう特別面倒を見なくても、陽と遊んでくれるだけで、私の仕事ははかどった。

夏休みが終わる頃には、健太も陽もずいぶん逞《たくま》しくなった。特に健太の腕白《わんぱく》ぶりには目を見張るものがあり、ついこの間まで、夕暮れ時に「ママー」と泣き叫んでいたのが、まるで嘘《うそ》のようだ。

すっかり夏も終わり、ビニールプールをたたみ、タオルケットも洗濯して押入れの底のほうに収納していると、健太が仔犬《こいぬ》を抱いてやってきた。

「可愛いわね。どうしたの？」

「ママが買ってくれた。チョコっていうんだよ」

茶色い毛糸だまのような仔犬だった。母親が健太の為に寂しくないように買い与えたのだろう。

しかしやんちゃな健太は仔犬を大切に育てるというよりは、新しい玩具で遊ぶような気まぐれな接し方をしていた。

階段を二、三段上がった所から仔犬を下に落とす遊びが気に入ったらしく、よく仔犬の悲鳴が聞こえた。見かける度に注意した。

「チョコが可哀そうだからやめなさい。ほら、まだ赤ちゃんなのに、怪我したらどうするの。それに嫌がってるでしょ？」

「クンレンしてるの」

「訓練？　そんなの訓練って言わないの。健太君だって階段の上から落とされたら厭《いや》でしょ」

健太はやんちゃではあったが、素直なこどもだったので、ハーイ、とすぐにやめた。素直ではあったが、懲りない性格だったので、またすぐに仔犬を邪険に扱った。

そんな日が続いたある日、買い物から帰ると、一階の階段の下で広志が声を荒げて健太からチョコを取り上げているのが見えた。

事情を聞かなくても察しはついた。健太がまた仔犬を放り投げて遊んでいたのだろう。仔犬も逃げ足が速くなっていたし、時折、あまり乱暴をされると、健太に向かってウーッと威嚇するようにもなっていたので、まあ健太と互角になったかなと思っていた矢先のことである。

広志と目が合い、声をかけようとすると、仔犬を抱いたまま私の横をすり抜け、外に出て行った。健太が広志の背中に叫ぶように言った。

「もう落とさないから、チョコを返してよ」

広志はその声を全く無視して行ってしまった。ほんの三月前までは、健太のたいていの我儘《わがまま》を聞いてやっていた広志だったが。

それから広志が中学を卒業するまで、ほとんど顔を合わせることがなく、ごくたまに見かけても、以前に六センチ裾を出したズボンが、又おかしいくらいに短くなり、その分背が伸びていた。

卒業してからは全く見かけることがなくなったので、母親と出会った時に聞いてみた。

何でも、高校へは行かずに、住み込みで車の修理工の見習いをしているという。

「勉強がきらいで、自分から言い出したんです。高校は行かずに働くって。なんでも分解したり組み立てたりするのが好きだったから、やっていけると思います」

本当のところは分からない。しかし何が本当であっても、他人である私に口出しをする隙間など、どこにもない。

しばらくして男が一緒に住むようになった。それを知った時、広志が高校へ行きたくないと言ったのは、やはり本心ではなかったのだと、何か確信のようなものが胸にわいた。

表札の名前が変わり、母親の顔から疲れが少し消えたように見える。結婚したのだろう。男は健太をとても可愛がり、肩車をしたり自転車の後ろに乗せて出かけたりしていた。本当の親子のように見えた。案外、そうだったのかもしれない。

今度は陽が、その幸せそうな父と子の姿をじっと見つめる番になった。しかし父親の肩車は、自転車を貸し借りするようなわけにはいかない。その父子を見つめる陽を、母親の私がじっと見つめる。

その時初めて、私は間違っているのかもしれない、と思った。陽にも父親が必要なのだ。死んでしまったのなら、それは仕方がない。けれども、本当の父親がちゃんといるのなら、陽にも会わせることが必要なのだ。

夫は子煩悩なほうではなかった。家庭的でもなかった。立派な仕事をする人でもなかった。私が夫を語れば、否定形なしでは語ることができないだろう。けれどもたったひとつ肯定しなければならない。かつて夫だった人はまぎれもなく陽の父親である。

夫に、父親だったことを忘れてください、ということが理不尽なように、陽に、父親がいたということを忘れなさい、というのはとんでもなく酷《ひど》いことのような気がしてきた。

いくつかの夏を通り過ぎ、健太も陽も小学校へ通うようになり、二年生になった。私も建物の掃除と家での仕事をやめて、外で仕事をするようになった。生活も贅沢《ぜいたく》はできないが、親子ふたりなんとかやっていけた。陽の父親は、陽とたまに会ううちに、養育費を支払うと申し出てくれた。陽も友達に「僕のお父さん」の話をするようになった。

仕事帰りに駅前のスーパーで買い物を済ませ、外へ出たところで、だれかに呼び止められた。バイクに乗った若者だった。後ろにヘルメットをかぶった女の子を乗せている。

「広志君？　広志君なの？」

中学生の頃、はにかんで笑った顔を思い出した。随分おとなになっていた。

「陽、元気？」

腕も肩も見違えるようにがっしりしている。

「元気よ。健太君と一緒にやんちゃを競ってるわ。ふたりで学校に通ってるわよ。広志君は今どうしてるの？」

「修理工、車の修理工してます」

「そうなの。お母さんがそう仰《おっしゃ》ってたけれど、元気にしてるのかなって気になってたから。仕事はどお？」

「楽しいです。まだまだ半人前だけれど、頑張った分、身につくから楽しい」

真っすぐな視線が眩《まぶ》しい。

「よかった、好きなことを仕事にできてよかったわ。じゃあ、順調なのね」

「色々あるけど……どこ行ったってなんだかんだあるんだから、いっちょ、此処《ここ》で男になってから出て行けって、おやじさんが……社長なんだけど、可愛がってもらってます」

そうか、そんな父親もあったのだ。

「今日はお母さんに会いに来たの？」

「それもあるけど……健太の誕生日なんです。約束してたものがあったから、今届けてきたところ」

「健太君、喜んだでしょう？　でも、もう帰るの？」

広志はちょっと後ろを振り返った。

「今日は、この子も誕生日なんで、これから飯食いに行くんです」

後ろの女の子がヘルメットをとって会釈した。長い髪を後ろでひとつに束ね、健康そうに日焼けしていた。化粧気はなかったが、ピンクのマニキュアをした手がまるで生まれたての肌のように奇麗だった。

「素敵《すてき》な彼女ね」

広志が少しはにかんだように笑った。あの夏のまだ幼さの抜けきれない笑顔を思いだした。

「また今度陽の顔も見に来ます。じゃあ……」

広志は女の子がヘルメットをかぶるのを待って、走り去った。

後に残った小さな風が私の体中を駆け巡り、やがて通り抜けて行った。それは健太や広志と過ごした夏の匂いを抱いた風だった。


（第45回入賞作品）

入　賞　「浅沙《あさざ》の影」瀬緒瀧世（27歳・宮城県）

選　奨　「踊り場」原　久人（65歳・宮城県）

「泣き屋」山下一味（47歳・岐阜県）

候補作品　「牛道」瀬生園子（50歳・東京都）

「ボシ」立山雅子（55歳・東京都）

「遠見の桜」小野　裕（65歳・富山県）

第46回　北日本文学賞　2011年度

応募総数1415編

第46回選評

透かし絵

宮本　輝

候補作六篇《ぺん》を一回読み終えたときは、原久人氏の「踊り場」が一歩抜け出ていると思った。しかし、二度目の読み直しのあと、瀬緒瀧世さんの「浅沙の影」が大きな意味合いを伴なって浮き上がってきた。

最初、私は大正時代の東北を舞台とした民話的なアナクロニズムが前面に押し出された「浅沙の影」の意図がよくわからなかったのだ。

あなたの幼馴染《おさななじみ》が急に亡くなりましたと伝えに来る少年も、死んだはずなのに訪ねて来る幼馴染も、いかにも東北民話特有の飄逸《ひょういつ》な怪異譚《かいいたん》の踏襲でしかないように感じられたが、これはあの3・11の悲惨な東日本大震災を招いた現代社会への寡黙な、それゆえに次第に重さを増すアンチテーゼとしての力を持つ小説ではないのかと評価が変わった。

正体不明の少年はまるで「座敷わらし」のようだが、いまの東北の被災地には座敷わらしが出る家もなく、畑や野に坐《すわ》って昔話を楽しむ友もいなくなってしまった。東北という地をこれからどのように復活させていけばいいのだ。二十六歳の女性の書き手が、それを意図するしないにかかわらず、私は「浅沙の影」に東北人すべての痛憤が沈められている気がして受賞作とした。

この小説を読み終えて、家も何もかも失った人々が、主人公と同じように、死んだ夫や妻や子や友と、畑や丘に並んで坐って話をしているような心持《こころもち》にひたった。あるいはこの主人公すらも死者ではないのかと思わせてしまう幽冥《ゆうめい》定かならぬ世界を透かし絵のように創《つく》りあげている。

選奨の「踊り場」は3・11のあの瞬間を体験した人でなければ書けなかった臨場感がある。筆力もある。建物の一階と二階をつなぐ踊り場を死と生のあいだにあるものとして具象化することに成功している。惜しむらくは、津波の濁流から助けあげた女との踊り場での三日間に、あまりにも小説としての起伏が乏しい点だ。かりにあえて書かなかったのだとしても、女の姿や形が見えにくいし、主人公が傍観者でありすぎる。次作を期待させる書き手だ。

もうひとつの選奨作、山下一味さんの「泣き屋」もうまい小説だ。入院生活を体験した人ならほとんど誰もがこの病室の「主」というものと関わりを持たなければならないことを知っている。そこのところはよく書けているが、肝心の主人公が人形遣いとして凡庸《ぼんよう》なので、人形である「主」の心までを表現できていない。にもかかわらず、作者は見るべきものは見ている。そこのところを買っての選奨である。

瀬生園子さんの「牛道」は、もっと牛道というものを生かすべきだった。野焼きのあとの牛道を父とながめる場面だけで書けたら受賞作となっただろう。

立山雅子さんの「ボシ」は題で大きく損をした。母子をカタカナにしなければならない理由が私にはわからなかった。文章も手練《てだ》れなだけに、多くのものを性急に詰め込もうとする小説の造りに無理を感じた。

小野裕氏の「遠見の桜」はあまりにも淡彩すぎる。文章の落ち着き、描写を主とした進め方がきわだっているので、小説の芯をどこに定めるかを課題にしてはいかがかと思う。

浅沙の影

瀬緒瀧世

瀬緒瀧世（せお・たきよ）1984年宮城県生まれ。本名・伊藤優子。東北電子専門学校卒業。宮城県富谷町。


軒先の風鈴は時折吹く白南風《しらはえ》で揺れている。

今日の日差しは一段と強く、垣根の向こうを行く者は、皆、顰《しか》め面で汗を拭《ぬぐ》っている。

私は盥《たらい》に水を張り、縁側で忙しく団扇《うちわ》を動かしていた。鼻先にひゅっと冷たさを感じて空を見上げると、山の方から黒雲がやって来るのが見える。

ざわざわと風が強くなり始め、次第に外が暗くなった。隣の家の犬が二度鳴いたかと思うと、待っていた雨が庭の葉を打ち始めた。

雨は激しさを増し、雷が頭上で転がっている。静けさの合間を縫うように蝉《せみ》が鳴く中、四、五歳位の男児が庭に駆け込んで来た。

びしょ濡《ぬ》れの子供は麻の葉模様の着物を肌に貼り付けて、へえへえと息を切らしている。

「どうしたのかね？」

私は声だけは掛けたが駆け寄りはしなかった。案じていない訳ではなかったが、何となく体が動かなかった。子供は目を見開き口を大きく開けて、そこら中にある空気を取り込むように何度も呼吸を繰り返している。見兼ねて立ち上がると、子供は漸《ようや》く言葉を発した。

「山桐《やまぎり》喜一《きいち》さんは？」

この辺では見ない顔である。私が山桐だ、と答えたが、子供は涙を湛《たた》えたまま言葉を継がない。

「何かあったのかね？」

私は努めて優しく言った。すると子供は旦那様が、旦那様が、と声を震わせている。

「君の旦那様は誰なのかね？」

「こけしの浅沙《あさざ》屋から参りました」

「では、その旦那様がどうしたのかね？」

子供は、亡くなりました、と言った。

「全く、困ったヤツだ」

「へえ？」

私は本心からそう思って言ったのだが、子供は目を丸くして口をぽかんと開けている。

「だってそうだろう？　今でなければ、君は雨に濡れる事も、雷に怯《おび》える事もなかっただろうに。最期まで自分勝手なヤツだな」

「そんな事は御座《ござ》いません。ご立派な方で御座いました」

「立派ねえ。私と浅沙は幼少の砌《みぎり》からの付き合いだが、そんな節は一つも垣間見えなかったよ。まず、使いの礼儀がなっていない。君の名は何というのかね？」

子供は私に責められたからか、顔を紅潮させて簗介《やなすけ》で御座います、と精一杯《いっぱい》名乗った。

私は土砂降りの中で口を結んで立ち尽くす簗介を流石《さすが》に不憫《ふびん》に思い、こちらへ招いた。

「あの、あんまりゆっくりとは出来ないんです。オイラはお報《しら》せに来ただけでして」

恐縮しながら背中を丸めて軒先に来た簗介は、あまりにも濡れておりますので、と私の足元にある盥の隣に腰を下ろした。

「浅沙は病で死んだのかね?」

「はい。大旦那様と同じ病で御座いました」

浅沙の父は二年前に突然心臓が止まって死んだ。彼の人は血を吐くとか、高熱を出すなどそれらしい病の予兆も無く、食事中に味噌汁を飲み終えるとドンと倒れ、そのまま死んでしまったらしい。きっと浅沙本人も、そのような死に方をしたのだろう。築介は思案する私を他所に、懐を漁って何かを取り出した。

「あのう、これはうちの旦那様からお渡しするように頼まれていた物で御座います」

雨で濡れた着物の懐から差し出されたのは、黄ばんだ新聞紙の塊だった。

「じゃあ、オイラは確かに渡しましたよ」

軽く会釈をして立ち上がる簗介に番傘を持たせると、彼はありがとう、と初めて微笑《ほほえ》んだ。

「あんなヤツの為《ため》に、わざわざすまなかったね。ああと、これは何か聞いているかい？」

「いいえ。それはうちの旦那様から山桐喜一さんに宛てた物ですから。オイラが関わるのはここまでで御座いますよ」

私は片手一つ分の塊を見つめた。

「では、時が来ますので」

簗介の声が耳元近くに感じて顔を上げると、簗介の影すら無かった。

「随分、足が速い小僧だ」

「小僧じゃなくて女の子よね、小梅ちゃん。こんな大きなお腹《なか》で足が速いなんて」

盆に菓子を載せた早苗が、廊下で伸びている猫の小梅の腹を足の親指でくすぐっている。

私は中腰のまま早苗に背を向けて、手の上の物を懐に押し込めて座った。ぬるま湯でふやけた哀れな脛《すね》を拭こうと前屈《かが》みになると、盥の縁に傘が添えてあった。

「風邪を引《ひ》かぬのも使いの務めだろうに」

せっかく手渡してやった物を置いて行った簗介に少し腹を立てたが、私は気を取り直してその傘を開いて庭の真ん中に立った。

雨が酷《ひど》く降っているから傘も良く鳴る。

簗介は風のように素早く消え去って行ったのに、枝折戸《しおりど》はしっかりと閉めてあった。

「どうかしましたの？」

縁側から呼びかけて来た早苗の声は、雨に消されてはっきりと聞き取れなかった。

私は雨の障壁の中で櫨野花江《はぜのはなえ》著の「雨水の遣い」を思い出した。梅雨明けの眩《まぶ》しい夏の日に現れる雨水の遣い達《たち》は、方々に散って強い雨を齎《もたら》す。雨粒で出来た幻の中で人と言葉を交わしては雲を肥やし、秋雨に備えて支度をする。人には何の苦しみも与えないし、どんな幸福も与えない。日が差せば忘れてしまう通り雨のようなものである、という話だ。

私は懐に手を当ててみた。確かにあの時、簗介から預かった物がちゃんとある。幸か苦かは分からないが、物だけは与えられた。

縁側に戻って傘を閉じると、それを待っていたかのように雨はやんだ。

「台所からここへ来るまでに誰か居たか？」

「お父さん達は畑ですから、誰も」

頬に手を当てて答える早苗を見て、やはり雨水の遣いだったのかもしれないと私は思った。

傍らで茶を啜《すす》る私に早苗は庭の紫陽花《あじさい》の色が濃くなった話と、大層美味《うま》いと評判の黄菅《きすげ》屋の羊羹《ようかん》の話をして台所へ戻って行った。

私は早苗が脇に押し遣《や》っていた煙草盆《たばこ》を煙管《きせる》で引き寄せて、深く呑《の》んだ。

さっきまでの雨が嘘《うそ》のように、煙管の雁首《がんくび》に黄色味を帯びた光が照り付けている。

私は雨どころか、先程の雨中の出来事すら嘘のような気がしてならない。浅沙の急死は血筋と言ってしまえば、有り得《あえ》ない話ではない。それに、人はいつか死ぬのだ。

私は頭の蟠《わだかま》りを弾《はじ》き出すように、いつもより思い切り煙管を打ち付けて立ち上がった。

台所の側《そば》近くにある作業場は外の声が聞こえて気になるから、私は形ばかりの文机がある二畳間へ向かった。

じめじめと暑いが障子をしっかりと閉めて、私はこそこそと新聞紙の塊を出した。重さは空の湯飲みより軽く、振ればかたかたと音がした。

包んでいる新聞紙は水を吸って剥《は》がれ難く、慎重に爪の先で剥がしたが少し角が破けた。

私はまず手拭いで水気を叩《たた》いて、団扇で風を送りながら表面の紙面を眺めた。日付は今から五年前の大正七年の七月十七日の物で「スペイン風邪、ついに県内で流行」や「シベリア出兵動員令」の文字が躍っている。

五年前は私も浅沙も二十二歳で、浅沙は家業のこけし屋を手伝い、私も父に付いて飾り職人紛《まが》いを始めた頃である。あの頃はお互いの家庭もなかったから、気楽に銭葵《ぜにあおい》という馴染《なじ》みの店で杯を重ねたものだった。

戻りたいとは思わないが、思い返しても悪い気はしない。

無意識に動かしていた手を止めると、新聞紙の塊はもう生乾きになっている。私は今度は慎重に包みを剥がしていった。

塊の中身は浅沙が愛煙していたゴールデンバットの箱だった。中にはたった一本の煙草と真新しい竹笛が入っていた。

竹笛は不器用な浅沙が唯一大変得意なもので、私が唯一不得手なものである。

私の擦《かす》れた笛の音をからかいながら、三途《さんず》の川を悠々と渡ろうとしている浅沙の姿が目に浮かんだ。小煩《うるさ》いヤツだから、船頭が岸まで運ぶのも煩わしいだろう。

私は煙草が少しも湿気《しけ》ていない事を妙に思いながらも、文机の引き出しに箱ごとしまった。それからせっせと皺《しわ》を伸ばして新聞を乾かし、手近な本に挟めた。

障子を開けると心地よい風が部屋に流れて来た。そのまま台所へ向かうと、母と早苗が夕餉《ゆうげ》の支度をしていた。

「少し出掛けてくる。夕餉には戻る」

早苗の返事を待たずに、私は一人家を出た。

私はとにかく浅沙の家に行けば何か分かるだろうと思った。

通り道にある黄菅屋の大納言を手土産に買い求め、浅沙の家がやっているこけし屋の前を通り過ぎたが、いつも通り大きなこけしが店番をしているだけだった。見慣れた顔も日常と変わらず、大通りを行き交っている。

私は奥に回って家を覗《のぞ》くのも気が向かなかったから、真っ直《す》ぐ帰宅した。

夕餉が済んでから、私は早苗に羊羹を手渡した。彼女は大層喜んで、良い茶を奥から引っ張り出して来た。いつもなら皆で味わうのだが、父も母も明日は宝鐸《ほうちゃく》山に山菜を採りに行くというので、甘味の晩酌《ばんしゃく》は二人でする事になった。

「私が出掛けている間に、誰か来たか？」

「どなたかを待っているんですか？」

湯飲みに手を伸ばした私は、逆に問われて制止した。誰かを待っているのではない、誰かが持って来るだろう報せを待っているのである。

「実は浅沙が死んだ夢を見たんだよ」

実際にはそうではないのに、私は早苗にそう告げて、誰か来なかったか？　と、もう一度問うた。

「誰も来てはいませんよ。でも、夢だったのでしょう？　今は夢じゃありませんもの」

早苗はそう言って切り分けた羊羹を小皿に載せて微笑んだ。私が黒文字《くろもじ》ですうっと切り、一切れ口に運ぶ様子を早苗はじっと見ていた。

「ねえ、美味しいでしょう？　羊羹」

「ああ」

私は夢だと嘘を言った後ろめたさを感じながらも、妻の優しさに笑みが零《こぼ》れた。

ところが翌日の朝、山へ向かう身支度を終えた母親が玄関の土間で父を待っている時に、浅沙家から訃報が届いた。

浅沙は昨日の昼過ぎにはほろ酔い状態で、昼寝をする、と言って部屋に入ったきり、夕餉だと呼んでも出て来なかったという。いつもの高鼾《いびき》が聞こえて来ないのを不安に思った彼の細君が部屋を開けると、鼾どころか息すらしていなかったらしい。

夜に医者を呼んで診てもらったが、やはり死んでいたようで、今晩通夜をするという。

茶の間で報せを聞いた早苗は、正夢だったのね、と私の袖を引いて目を伏せた。

私は浅沙の細君には大分《だいぶ》嫌われていたから、通夜にだけ行く事にした。

早苗は割烹着《かっぽうぎ》を風呂敷に包んで、ばたばたと浅沙家を手伝いに出て行った。

夕方五時から始まった通夜には沢山《たくさん》の参列者が居た。私はすでに目を腫《は》らした浅沙の妻、篠子《すずこ》夫人に挨拶《あいさつ》をして故人の顔を覗き込んだ。

常の布団に常とは違う着物姿で浅沙は居た。普段はだらしない彼が、きっちりと両手を組んで身動《みじろ》ぎもしない。

私はそんな浅沙を心底憎らしく思った。身内を泣かせやがって、という正義感とか、友が先に逝った痛嘆な思いからではない。

顔があまりにも安らかだったからだ。

どこか薄ら笑いを浮かべているようにも見える浅沙の顔は、悪巧みをしている時の顔と変わらなかった。

「今までで一番の意地悪です。あたくしを置いて逝くんですのよ。あなたがこんな悪戯《いたずら》を慶吉さんに教えたんでしょう?」

「そんな覚えはありません。浅沙はあなたに意地悪をしたのではなく、酒が回って死んだんですよ。結局は自分勝手なヤツなんです」

「そんな知った風に言わないで頂戴《ちょうだい》!」

泣き崩れた細君の面倒を、参列者の接待をしていた早苗に任せて、私は外に出た。

だから来たくなかったのだ、と私は腕を組み溜息《ためいき》をついた。

篠子夫人は隣町の士族の出で気位が高く、大層焼餅焼きで、誰よりも浅沙を愛していた。士族の娘がたかがこけし屋に親子の縁を切られても嫁いで来たのだから、浅沙に相当惚《ほ》れ込んでいたのだろう。だから私の事は嫌いなのだ。

女の焼餅は男にも飛び火するというのを、私は彼女で知った。それからは銭葵に通う事も減り、ここ一年は御無沙汰だった。

「おお、山ちゃん。久し振《ぶ》りじゃねえか」

僅《わず》かな髪をべったりと撫《な》で付けた銭葵の主人も、浮かない顔でこけし屋を出て来た。

「寂しくなるよなあ。暫《しばら》く聞いてなかった筈《はず》なのに、あのでけェ笑い声が恋しいよ」

「煩いだけなんですがね」

「それがいいんじゃねえか。俺ァなれねえな、あんな風には」

銭葵の主人は私の肩をぽん、と叩いて後ろ手に手を振って帰って行った。

私は腕の喪章を子供のように弄《いじ》りながら、家路をゆっくりと歩いた。

今日出会った全ての人々が浅沙を悼み、泣いていた。寂しいと、悲しいと言っていた。

私は縁側で今日をなぞりながら夜酒に酔っていた。井戸の中で冷やした美酒は身の内で冴《さ》え、安物の切子紛いのグラスで飲んでもとても良い気分になれる。気障《きざ》な奴ならグラスをもう一つ用意するのだろうが、私はそんな気分にはならなかった。

私は幼馴染みが死んだのに、感傷に浸るどころか、浅沙に対する苛立《いらだ》ちが際立って来た。

それは死に顔を見た時には湧かなかった正義感なのかもしれないが、私には分からない。

「随分だなあ、喜一」

私の隣には、ついさっきまで常世《とこよ》の風に触れていたはずの浅沙が座っていた。

「下の名前で呼ぶのは止《よ》そうと二十五の時に決めたんじゃなかったか？」

何とか虚勢を張ったが、頭の中は混乱し、胸の内には妙なむず痒《がゆ》さがあった。

「冷てェなあ、でも、オレが浅沙の家を継ぐ時に言ったんだもんな。親父が逝って二年で手前《てめ》ェが逝く事になるとは思わなかったぜ」

浅沙は生前と同じように背中まである髪の毛を首の後ろで束ね、白絣《しろがすり》を腕捲《うでまく》りして笑っていた。だが、現《うつ》し世で生きる者が当たり前に放つ温度だけは、少しも感じなかった。

「何だ、死に切れなかったのか」

「ちっとは驚け。オレ、一応お化けってヤツだぜ」

「だったらもっとそれらしく出て来いよ。普段と何も変わらないじゃないか」

私は無理をして平静を装った。もしかしたら浅沙は気付いたかもしれないが、見透かされた強がりでもそうしたかった。

「まあ、いいじゃねえか。それより、良い月だなあ。生きてるうちに見たかったよ」

「今も大して違わないだろう。浅沙、お前何しに来た」

私は浅沙を叱り付けるように語気を強めて言った。お前の来る場所はここではないだろうと、心底思った。

浅沙は下唇を突き出して、そんなに怒るなよ、と眉をハの字にした。

「オレも長居をする気は無ぃんだ。ただ築介がよ、死んでも一本なら煙草吸えるようにしてくれるって言うからよォ」

「昨日の昼間の子供か」

そうよ、と頷《うなず》いて浅沙は右手を差し出した。

「で、そいつが持って来た煙草よ、お前、持っててくれてんだろう？」

「文机の中に入れてあるが」

「おいおい、形見分けじゃねえんだぜ。大事にしまっとく事ァねえだろう」

「気味が悪いから、塩でも振って透綾川《すきやがわ》に流してこようと思っていたんだがな」

私は腰を上げ煙草を取りに行った。

短い廊下を歩きながら二度振り向いたが、浅沙は立てた右膝を抱えてうっとりと月を仰いでいる。彼の頭の先から見える庭の桜木に豊富についている葉先が、所々月光に縁取られて白く浮き立って見える。

あるはずのない状況を、私はどこかで楽しんでいる節があった。引き出しにはちゃんと煙草の箱があり、本に挟めた新聞紙はうねうねとよれて本に厚みを出している。

浅沙は煙草の箱だけを持って来た私に、コップは無《ね》えのか、と溜息混じりに言った。

「煙草を吸いたかったんだろう？」

「まあ、そうだがな」

不服そうな顔をしながら、浅沙はたった一本のゴールデンバットを銜《くわ》えた。

私も釣られるように煙管に葉を詰めた。

「何だか早かったなあ」

浅沙は一度銜えた煙草を外して下を向いた。私はそのようだな、と無愛想に言って煙管を燻《くゆ》らせた。いつもは気にならない寸の間の静寂に私は耐えられなかった。浅沙がこちらをちらりと見たから、私は煙草盆を彼の方へ少し寄せて、ところでなあ、と話を切り出した。

「あの子供は何者だったんだ？　私はてっきり雨水の遣いだと思ったんだが」

ガキの頃に聞いたな、と浅沙は顎《あご》を摩《さす》った。

「あれはただの高尚な昔話だろう？　簗介はもっと偉い奴《やつ》だぜ。なんてったって川津神っていう水の神様らしいからな。ほら、五年位前だったかに透綾川に釣りに行ったろう。そん時に栂《つが》屋のガキが溺れてよ」

昨日のように暑くて、透綾川に涼みに行った日である。川には後先を考えない子供達が、全身を濡らして戯《たわむ》れていた。

「助けてやった礼に、漁網をもらったな」

「オレもちゃんと持ってるぜ、使い方がよく分からなかったんだけどな。それでな、あの時に川津神様も助けちまったらしいのさ」

「川津神も溺れるのか？」

「馬鹿《ばか》、違《ちげ》ェよ。何でも昼寝をぶっこいてて、ガキが溺れたのに気が付かなかったんだとさ。無垢《むく》なガキを助けるのも手前《てめ》ェの仕事なのに、危うく見殺す所だったんだと」

「だから、助けてやった、と」

まあな、と浅沙は得意気な笑みを浮かべた。

「して、その晩。オレの部屋に珍客が来た」

稚児行列の一人のような形をした男児で、息の音も立てずに浅沙の枕元に正座していたという。

「その客はずっとオレが起きるのを待っていたんだろうな。目を覚ましたオレを見て、驚かずに安堵《あんど》したんだ」

浅沙はいつものように酒を大分呷《あお》った後だったから、がらがらとした声で、どこのガキだ！　と怒鳴りつけたらしい。すると子供は、川の瀬に住まう者です、と涙目で怯《おび》えながら答えたという。

「で、さっき言った話を一通り聞いてやってよ。したらあのガキ、オレに礼をしたいって言うんだ」

「それで一服したい、って言ったのか。もっと他になかったのか？」

「他に、って何だよ」

「普通は家族の安寧とかだろう。そうでなければ財産に関する事とか、それに昔言ってたじゃないか。酒の汗が出る程飲みたい、って」

「五年前は篠子もいねえし、親達もピンピンしていたからな。それにちっとは金はあったから、酒はいつでも飲めたしよ」

確かに事は五年前の事である。

だが、自分ならどんな事を願っていたのだろう。浅沙に言った通り家族の安寧を願っただろうか？きっとあの時の私は今にも増して捻《ひね》くれていたから、真夏に雪を降らせろ、とでも言っていただろう。

「オレは一番の贅沢《ぜいたく》だと思ってるんだぜ」

浅沙はとても満足そうに中指と人差し指の間に挟めた煙草を見つめて言った。

「山桐、お前は今、幸せか？」

突然問われて、私は呆気《あっけ》にとられた。

幸せかどうかなど考えた事が無かった。

早苗はおっとりとしていて娘の気が抜けない所があるが、芯の通った嫁だ。口喧《くちやかま》しかった父は私に技を仕込むと、早々と隠居生活に入って母と共に田畑を耕している。

不自由は無い。

覗きこんだ酒は私の鼻息で波紋が出来《でき》ている。グラス越しに見た藍色の袖は、一点だけ光を集めて浅葱《あさぎ》色に見える。

「よく分からないな。だが、苦ではない」

漸くそう答えると、浅沙はお前らしいと歯を出して笑った。

「じゃあよ、楽しいか？」

「お前は楽しかったのか？」

浅沙は不意を突かれたのか、大きな目を見開いた。

「どうだったんだ？　お前はいつも人の話で酒を飲む。もう、煙に巻くなよ。後は盆と彼岸位しか面《つら》を合わせる事もないんだからさ」

浅沙は違《ちげ》ェねえ、と声を立てて笑った。ガハハと品の欠片《かけら》も感じない豪快な笑いだ。

「オレはいい人生だったと思うぜ。好きな事をやって、親父と一緒にこけしを作って、酒飲んで、美人な嫁さん貰《もら》ってよ。しかも惚れられて夫婦になるなんて、幸せの極みだろう。いい人生だったじゃねえか」

「そうか」

「ああ」

最後は自分に言い聞かせるように、浅沙は視線を落とした。今までにない寂しげな影が浅沙の頬に出来ていた。

「じゃあ、良いじゃないか。私は楽しいという事を、よく分からないで生きてきたんだよ。唯一の楽しみというのも挙げるのが難しい。普通あるだろう？　だが私は探すのが不得手なのか見つけられなかったんだ。これから先は楽しみを探して生きなければならないな」

「山桐、そんな話、他の奴《やつ》の前でするなよ」

浅沙の目は鋭く、冷たく、明らかに怒っていた。私が口を開くより先に、浅沙の言葉が口を突いた。

「お前は本当に馬鹿だ。だから知人は居ても友人は居無《いな》いんだよ。早苗ちゃんだって、いつかは愛想尽かすぞ」

「今更そんな説教か。私もお前のように単純に出来ていれば、きっともっと楽しいんだろうがな。過ぎる位の真面目でこれまでやってきたんだ。その中で酒と煙草を覚えただけ、上出来だと思っているよ。早苗には気を遣わせているのかもしれないが、私もそれなりに配慮しているつもりだ」

「だからそういう所が駄目なんだよ。オレはいいヤツで付き合いが長いから、お前との間合いもクセも分かる。皆がそうじゃねえんだ。死んだ人間にこんな話させんな、馬鹿」

浅沙は右手に挟んだ煙草を煙草盆に近付けた。ちりちりと音を立てて煙草の先が朱色になっていく。

「うめえなあ、畜生。お前、まだ煙草吸えんだよなあ」

勿体振《もったいぶ》るように右手を口に招き寄せて、浅沙はたっぷりと煙草を呑んだ。私が追いかけるように一息吐くと、彼は名残惜しそうに煙草を親指で軽く叩いて一欠けの灰を落とした。

「オレも二十七で死ぬとは思わなかったよ。酒じゃねえと思うがな、でも、まあ、酒かなあ。簗介は何て言ってた?」

「親父さんと一緒だとさ。詳しくは聞かなかったよ、本当に死んでいると思わなかったからな」

そうか、と少し残念そうな顔で、浅沙は煙の輪を作った。小さな輪がそのまま漂い、消える様子を、彼は半開きの口で見ていた。

「簗介って名前はオレが付けてやったんだぜ。用心深い山桐は、名前も名乗らない奴は門を潜《くぐ》らせちゃくれねえだろうからな」

「名を聞くも何も、簗介は枝折戸から急に飛び込んで来たんだ。それでも名は聞いたがね。だが最後には用心深いこの私が、傘を貸してやったんだよ。縁側に置いて行かれたがな。全く、慣れない親切心は出すもんじゃない」

浅沙はきしきしと笑い声を立て、イイ奴になったじゃねえか、と手を叩いた。笑われているのがこそばゆくなった私は話を変えた。

「それにしても、何でお前がちゃんと死んでから簗介は来なかったんだ? 昼間にこけし屋に行った時は静かなものだったが」

「あいつがお前ん所に行った時には、誰もオレが死んでると思わなかったんだろうな。昼寝はオレの日課だからよ」

きっと浅沙も誰にも看取《みと》られない最期を予期してはいなかったのだろう。突然死んだ人間がどんな病で死んだのかなど、ましてや分かるはずもないのだ。知ってどうなる物でもないのだろうが、やはり私も知りたいと思う。

「お前はどんな死に方がしたかった?」

「そうだなあ、床の中で手を握られて、医者に睨《にら》まれながら死ぬのはどうもなあ」

暫く唸《うな》って、やっぱり昼寝しながらでいいや、と笑った。

「オレはやっぱりよ、女房泣かせたくはねえんだよ。でもな、どんなジジイになってもよ、惚れた女が泣いてくれりゃあ、そりゃお前、これ以上嬉《うれ》しい事はねえじゃねえか」

そうはならなかったがな、と独り言のように呟《つぶや》いて、浅沙は瞳を潤ませた。

「そうか。そうだな」

私は彼の顔から目を逸《そ》らして頷いた。

刻限を示す煙草は、もう半分より短くなっている。私は口の妙な緩みや、込み上げる色々《いろいろ》な物を、グラスに残った酒で飲み込んだ。

「なあ、あの白い花、あれは定家葛《ていかかずら》か?」

突然浅沙が指差したのは、桜木の根元に添うように咲いている小振りな白い花だ。

「さあてな。物心がついた頃から、夏になると咲いていたよ。雑草だと思っていたから、名など気にした事が無い」

すると浅沙は身を乗り出して、あれはそうだな、と座り直して足を組んだ。

「いいか、お前ん所が持っている畑は透綾川の水を使っているだろう。その水が宝鐸山から流れているのは知っているな。その川を遡《さかのぼ》って行くと、梶の木に絡まった蔓花《つたばな》がある。それが世にも珍しい年中咲いている定家葛、川津神さ。一遍《いっぺん》見に行くといい。美味い胡瓜《きゅうり》を作ってくれている水だぞ、礼に行け。それか、恩でも着せろ。そうしたらあの下手な竹笛も上手《うま》くなるかも知れねえぞ」

「あれだけはお前に敵《かな》わなかったな」

「面や頭が良くても、精々《せいぜい》町内会長しか回って来ないんだぜ。竹笛が吹ければ鳥も美人も寄って来るのさ」

「いつか会長になったら、報せてやるさ」

「おう。俺が作った名笛も聞かせろよ」

そうだな、と私が言う前に、浅沙のゴールデンバットが最後の灰を落とした。

耳鳴りに川のせせらぎのような音が混ざってしんしんと聞こえて来た。

もう、逝くのだな、と私は思った。

「逝くのか?」

「そうだなあ、もう灰になっちまったしな」

浅沙は立ち上がると、首の後ろの紐《ひも》を解いてぐしゃぐしゃと頭を掻《か》いた。

「いいか、早苗ちゃんを大事にしろよ。お前みたいな奴を面倒見てくれるのは、あの子だけだ。分かったか?」

「ああ」

よし、と頷くと浅沙は腕を組んだ。

浅沙を見送ろうと私が腰を浮かせた時、台所でガタリと物音がした。一寸《ちょっと》そちらに気を取られ振り向いたが、小梅の影が走っていっただけだった。

安心して向き直った時には、もう、浅沙の姿は無かった。


月は雲も被《かぶ》らず私を見下ろしている。

先程まで耳に届いていなかった虫の声が夜風と共に沁《し》みてくる。

私は自分の隣に無造作に置かれたゴールデンバットの箱を見て、浅沙が死んでから初めて泣いた。


初七日を過ぎて、私は宝鐸山に登った。

懐には川津神の好物だという金平糖《コンペイトー》を入れて、只管《ひたすら》透綾川に沿って歩を進める。

単調な風景の中で、自分の足元には常に透明な清水が導くように流れてくる。

元々宝鐸山は低い山だから、息があがる前に頂上には着いた。だが、肝心の川水の出口が分からない。ましてや、目印になるはずの梶の木も見当たらなかった。

「あのう、私をお探しでしょうか？」

私の裾を引く男児がいる。

「あれから十日も過ぎましたか」

幼い声でぽつりと言うと、子供は二つ並んだ小さな切り株に座った。

子供は縹色《はなだいろ》の狩衣《かりぎぬ》に顔程の大きさの烏帽子《えぼし》を被っている。身形《みなり》こそ違うが、瞳だけは雷雨の中で見たものと同じだった。

「どうも、浅沙が世話をかけまして」

私は会釈より少し深く頭を下げた。

子供はもじもじとしながら黒目がちな目で私を見上げた。

「少しお話をしませんか?」

よく通る声だ。とてもふくよかな頬が、ほんのり赤くなっているのが愛らしい。

「ええ。アイツの話でよかったら」

大きな川ではないのに、さらさらと流れる音が響いている。

子供がはい、と大きく頷いた時、その背中に深緑の梶の葉が見えた。足元には小さな白い花がひょっこりと顔を覗かせていた。

私は包み込むような白い光を全身に浴びながら、男児の隣の切り株に腰を下ろした。


(第46回入賞作品)

第47回 北日本文学賞 2012年度

入　賞「藁焼《わらや》きのころ」中村公子（39歳・青森県）

選　奨「旅の足跡《あしあと》」高瀬紀子（38歳・富山県）
「飴玉の味」柴崎日砂子（35歳・千葉県）

候補作品「父の彼女」オリバーリッチー（36歳・神奈川県）
「縁側のある家」織江大輔（33歳・大阪府）
「海の中の森」小檀一也（48歳・福井県）

応募総数1312編

第47回選評

方言に機微と処世観

宮本　輝

今回、私のもとに送られてきた候補作は六篇《ぺん》。どんぐりの背比べではなく、どの作品もそれぞれの味わいと筆力があって、これを私ひとりで選ぶのかと頭をかかえそうになった。

北日本文学賞のレベルが近年急速に上がっていることを誇りに思う。

悩んだ末に、私が受賞作に選んだのは中村公子さんの「藁焼《わらや》きのころ」である。十二歳の少女の目線と語り言葉で書かれていて、とりわけ会話の文章は徹底して津軽弁で押し通している。

風土が生み出した方言には、そこに暮らす人々だけの機微や処世観がかくも意味深く沈められているのかと感嘆させられた。

癌《がん》にかかって入院した母親は、まだ生理用ナプキンを必要とする年齢であって、一人娘は十二歳だ。夫とは離婚して何年もたつ。おそらく胸中は自分の命にかかわる重い病に押しつぶされそうであるに違いないが、毎日見舞いに来る娘にはつねに明るく振る舞いつづける。

母親と主人公の娘を取り巻く人々の描写も、さりげないものの、他人を思いやる慈しみが、その津軽弁によって読む者の胸を打つ。

「さァ、明《あが》るく行ぐべしなァ」と笑顔で娘に言う母親のひとことが、この小説に光と春風をもたらしている。人生の極意のようなひとことだ。

選奨の高瀬紀子さんの「旅の足跡」は文章の安定感では候補作中随一だと思う。父の転勤にともなって二年にいちど引っ越しをつづけてきた主人公が、ある日、それを拒否してひとり立ちを決める。

私も子供のころ、父の仕事の事情で幾度も転校を余儀なくされたので、その寂しさがわかる。だが「旅の足跡」にはもう一歩心の深さに踏み込んでもらいたかった。図書館の本のなかに自分の名を記した紙を挟み込む主人公の心に、目には見えない別の一枚の皮膚を挟み込めたら、この小説は圧倒的な力を持っただろう。

同じく選奨の柴崎日砂子さんの「飴玉の味」は、深沢七郎の「楢山節考」を想起させるものがある。炭鉱産業が日本の重要な分野であった時代の、その炭鉱で肉体労働をつづける夫婦が主人公で、坑道を掘り進めながら歌う。その歌が作者の作であるかどうかは重要だ。しかし、もっと小説として重視しなければならないのは、夫が飴玉を使って幼い我が子を殺したのか、あるいは事故死だったのかが曖昧な点だ。曖昧なままでよかったのかどうか、私にはいまもよくわからない。読む者の解釈にまかせるには重すぎる謎のままでは完成品ではない。

オリバーリッチー氏の「父の彼女」は、おもしろい素材で才気もあるが、肝心の父の恋人のキウ子が生身の人間として伝わってこない。実体のない影のようで、彼女をもっと具体的な描写で読者に見せるべきであろう。

織江大輔氏の「縁側のある家」も筆力はある。だが、奇妙な家の縁側を「不思議な空間」と書いてしまったらそれまでのことで、縁側の玄妙なたたずまいは成立しなくなる。

小檀一也氏の「海の中の森」は主人公とふたりの兄妹のふれあいを乾いた筆致でよく描いてある。だが突然最後に題名ともなった「海の中の森」という表現が出て来て、小説すべてを壊してしまった。この小説とあまりにもかけ離れた別物のイメージを無理矢理《むりやり》くっつけただけだと感じられても仕方がないと思う。

藁焼きのころ

中村公子

中村公子（なかむら・きみこ）1973年青森県青森市生まれ。本名・同じ。県立青森中央高校卒業。指圧マッサージ治療院勤務。青森県弘前市。

わたしは、すっかり乾いて固くなった下着を指先で少し揉《も》むと、ぐいと鼻に押しあて大きく息を吸った。

しみついている汚れと、藁焼きの煙の匂い、それは切なく懐かしく、わたしは少女という過去へ手招きされる。

薄暗い外は、いぶ臭さが広がっている。

閉め忘れた窓から入りこむ、もうもうとした煙で家の中まで、もやがかっている。

「センダグ物、入れだが。いぶ臭《く》せ匂い、ついでまるぞ」

お母チャの声が聴こえた。

わたしは、閉めようとした窓から頭をつき出して見まわした。

あるのは、白い夜、だった。

煙の中から、お母チャが笑って、ひょこりと顔をのぞかせそうな気がして、わたしはまるで忘れられたフランス人形の置物のように瞬《まばた》きすることさえもしなかった。

我《わ》が家のたんすは、古くって歪《ゆが》んだ一番下の引き出しがしぶくて、開けるのに一苦労するのだ。

引き出しの下のくぼみに指をさし、力を込めて引いてはみても、びくともしない。

(正座をして、膝の辺りで右を少し浮かせたら、一気に引く)

ももの上に、こすれた木くずがさらりと落ちた。

お母チャに聞いた通り、だった。

広げた紫の風呂敷に、下着や寝間着をどんどんのせると、引き出しの中はあっという間に淋《さび》しくなった。

自転車の前かごへ風呂敷包みを積むと、わたしはお母チャの入院した病院へ向かった。

右ブレーキは、壊れたまんまだった。

「アキ、ごめんなァ、びっくりさせだなァ。わい、寝間着だの持ってきたのな」

お母チャは、どろぼうみたいな水色のしま模様の寝間着を着せられて、点滴を受けていた。

そして、何度も何度も謝った。

「アキが居でけで、助かったじゃ。学校さ電話いったんだってなァ」

わたしは、しぃんとした病室に少しでも音をたてないように、こっそりとパイプいすを広げた。

「うん。事務室の人が電話さ出ろって教室さきたの。加工場の奥さんがらでさ、お母チャ倒れて運ばれだはんでって」

「んたべ、んだべ。迷惑したなァ。わい、何も無《ね》はんで、何が買って飲みへ」

だらっこ(小銭)でふくらんだ小さな財布から十円玉を十枚使って、コーヒーのボタンを押した。

いつだったか、お通夜のおみやげにもらってきた、甘いコーヒーと同じ味だった。

「おいしいが」

お母チャがとっても優しい目でわたしを見た。

「お母チャさ、検査するんだとさ。ちょっと間《ま》、一人っコでがんばってナ。お金あるどこわがってらよな」

まるで、線香花火の消えそうな灯をながめているような、そんなふうに小さな声で、わたしに言った。

「うん、ご飯も炊ぐし。大丈夫だってば」

わたしはもう、カレーでも煮るし肉をたれで味付けして焼いたりもできた。

「さァ、暗ぐなる前に戻れ。自転車の灯《あかり》、つけでらなァ。窓、閉めできたが。藁焼きの煙入ってまるろう」

お母チャはせかすように、わたしに千円札を一枚持たせて言った。

「今日は疲れだべはんで、これで、好きだもの買って食べだら、早く寝ろや」

「え、いいの」

ごくりとつばを飲みこんで千円札を見つめた。

好きなものを買って食べられる、考えただけで何だか力が湧いてきた。

(あれ、あれを食べるんだ)

憧れのあれ、を皆は学習塾やクラブ活動の帰りに、気軽に買って食べていた。

それは、通学路にあるプレハブ小屋の小さな焼き鳥屋で、肉を焼く煙が流れる夕方はもうたまらなかった。

ぐにゃりとした皮に、甘辛いたれがてらりとからんだ、あまりのおいしさに耳の下あたりがきゅうと痛《や》んだ。

二つ折りした座布団を枕に寝っころぶと、わたしの体は、まるでポケットで溶けてしまってくっついたアメ玉の様《よう》に、どうすることもできずに動けなくなった。

感覚が薄れる中、耳だけにははっきりと、流しの蛇口から水滴の落ちる音が聞こえていた。

ポタン、ポタン。

わたしの体は、もう今日一日を終えてしまっていた。


「お母チャ、お母チャ」

わたしが声をかけると、看護婦さんも静かに肩をトントンした。

「娘さんが来てますよ。お熱、測ってくださいね」

「んん、アキ。今来たんだが。学校終わったが」

お母チャは、時計を見るとゆっくりと上半身を起こした。

「おきるの」

「うん、夜に寝れなぐなるはんでな。昼間に寝すぎれば、何も寝らいね」

体温計をはさみながら顔を傾けた。

「こら、これ食べねが」

お母チャは、病院給食の酸っぱいヨーグルトや、一切れのりんごなどをわたしのためにわざと残してくれていた。

あんまりおいしくないけれど、それを食べたり汚れものをまとめたり、話をしたりした後は、パイプいすに座ったまんまでベッドに顔をのっけて少し寝る。

糊《のり》のきいた敷布は、つるりとして冷たく真っ白く、病院の匂いがした。

その中にお母チャの匂いも混じり合って、いつも戦っているかのように、日によって感じが違った。

働きもののお母チャは、自分が学校へ行く前にはもう加工場へすっとんで行く。雨の強い日でも合羽《かっぱ》を着て、片道三十分自転車をこいで行く。

学校で入り用な物が続く時期は、残業を申し出て余分に働いたり、休日出勤をしてお金を用意した。

どんなに疲れて帰っても、まずは加工場で使った前掛けや作業着を、風呂場で下洗いしてから洗濯機にかけ、やっと座る。

一日中、生魚の下処理をするお母チャの髪や体からは、生臭さが微《かす》かに匂う。

雨の日が続いて、洗濯ものが半乾きになると、狭いこの部屋がむっと匂う。

それは二人の生活の匂いそのものだった。

たとえ病気でも、糊のきいた白いシーツにお母チャがゆっくり横になるだけで、何だかほっと安心してしまう。

わたしの頭の重みでへこんだ布団を直していると、メモ紙とお金を用意したお母チャが言った。

「迷惑だなァ、これ次に買ってきてけるな」

わたしはうなずいて、メモを仕舞《しま》った。

ガタガタと、夕食の配膳車の音がした。

お菜の匂いで、皆が動きはじめる。

四人の合部屋は、皆しっかりと自分のベッドをカーテンで囲っていた。それは、秘密を守るかのよう、すき間すらなかった。

今日、初めて隣のカーテンがほんの少しあいていたので横目でのぞいた。

お母チャと同じくらいの歳のおばさんが、毛糸の帽子をかぶって本を読んでいた。

見舞いの花かごや、果物、写真立てが見えた。

タオルケットは花柄で、自前の物らしい。

それに比べてお母チャのベッドは花ひとつ無く、ナイフはあっても果物はないという、さっぱりしたものだった。

お母チャは、着替え以外はカーテンを閉めることをしないで、いつでもそのまんま、だった。

そんな様子は、飾りたてることをしないお母チャの生き方、そのまんまで、わたしは誇らしくもあった。

お母チャを花に例えたら、真っ白い山ぼうしだと思った。


日曜、加工場の奥さんから呼び出しの電話がきた。

加工場の経営者は、お母チャの遠い親せきであって、ここの奥さんは話好きないい人で信用のあるひとだ。

わたしを見ると、大きな体を大げさに揺らして、オヤという表情をした。

「アレアレ、良《い》がった。元気な面《つら》っこしてらなァ。まァ、女の子だもんなァ。きちんと一人でも食べでらんだべなァ」

わたしは恥ずかしくなって、ただニコニコと上目使いで笑った。

「お母さんの事はサ、退院して良《い》ぐなったらまた働いてもらうはんでナ。いらね、苦《く》しねんでなァ。きちっと治さねば、先は長いんだはんでさ」

「ハイ」

優しい言葉に、ほっとした。

まだそんなに寒くないのに、事務所のズン銅ストーブには火がついていた。

奥さんは両手を揉みながらストーブに近づいて言った。

「それからさ。お母さんには内緒で、ここだけの話なんだけど」

「内緒」

わたしは顔を上げて、奥さんの顔を間近で見た。

いつも、真っ赤な口紅だ。

「ここだけの話なんだけどさ。これがら、ここさ、あの人呼ばったはんで。少し話っこしてみて。いぐら何でもサ、お母さん病気して寝でるんだもの。気持ちある人だば、例え、わんつか（少し）でも包んでくるべきだどオラは思ってらよ」

「あのひと」

赤い唇が近づくと、小さい子供に絵本を読み聞かせるようにゆっくりと言い直した。

「あんたのお父さんば、呼ばったはんで。二人で話っこして、少しでも、お金ばもらうべし」

「おかね」

「アイーって。お母さんばり、苦《く》すること無《ね》んだがら」

奥さんは、ストーブの目盛を弱めながら壁の丸時計を見上げて言った。

「もう、そろそろ来るびょんせ」

外の風は冷たいけれど、ガラス越しに弱い陽《ひ》が射《さ》しこんでいる。

「まんず、小春日和だなァ。こういう日も、あと何日も無《ね》えびょん。稲刈りも終わったべし、あとは寒《さみ》ぐなるだけだの」

それから一時間待ったけれど、「あのひと」は来なかった。

奥さんはいらいらと電話のダイヤルを乱暴に回していたけれども、最後にガッチャン、と受話器をたたきつけ両手でそれを押さえると、丸時計をにらみつけて言った。

「人ば、馬鹿《ばが》にして、このう」

わたしは、どう振舞《ふるま》えばいいのかまるっきり見当もつかず、とっくに飲み終わってからっぽの缶ジュースに口をつけ、何度も飲むふりをした。

わたしはようやく気づいた。

お母チャの収入が無くなって、わたしたち二人の生活をまわりの人が苦《く》にしている。

お金の心配はいつもの事だけれど、それよりもお母チャをもう少し、あの白いベッドに寝かしておきたかった。

まわりの心配をよそに、今、わたしたちの心は静かで穏やかで、三十分たらずの面会であっても、お互いの心は、糸でんわの細い糸が震えるように伝わって来るのだ。

大丈夫、なるようになるんだから。

真面目に働いてさえいたら、生活はついてくるってもんだよ。

お母チャはこの二つの口ぐせを、入院してから一度も口にしなかった。

それだけ強く、強く思っているのだ。

（あ、そういえば）

わたしは財布から小さくたたんだ買い物メモを開いた。

新聞、つめ切り、そしてその次の文字を目にした時、そう、朝顔のねじれた蕾《つぼみ》がゆっくりゆっくりと開くまでの長い時間のように、じっとうつむいていた。

大人用ナプキン、二袋。

（大人用って、大きいやつってことなの）

このメモを手渡される時の、迷惑だなァ、の弱々しい声を思い出した。

（いやあ、どこで買おう。それに誰かに見られたら、どうしよう）

最近、学校での女子の話題は、このことについてもちきりだった。

背も高く太っていて、まるで中学生のような体格のリーダー、「おはぎ」には、何と四年生の時とっくにこれがきたという噂《うわさ》だ。

ほっぺたの赤いにきびのぶつぶつと、太って丸い顔のため「おはぎ」と呼ばれていた。

おはぎは、休み時間になると大人しい子を選んで順番に便所へ呼びつけ、こう聞いてじっと顔を近づける。

「ねぇ、あんた。あれ、もうきてるの」

迫力あるおはぎにせまられると、皆声も出せずに首を左右へ振るだけだ。


「もし、なったら、オラさ教えて。必ず」

最後に約束を取りつけると、やっと解放される。

けれど陰では皆、おはぎをバカにして悪口を言い相手になんかしない。

「何でいちいち、おはぎなんかに報告しなきゃならないっての。ねぇ」

そのおはぎに見られたら、大問題だ。

クラス中の噂になるに間違いない。

商店街には小さなスーパーがあるだけで、薬局は二軒あるけれど、どちらもおじさんがレジを打ってたはずだ。

飯台にこぼした、ふりかけの黄色い粒を指にくっつけてはパラパラと落とした。

眠けすら起きない、長い夜だった。


学校が終わると、わたしはスーパーへ直行した。

「あらあ、買い物。お母さん入院してるんだってね」

顔見知りが次々と話しかけてきて、その度にぺこりと頭を下げておいた。

ああ――、時間だけが経《た》ってしまう。

店員さんが、わたしをちらちらと見ているような気がする。

強い視線を感じて、ふっと横を向くと何とおはぎがすぐそばにつっ立っていた。

「うわっ」

わたしは体がひとりでにびくっとして、買い物かごを床に落とした。

おはぎは、さっとそれを拾うとわたしに差し出した。

「ハイ、どうぞ」

便所での恐ろしさは無く、何と白い歯を見せて笑っている。

「オラはお化けじゃあないんだからねッ。何、買いにきたの」

背中を丸めて空のかごをのぞきこむ、おはぎの大きなお尻が急にたのもしく思えて、何だか頼りたくなってしまった。

「これ、なんだけど」

わたしは、たたんだメモを広げて指でトントンと小さく鳴らした。

「うちのお母さん、今入院してるから。頼まれたの」

おはぎはメモをちらっと見て、うつむいたままあさっての方向を見ているわたしを、へえーという顔つきで見た。

「なあんだ、お母さんのか。入院してるの」

「こないだから、入院してるの」

「ついで行ぐが」

「えっ」

おはぎは、わたしの手首をぐいぐい引っ張ってズンズン目的地へ向かった。

（だ、誰かに見られる）

おはぎはまるで運動会の入場行進の先頭をきるように堂々としていた。

彼女の手は、肉でぶ厚くやわらかく、あったかかった。

棚の商品とメモを見直すと、ヨシ、と小声でつぶやいた。

「多分、これでいいと思う。お金払ってきてけるが」

「いっ、いいの」

「いいよ。どうせ、めぐせぇん（恥ずかしい）だべさ」

おはぎは、わたしの手からビーズのがま口《ぐち》をさっと奪うとすたすたとレジへ行き、自然に会計を済ませた。

茶の紙袋とがま口を、お待たせぇ、と言って手渡すとにこっとした。

わたしは、お礼の言葉がすんなり言えなくて、もじもじしていた。

背の低いわたしの視線は、太ったおはぎの胸のあたりにぴったりと合った。

薄手のジャンパーを着ていても、胸がもうかなりふくらんでいるのがはっきりとわかった。

「せば、学校でねぇ。めぐせがったら、また頼んでもいいがらァー」

おはぎは自転車にまたがると、丸いお尻を振りながらあっけなく帰ってしまった。

にきびの赤い顔に、白い八重歯がちらりと見えていた。

(助かったー)

わたしはどっと疲れて、紙袋を両腕で強く抱いた。


お母チャの検査結果は悪いらしい。

大学病院に空きベッドが出るまで、ここに居るのだという。

着替えを届けにいくと、お母チャはベッドに居なかったので、枕についた髪の毛をつまんでは捨てていた。

「いつも、感心だね。賢《さか》しくて、ほれ」

めずらしく隣のベッドのカーテンが開けられ、帽子のおばさんがわたしのことを何かなつかしいものでも見るようにして、じっとしていた。

「これ、手をつけちゃったけど多いから。食べてける」

キャラメルの黄色い箱を、寝間着の体を伸ばしてわたしにくれた。

点滴のチューブが、ゆらゆら揺れた。

「六年生なんだってね、うちの二番目とおんなじ」

おばさんは写真立ての中を指さした。

「春に入学式あるのに、の。これー、この頭だば、行がれないびょん」

そう言うと、帽子を両手でサッと持ち上げるとすぐ元へ戻した。

（あっ）

一瞬だった。

口の中からキャラメルのつばが伸びた。

おばさんの頭は髪の毛がまるで無くなっていて、赤ちゃんみたいに薄い毛がパヤパヤと生えているだけだった。

「びっくりさせたなァ」

おばさんの肩は上がって、まゆ毛は下がった。

「あんたのお母さんも、今にこうなると思うばって、気持ち、しっかり持ってや。命《いのち》、あるだけでも良しとしねばなァ。お母さんば、大事にしへや」

作文を発表しているような、冷静ではっきりしたしゃべり方だった。

話し終えると、カーテンはいつも通りにすき間なく閉められた。

今日残したらしい給食のゼリーには、お母チャの文字で「アキ」と書かれていた。

その字をながめながら、キャラメルをくちゃくちゃかんでいたら何だか泣きたくなってきた。

二粒、三粒。

次々と口の中へ放りこまれたキャラメルは上から下へ、右へ左へと忙しく回っている。

そうしていないと、泣き声が口から漏れてしまいそうだった。

放課後のクラブを終えて一人の部屋へ帰ると、湿った空気がさすがに淋しい。

すぐ風呂の火をつけ沸かしている間に、病院から持ち帰ったお母チャの汚れものの下洗いをするのが、最近の日課だ。

下着のつまったナイロン袋を逆さまにすると、どっと風呂場のタイルに落ちる。

それらは、むっと匂った。

けれど、その匂いを嗅《か》ぐと何か落ちついて不思議な気持ちになる。

(そうか、同じ)

お母チャが加工場で一日中働いた後の、くたくたの作業服の匂いと似ている。

石けんを何度もこすりつけても、この匂いは根深く取れない。

けれど、お母チャの生きている証《あかし》、にも思えた。

洗ったものを干し、乾いたものを取りこむ頃は、もう外は真っ暗だった。

(きれいになったかな)

わたしは乾いてごわごわしているお母チャのパンツを鼻にあてて嗅いでみた。

お母チャと、秋の煙の匂いがした。

わたしの、十二回目の秋だった。


「あのひと」と再会したのは、病院の談話コーナーだった。

何年ぶり、なんて知らないけれど、わたしの知っている「あのひと」とはまるで別人のように、年をとっているように見えた。

頭は白髪のすじがはっきり見えるし、顔はほっぺたが腫《は》れているように、太って丸く見えた。

何も言わないわたしの右手を、お姫様の手をつかむようにていねいに、そっと、大げさに振り上げておろした後、銀行の名前のついた封筒をポンとのせた。

「この間、行げねくて悪がったな。これよ、結構入ってるはんで、落どさねようにこのままお母チャさ渡せよ」

「結構入ってるの」

　わたしは目を丸くして顔を上げた。

「いやー、結構、でも無《ね》えが。わんつか（少々）だばってな」

「ふ、ふふふふ」

　わたしは笑った。

　目の前にいる「あのひと」は、口を曲げてにやりと笑うと、大っきくなったなァとまるでよその子を見るように、まじまじとわたしを見た。

「何んで、この間はこながったの」

「この間」

「加工場の事務所さ」

「ああ、あの日が」

　右手の指で上唇をつまむと、前歯をちらりと見せた。

　前歯一本が、妙に白くて目立った。

「あの日、仕事の現場でや、石っころさつまずいて転んだっきゃあ、積んであるブロックさ顔がら落ぢてまってや。これ、前歯折れでさし歯にしたず。いやいや、前歯無《ね》えばよ、めぐせし、行げねじゃあ」

「マスクして、来れば良《い》がったのに」

「マスク、んだな、マスクせば良《い》がった。失敗したな、おめは頭《あだま》いいなァ」

　わたしたちは、初めてお互いの目を見て少しだまりこんだ。

「は、うふふふふ」

「ワ、ハッハッハ」

わたしたちの笑い声に、何人かの患者さんが振りむいた。

落どすなよ、と最後に言うとわたしの頭にポンとごつく日焼けした手をのせた。

腕を上げたその一瞬に起こった小さな風の匂いは、なつかしいような気がする、「あのひと」のお仕事の匂いだった。

わたしは、やや厚みのある封筒をどきどきしながらお母チャに手渡した。

「結構、いや、わんつかだってさ」

お母チャは落ちついた様子で受け取ると、封をハサミで開け、中をのぞきこんだ。

「おお、これは結構、いやあ、わんつかだなァ」

わたし達《たち》はククと声を殺して笑った。

「さァ、アキ。これはこれは運がついてきたぞ。明《あが》るく行ぐべしなァ。おめの中学の制服も、お下がりもらうのやめるじゃ。自転車もこれで新しいの買うはんでな。さァ、ふたりしてがんばっていぐべしなァ」

お母チャの声は優しくて、力強かった。

ふと気付くと、隣のベッドが空になり、片付けられ、消毒の匂いがする。

「あれ、帽子のおばさんは」

お母チャは引き出しに封筒を仕舞いながら、ああ、とうなずいた。

「あの人ね。大分おちついたはんで、違う所さ移ったんだと」

お母チャの明るい声と、清々《すがすが》しい表情をわたしは久しぶりに見た気がした。

帰り際、太った看護婦さんがわたしを手招きした。

「アキちゃん、これ。前から預かってたから、ほら隣の帽子の人ね。昨日の夜中に急に亡くなったけど、いつかアキちゃんにって。もらってあげてね」

小さい包みをわたしに押しつけると、忙しいらしく白いサンダルの底をパタパタ鳴らして、詰め所へ戻ってしまった。

包みの中身は、アメリカピンだった。

透明なスライド式のふたのついた小箱で、黒の他にも金と銀色も混じっている珍しいものだった。

わたしは銀色のピンを一つつまんで、目の高さに持ってきてよく見ると、窓からの夕陽《ゆうひ》の光線できらりとピンが反射した。

(――違う所さ、行ったんだ)

わたしはピンを唇にはさんだ。

上目使いが目立たない様に、伸ばした前髪を両手の指でなぞって分けると、唇のピンを外してそれで留めた。

前髪の生えぎわに添って、きゅうりのいぼ位のぽつぽつとした吹き出ものの感触を感じた。

手洗い所の鏡で、初めておでこを出した自分の顔を見た。

重い前髪にかくれていたそのおでこは、思っていたよりも広く、うっすらと脂を帯びて光っていた。

まゆ毛は濃く太く、「あのひと」のものとまるで似ている。

わたしはそっと指先でピンを撫《な》ぜた。

鏡の中のわたしは、いつまでもわたしの目をじっと見ていた。わたしも、鏡の中のわたしから目をそらせずにいて、長い時間が経ったようなほんの数秒であるような、不思議な感覚の中でぼんやりとつっ立っていた。

やがて藁焼きのころも過ぎ、みぞれが降ったり天気に戻ったりを繰り返して、季節は冬へとまっしぐらだった。

わたしは今、お母チャの為《ため》に毛糸の帽子を編んでいる。

お母チャが地味な色は嫌だというので、赤い毛糸にして試しに編みかけの帽子をかぶせてみたら、まるでサンタクロースだった。

病室の皆が、大笑いして大変だった。

その日の夜、わたしは便所で自分の下着に見慣れた汚れを見つけた。

それは毎日手洗いしているお母チャの下着にも、同じような汚れがあるのでわたしはちょっとも慌てることをしなかった。

そして、誰にも言わないと決心した。

わたしは今、ほんの少しでもお母チャの心を騒がしたくなかった。

きっと、喜んでくれるに違いない。

そしてその後、わたしの成長に焦りを感じるのかもしれない。

一緒に居てあげられないことを、哀《かな》しむのかもしれない。

友達が先月、これがきた時には誕生日に食べるような丸いケーキで祝ってもらったと、わたしに打ち明けてくれた。

(神様、わたしは何にもお祝いなんていりません。神様、お願いです。そのかわり、そのかわり――)

祈りながら、ただ帽子を編み続けた。

（あ、そうだ）
わたしは、ふっといつかの彼女の丸く太ったお尻を思い出した。
（そうだ、おはぎ。おはぎがいる。明日学校に行ったら、おはぎにだけは教えよう）
おはぎは便所の中で、八重歯を見せて笑いながらきっとこう言うのかもしれない。
（おめでとう、仲間だね。もし、困ったことあったら言ってね）
わたしは、前髪を留めているピンの上に、そっと指を置いてゆっくりと撫ぜた。
（さァ、明るくいぐべし）
お母チャの言葉が背中を押した。
わたしは、歩き出そうと心に決めた。

（第47回入賞作品）

入　賞　「ビリーブ」鈴木篤夫（58歳・福島県）

選　奨　「姉のための花」福永真也（32歳・愛知県）
「夢の花」穐山《あきやま》定文（63歳・山梨県）

候補作品　「左が一番燃える」相澤あい（27歳・京都府）
「芙蓉が咲いた」芦野雨良《あしのうら》（47歳・北海道）
「あの星空のどこかに」向井ユウ（45歳・愛媛県）

第48回　北日本文学賞　２０１３年度

応募総数１３４４編

第48回選評

大きな小景

宮本 輝

鈴木篤夫さんの「ビリーブ」は静かな抑制された小説だが、読んでいくうちに、病院の駐車場に長期間放置されたままの汚れた自動車が、イトーさんと名づけられた幽霊よりもさらに幽幻で存在感を持つ「モノ」ではなく「コト」としての生命感を放っていく。

このような文体でなければ成功しなかった小説であって、文章の息づかいが、末期の癌《がん》に臥《ふ》す妻の内面や、夫の微妙な触れ合い方を、言葉ではなく、ある種のアトモスフィアによって表現してみせた。放置された汚れた自動車があってこそ、病院内の渡り廊下に出没する幽霊がどこかユーモラスにも感じられて、決して幸福ではない一小景に、不幸ではないやすらぎと光を与えている。他の五篇《へん》の候補作とは差のある受賞作だと思う。

福永真也さんの「姉のための花」も文章力がある。私のいう文章力とは、うまいへたではなく、一篇の小説を最後まで読ませる力ということである。だから、文章力がなければ筆力は生まれようがないのだ。

想像妊娠によって心を病んだ姉について、弟が彼女の夫に語りかける形で小説はできあがっているが、その小説スタイルは必然的に作者を饒舌《じょうぜつ》にさせるものだ。この小説の欠点はそこにある。饒舌にならざるを得ないので、余計な小道具を配さなければならず、人間の深い心をセンチメンタルなぬる

48

ま湯にひたして逆にそれを薄めてしまう。

最後を、花束を抱いた姉の影絵のような姿だけの描写で終わっていたらと残念に思う。姉弟での雪のボールによる野球のシーンが、饒舌によってつけ加えるしかなかった夾雑物《きょうざつぶつ》だとわかれば、この作者はひと皮むけるだろう。筆力を買って、選奨とさせていただいた。

同じ選奨作の亀山定文さんの「夢の花」は主人公がかつて母親と仲の良かった芸者と介護施設で再会するという設定だ。

歳《とし》をとって衰えて最期を迎えるというのは誰しも避けられない自然の摂理だが、その粛然さをこのように後味良く書ける才を評価した。しかし、文章に無味乾燥なところが散見できる。小説の核となる「ねぶの花」にもっと暗喩を忍ばせてあれば、少々雑な文章が逆に全体を骨太にさせるのだが、花がただ花だけでしかないので拡《ひろ》がりようがないのだ。

相澤あいさんの「左が一番燃える」は京都の大文字焼きの一夜を書いている。それを見に行く男女には何かが始まりそうなのに何も始まらない。二十六歳という作者の年齢を考えると古典的な手法だが、はらわたを見せていなくて、どこかネコをかぶっているという印象を受けた。もっとひりつくような素材に体ごとぶつかっていけたら大化けする可能性がある。

芦野雨良さんの「芙蓉が咲いた」は、うまいようなへたなような文章だが、どちらであろうとも作者が歌ってしまっていて、「喜びを感受していた」とか「容赦のない自己同一化」とかの陳腐な言い廻《まわ》しが目障りだ。「あしのうら」というペンネームを本気で使うのなら、別のジャンルの小説をお書きになったほうがいいと思う。

向井ユウさんの「あの星空のどこかに」は題も中身もあまりに類型的で、これぞ「お小説」の最たるものという感想を持った。

ビリーブ

鈴木篤夫

鈴木篤夫（すずき・あつお）１９５５年神奈川県生まれ。本名・同じ。明治大学商学部卒業。第65回福島県文学賞（エッセー・ノンフィクション部門）受賞。福島県南相馬市。

その車に気が付いたのは、妻の手術があってから二週間ほど経《た》っていた。入院から手術までの騒ぎが一段落し、周りを見る余裕が出てきた頃だ。

その車は県立がんセンターの広い駐車場に放置されていた。妻を見舞って駐車場に戻ると、ぼんやりした外灯に照らされた黒っぽい車が、駐車場の隅に見捨てられたように置かれている。ああそうだったと思い出し、そこでいつも奇妙な気持ちになった。

その車を見ては思い出し、病院を出ると忘れてしまうことを繰り返していた。

ある日の朝、病院へ行くと駐車場が満車だった。すでに路肩にも何台か車が停《と》められていた。空きスペースはないだろうと諦めながらも場内を一巡する。車の大きさがまちまちで、空いていると思って近づくと陰に軽自動車が停まっていたりする。空いているわけがないと承知で探し続けると、あの車の両隣が空いているのを見つけた。そこには雑草が生え枯葉が溜《た》まっている。誰しもそんなところに車は停めたくないのだろう。まして気味の悪い車の隣なのだから尚更《なおさら》だ。逡巡《しゅんじゅん》したが他には停めるところがない。思い切って車を入れた。タイヤが枯れ葉を踏む音がした。

その車の汚れは予想以上にひどかった。いつも遠くから眺め、薄汚れているという印象はあったが、実際に横に立ってみると風化した「物」という感じだ。

なんといってもフロントガラスの草が目を引く。枯れ葉や枯れ枝が堆積し腐植土のように盛り上がっている。ワイパーは埋まっていて見えない。そこから草が生え、立ち枯れている。車の屋根にも枯れ葉や小粒の木の実がいくつも乗っている。よく見ると屋根の左右の水切り溝には、小さな木の実が魚の卵のようにびっしりと詰まっている。ドアやバンパーなどわずかばかりの隙間でも、同じ木の実が詰まっている。駐車場を囲むように何本も大きな樹が植えられ、この車の上にも枝が覆いかぶさっている。その実なのだろう。

車は古い年式のおとなしいセダンだ。色は黒だと思っていたが、実際は濃いブルーだった。タイヤはだいぶ空気が抜けているがパンクはしていない。ホイールは廉価品だ。車体の下を見てゾッとした。草が生えているのかと思ったら苔《こけ》だ。陽《ひ》の当たらない陰に苔が生えている。それも厚さが一センチ以上はある。そこだけに緑のカーペットを敷いたようだ。

窓ガラスはミルクをこぼし、そのまま乾かしたようで、ところどころに鳥の糞《ふん》らしきものがこびり付いている。そのため車の中は見えにくい。ガラス洗浄液をシュシュッとかけて、乾いたタオルで拭いたらどんなに気持ちいいだろうと思う。

指紋を付けないようにハンカチで手を包み、思い切ってドアの取っ手を触ってみる。予想通り開かないので安心する。

位置を変えながら室内をのぞく。特に変わった様子はない。助手席にスポーツ新聞が置かれている。日付までは見えない。その隣に外国タバコの空き箱がある。後部座席には何もない。運転席の窓からのぞくとマニュアル車ということが分かる。エアコンの吹き出し口には後付けのドリンクホルダーにコーヒーの缶が載っている。何の飾りもない殺風景な車内だ。カーナビなどは勿論《もちろん》ない。車は走ればよいのだという考えの持ち主なのだろう。

そしてなにより目を引くのは尾張小牧のナンバーだ。なぜ名古屋の車が東北の病院の駐車場に長い間置かれているのだろう。しかもここはがんセンターだ。普通の病院ではない。誰だっておかしいと思うだろう。

私は想像した。

名古屋だからこの人をNさんとしよう。Nさんは初老の独身男性だ。両親とは死別し兄弟姉妹もない。名古屋近郊で自動車部品の工場に勤めていた。ある日、東北の関連工場へ出向を命じられる。独り者の気安さで自家用車を運転して東北にやってきた。年一回の会社の健康診断で引っかかり精密検査をすることになった。その結果がんセンターで手術をすることになり、病院へは自分で運転してきて入院した。しかしすでに手遅れであり手術後幾何《いくばく》も無く亡くなった。病院では身寄りを探しているが見つからない。だから駐車場に車が放置されているのだ。

妻にこのことを話すと、点滴薬の副作用でいつも物憂げな瞳に光が差した。

「…どうしたのかしら」と微笑《ほほえ》んだ。薬のせいで、間合いと呂律《ろれつ》が怪しくなっている。今も半テンポ遅れ、「し」が「ち」に聞こえる。舌足らずな言い回しが新鮮で魅力的に聞こえる。

「でも、病院では駐車場が足りないのだから、いつまでも車を置いておくかしら。処分しないのかしら」

「車は財産だから勝手に処分はできないだろう。多分相続人が見つからないのさ」

「フーム、そうなのか。それにしても名古屋とはねー」

妻は若い時からの癖で、物思いに耽《ふけ》るときは遠くを見るように目を細める。目じりに小じわが寄る。若い時はそれを横で見ていると幸せな気分になったことを思い出した。

「そういう時って、つまり引き取り手がいないときは、その人どうなるのかしら。病院の霊安室に氷づけにされているのかしら」

「よくわからないけど、市役所の福祉関係の人が手続きするんじゃないかな」

「お墓は？」

「どこかのお寺の無縁墓地とか」

「そうか」と妻は小さくため息をつく。

しばらくたって「私は？」と妻はいたずらっぽく聞く。

「大丈夫、連れて帰るから」と私は間髪を入れず答える。


見た目は元気そうに見えるが、妻の病状は芳しくなかった。ガンはステージという言葉で進行度合いが示される。カタカナなので重い話を軽くさせてしまう。患者同士でも「あなたはステージいくつなの」とあけっぴろげに聞き合っている。テレビゲームならステージを進めようと躍起になるが、この病気ばかりは進めるわけにはいかない。

妻は手術で開腹したがすでに末期であった。胃は摘出したが、それは治癒を期待したものではなかった。ファイナルステージだと医師に宣告されていた。

私は仕事帰りに毎日病院に通った。十九時ごろ病院に着き、面会時間が終わる二十一時まで妻と一緒に過ごしていた。

翌日に病室へ行くといつものように妻は私を談話室に誘った。病室では私の居心地が悪いのを気遣って、談話室で過ごすことが多かった。

妻は点滴スタンドをゆっくりと転がしながら談話室に向かう。後ろから見ていると、ハンガーを背負っているように肩が尖《とが》っている。

人はガンでは死なない。ガン患者が死ぬのは物を食べなくなり餓死するからだと、主治医から言われたことを思い出す。妻の細い体は力を入れて抱きしめるとボキッと折れてしまいそうだ。こうして歩くエネルギーがどこから湧いて出てくるのか不思議だった。

談話室には五卓のテーブルが置かれている。見舞客と患者が談笑し飲食できるスペースになっている。

部屋に入ると、窓際のテーブルに一人の中年女性が座っている。入院患者の家族なのだろう。暗い外に顔を向けている。時折ハンカチを眼に当てる。以前にもそのテーブルで同じような光景を見たことがあった。人は無意識に同じ場所を選ぶものなのだろう。いつかあの席で私も外を眺めることになるのだろうかと思い、あわててその思いを頭から追い出した。

談話室に備え付けの冷蔵庫が低くうなる。窓ガラスには冷たい雨が流れていた。

中年女性から遠いテーブルに座ると、

「幽霊が出るのよ」と妻は小声で話す。

そんなものがいるはずがないと、「そ」をいおうとして私が口を尖がらせると「ちょっと待って」と妻が制する。

「いいたいことは分かるけど、聞いてちょうだい」と妻は私の性格を知りつくしている。先手で釘《くぎ》を刺すタイミングが絶妙だ。

「今まであなたにはいわなかったけれど、入院患者の間ではそんな噂《うわさ》があるのよ。二階の手術室前の廊下に出るらしいわ。夜中に奥のほうに歩いていくらしいの。見た人が何人もいるのよ」

私は尖った唇を元に戻す。

「あの廊下の奥は、確か病理室だったな」

口調が強くならないよう注意する。こんなことで喧嘩《けんか》をしたって始まらない。結婚して三十年になり、呆《あき》れるくらい喧嘩をしてきた。もうそんなことに時間を使いたくないと思い始めていた。

「そうなのよ。病理室前まで行くと、フッと居《い》なくなるらしいわ」

「それは男なのかい」

「後ろ姿は男だって。しかも年恰好《かっこう》も大体合っている。あなたが昨日言っていた車はきっとその幽霊のものだわ」

病院と学校には幽霊の話はつきものだ。その手の話がこの病院にもあるのだろう。

人間は死んだら終わりだと考えるのが常識的だ。死んだ後に霊魂が残るのは、話としては面白いがありえないことだ。しかしもともと霊魂は常識を超越した世界だから、あると思う人にはあればよい。この世で恵まれない生い立ちであったり、身近で理不尽な死に出合った人は、あの世があり次の世があるという輪廻転生《りんねてんしょう》は大きな慰めになるだろう。

あの世があると思うのは知恵で、ないと思うのは知識と聞いたことがある。生きていくにはどっちが必要なのだろう。

妻と別れ駐車場に戻ると、あの車はいつもの場所に置かれている。持ち主が病院の中を彷徨《ほうこう》しているのをじっと待っているようだ。

自宅への帰り道は、後部座席に誰か座っていないかと、運転しながらルームミラーを何度も覗《のぞ》いた。

妻は入院してから、わずかの期間に病院内に多くの知り合いを作っていた。入院患者はもとより、調理や配膳の職員にも及んでいた。

週末に見舞いに行っても、ベッドに居たためしがなかった。

同室の患者が「お出かけよ。もうじき帰ってくるでしょう」と呆れた様子で教えてくれる。「どうも」と頭を下げ、妻のベッド脇の丸椅子に腰かけて待つ。ベッドは頭と足をそれぞれ好きな角度に調節できる。妻のベッドは頭を少し持ち上げられ、妻の体がすっぽりと納まるように窪《くぼ》みができている。枕にはピンクのカバーがされ、頭の格好に凹《へこ》み妻の細く長い髪の毛が何本か張り付いている。その横にはお守りのクマの人形が座っている。蚕《かいこ》が自分の身体《からだ》に合わせて繭《まゆ》を作るように、妻はこのベッドに包まれるのだ。蚕のように何も思わずぐっすりと眠りに就いてほしいと祈る。

同室の患者が「これでも召し上がれ」とカップのゼリーを差し出す。私は「どうも」を繰り返すばかりだ。

女性が入院した場合、その夫はさばけた性格にならざるを得ない。女性同士の会話へその夫連中も加わる。会話が弾み笑いが廊下に響く。病室の入り口には手作りの人形や造花が飾られていたりする。しかし私はいつまでたっても「どうも」が精いっぱいだ。

一方男性患者の病室は女性と対照的で静かだ。各人が自分の硬い殻の中にいて、めったに他人と接触しようとはしない。苦虫を噛《か》み潰《つぶ》したような顔で、何が面白くないのか奥さんを叱《しか》ってばかりいる。病気のことを思えばそれが自然だろう。持ち込む品物にも色彩が乏しい。廊下を通ると静かな病室が垣間見える。背中を向けて横になっている姿に、私は心の中で応援する。

私の妻は誰とでも仲良くなれる才能を持っている。同室の患者は皆年上で妻と同じ五十代の人はいなかった。妻は目上の人に好かれる性格なのか、苦にもせず直《す》ぐに打ち解けた。他の病室でもそれを如何《いかん》なく発揮しているようだった。

廊下から点滴スタンドのキャスターの音が近づいてくる。妻が顔を出し私を認めると「やあっ」と照れたように笑う。私の手のなかのゼリーを見て「あら、ごちそうさま」と同室の患者に挨拶《あいさつ》する。

「いま四階に行ってきたところなの。これから談話室に行ってきますね」と私を誘って病室を出る。私はゼリーを持ったまま後に続く。

その日の談話室には誰もいなかった。妻は尻の肉が落ちてしまい椅子に長く座れない。どこへ行くにも座布団を持参する。それも真中が空いたドーナツのような座布団がお気に入りだ。椅子にその座布団を神経質に敷き、ゆっくり座ると、

「分かってきたわよ」と妻がいう。

「やっぱり間違いないわ。名前はイトーさんというらしいわよ。あなたの想像では工員風だったけれど、どうも公務員らしいわ。転勤でこっちのほうに来たみたいよ」

「公務員なら身元が分かるだろうに」

「家族も親戚もない、一人きりなのよ」

私は、どこか地方の役所で初老の独身男性が黙々と事務を執っている姿を想像した。あの車にふさわしいと思った。

「その天涯孤独のイトーさんが、車の持ち主なのかい」

「そうなのよ。私知らなかったけど、病院じゃ有名な車らしいわ。その持ち主が病院をうろうろしているのよ。イトーさんも胃がんで全摘だったらしいの」。妻は少しだけいいよどむ。妻と同じ病状である。

「そしてね、外科部長のF先生が執刀したのだけど、手術は失敗だったという噂があるのよ。だから病院では誰も何もいわないのよ。箝口令《かんこうれい》よ。可哀《かわい》そうなのはイトーさんで、わっちの胃はどこにいったんやろと、病院中を探しているらしいわ」

「それはイトーさんの真似《まね》かい」

「そういうふうに聞いた人がいるのよ」。妻が勝ち誇ったようにいう。各階の入院患者に聞いて回ったのだろう、実際に聞いた人がいるのだ。これ以上確かなことはない。

「だから病理室の前に出るのか」

「たぶんあの部屋に保管されている胃を返してほしいのよ。でもそこだけじゃないのよ。一階の売店の自販機の前に立っているのを見た人もいるわ」

「ジュースを買うのかい」

「そうよ、夜中に自販機の前で、飲みものを見ている。自販機の照明で照らされた横顔はイトーさんだったというのよ」

「お金は持っているのかな」

何と間抜けな質問だというように妻は顔をしかめる。

「そんなこと知らないわよ。でもお金を入れる音がして、それからジュースが取り口に落ちる音が聞こえるんだって。きっとイトーさんは胸が焼けて、冷たいものを一口でいいから飲みたいのよ。胃さえあればこんなことにならなかったのに。手術で取られた臓器は本人のものよ。自分の身体だもの当たり前じゃないの。それを本人に返さないからこうなるのよ。手術前には後遺症や合併症の可能性がありますと、散々ひとを脅かしてサインさせておきながら、肝心のことは説明しないじゃないの」

「でも、(今度は私がいいよどむ)死んでしまったら返せないじゃないの」

分からない人ねというように妻は首を振る。

「だから手術前に、取った胃はどうしますかと聞いてあげればよかったのよ。本人がいらないといえば、そこで初めて病院が貰《もら》えばいいじゃない」

「だけど自分の胃には違いないけど、病気になった胃がそんなに欲しいかな」

「そりゃそうよ。取られた者しかわからないわ」と妻がきっぱりという。

私は「床屋で自分の切られた髪の毛を持って帰る人はいないよ」といおうとして止めた。

妻が胃に執着していることが手に取るように分かったからだ。こういう冗談から喧嘩に発展したことが何度もある。

妻の手術が終わると、私と子供たちは病理室に呼ばれた。取りたての妻の胃を見ながら主治医から説明を受けた。蛸《たこ》の開きのようにピンで止められたそれは、妻のものだとは考えもしなかった。内側にある患部が十円玉の大きさで白く盛り上がっていた。外側には白い斑点があった。この斑点があるためファイナルステージなのだという。

妻は術後の麻酔中のため自分の胃を見ていない。健康で、なめらかで、きれいな色艶の胃をイメージしているのだとしたら大間違いだ、あんなもの欲しがっちゃだめだと優しくいってやりたい。

「胃がなくて、食べたいものも食べられず、いつまでも探しているのよ。可哀そうに」

幽霊は物を食べるのだろうか。胃がないのにどうやって食べるのだろうか。そんな疑問がわいてくるが私はおくびにも出さない。痩せ細った妻がいうのだから間違いない。イトーさんはヒモジイ思いをしているのだと頷《うなず》く。

「実はね、夜中に二階に行ってみたのよ」

「一人でかい」

「そう、一人よ。エレベーターで降りたの。手術以来初めて二階に行ったけれど、あそこの廊下には椅子が置いていないのね。しょうがないので立ったまま少しいたんだけれど、誰も来なかったわ」

手術室の前で家族が待っているのはテレビの中のことだ。今は専用の携帯電話を持たされ、手術が終わると連絡がくる。それまで好きな場所に居るのだ。

「あきらめて、エレベーターに戻ったら、ドアが閉じる前に、誰かが乗ってきたのよ」

「誰なの」

「分からない。見えないのよ。……でも確かにエレベーターの隅に誰かいるのよ。男の人の腋臭《わきが》が匂ってきたの。でもぜんぜん怖いとは感じないのよ。すぐに一階を押したの。だってイトーさんに違いないもの。売店に行きたがっているはずと思ったのよ。エレベーターが一階につくと、私の横をすり抜けて、降りて行ったわ」

「自販機まで後をつけたのかい」

「いいえ、ずっと立ちっぱなしで疲れたので、そのまま部屋に戻ったわ」

「もう二階にいくのは止めた方がいいよ」

「ええ、よすわ。だってイトーさんが可哀そうだもの」

私は妻と別れて、一階まで階段を降りて帰った。

病院の放置自動車が気になっていたため、国道の駐車スペースや、浜辺の公園の駐車場などに長期間駐車している車が目に付くようになった。それは今までもそこにあったはずだが、興味がなかったため網膜で焦点を結ばなかったのだろう。人に捨てられた車は一見して分かる。人でいうとサラリーマンとホームレスくらいに違いがあった。風呂に入らないため煤《すす》け悪臭さえ感じる。生気がなくぼんやりしている。そんな車たちだ。

それにしても病院の駐車場ならばまだ分かるが、国道や公園の放置車両は全く見当がつかない。いったい運転手はどこへ行ったのだろう。何かの犯罪にでも巻き込まれているような危険な感じがする。そもそも車を置いたままどこかへ行ってしまうことが想像できない。ナンバーを調べれば持ち主はすぐ分かるから自宅へ連絡がくるはずだ。

だから自宅へも戻っていないということなのだろうか。どこへ行ったのだろう。誰しも、何もかも捨ててどこかへ行ってみたいと思う。しがらみを断ち切って、一からやり直したいと思わぬ人はいないだろう。しかし、わざわざ車を停めて、いなくなるだろうか。一時は外国との拉致問題の関係が取りざたされたというがありえないことではない。こんな身近に、拉致の被害者がいるかもしれないとは予想もしなかったことだ。


次の週末に病院の建物に入ろうとして何げなく一般病棟と緩和病棟との渡り廊下を見やった。するとそこに妻の姿があった。

各々《おのおの》の病棟の二階部分を繋《つな》いでいて、廊下の下を車で行き来できる。宙に浮いた構造だ。私の位置からは少し見上げる角度になる。

その渡り廊下の窓ガラスに妻の姿があった。一般病棟から緩和病棟へ向かっている。一般病棟で知り合った人の中には緩和病棟に移った人もいる。知り合いに会いに行くのだろうと思った。窓ガラスで上半身しか見えないため、宙に浮いたまま平行移動しているようだ。妻の前を点滴スタンドが同じ間隔を保ちながらゆっくりと移動する。

緩和病棟側から一人の看護師が足早にやってくる。妻が何かを問いかける。看護師は立ち止まり妻に話しかける。何度かやり取りがあり、妻は大きく頷くと深く頭を下げる。看護師も頭を下げる。それから看護師は元の足早に戻り通り過ぎて行った。妻は立ち止まったまま動かない。長い時間そうしていた。それから妻は体の向きを変える。その拍子に外に目をやり私を見たようだ。それが私だと分かると、右手を大きく振った。何度も振った。顔はくしゃくしゃである。自分の病室に戻るということを身振りで示し、渡り廊下から消えた。

建物の内側で人が動くのを、私は建物の外から窓ガラス越しに眺めていた。我《われ》に返り急いで談話室に先回りして待っていると、妻は口元に笑みを浮かべて入ってきた。眼は赤くなっている。

「あんなところにいるなんて、驚いたわ」

「こっちもビックリしたよ。緩和病棟に行くつもりだったのかい」

妻は、ゆっくりとドーナツの座布団を椅子に置き座る。

「ええ。……O子さんのこと知ってるわよね」

「乳がんのO子さんのこと」と私は聞き返す。人物を特定するために病院で知り合った人には病名を付けると分かりやすかった。妻と同じ五十代だったはずだ。

「そう、そのO子さんだけど、今朝亡くなったんですって」

「エッ、そうなの。まだ若かったのに」

若いとか年寄りだとかはこの病院では理由にならない。そう分かっていても、つい口が滑った。

「さっき会いに行こうとして、看護師さんにO子さんの様子を聞いたら、そういわれちゃった」

緩和病棟では治療はしない。痛みをコントロールし、人間らしく最期を迎えるための病棟である。ファイナルステージの患者という条件がある。病室は個室で数が限られているので順番待ちの状況だ。待っているうちに力尽きる人が多いという。

O子さんは緩和病棟に移って二週間くらいのはずだ。

「三日前にも会いに行って、病室でご主人と三人で話をしたばかりなのよ。下の娘さんがまだ高校生で、今度ピアノのコンクールがあるって嬉《うれ》しそうに話していたわ。あんなに元気だったのに、さぞ娘さんのことが気がかりだったでしょうに」

「そうか、残念だったね」

「あの廊下は、生きていることと死んでいくことを繋ぐ、渡り廊下なのね。たったあれだけの距離なのに」

私は黙って妻を見続ける。

「渡り切れる人もいれば、渡り切れずにうろうろする人もいる。でもO子さんは、きっと天国に行ったはずよ。私には分かるの」

どうわかるのか話し始めるのを待ったが、結局妻はそのまま口をつぐんだ。

少し経って「私、お葬式に出られるかな」と妻が呟《つぶや》く。体力的に参列できないことを承知の上で口に出してみたという感じだ。

「無理しない方がいいよ。僕が代わりに出ようか」

「そうね、どうしようかな」と妻は迷い、「じゃあ日時と場所が分かったら連絡するわね」といった。

しかしその後、妻から葬儀日程の連絡がないことをいいことに私は参列しなかった。

後で妻に聞くと、O子さんの葬儀は家族葬で執り行われたということだった。

何かの話のついでに「私は普通にお葬式をしてね。家族以外の人たちにもお別れがしたいから」と妻は何げなくいった。


手術から一カ月経って妻の退院が決まった。暖かくなってから退院したいと希望していたが、そうもいかなかった。手術後の回復が順調なため、今後は通院しながら経口の抗がん剤を処方されることになった。

退院の日が決まると、妻は各階にいる知り合いへの挨拶回りに忙殺された。私には、大変だから毎日病院へ来なくてもいいといったりした。

　退院の日、妻は同室の人に何度も同じ言葉でお礼をいった。ナースステーションでも、そこにいる全員にクドクドとお礼をいった。私は荷物をのせたカートを押して妻の後に続く。妻はお守りのクマの人形だけを手にして、ひょろひょろと前を歩く。人が生きていくためには、このように荷物が増えていくものなのだ。私の眼から見ると入院生活に不要なものに思えるが、妻には必需品なのだ。

　一階に来ると「あっ、今日は売店がお休みだったわね」と残念がった。お世話になった店員に挨拶したかったという。

　休日専用の出入り口に回る。守衛が小窓からこちらを覗く。妻は小窓を開け、

「お世話になりました。今度から通院で来ますから、またよろしくお願いします」と、深々と頭を下げる。守衛も椅子から立ち上がり挨拶をする。

「奥さんよかったね。いろいろな患者さんをこうして見ているが、奥さんは治るタイプだ。間違いない」

「どうもありがとう」と妻は、私にも見せたことのないような笑顔を向ける。思わず私も「どうも」と頭を下げる。

　ここにも知り合いがいたのかと舌をまく。

　建物を出ると、外は気持ち良く晴れわたっていた。冷たい風が頬を撫《な》ぜる。マイカーまでゆっくりと歩く。

　ここが病院ではなくて公園だったらどんなにいいだろう。妻が初めての子どもを身ごもり、安定期に入ると二人でこうしてゆっくりと公園を散歩したものだ。化粧をしない妻の顔は光り輝いていた。

歩きながら遠く過ぎ去った日を追想する。

そんな私に関係なく、妻は立ち止まると、穏やかな冬の陽の中に立つ落葉樹や遠くの山並みを指さし、「きれいね」といった。

マイカーまで来ると、相変わらず駐車場の隅にはあの車が置かれているのが見える。

「ほら、あれ」と私は妻に声をかける。

「うん」

立ち止まり、二人並んでその車を見る。くすんだ老人が手足を縮めているように見える。

「いまイトーさんはどこにいるのかな」と妻が呟く。最後にイトーさんに挨拶する気なのだろうか。

「今日は天気がいいからね」と私は答《こた》えにならないことをいう。

「ねえ、あの車、ルームランプが点いていない？」。妻が目を細める。

何年も放置された車だ、バッテリーがあがっているに違いない。ランプなど点くはずがない。しかし日中であり距離もある。はっきりとは分からない。ちょうど木の陰になっていて、心なしか車内がボーっと明るく見えないこともない。多分何かの反射なのだろうと思えた。

「見てこよう」。ランプが点いていないことを確かめなきゃと思った。

見てきて、やっぱり気のせいだった、何も点いていないと、妻に伝えなきゃと思った。

「やめて。いまきっと車の中にいるのよ。そっとしておいて」

妻はマイカーの座席に座布団を敷き、ゆっくりと身を沈めた。

お守りの人形を抱きしめて目を瞑《つぶ》り、

「だめよ、確かめちゃ」と呟いた。


（第48回入賞作品）

第49回　北日本文学賞　２０１４年度　応募総数１２９７編

入　賞「風邪が治れば」森田健一（47歳・東京都）

選　奨「色挿し」井岡道子（64歳・東京都）
「空の味」三原てつを（62歳・滋賀県）

候補作品「なまえ」林　香（51歳・東京都）
「山茶花、三つ四つ」越　まろい（66歳・埼玉県）
「空を仰げば」千野嶺一（56歳・東京都）

第49回選評

果敢に切り込む気概を

宮本 輝

四十九回目になる今回の北日本文学賞の最終候補作六篇は、例年とは少し異なって、奇をてらったり、小細工に走ったりする作品はなかったといっていい。

これは決して喜ぶことではない。墨に七色ありという水墨画の行きつく境地に至っていないのに、ただ淡彩であることでよしとする風潮が北日本文学賞に生まれたとしたら、ひとえにわたしの選考者としての態度にかたよりがあったと言わざるを得ないからだ。

私はつねに応募者に煩雑さや複雑さや作り物を戒めてきたが、それは誰もが見落としてきた事物に果敢に切り込んでいく挑戦の意気を封じるためではない。文学賞に応募する人たちには、いつもひとりで果敢に未知の領域に突進する気概を持ってほしいと思う。

そういう不満を抱きながら私が受賞作に選んだのは森田健一氏の「風邪が治れば」である。

両親の離婚によってずっと母親と暮らしてきた少年の視点で、再婚することになった母親とその相手と、いまも交流のある父親とのつかのまの時間を切り取っている。

波風のない、自然な成りゆきではあっても、原因と結果のあいだには、それを結びつける触媒としてのなんらかの縁が大きな働きをするのだが、この小説では風邪にその役割を担わせた。それぞれの風邪が治ったら、それぞれの新しい人生が始まっていく。

咳《せき》が出る程度の風邪ではあっても、少年にとっては重要な意味を持ってくる。森田氏は、そこのところを大上段にではなく、実直すぎるほどの変哲のない筆致で描いた。そしてそのことによって後味のいい、ひとつの具体的な人生を読者に提供した。

選奨の三原てつを氏の「空の味」も父親を失踪というかたちで失った兄弟が主人公である。なによりも描写力がある。ふたりは、似た境遇の少女と知り合うが、親の都合で生き別れるという、こどもにとっては不条理な状況におけるよるべなさがよく書けている。

最後の「早く大きくなろうな」というひとことを減点とするかどうかは微妙なところだが、私は減点とした。

もうひとつの選奨作、井岡道子氏の「色挿し」は京友禅の職人である女性が主人公で、その題のままにひそやかなセクシュアリティーを沈めた作品だ。彼女がひとつひとつ筆で描いていく花びらは、そのまま彼女のなかの発熱であって、短篇としてはそれで充分なのに、悉皆屋《しっかいや》の男との鴨川での危うい時間は性急であり唐突すぎる。悉皆屋…。懐かしい職業で、どう読むのかさえも知らない人が多いことであろう。

千野嶺一氏の「空を仰げば」は、描写にも文章にも見るべきものがあるが、小説そのものの中身が薄いのだ。

林香氏の「なまえ」は長良川で鵜匠《うしょう》を目指すことになった青年がその素質を父親から受け継いでいたことを知ることで、血の不思議を書こうとしたようだ。しかし、鵜匠の修業過程をはしょり過ぎている。こういう職人技の世界は、そこを書き込んで初めて成立するのにと思う。

越まろい氏の「山茶花《さざんか》、三つ四つ」は、あまりにも題が悪い。家出した息子からの金の無心に応じてやろうとする老いた母がよく書けているだけに、題の悪さが余計に目立った。

風邪が治れば

森田健一

森田健一（もりた・けんいち）１９６７年東京都生まれ。本名・同じ。明治学院大学経済学部卒業。東京都足立区。

浅草に出るには玉ノ井駅か曳舟《ひきふね》駅から東武電車に乗る。アパートからは曳舟駅の方が近かったが、登志夫は線路沿いを玉ノ井駅に向かって歩いた。玉ノ井駅の前には伊東屋という古めかしいパン屋があって、そこは登志夫が学校帰りによく寄り道をした場所だった。パン屋といっても駄菓子屋に近く、夕方には近所の子供たちのたまり場になる。下校途中の買い食いは禁止されていたが、先生たちの目を盗んでアイスキャンディーやハムカツを食べたり、友達とコロッケパンを分け合ったりするのが楽しかった。この春から通う中学校は方面が違うので、そうそう伊東屋に行く機会もなくなる。だから春休みのうちにもう一度、伊東屋の手作りドーナツを食べておこうと登志夫は思ったのだ。

登志夫が小学校を卒業してから数日がたった。卒業式では下級生たちが手でアーチを作ってくれて、卒業生はそれをくぐって校門を出た。同級生の女子はみんな泣いていた。そんな光景を見ると登志夫も少しは感傷的になったが、クラスのほとんどが同じ公立の中学校へ入学するので、取り立てて悲しいお別れというわけでもない。連日くり返し行われた予行練習のせいもあってか、ようやく終わったという気持ちと、あっけないという気持ちが登志夫の中では入り交じった。それから幾日かが過ぎ、小学生とも中学生ともわからぬ、なんとも中途半端で落ち着かない日々を登志夫は過ごしていた。

春休みの一日を利用して、登志夫は一人で父親の家へと向かうところだった。切符売り場の上に貼られた路線案内図をにらみ、蒲田という文字を探す。玉ノ井から浅草、地下鉄を乗り継ぎ上野を経由して、京浜東北線で蒲田まで行く予定だった。

考えてみれば、これまで一人でどこかへ出掛けたという経験が、登志夫にはほとんどない。いつも誰かしら友人と一緒だったり、心配性の母親がついてきたりで、一人きりで電車に乗るのも、実はこれが初めてのことだった。ましてや蒲田という土地も父親の家も登志夫はまだ知らない。同じ東京にあるとはいえ、登志夫にとってはちょっとした冒険なのだった。券売機に百円玉を落とす指先が、心なしか震えていた。

両親が離婚したのは登志夫が小学校二年生の時だ。それまで住んでいた一軒家から小さなアパートへと引っ越し、母親と二人での暮らしが始まった。アパートは小学校の近所に借りてくれたから、転校はせずにすんだ。父親は住み慣れた町を出ていった。

登志夫は一人っ子であったから、元々両親の愛情をたっぷりと注がれて育っていた。離婚してから後、母親からのそれはさらに深いものになったように登志夫は感じていた。時に窮屈と言ってもいいほどに。けれど誰もいないアパートで母親の帰りを待つ日暮れ、鍵っ子の心細さを埋めてくれるには、それが必要な量の愛情だったのだろうと登志夫は理解している。

離婚後、母親の圭子は保険のセールス員になり家計を支えた。ずっと専業主婦だった圭子が社会に出て働くというのは、子供の登志夫が想像する以上に、きっと苦労の多いことだったのだろう。実際、登志夫が便所に起きた夜中、台所のシンクの前で泣いている圭子の姿を目にしたことが一度ならずあった。それでも圭子は日々登志夫に食事を作り、洗濯をし、話を聞き、愛情をくれた。授業参観にも運動会にも都合をつけて来てくれた。決して裕福な家庭ではなかったが、貧しいと感じたことはなかった。だから登志夫は父親がいないことに何の負い目も感じることなく、これまで成長してきたのだ。

両親が離婚した原因を登志夫は知らない。正確に言えば、両親からきちんと説明をされていない。幼い頃に「お父さんのお仕事の都合で」と聞かされただけだ。後に圭子が伯母や祖父と電話で話しているのを耳にした具合では、それはどうやら金銭的な問題のようだった。彼女らの会話からは「借金」だとか「返済」などという言葉が幾度も聞こえ、小学校を卒業した今の登志夫には、何とはなしに事情を想像することが出来た。

おそらく、登志夫の父親は事業に失敗した。たしか当時は小さな印刷会社をやっていたように記憶している。その会社がつぶれ、多くの借金を抱え、だから家族に迷惑がかからないようにと離縁したのだ。それが登志夫の両親が出した最良の選択だったということだ。登志夫は母親の口から父親の悪口を聞いたことはない。

離婚してからも父親の浩志とは、二カ月に一度ほどのペースで不定期に会っていた。時には圭子も一緒に三人で。けれど月日が過ぎるとともに、次第に間隔があくようになっていった。そのうち三カ月に一度になり、半年に一度になり、去年はお正月に映画を見に行ったきりで、もう一年以上も浩志とは会っていない。

おそらく借金を返すために寝る暇もなく働いているのだろう、と登志夫は想像する。会うと浩志は、登志夫を遊園地へ連れて行ってくれたり、玩具を買ってくれたり、ハンバーグを食べさせてくれたりした。別れる時には小遣いをくれたりもした。それはもちろんうれしいことだったけれど、もしも金銭的にそれらが出来ない状態にあるから登志夫と会えないのだとしたら、なんとも切ないことだった。だって小遣いなどいらない。登志夫は浩志とキャッチボールが出来さえすればそれでよかったのだから。

浩志と会っていない間に登志夫は小学校を卒業し、そしてもうひとつ、身の上に大きな変化が起きようとしていた。それは去年の春の頃、珍しく圭子と外食に出掛けた時のことだった。

「登志夫君だね、はじめまして」

と、その男の人は右手を差し出した。圭子からは「お母さんがお仕事でお世話になっている人よ」と紹介された。男の人は「佐藤です、よろしく」と、頑丈そうな白い歯を見せた。

それから時々、佐藤さんは登志夫の家に夕食を食べに来るようになった。来る時にはいつも果物やケーキを買ってきてくれた。宿題を教えてくれたり、トランプをして遊んでくれたりしたから、登志夫は佐藤さんが嫌いではなかった。

夏休みには巨人戦に連れて行ってくれた。いつもはテレビで見ている後楽園球場に登志夫は興奮した。照明灯のまぶしさとクロマティのホームランに心が躍った。ポップコーンの香ばしい匂いがいつまでも指先に残った。帰りには水道橋で焼肉を食べた。焼肉屋に入ったのは生まれて初めてだった。あまりの肉のおいしさになんとも驚いた。記念に買ってもらったYGマークの野球帽をかぶり、三人並んで夜道を歩いた。

浩志は佐藤さんのことを知っているのだろうか。まだ登志夫は佐藤さんとキャッチボールをしたことはない。

圭子の口から再婚の意志を告げられたのは、年が明け三学期が始まった頃だ。圭子は恐る恐るといった様子で登志夫に尋ねた。

「お母さんね、佐藤さんに登志夫ちゃんの新しいお父さんになってもらいたいの。登志夫ちゃんは、どう思う？」

登志夫には特に拒否する理由はなかった。佐藤さんはいい人だし、母親はきれいになったし、なんだか家の中も明るくなった。だから素直にうなずいた。圭子はとてもうれしそうにして登志夫のことを抱きしめた。母親が幸せになることは自分にとっても喜ばしいことだったから、登志夫は無邪気に笑顔を見せた。ただ「新しいお父さん」というフレーズだけが、登志夫の心を少しだけ引っかかいた。お父さんには新しいも古いもないのに、と。

登志夫が中学校に入学するタイミングに合わせて、佐藤さんと一緒に三人で暮らし始めることになった。春休み中には今の狭いアパートを引き払い、同じ町内のマンションへと引っ越すことになっていた。そこは時々目にしていたとても立派なマンションだったから、登志夫は思わず目を丸くした。登志夫の部屋も与えてもらえると聞き、少し大人になるようで照れくさかった。

春休みの間、圭子は引っ越しの準備で忙しくしていた。再婚が決まってすぐ、圭子は保険セールスの仕事を辞めた。また専業主婦に戻ったのだ。佐藤さんもそれを望んでいるようだった。今の家から運び出す荷物などほとんどなかったが、新生活に必要な家具や食器をそろえるために、圭子は日々、あらゆる店を精力的に巡り歩いていた。そんな母親のはつらつとした姿を見るのはうれしいはずだったが、登志夫の心は妙にささくれ立ち始めた。自分でも不思議なことなのだが、まるで怒りにも似た感情のとげが、ちくりちくりと左胸あたりを刺すのだ。

「僕、お父さんに会いたい」

気付いたら登志夫は口に出していた。

「僕、もう一年以上もお父さんに会っていないよ。ねえお母さん、僕、お父さんに会いたい」

登志夫が浩志と会わなくなったのは、浩志の仕事が忙しいからだけではなく、圭子の前に佐藤さんが現れたせいもあるのだろう、と十二歳の登志夫にも想像はつく。このまま浩志に会わないまま、あの立派なマンションへと引っ越すことは出来ない、と登志夫は思うのだ。

圭子は反対するのだと思った。あなたの父親はもう違う人だと、登志夫のことを叱るのだと思った。しかし圭子が何も言わずに優しくうなずいたものだから、登志夫は少々拍子抜けをした。

「そうね。会っていらっしゃい。向こうにはお母さんから連絡をしておくから。登志夫ちゃん、一人で行けるわね？」

圭子がやけにすんなりと登志夫を送り出してくれたのは、彼女自身はもう浩志に会うことはない、という意志の表れのようにも思えた。そして登志夫にも心にけじめをつけるよう、母親として伝えているように見えた。

——お父さんに会うのは、これが最後かもしれない
登志夫は胸の奥で小さな覚悟を持った。


地下鉄から国鉄への乗り継ぎに戸惑ったりしながらも、どうにか登志夫は蒲田駅にたどり着いた。駅員に切符を渡し改札を出ると、そこに浩志が立っていた。

「登志夫、よく来たな」

浩志は顔をくしゃくしゃにして笑った。くしゃくしゃに見えたのは、顔のしわが随分と増えたせいかもしれない、と登志夫は思った。

「ごめんな、登志夫。本当はどこかに連れて行きたかったんだが、お父さんちょっと風邪気味でなあ。いや、たいしたことはないんだけどな」

そう言うそばから、浩志はこんこんとせきをする。

「治りかけで無理をすると余計に悪化しそうだし、今はちょっと仕事を休むわけにもいかなくてなあ」

「いいんだよ、お父さん。僕はお父さんの家に行ってみたかったんだから」

「風邪が治ってからだったらよかったのになあ」

登志夫が浩志に会うのはこの日しかなかった。登志夫の春休みの間で、浩志が仕事を休めるのがこの日だけだったのだ。登志夫はどうしても春休み中に浩志と会っておかねばならなかった。きれいなマンションへ引っ越す前に。佐藤さんと暮らし始める前に。だから浩志の風邪が治るのを待っている余裕が、登志夫にはなかった。

「ごめんね、お父さん。お父さんが風邪ひいてるって聞いたのに、無理に会いに来ちゃって」

「何を言ってるんだ。登志夫の顔を見たら風邪なんかすぐに治っちまうさ」

そう言って浩志は笑ったが、またすぐにこんこんとせきをした。

浩志の住む家は駅から五分ほど歩いたところだと聞いていた。蒲田の町の匂いは、登志夫の住む下町のものとよく似ていて、商店街の雑多な様子も、道行く人の話し声がやけに大きいところも、なんだか登志夫には親しみやすかった。もしかしたら浩志もそんな理由でこの町に住んでいるのではないか、と想像してみたりした。

並んで歩く道すがら、浩志はしきりに「大きくなったなあ」と登志夫に言った。確かにこの一年で十センチ近く背が伸びている。

「でもまだクラスでは小さい方なんだ。もっと大きくなりたいよ」

「大丈夫さ。中学生になったら、もっとぐんぐん伸びるぞ。お父さんなんかすぐに追い抜かれちまうなあ」

登志夫は父親の顔を見上げる。登志夫の知る大人の男性の中では、浩志は小柄な方だった。でもジャケットに隠れた背中が、以前よりもたくましくなっていることに登志夫は気付いていた。浩志は今、肉体労働をしていると聞いている。

――まるで正反対だな

思わず心に浮かんだ言葉を、登志夫は軽く頭を振ってかき消す。いつか並んで歩いた佐藤さんは、すらりと高かった。

「おっと、いけない」

ふいに浩志が小走りになる。慌てて登志夫が追い掛けると、浩志は道端にかがんで気まずそうに何やら拾っていた。

「お父さん、どうしたの?」

登志夫が不思議そうにのぞき込むと、浩志は照れくさそうに笑いながら、拾ったものを広げてみせた。

「お父さんのパンツだ」

水色と白のしま模様の大きなトランクスが登志夫の目の前に広げられた。いきなり鼻先にパンツが現れたものだから、登志夫は腹を抱えて笑ってしまった。

「こりゃ参った。洗濯バサミが外れちゃったみたいだな」

道路に落ちたパンツのほこりを払いながら、浩志が古ぼけた建物を見上げる。二階の窓にはひらひらと洗濯物が揺れていた。登志夫がそれを指さすと、

「ああ、あそこがお父さんの家だ」

と浩志が言った。

木造二階建てのアパート、二〇三号室が浩志のすみかだった。小さな台所と六畳ほどの畳の部屋があり、片隅には丸めた布団が押しやられていた。ついさっきまでそこで横になっていたような空気が漂っている。風邪で休んでいるところに押しかけてきたことを、登志夫はあらためて申し訳なく思った。

「お父さん、これお土産」

登志夫はまるでわびるように、そっと紙袋を差し出す。

「おやおや、手土産なんて持って来てくれたのか？　なんだい登志夫、すっかりお兄ちゃんになったなあ」

「伊東屋のドーナツだよ。お父さんも好きだったでしょう？」

「おうおう、あの小汚いパン屋か。玉ノ井の」

浩志は懐かしそうに笑う。虫歯なのかたばこのせいなのか、浩志の歯はやけに黄ばんでいて、前歯がいくらか欠けていた。甘いドーナツは歯に悪かったかな、と登志夫は少々気になった。

「こいつはうれしいな。おい待ってろよ、今お茶を入れるからな」

浩志はすっくと台所に立つと、蛇口を豪快にひねり、やかんに水を入れた。父親のうれしそうな横顔を見て、登志夫は安心する。やはり玉ノ井駅から電車に乗って正解だった。伊東屋に寄ってきて良かった。お父さんが喜んでくれたのだから。

先日のこと、家に祖父が訪ねてきた。圭子の父親だ。三人で昼飯を一緒に食べた。圭子が後片付けをしている隙に、祖父が登志夫の耳元に顔を近づけてきた。

「登志夫は、お母さんの再婚に反対なのかい？」

いきなり祖父にそう言われて、登志夫はひどく驚いた。柔和な祖父の顔はいつもと変わらなかったが、目は真っすぐに登志夫を見ていた。

「どうして？　おじいちゃん、何でそんなことを聞くのさ？」

登志夫が突っ掛かるようにそう言うと、祖父は少し気まずそうにしながら、登志夫の頭をなでた。

「圭子のやつがな、もしかしたら再婚しないかもしれない、なんて言い出したもんで、じいちゃんびっくりしちゃってな」

「え？　お母さんが？」

「引っ越し先も決まっているっていうのに、今になって急にそんなことを言い出すもんだから、もしかして登志夫が反対でもしているのかと思ってなあ」

「おじいちゃん違うよ！　僕、ちっとも反対なんかしてないよ！」

登志夫がむくれたように強い口調で言ったので、祖父はたいそう慌てた。

「いやいや、すまんすまん、じいちゃんの思い違いだな。まあ二度目のことだし、きっと圭子も神経質になっているんだろうよ。大丈夫、きっとうまくいくさ。なあ、登志夫」

祖父は少しばつが悪そうにしながら、また登志夫の頭をなでた。

祖父の筋張った指の感触を頭に感じながら登志夫は、確かに自分のせいかもしれないと思っていた。祖父には否定しながらも、心のどこかでは母親の再婚を快く思わない自分がいるような気がした。でなければなぜ、自分は「お父さんに会いたい」などと言ったのか。一年以上も会っていない父親に今すぐ会いたいと願ったか。もしかしたらそれは「お父さん」という言葉を口にすることで、圭子を引き留めようとしたのではなかったか。父親に会いに行くという行為は、きっと登志夫の幼い抵抗なのだった。

そして圭子は、そんな登志夫の気持ちを母親として感じ取っていたのかもしれない。だから登志夫が浩志に会うことに反対しなかった。それは自分たち母子の明日を、登志夫に委ねたかのように。

カチン、とガスコンロに点火する音がする。やかんを火にかける浩志の後ろ姿を登志夫はぼんやりと見ていた。こんこんとせきをするたび、浩志の背中が小さく揺れた。

「登志夫、卒業式はどうだった？」

ふいに浩志が振り返ったので、登志夫は思わずはっとする。

「お父さんも行きたかったんだけど、どうしても仕事でなあ」

「たいしたことなかったよ。あっという間に終わっちゃった」

「登志夫は泣いたか？」

「泣かないよ。男だもん、泣くわけないじゃん」

「そうかそうか」と浩志は笑った。笑った後には、またせきをした。卒業式で佐藤さんを見かけたことを登志夫は黙っている。

ぴぃーっ、という音が鳴り、湯が沸いたことを知る。湯飲みにティーバッグの紅茶を入れて、浩志が台所から戻ってきた。

「ドーナツには紅茶だ。さあさあ、いただこう」

ドーナツは五個買った。ひと口サイズの一個三十円だ。浩志に三個あげて、登志夫は二個食べた。浩志は三個ともぺろりと食べてくれた。「懐かしい、懐かしい」と言いながら食べていた。砂糖にむせてせき込んだ背中を登志夫がさすった。固い背中だった。

二杯目の紅茶をすすっている時、浩志がぽつりと登志夫に尋ねた。

「いい人なのかい？」

それが誰のことなのかは、登志夫にもすぐにわかる。浩志はぼんやりとテレビを眺めていた。

「うん」

登志夫はうなずいたが、その後に続く言葉を見つけられずにいた。

『優しい人だよ』

『背が高いよ』

『歯が真っ白だよ』

どんなせりふも浩志に悪い気がした。

父親をかわいそうだと思ってしまうのが嫌だった。だから登志夫はそれきり押し黙ってしまった。

しばらくして浩志が「よかったな」と笑った。返事をする代わりに登志夫はテレビのチャンネルを変えた。浩志はまた、こんこん、とせきをするのだった。

ただついているだけのテレビを二人して見ていた。

その日、登志夫は浩志の家に泊まった。日帰りのつもりだったが、浩志が晩ご飯を用意してくれているというので泊まることにした。登志夫が家に電話をすると、圭子は「夜更かしは駄目よ」とだけ言った。

晩ご飯はカレーライスだった。じゃがいもがやけに大きくて不格好だった。外食でも店屋物でもないところに、いつもとは違う父親を登志夫は感じた。登志夫も浩志も、そして圭子も、今日という日をきっと特別に思っている。

夜は布団を並べて寝た。天井の染みが何に見えるか言い合って遊んだ。そのうち浩志が手拭いを丸めて結び、上に放り投げた。落ちてきた手拭いを登志夫が受け止め、今度は登志夫が上に放り投げて浩志が受ける。それを何度もくり返した。

「キャッチボールでもしたかったなあ」

浩志が言った。

「ここにはグローブもボールもないからなあ。登志夫に持って来てもらえばよかったな」

うん、と登志夫はうなずく。本当はかばんに忍ばせようかとも考えた。でも荷物になるし、何より浩志は風邪っぴきだ。もしグローブを目にしたら、きっと浩志は無理にでも付き合ってくれるだろう。そう考えて登志夫は持ってくるのをやめた。

「昔の家は隅田川が近くて良かったよなあ。公園も近くにあって。そう言えばあの辺り、今時分は桜がきれいだったよな」

「うん。もうそろそろ咲き始めているよ」

「おお、そうか。そいつはいいな。昔はあの辺りで、よくお父さんとキャッチボールをしたんだぞ。登志夫は小さかったから、あんまり覚えてないか？」

もちろん、覚えている。登志夫が野球好きになったのも巨人ファンになったのも、浩志の影響だ。中学に入ったら野球部に入ろうと登志夫は決めていた。

「手拭いのキャッチボールも、案外悪くないよ」

そう言って登志夫は、また丸めた布の球を上に放り投げる。天井に当たって球の軌道が変わり、浩志が慌てて身をよじる。その様子が滑稽で、二人して笑った。笑うたび浩志はそのぶんせきをした。たわいのない会話でいたずらに時は過ぎる。もっと大切な何かを話さなければいけないような、それでもこの時こそが幸せのような、どこかくすぐったい時間が流れていた。けれど永遠にそれが続くわけもなく、登志夫からは言い出せない、そして出来れば聞きたくはないせりふを、浩志が口にする。

「じゃあ、そろそろ寝るか」

浩志は布団から起き上がると、ぷらぷらと揺れている蛍光灯のひもをつまんだ。

父親との最後の夜。何を言えばよかったのか、とうとう登志夫にはわからなかった。だから素直に思ったことを、登志夫はそのまま言葉にした。

「お父さん、風邪、早く治してね」

すると浩志は顔をしわだらけにして「おう」と笑うのだった。

「明日は五時半に起きるぞ。登志夫は起きられるか？」

「大丈夫だよ」

「お父さんは仕事だから早起きしなくちゃならないけど、登志夫はゆっくり寝ていてもいいんだぞ？鍵は帰る時に郵便受けに入れておいてくれればいいから」

「大丈夫だって。僕もお父さんと一緒に起きるよ」

「そうか？　じゃあ、朝は駅まで一緒に行こうな」

「うん」

「朝ご飯は駅前の立ち食いそばでも食べるか？　コロッケそばがうまいんだぞ」

「うん、食べてみたい」

「よし、決まりだ。じゃあ明かり消すぞ。おやすみ」

カチ、カチ、とひもが二度引かれ、部屋が真っ暗になる。浩志の顔も見えなくなった。登志夫は布団に顔をうずめ「おやすみなさい」と小声で言った。

浩志の枕元に置いてある目覚まし時計の文字盤が薄っすらと目に入ったので、登志夫は固く目を閉じる。今が何時何分なのかはわからないから夜更かしはしていない、と登志夫は思うことにした。

「余計なもの、もらってきちゃって」

そう言って圭子は、水の入ったコップを登志夫の前に置く。

「熱は出ていないみたいだから良かったわ。はい、お薬よ」

こんこん、こんこん、とせき込みながら、登志夫は粉薬の封を切った。

「入学式までには治さなくちゃね」

登志夫は母親の言葉にうなずくと、顆粒《かりゅう》を吹き飛ばさないよう注意しながら口に含んだ。

マンションへの引っ越しは、登志夫の入学式が終わった後の週末になった。本当は入学前に引っ越す予定だったのだが、手伝ってくれる人の都合が合わずに順序が逆になった。引っ越しは業者に頼まず、佐藤さんの勤める会社の人たちが手伝ってくれるのだという。思わぬ節約が出来たと圭子は喜んでいた。

「引っ越しの日が延びて良かったのかもしれないわね。風邪をひいたままじゃ、登志夫ちゃんも大変だったでしょうし」

熱はなかったので身体がだるいわけではなかったが、とにかくせきと鼻水が止まらなかった。どうやらすっかり浩志の風邪をもらってきてしまったようだ。

コップの水を一気にあおり、粉薬を喉に流し込む。飲み損ねた薬の粒にむせ、また登志夫はこんこんとせきをする。こんこん、こんこん、こんこん——。

「せきの仕方がそっくりね」

圭子がふいにつぶやいた。その横顔は少しほほ笑んでいるようにも見えた。言われてみて登志夫も気付く。そう言えば浩志も同じような調子でせきをしていた。

「元気だったの？」

引っ越し用のダンボールに「衣類」と太いペンで書きながら、顔を上げずに圭子が尋ねる。せっせと働く手先を止めることはない。

登志夫は何と答えてよいのか迷った。風邪をひいていたのだから元気なわけではないのだけれど、圭子が尋ねたのはそういうことではないのだろう。

古ぼけた狭いアパート、丸めた布団、道に落ちた洗濯物、じゃがいもの大きなカレーライス。それら登志夫の頭に思い浮かんだ記憶たちは、今は言うべきではない気がした。だから一言だけ、

「お父さんは、強そうだったよ」

と言った。登志夫のてのひらに、浩志の盛り上がった背筋の感触がよみがえる。

圭子は「そう」と一言返したきり、もう浩志の話はしなかった。ただせっせとダンボールに服をしまっていた。

寝る前になって、登志夫のせきはひどくなった。こんこん、こんこん、せき込むたびに浩志の顔が浮かんだ。なんだか圭子に悪いことをしているようにも思えた。

「はい登志夫ちゃん、これ飲んで」

圭子が湯飲み茶わんを持って枕元に来る。湯飲みからは白い湯気が立ち昇っていた。

「なあに、これ?」

「お湯に蜂蜜を溶かしたのよ。蜂蜜は喉にいいみたいだから」

登志夫は茶わんを受け取り、口に近づける。

「ほら、熱いから気をつけて」

圭子に言われ、ふうふうと冷ましながら口に含む。とろりと甘い蜜の液が荒れた喉に浸み込んだ。

「それをゆっくり飲んで、落ち着いたら寝なさい。お母さんは起きているからね。つらかったら呼ぶのよ。そしたらまた蜂蜜、溶かしてあげるからね」

登志夫は言われたとおり、ゆっくりと時間をかけて蜂蜜を飲んだ。不思議と気持ちまで穏やかになっていく気がした。

浩志の風邪を登志夫がもらい、それを圭子が治す。何だかおかしな気分だった。妙なところでつながったものだと、登志夫は思わずくすりとした。

布団をかぶり直して目をつむる。空気が動いたせいで、こんこん、と軽くまたせきをする。でも随分と楽になってきたようだ。薬も効いてきているのだろう。

この風邪が治る頃には、登志夫は中学生になる。そして新しい家族と、新しい生活をする。

（第49回入賞作品）

入　賞「かんぐれ」高田はじめ（37歳・東京都）

選　奨「茄子色のダムの底」片岡 真（43歳・高知県）

「お嫁さん」大澤桃代（59歳・東京都）

候補作品「遠い墓」藤 凜太郎（60歳・大阪府）

「虻田の浜で」木下訓成《くにしげ》（80歳・広島県）

「八千代」篁《たかむら》 はじめ（24歳・宮城県）

第50回 北日本文学賞 2015年度

応募総数979編

第50回選評

物事の変わり目

宮本　輝

第五十回という節目の北日本文学賞の候補作六篇《ぺん》、どれもそれぞれに味わいがあって、三篇に絞ることはとても難しかったし、その三篇からさらに受賞作を選ぶのは至難の業といってもよかった。それほどに拮抗《きっこう》していて、地元選考委員のご苦労がいかばかりであったかを推測できた。

わたしは迷いつつもまず三篇に絞り込んだが、さあそれからが大変で、みないいところもあれば悪いところもある。まるで「人間」を秤《はかり》に乗せて比較するような選び方になってしまったが、だからこその文学の選考なのであろう。

結局、受賞作としたのは高田はじめさんの「かんぐれ」である。紙漉《かみすき》職人である主人公と娘だけの世界に終始しながら、和紙作りの工程を通じて「時を待つ」ということで得られる人生の機微を描いてみせたと思う。

漉《す》きあがった和紙をさらに雪のなかに埋めて、それによってさらに美しいものに仕上げることを「かんぐれ」と呼ぶそうである。季節にも節目には変動が起こる。人生も同じであろう。あえて雪のなかに埋められるような試練があるが、そのことによってひとりの人間の光沢が増す。高田さんはそれを小説という比喩のなかで端正な文章で描いた。

しかし大きな欠点がある。最後の、小学三年生の娘のひとことは、がっかりするほどに陳腐で、すべてをだいなしにしかねない、絵に描いたような予定調和だが、それまでの二十九枚の良さに免じて目をつむることにしたのである。

選奨の片岡真さんの「茄子色のダムの底」に軍配を上げられなかったのは、この題のせいだ。いったいなんのことなのかさっぱりわからない。きっと作者だけがわかっているのであろうが、「無駄」が溜《た》まりに溜まったダム湖の底についての暗喩だなと読んでくれるほど読者は親切ではない。別れた夫に、お前は無駄が多いと言われたくらいでこれほど傷ついていたら、女手ひとつで息子を育てていけまい。しかし、息子の楓太と目の不自由な老人との交わりに味があった。違った題をつけていたら受賞作になっていたと思う。

大澤桃代さんの「お嫁さん」は賛否両論ある作品のはずで、少々不謹慎な男女の関係を書いている。しかし、このような女は確かにいるし、このような男も確かにいる。会話の多い、要点を押さえない書き方でありながら、妙に生々しいリアリティーを生み出したことを評価した。

藤凜太郎さんの「遠い墓」も心に残った。選奨であってもいいのだが、頑迷固陋《ころう》な老考古学者の描き方が類型的すぎて、最後の孫の頭を撫《な》でるところが、めでたし、めでたし、チャンチャンと幕を降ろしたようで鼻白む。ここをどう作るかが書き手の腕であろう。

木下訓成さんの「虻田の浜で」は小説を書き慣れた人のうまさを感じさせる。だがどこかその弊害も読み取れる。主人公の年齢もあるのだろうが、どことなく不遜《ふそん》で、上から目線で、お説教を読まされている気がした。

篁はじめさんの「八千代」は年老いた夫婦の妻のほうに魅力があった。篁さんは二十三歳だという。八十歳の夫婦を書かねばならない作者の、やむにやまれぬ思いが伝わってこなかった。

かんぐれ

高田はじめ

高田はじめ（たかだ・はじめ）1979年新潟県生まれ。本名・関芽里。県立新潟女子短大（現新潟県立大）卒業。東京都江戸川区。

りりん、と透明な鈴の音色のように、空気が澄み渡っている。冬の足音も間近なころ、楮《こうぞ》の収穫が始まる。鎌とのこぎりを使って、枝葉をとりながら、刈っていく。

鎌を動かしていると、額に汗が浮かんでくる。腰が痛む。無心に鎌を動かす。雪が降りだす前にやっておかなければいけないことがたくさんある。既に、ここへ来て六回目の冬を迎えようとしていた。

「少し休まねーかね」

ヨネさんが楮畑の向こうから、声を掛けてくれる。私は頬かむりの手拭いを取りながら、はーい、と返事をした。

収穫した楮は一メートルほどに切りそろえて、蒸す。大型の四角い機械に入れて蒸すのだが、そのときほんのり芋に似た甘い香りがする。この香りをかぐと、冬が近づいてきたのを実感する。蒸した楮の切り口を木槌《きづち》で叩《たた》き、熱いうちに皮をむく。び、び、と音をさせて黒い皮をむいていく。その皮を竿《さお》に干しておく。

この和紙工房では十人ほどが働いている。六年前、離婚した私は、娘の江美を連れてこの村へ来た。唯一頼れる祖母が住んでいたからだが、祖母は私たちがここへ来て、一年ほどして肺炎で亡くなってしまった。祖母が亡くなる前から、私は三軒隣のヨネさんに紹介されて、工房で働いていた。

工房の作業部屋で楮の黒い表皮を包丁でこそげとっていく。電気ストーブが一台、赤く灯《とも》っている。皮をそぎとる乾いた音が響く。芽の跡や傷も同時に取っていくので、一本終わらせるのにだいぶ時間がかかる。

「こんにちは」

声が聞こえたかと思うと、ランドセルを背負った江美が工房の作業部屋にあがってきた。

「あら江美ちゃん、おかえり」

私の隣で作業をしていたヨネさんが手を動かしながら、笑う。江美はぺこり、と頭を下げた。小学三年生になる江美は、小学校の帰りに、よく顔を出す。

「ねぇねぇ聞いてよ、お母さん」

ランドセルを背負ったまま江美は私の傍らへ来て座りこむ。

「なに？」

「拓也くんがね、私の耳を見て、貝殻サルビアの花みたいだね、って言うんだよ」

一瞬、私は手を止めて、江美を見る。江美は小耳症で右耳が小さい。耳たぶの部分だけがあるように見える。耳の穴も閉じてしまっているため、片耳だけで音を聞いている。聞こえづらかろうと心配するが、本人はあまり不便を感じていないようだった。

私は江美の表情を探る。でも、江美は特に嫌そうには見えない。

「おかしいよね」

江美はそう言って、ふふふと風がそよぐみたいに笑った。どちらかというと、上機嫌のように感じた。クラスの男の子に言われた言葉に、くすぐったいような照れがあるのかもしれなかった。

私たちが作業をする横で、江美は今日学校であったことを話し、一足先に家へと帰って行った。

江美が工房のドアを閉めていくのを目で見送って、私は切り出した。

「江美の耳なんだけど。手術が受けられるのがね、小学四年生から五年生の間なんだって」

ヨネさんは包丁を手際よく動かしながら、頷《うなず》く。

「そうなんだ。手術なんていうと大変だからねぇ。大人になってからじゃだめなの」

「大人になると難しい手術なんだって。肋軟骨《ろくなんこつ》っていう胸の骨を取って、それで耳の骨を作って、埋め込むんだけどね。埋め込む時も生理食塩水を入れて頭の皮膚を伸ばしてから、埋め込むんだよね。それに段階をわけて何度か手術しないといけないんだって。その手術ができるのが十歳くらいでね、大人になってからだと肋軟骨が硬くなっちゃうんだって。あんまり子供だと手術の負担が大きいしね」

「そうなの」

胸の骨を取る、頭の皮膚を伸ばす、なんてヨネさんには辛《つら》い話だったのか、眉を寄せて、ふっくらした白い顔を不安げに歪《ゆが》ませた。

「どうなんだろうね。手術、受けさせた方がいいのかな」

私が言うと、ヨネさんは何度か頷いた。

「私もよくわからないけれど、手術で治るのなら受けさせた方がいいんじゃないのかしらねぇ」

「でも、江美はどう思っているんだろう」

ヨネさんは何度も頷きながら、新しい楮の皮を手に取った。

「手術の話はしたの」

「ふんわりとはしているけれど……」

正直、江美と二人でじっくり時間をとって、耳のことについてきちっと話したことがなかった。

「そういうのは歯の矯正みたいなものじゃないのかしらねぇ。あれは子どもがやりたいって言わなくても親の考えでしてあげるものでしょう」

矯正、と言われると、違う気がして、私は黙って手を動かしていた。

「本人が嫌がってても、後々のことを考えたら、手術を受けさせた方がいいと思うけれどねぇ」

ヨネさんはそう言って、黒い屑《くず》を、さっさと手で払った。既に窓の外は暗くなっている。しんみりと身に沁《し》みるように寒さを感じた。

「江美もね、反抗期みたいで」

私が言うと、ヨネさんは少し驚いたようだった。

「そうなの、あんなにいい子なのにねぇ」

「今日みたいに、ヨネさんがいたりすると違うんだけれど、家に二人でいると、口答えしてばっかりなんだよ。嫌になっちゃう」

そう言うと、ヨネさんは小さく笑った。

「子どもはみんなそうやって大きくなっていくんだよ」

ヨネさんには中学生の息子が一人いる。多分、ヨネさんにも反抗期の子どもをもつ親の大変さがわかるのだろう。

ヨネさんはさっさと屑を払って、立ち上がった。

「なんだか雪が降りそうだね。今日はそろそろこれで終わりにしようよ」

私も頷いて、膝の上の屑を払った。

帰り道に空を見上げると、ちらちらと雪が降っているのが電信柱の灯《あか》り越しに見えた。だいぶ冷え込んでいる。積もるかもしれないな、と思った。

夕食を食べたあと、江美が寝る支度をしている。江美は、夜、寝る前に明日学校へ着ていく服を枕元に置いておく。江美がスカートを置いているのを見て、私は言った。

「明日は雪だから、ズボンをはいていきなさい。風邪をひくから」

江美は返事をしない。私は江美が寝た後、枕元に置いてあるスカートを水色のズボンに代えておいた。

翌朝、起きると、凍えるように寒い。窓から外を見ると、雪が積もっていた。

朝ごはんの用意をしていると、スカートに靴下の江美が起きてきて、テーブルについた。江美はちょっとつんつんしている。恐らく、私が昨晩ズボンを枕元に置いていたことを怒っているのだろう。

「雪が積もって寒いから、ズボンはいていきなさい」

私が言うと、返事もしないで、いただきます、とご飯を食べだした。私は寝室に行き、出していたズボンが放り投げられているのを拾い、居間に戻ってくる。

「ほら、これ、はいていきなさい」

「今日はスカートにするって久美ちゃんと約束したんだもの」

江美はむすっとご飯を食べながら、返した。

「雪降っているじゃない。久美ちゃんだってズボンはいてくるよ」

「バカじゃないの」

江美はそう言って箸を置くと、自分の部屋へ行ってしまった。私はため息をつく。見ると、ご飯とみそ汁は残さずちゃんと食べている。しばらくして、私が台所で片付けをしていると、行ってきます、と大きな声がしてドアが開く音がした。私はあわてて玄関へ行く。スカートの上に灰色のダッフルコートを着た江美が靴下にブーツをはいて出て行くところだった。もう何も言うまいと思った。

「行ってらっしゃい」

私が言うと、江美は笑わずに手を振ってドアを閉めた。

日中は工房で楮の表皮を包丁で削《そ》いでいく作業に追われていた。包丁でこそぐ音が響いている。午後になっても江美は工房に来なかった。スカートなんかはいていって寒くなかったかしら、と私は思う。

その晩、ご飯の後、居間で宿題をしている江美に私は耳の手術の話をした。外は吹雪《ふぶ》いているようで、雨戸ががたがた音を立てている。

「それって受けないといけないの」

江美は少し怯《おび》えるように私を見上げて言った。

「受けないといけないわけじゃないけれど、お母さんは受けた方がいいんじゃないかと思うよ」

私が言うと、江美は首を横に振った。

「やだ。私、今のままでいいもの」

江美がそう言ったことに少なからず驚いた。手術が怖いのかもしれない。でも、今のままでいい、と思えることは幸せなことかもしれないとも思った。

私は江美が耳のことで周りに引け目を感じたり、からかわれたりしたことがあるのではないかと心配していた。それで悔しい思いをしたことがあるのではないかと思っていた。もしかしたら、生みの母親である私を恨んだこともあるのではないかとも思ったりした。江美はそういうことを私に話したことがなかった。恐らく、そういうこともあったのかもしれないが、江美には、今のままでいい、と思えるくらいのことだったのだろう。

ただ、それは環境が変われば、違ってくる場合もある。大きくなって、社会に出た時に、江美の耳をあからさまに奇異に思うひとがいるとも限らない。

「今はそうかもしれないけれど、大人になった時に困るかもしれないでしょう。大人になってからじゃ難しい手術なんだから。そのとき、受けておけばよかった、って思っても、遅いんだから」

江美は目付きをきっとさせた。

「そんなこと思わないもの」

江美は嫌だと言ったらテコでも動かないところがある。困ったな、と私は思った。ちらっと私を覗《のぞ》き見て、それに、と江美は続けた。

「お金、あるの」

その言葉に、私は一瞬、返す言葉を失う。江美がそんな心配をしていたことにびっくりした。江美にそんな気をつかわせるほど、我慢させていたのだろうか、と私は思った。私が二の句を継げられずにいると、江美は立ち上がって、自分の部屋へ行ってしまった。

翌朝、よく晴れて、気持ちいい日差しを雪が眩《まぶ》しく反射している。

江美は朝食を無言で食べると、黙って学校へ行ってしまった。

工房では、雪晒《さら》し、がはじまった。

表皮をとった楮の皮を、雪の上に並べて干す。こうすることで、紫外線が楮の色素を破壊して皮を白くするのだという。

ここの工房で作る紙が比類のない強さと自然の美しさを持っているのも、この雪晒しのおかげだと思われる。

一本一本、楮の皮を並べていくと、目が雪の反射でちかちかしてくる。曲げていた腰を伸ばした時、遠くで笑い声がした。見ると、下校中なのか、二人の女の子が雪玉を投げ合いながら、はしゃいでいる。姿格好から江美のようだった。相手はお友達の久美ちゃんか。嬉《うれ》しそうに悲鳴をあげて、雪玉を投げ合う江美を見て、何とも言えない気持ちになった。まだ九歳なんだな、と思った。あんなふうに屈託なく笑うことが私の前では少なくなっていた。小さいころはよく笑う子で、雪が大好きで、雪が降ると犬のように喜んで外を駆け回った。親に反抗するようになり、大きくなったんだと思っていたけれど、でも、まだ九歳だった。昨晩話した手術だって、怖いだろう。大人が話を聞いても、心配に思うような手術なのだから、当然だ。

「お母さーん」

江美が手を振りながらこっちへ駆けてきた。江美とは反対方向へ帰っていく久美ちゃんの後ろ姿が見えた。

「おかえり」

江美は頬を真っ赤にして、さっきまではしゃいでいた余韻が表情に滲《にじ》んでいる。黒い大きな瞳がきらきらしている。朝見たときの意固地な様子はもうなかった。

「楮、干してるの」

「そうよ」

「楮ってさ、へその緒みたい」

江美が言いながら、雪の上に並べられた楮を見る。江美のへその緒は小さな桐箱のなか、白い綿に包まれて入っていた。昔見せたことがある。それを思い出したのか。私はおかしくなって、ふふっと笑う。

「手伝うよ」

江美の意外な申し出に私は嬉しくなる。

「作業場にランドセル置いてきな」

私が言うと、元気に、うん、と江美が返事をして工房まで踏み固められた細い雪道を走って行った。

数日後、工房では、雪晒しした楮の皮をかまどで煮る作業がはじまった。煮る時には、木灰液《もっかい》をいれて四時間ほど沸騰させる。この工房では火力に薪《まき》をつかっているため、楮の状態を見ながら、薪の火力を調節しなければいけない。火掻《か》き棒で火を強くして、薪をたす。かまどでは、ぐつぐつと楮が煮え立っている。

外は雪で凍えるように寒いけれど、ここで薪をいじっていると、湯気がもうもうとたち、サウナのように暑かった。

あの夜、江美と耳の手術の話をしてから、それっきり江美も私もその話をしていない。

でも、少し私は焦っていた。手術をするなら、休みの長い夏休みがいいだろう。頭の皮膚を伸ばす時、側頭部が瘤《こぶ》のように膨らんでしまう。その状態で江美に学校へ行けとは言えない。夏休みに手術をするのなら、早めに病院を決めて、予約しないといけない。

そうは思うが、手術を受けるのは江美自身だった。江美が手術を受ける、と言わなければ手配できない。

煮た後の楮を水の中で広げながら、チリ、スジ、キズなどをとっていく。水は冷たく、辛い作業だが、この作業を丁寧にしないと綺麗《きれい》な紙に仕上がらない。隣で作業をしているヨネさんに私は言った。

「江美がね、手術を嫌がるんだよ」

ヨネさんは水音を立てて、指で楮のチリを取っていきながら、頷く。

「でもね、親なら、受けさせた方がいいよ。今は無理矢理手術受けさせても、あとで子どもはきっとよかったと思うと思うよ」

ヨネさんの言葉に、私も何度か首を縦に振る。手を入れている水が冷たくちゃぷりちゃぷりと音を立てる。

「そうだね。今は、気にしてなくても年頃になったら、気になるかもしれないしね。そのときに手術が難しいってなったら可哀相《かわいそう》だしね」

「江美ちゃんも賢い子だから、話せばちゃんとわかってくれるんじゃないかね」

ヨネさんはそう言って、楮をざぶざぶ水で洗った。

「もう一度、話してみようかな」

私が呟《つぶや》く。

「そうだね、大事なことだから、手術受けるようにきちっと話した方がいいよ。ただ、難しい年頃だって言っていたから、あまり何度も言うと嫌がられるかね」

ヨネさんはそう言って細い目をさらに細めて苦笑いした。

その日の夜、夕飯を食べた後、江美に私はもう一度耳の手術の話を持ち出した。

「お金もちゃんとあるんだから、大丈夫なんだから、手術受けようよ」

むすっと江美は黙り込んでいる。

「江美が手術受けると思って、そのために貯金してきたんだから。あなたはお金のことなんて心配しなくていいんだから」

私が続けると、江美がぼそっと何か言った。

「え？」

私が聞き返すと、口をへの字に引き結んでから「髪」と言った。

「髪？」

「髪、切らなくちゃだめでしょ」

江美は二の腕が隠れるくらいの長い髪をしていた。手術をするときには、髪は切らなければならないだろう。場合によっては剃《そ》らなければいけない部分もあるかもしれない。

「そうね……」

私は曖昧に首を傾《かし》げた。

「髪切るの、嫌だ」

江美はそう言って髪の毛を摘《つま》んでくるくる指先で遊んだ。黒い艶やかな髪はしなやかにからんで、解けた。

それを見ながら、私は言った。

「髪なんてすぐ伸びるじゃない」

「そういう問題じゃない」

江美がぴしゃりと言い返す。それに私はかちんとくる。

「そういう問題だよ。江美が受ける手術は一生の問題なんだよ。すぐ伸びる髪なんて大したことない……」

言いかけて、しまった、と言葉を止めた。言いすぎた、と思った。江美は幼稚園のころから髪を伸ばしてきて、友達にもきれいな髪だね、と褒められて、自慢に思っていたところがある。

目を大きくして、むっと唇を噛《か》んで、江美がすっくと立ち上がった。

「大体、手術のことだって、しつこいんだよ。嫌だって言ったら嫌なんだってば。私は今のままでいいの。お母さんがなんて言っても、いや」

江美は大きな声でそう言うと、自分の部屋へ走って入ってしまった。

私は苦々しい思いで、冷めたお茶を飲む。どう言ったらわかってもらえるのか、という気持ちが渦巻いている。

翌朝、いつも起きる時間に江美が起きてこない。

「江美、学校遅れるよ。起きなさい」

台所から声を掛けるが、起きてくる様子がない。

「ご飯食べる時間がなくなるよ。江美」

何度か声を掛けるが、返事もない。今まで夜に口げんかはしても翌朝の朝食はしっかり食べていた。どうしたんだろう、と部屋を見に行こうと思ったら、ランドセルを背負って江美が出てきた。私の顔を見ると、つい、と顔を逸《そ》らせて、玄関へ行き、ブーツをはくと何も言わずに出て行った。ドアがばちん、と音を立てて閉まる。

一瞬見えた、雪曇りの空は薄暗く、寒々しかった。

工房にとんとんとんと音が響く。つづという棒で楮の皮を叩く。打てば打つほど繊維の水中での分散がよくなる。よく叩くと繊維が短く分解して練り具合がよくなる。

私はつづで叩きながら、腕が疲れて痺《しび》れてくるのを感じる。叩くたびに、繊維がはねて散る。だいぶ根気のいる作業だった。

和紙を作るほとんどのところでは、ビーターというミキサーのように水と楮を一緒に掻《か》き回しながらほぐしていく機械を使うが、ここの工房では昔ながらの方法にこだわって叩きほぐしている。

冬の夕暮れは早い。一心につづで叩いている間に、辺りは暗くなっている。帰り際、ふと江美の好きなコロッケを作ろうかなと思い立った。買い物して帰ると、江美は暗い部屋でテレビを見ていた。

「電気くらいつけなさい」

江美は返事をしない。私が電気をつけると、テレビを消して部屋に行ってしまった。

しばらくして夕飯ができ、呼ぶと、黙って江美は部屋から出てきてテーブルについた。

「あ、コロッケだ」

江美のびっくりしたような嬉しそうな声が台所まで聞こえる。ご飯とみそ汁をお盆で運んで、私も江美の向かいに座る。いただきます、と二人で声をあわせて箸をとる。

「明日から、紙漉《す》きやるよ」

私が言うと、江美はぱっと表情を明るくした。

「明日から？　学校の帰りに見に行っていい？」

「いいよ」

私はご飯を食べながら頷く。江美は小さいころから紙漉きを見るのが好きだった。漉舟《すきぶね》がある作業場は暖房もない。冷え冷えとしている。それでも江美は、私が紙を漉くのを何時間もじっと見ている。

コロッケのおかげもあり、江美の態度が軟化したのにほっとしながら、私たちは夕食を済ませた。

物語に出てくる仙人の杖《つえ》のような形をしたトロロアオイの根を叩き、ガーゼの袋に入れて一晩浸すと透明な粘りのある液体になる。このネリとつづで叩いた楮の皮を漉舟に水を入れて混ぜ合わせる。これを簀桁《すけた》ですくい、紙漉きをする。

簀桁は竹ひごで編んだ簀を木の枠の桁で挟んだもので、この工房では紙を漉いたあと簀休め板に簀を立てかけておき、三枚の簀を交互に使って紙を漉いていく。

最初はお椀《わん》の底をすくうようにして、こぼす。すくっては縦に揺らし、すくっては横に揺らす。最後にすくった水を平らにして溜《た》め、そのままにして水を切る、溜め漉きをする。

ゆっくりとたっぷり水をすくうと厚い紙になるし、素早く少なめの水をすくうと薄い紙になる。均一の厚さの紙を何百枚も続けて漉くためには熟練の技が必要だった。

水は冷たく、作業場も暖房のない立ち続けの大変な作業だ。ただ、頭で考えたりするよりも手の動くまま作業していくのはリズムにのるようで気持ちが良かった。

それでも、会社勤めをして暖かい部屋で事務作業をできれば、と思うこともないわけでもない。が、やはりここの工房での一つ一つの作業が自然に即していて昔の人の知恵が息づいていて魅力的だった。

外は吹雪いている。時折窓ガラスが激しく音を立てて鳴る。昼休憩をはさんで、午後になると江美が学校帰りに顔を見せた。

「寒かったでしょう」

頬が真っ赤の江美に言うと、江美は首を横に振った。吹雪の中、走って来たようだった。毛糸の帽子についた雪がさらさらと落ちた。

江美は工房の隅にランドセルを置くと、邪魔にならないように気を遣ってか、私が作業する漉舟の横に立ち、黙ってじっと見ている。いつもこの工房へ来る時のように、学校の出来事をべらべらしゃべったりしない。

じゃぶじゃぶと水音を立てて、簀桁のなかで波を起こす。手早く、正確に、手を動かしていく。

一枚漉くと、簀を桁から外して、簀休め板に立てかける。

前に漉いて、簀休め板で水を切った紙をあいだ草という栞《しおり》のようなものを挟んで紙床《しと》に積み重ねていく。江美はそれも興味深そうに見ている。

積み重なっていく紙床は半透明に白くて、美しいレースの生地のようだった。

夕方になり、吹雪いていた天気が少し収まってきた。

漉いた紙床をまとめて若干水を絞り、ござに包む。庭には雪が掘られていて、目印として雪の中には皮をはいだ白い楮の芯《しん》にビニールテープを巻いたものが挿してある。

掘った雪の中に、ござで巻いた紙床を置き、スコップで雪を掛け、埋めてしまう。

多くの和紙工房では紙床の水を絞ったあと、温めた鉄板で乾かしたり、天日干ししたりする。

ここの工房では春まで雪の中に紙床を保存しておく「かんぐれ」という方法をとっている。

これは昔から伝えられてきた方法で、冬の間は晴れた日がほとんどないため、天日で紙を干すことができない。雪の中へ入れておけば、低温で腐食から紙を守り凍らすこともなく、春まで保存できる。そして、三月ごろ、まだ地面に雪が残る時期に、雪上で天日干しを行う。春に天日干しをするための、雪国ならではの方法だった。また、雪上で天日干しをすることで、直射日光と雪からの反射で多くの紫外線があたり、紙が白くなる。かんぐれは紙を美しく強くする。雪上での板干しの時期になると、春が近づく気配を感じる。

一連の作業を終えると、日もとっぷりと暮れて辺りは暗くなっていた。私は帰る支度をして、ヨネさんや他の作業員に挨拶《あいさつ》をして、江美と共に工房を出た。

ぽつんぽつんと立つ電信柱の灯りが、雪道を青く照らす。空は雪曇りで夜が一層濃い気がした。雪は止《や》んでいた。私は転ばないように気をつけながら、早足で歩いて行く。でも、江美は何か余韻を楽しむみたいに後ろをゆっくり歩いている。

「ほら、置いていくよ。早くおいで」

私が振り返って声を掛ける。

「ねぇ、お母さん」

江美は足元を見つつ、ブーツで踵《かかと》を蹴りながら、歩いてくる。早く帰って夕飯の支度をしたい私は、それにいらいらする。

「なに？」

すこし尖《とが》った声で聞き返した。

「手術のことなんだけど」

私は、すっと気が引き締まる感じがして、頷く。

「なに？」

努めて優しい声で穏やかに尋ねた。下を向いていた江美が顔をあげた。その表情がゆらゆらと不安げなのに私は気付く。

「痛いのかな」

私は言葉を選んで、気を付けて口を開く。

「手術は全身麻酔だそうだから、痛さを感じないと思うよ」

「傷が残ったりしない？」

私は少し考える。

「胸の骨をとるときに切るから、傷が残りやすいひとは胸にちょっと跡が残るって聞いたけれど。耳のところは傷が残ったとしても、髪の毛で隠せるんじゃないかと思うよ」

江美はしばらく私の顔を見ていたが、また、うつむいた。私は江美の背中を撫《な》でる。

「大丈夫。あなた一人じゃないんだから。お母さんもちゃんとついているんだから。安心していいんだよ」

そう言って、江美が真剣になりすぎないように、ふざけるみたいに両肩をもんだ。江美はくすぐったがって、笑いながら肩をよじって私の手を振り払った。そして少し私から離れて、笑顔で見上げた。

「受けた方がいいんだろうな、って思うんだ」

その大人びた口調に私は少し驚く。

江美は江美なりに一人でいろいろと悩んで、考えていたのかもしれない、と思った。胸の奥がじんわりと震えて、私は鼻をこすった。

「そうだね」

私はそう言って、何度か頷いた。

江美の手袋をつけた手が私の手の中に滑り込んでくる。手袋越しに感じた江美の手はとても温かった。こんな風に手をつなぐのは何年ぶりだろう。手が大きくなった、と思った。

雪が降り出していた。電信柱の灯りの下では、雪が斜めに切るように流れていくのが見える。

「雪が降り出したから、早めに帰ろうよ」

私はそう言って、江美の手をぎゅっと握る。江美は照れたみたいに笑って、手を離した。きゅ、きゅ、と雪音をさせて、私の前を歩きだす。私は、まだ私より低いその背中を追いかける。もう数年後には背丈も追い越されるだろう。

「ねぇ、お母さん」

江美がちら、と振り返る。

「なに？」

私は江美を見るように、マフラーを巻いた首を傾げて前に伸ばす。

「私ね、紙漉きしているときのお母さん見るの、好きだな」

暗がりの中、そう言って笑った江美の口元が見えた。はっと、胸を突かれるような気がした。

いつも私は自分の仕事に精いっぱいで、江美には大したこともしてあげられなかったけれど、この子はちゃんと私の仕事を見ててくれて、ちゃんと認めてくれているんだな、と思った。

「お母さんの仕事、私、好きだな」

江美は後ろを振り返らずに、そう言って走り出した。

冷たく凍《い》てついた雪交じりの風が横から吹きつけてくる。でも、江美のその言葉を聞いた時、すっと視界が開けた気がした。

しん、と静かで暗く冷たい雪の中に、春の温かい日がさっと射《さ》し込んだような気がした。


（第50回入賞作品）

北日本文学賞　選者略歴

宮本　輝（みやもと・てる）

故井上靖氏の後を受け、１９９１年度の第26回から就任。１９４７年兵庫県神戸市生まれ。小学校４年の1年間を富山市で過ごす。78年に「螢川」で芥川賞受賞。２０１０年に紫綬褒章を受章し、14年には北日本新聞文化賞を受けた。主な著作に「優駿」（吉川英治文学賞）、「骸骨ビルの庭」（司馬遼太郎賞）、「流転の海」シリーズ、シルクロード紀行「ひとたびはポプラに臥す」「田園発　港行き自転車」（ともに北日本新聞連載）など。芥川賞選考委員。

北日本文学賞　第1回～第25回 入賞・選奨一覧

選者　丹羽文雄氏（第1回～第2回）

第1回　1966年度　応募総数 152編
入賞「二つの火」藤瀬光哉（富山市）

第2回　1967年度　応募総数 154編
入賞「佐恵」杉 昌乃（砺波市）

選者　井上 靖氏（第3回～第25回）

第3回　1968年度　応募総数 175編
入賞「空転」林 英子（富山市）

第4回　1969年度　応募総数 183編
入賞「大鹿」山村 睦（旧大沢野町）

第5回　1970年度　応募総数 279編
入賞「闘鶏」神部龍平（秋田県湯沢市）
選奨「縁談」石動 香（富山市）
〃「盆栽」斎藤百香子（滑川市）

第6回　1971年度　応募総数 328編
入賞「がらんどう」佐伯葉子（立山町）
選奨「父」但田富男（旧庄川町）
〃「指」夏目千代（京都市）

第7回　1972年度　応募総数 272編
入賞「十七歳の日に」小柳美智子（富山市）
選奨「手すり」うつみ・あきこ（三重県名張市）
〃「奉使君」森田定治（福岡県北九州市）

第8回　1973年度　応募総数 351編
入賞「越の老函人」息長大次郎（滋賀県彦根市）
選奨「まつり」林 三千代（静岡県浜松市）

第9回　1974年度　応募総数357編
入賞「軍医大尉」小島久枝（神戸市）
選奨「涙とハンカチ」三田陽子（京都府大山崎町）

第10回　1975年度　応募総数375編
入賞「乳母車の記憶」佐々木国広（大阪府高槻市）
選奨「高野詣」土井敦子（福岡市）
〃「ある結末」松井宏子（富山市）

第11回　1976年度　応募総数405編
入賞　該当作なし
選奨「トマンカッソの譜」川崎時子（高岡市）
〃「結婚式」浜木八収（広島市）

第12回　1977年度　応募総数408編
入賞「パントマイム」夏目千代（京都市）
選奨「あじさいの歌」牧村恵美子（黒部市）

第13回　1978年度　応募総数503編
入賞「氷の橋」野島千恵子（東京都）

第14回　1979年度　応募総数539編
入賞「靴」田口佳子（兵庫県伊丹市）
選奨「洪水」垣見鴻（新潟県旧津川町）

第15回　1980年度　応募総数546編
入賞「流れない歳月」中西美智子（京都市）
選奨「林雪」須山ユキヱ（旧小杉町）

第16回　1981年度　応募総数543編
入賞「老人の朝」井村叡（京都市）
選奨「生ける者」小野優（小矢部市）

第17回　1982年度　応募総数503編
入賞「額縁」渡部智子（東京都府中市）
選奨「麦稈の螢籠」印内美和子（東京都小金井市）
〃「先住者」佐々木増博（東京都多摩市）

第18回　1983年度　応募総数464編
入賞「悪い夏」間嶋稔（新潟市）
選奨「吾亦紅」佐々木達子（東京都）

第19回　1984年度　応募総数469編
入賞「風に棲む」桂城和子（東京都）
選奨「終い弘法」室津洋子（京都市）

第20回　1985年度　応募総数467編
入賞「遊ぶ子どもの声きけば」吉住侑子（東京都）
選奨「朝ごとに」片山美代子（広島市）
〃　「袱紗包み」川島昭子（旧福岡町）

第21回　1986年度　応募総数495編
入賞「残像」森田功（東京都三鷹市）
選奨「四角形の午後」高橋三枝子（京都市）

第22回　1987年度　応募総数494編
入賞「ユーモレスク」北村周一（大阪府堺市）
選奨「海鳴り」土屋純（北海道松前町）

第23回　1988年度　応募総数490回
入賞「電車」原口真智子（東京都）
選奨「春蘭」岬三郎（神奈川県川崎市）
〃　「櫓」三島黎子（岩手県久慈市）

第24回　1989年度　応募総数519編
入賞「帰国」髙嶋哲夫（神戸市）
選奨「天の音」加地慶子（横浜市）
〃　「手袋」古木信子（熊本市）

第25回　1990年度　応募総数518編
入賞「残照」織田卓之（金沢市）
選奨「父とカリンズ」山路ひろ子（札幌市）

※本書の入賞・選奨・候補作品のデータ（著者の年齢、在住地等）は、受賞当時のものです。

北日本文学賞 第26回〜第50回 地元選考委員一覧

回数	年度	応募数
26回	(1991)	471点
27回	(1992)	705点
28回	(1993)	861点
29回	(1994)	662点
30回	(1995)	842点
31回	(1996)	872点
32回	(1997)	622点
33回	(1998)	914点
34回	(1999)	626点
35回	(2000)	644点
36回	(2001)	688点
37回	(2002)	943点
38回	(2003)	847点
39回	(2004)	733点
40回	(2005)	719点
41回	(2006)	1,210点
42回	(2007)	1,020点
43回	(2008)	1,174点
44回	(2009)	1,379点
45回	(2010)	1,353点
46回	(2011)	1,415点
47回	(2012)	1,312点
48回	(2013)	1,344点
49回	(2014)	1,297点
50回	(2015)	979点

委員名と担当回（肩書きは就任時）

- 兼久文治（文芸評論家）
- 奥貫晴弘（富山大教授）※現在は富山大名誉教授
- 平田純（富山大教授）※現在は富山県芸術文化協会名誉会長
- 須山ユキヱ（作家）
- 選考協力
- 林英子（第3回受賞者）
- 八木光昭（聖徳大教授）※現在は元聖徳大教授
- 吉田泉（高岡法科大教授）※現在は富山県芸術文化協会長
- 冨樫行慶（僧侶・詩人）
- 加藤健司（英語・ドイツ語翻訳者）※現在は山形大教授

おわりに

毎年、時雨の季節になると、北日本新聞の文化面に五百人近い名簿が掲載される。北日本文学賞の一次選考発表だ。今年も始まったのだな、と思う。富山はもちろん、北は北海道から南は沖縄まで、時にはアメリカやインドなど、海外に住む日本人からも作品が送られてくる。一次の通過者は三割程度というから、応募者の総数は毎回相当な数になる。

原稿用紙三十枚の短編に絞った公募の文学賞は、全国でも珍しい。文壇を代表する作家の単独選という魅力も合わさって五十回の節目を迎えた。応募の累計は三万三千編を超える。

北日本文学賞が生まれたのは一九六六（昭和四十一）年。「人生の忘れられない一場面を小説として書き残しておきたい」。そんな地方の書き手たちの受け皿を作ろうと創設された。「地方が、人口も経済規模も違う中央と対等に渡り合うには文化しかない」。そんな思いもあったと聞いている。

高度経済成長で人々が豊かさを手にする一方で、大量生産・大量消費が進み、一人一人の顔が見えにくくなったといわれたころでもある。三世代、四世代が一緒に囲んだ食卓は核家族化で静かになり、今や「孤食」という言葉が生まれるほど個人中心の世の中になりつつある。北日本文学賞に寄せられた作品は、家族の問題一つを題材にしても、そんな時代の変化をつぶさに映し出してきた。時代の息遣いを捉え続けたからこそ、半世紀の歴史を積み重ねることができたと思っている。

全国をみると、純文学で五十年以上続く公募の文学賞は数えるほどしかない。現在、選者を務める宮本輝さんをはじめ、歴代選者の故丹羽文雄さん、故井上靖さん、地元選考委員のみなさん、そして、毎回熱い思いが詰まった作品を送ってくれる書き手の皆さんに感謝を申し上げたい。

今回、創設五十周年を迎えたことを記念し、宮本輝さんが選んだ入賞作を一冊にまとめた。二〇〇二年の「作品集」以来十四年ぶりの刊行となる。二十五年にわたって選考に当たっていただいた宮本さんには、毎回候補作を熱心に読み込んでいただき、厳しくも温かい選評を寄せていただいた。『放棄』と『省略』は異なる」「安易な落ちが作品の奥行きをなくす」など、どれも小説を書く上で心得ておきたい至言に満ちている。

本書が多くの方に読まれ、創作を志す人を刺激し、さらなる力作、意欲作が寄せられることを期待したい。

二〇一六年一月

北日本新聞社社長　板倉　均

宮本 輝選
北日本文学賞作品集

2016 年 1 月 24 日　初版第 1 刷発行

発行者　板倉　均
発行所　北日本新聞社
〒 930-0094　富山市安住町 2 番 14 号
電話　076（445）3352
振替口座　00780（6）450

編集　（株）北日本新聞開発センター
印刷　（株）山田写真製版所
製本　（株）渋谷文泉閣

ISBN978-4-86175-090-8　C0091 ¥2800E